Rizzoli

Chiara Cecilia Santamaria

Da qualche parte nel mondo

Rizzoli

ISBN 978-88-17-08305-8

Prima edizione: settembre 2015

Da qualche parte nel mondo

A te.

I

Maggio 1996

Erano sempre in ritardo. Michela andava a prenderla avvolta nel suo odore di minestra e finestre chiuse, e le diceva: «Dài, che è tardi».

Filavano per le strade del quartiere pestando i sanpietrini, sempre a qualche passo di distanza perché una correva e l'altra arrancava dietro.

In mezzo c'erano le raccomandazioni e i messaggi: «Ha detto tua madre di portarti avanti sui compiti di domani. Questa busta è per Elio. Non mangiare la pizza che poi non ceni. Ti passa a prendere lei alle sette, se tarda vi avvisa».

La donna ansimava camminando svelta, il fiato rubato quando poteva, a spezzare male le sillabe: «Muo-vi-quellega-mbe».

La ragazzina avrebbe ricordato quel modo di parlare per anni, e avrebbe provato lo stesso fastidio.

Odiava quel respiro rumoroso, sguaiato, che all'improvviso sgonfiava fuori la bolla di qualche digestione. Si abbinava al suo cappotto color bile, ai mocassini sformati dai mignoli grassi e alle guance pesanti, screziate di capillari viola.

Un minuto con lei e nel suo odore potevi leggere le pentole che, ribollendo, appannavano l'angolo cottura accanto al tavolo, che quel tavolo era soggiorno e salotto insieme, che il vapore arrivava in camera da letto e che tutto aveva il colore di minestra e gonne di lana ruvida. Neppure a sua madre piaceva Michela, ma ne aveva talmente bisogno da averla tenuta accanto, in una cerchia che somigliava all'amicizia e invece era solo un passarsi favori, notizie, la figlia.

Ci volevano quindici minuti a passo svelto dalla scuola statale Verdi alla porta dell'Assenzio. Si usciva dalla strada, si attraversava la piazza aperta, gelida d'inverno e rovente d'estate, poi il percorso diventava un labirinto di stradine e svolte improvvise, tanto che descrivere la via più breve era quasi impossibile.

Era una passeggiata tra vicoli angusti e diroccati che i turisti avrebbero amato, le vie di archetti e colonne si scontravano storte sputandoti all'improvviso in qualche piazza con le fontanelle scroscianti e i tavolini di plastica dei bar. C'era un sole sempre caldo che scolpiva i davanzali rosicchiati delle finestre e i bassorilievi sui muri anneriti, ma loro, che a Roma ci erano nate entrambe, non lo apprezzavano abbastanza.

Il locale te lo trovavi all'angolo di una piazzetta verde di edera, acquattato alle radici di un palazzo color ruggine. Dalle finestre del primo piano arrivava sempre odore di sugo.

Strascicando un saluto Michela la lanciava dentro, poi continuava a camminare svelta verso i fatti suoi. Non entrava mai.

La ragazzina calpestava le prime mattonelle bianche

e nere dell'Assenzio con lo stesso, incerto, timore ogni giorno.

«Sono Lara» diceva, sentendosi stupida perché nessuno rispondeva, mai.

Nel locale vuoto, tra le gambe delle sedie dritte sui tavoli, c'era un'eco lieve che alzava vapori di detergenti e polvere.

Lasciava andare lo zaino a terra con un tonfo.

Adele avrebbe voluto che la figlia studiasse a casa, ma c'erano stati quei furti anche in pieno pomeriggio e non si poteva mica mettere l'allarme su quelle porte di compensato con le serrature stupide come quelle dei ripostigli.

Un giorno aveva incontrato Michela proprio davanti alla scuola, che camminava con la solita andatura strattonata. Non avrebbe voluto salutarla, ma quella si era sbracciata a distanza per farsi vedere. Se gli abiti spenti e le screziature di grigio tra i capelli la repellevano, al tempo stesso trovava in lei una rassicurante scintilla di reverenza, intatta nonostante tutto.

C'era, nel suo parlarle educato e nelle sue domande di cortesia, una vena di servilismo che sembrava fatto apposta perché Adele si sentisse rassicurata. All'inizio, quando ancora pensava che le cose si sarebbero risolte, le aveva addirittura portato due pantaloni della figlia a fare gli orli. Michela li aveva esaminati trascinandone le cuciture tra le mani ruvide e, mentre Lara li provava, aveva continuato a conversare con gli spilli tenuti mollemente tra le labbra. Uno sprezzo del pericolo che alla figlia era sembrato insieme terribile e affascinante.

Quel giorno, andandole incontro davanti alla scuola, Michela aveva rivolto a Adele il solito sorriso lento e lei si era un po' vergognata a ricambiarlo perché non si aspettava di trovarla lì, in pieno centro.

«Come sta la ragazzina?» aveva chiesto.

«Bene, grazie, ma questa scuola si dà tante arie e poi non offre uno straccio di doposcuola, corso, niente.»

«Per la ragazzina, eh? Fammi pensare...» e dopo un attimo a stropicciarsi il labbro superiore, guarnito da un accenno di baffi «c'è questo amico mio, Elio. Ha un locale qui vicino. Forse può ospitarla un'oretta dopo scuola, tanto apre tardi. Io ci passo davanti, il pomeriggio, e lui sta là che pulisce o fa magazzino.»

«Che tipo di locale?» aveva chiesto Adele con un vago disprezzo.

«Un locale. Si beve e fanno musica, forse.»

«Non mi sembra un posto adatto.»

«È tranquillo. Prima delle sette non c'è nessuno.»

«Che tipo è, questo Elio?» e da come scandì il nome sembrava avesse intinto le sillabe nella merda.

«Una brava persona.»

«Non so, Michela, non mi convince. Grazie lo stesso.»

Il giorno dopo aveva provato a portare Lara con sé alla merceria, ma non aveva funzionato. Mischiare libri di storia e gomitoli di cachemire, pennarelli e bottoni, aveva tirato sul viso della signora Iride Crescenzi, la proprietaria, il sorriso penoso di chi sta per dirti qualcosa di sgradevole. Infatti, a fine giornata aveva preso Adele da parte. Impastando le mani gonfie davanti al petto e poi stringendo le labbra sottili in una smorfia le aveva detto: «No, guarda, mi dispiace, è proprio che non c'è spazio anche per la ragazzina, con quei libri e gli astucci. Qua va misurato il nastro, vanno stese le stoffe. Qua ai clienti fai vedere le tele, i fili di cotone, e i bottoni li devi distanziare bene quando li guardano, perché non è facile scegliere quelli giusti. Mi dispiace proprio, Adele...» aveva concluso infine, traendo un certo sollievo da quella risolutezza, che tanto raramente riusciva a usare. Poi si era passata la mano, piatta, sui capelli raccolti in una crocchia, e con lo sguardo grigiastro puntato altrove aveva tolto e rimesso una forcina fra i capelli. Adele l'aveva notato altre volte: distanziare l'interlocutore con un gesto intimo, solitario, era il suo modo per dire "la discussione finisce qui". Non erano più tornate sull'argomento.

Lara era approdata all'Assenzio un lunedì pomeriggio, con sua madre che diceva: «Magari solo per un'oretta».

Le ore erano diventate due, più spesso tre.

Il primo giorno non aveva nemmeno fatto la pipì per paura di disturbare.

Era rimasta con la testa china sul compito di matematica e l'aveva finito in dieci minuti, il resto del tempo aveva scarabocchiato sul margine del quaderno un'odalisca, come quella del suo libro di Aladino. Era l'unica immagine che passava da quel luogo strano alla sua testa.

L'Assenzio sembrava l'interno di una nave naufragata. Era decadente in modo approssimativo e voluttuoso, con i grandi cuscini color zafferano, i divani lisi e le tende turchesi screziate dallo sporco che ti si esibivano davanti come piume di pavone. Lampade di ogni forma e colore languivano bagliori densi su tavolini e scaffali, tingendo l'aria di oro e porpora. Nell'angolo sinistro c'era un pianoforte a coda azzurro, con un'enorme stalattite di candele sciolte che colava le dita quasi fino a terra. Di fronte, una libreria di mogano colma di libri e bottiglie e, sparsi sui muri senza ragione, specchi e cornici vuote. In qualche modo ci si specchiava in entrambi.

Niente in quel posto sembrava essere stato scelto per fare compagnia a un altro oggetto, tutto sembrava scelto e basta: qualcosa che piacque subito a Lara, anche se non sapeva spiegarsene il motivo.

Forse sua madre non l'aveva visto bene, perché – pensò annodando le ginocchia ossute allo sgabello – era esattamente il posto dove non sarebbe mai entrata, figuriamoci lasciarci una figlia. Invece la affidò all'Assenzio quel giovedì, poi il venerdì, infine quasi sempre, nei pomeriggi in cui lavorava alla Casa del Bottone.

Lara chiuse da qualche parte il terrore che, per una come lei, avrebbe accompagnato una novità del genere, e decise di difendersi provando a essere un'altra: la ragazza invisibile. Arrampicata sul trespolo, china e ferma sul libro per non essere notata, con gli occhi si nutriva di ogni dettaglio intorno senza dire una parola.

Contava i bicchieri che pendevano ad asciugare sul mobile di legno e gocciolavano nel lavandino d'acciaio. Si osservava nello specchio dalla pesante cornice dorata, con due colombe intagliate per lato, che in qualche modo immaginava potesse trovarsi sia in una chiesa sia a casa di una strega, anche se qualche anno dopo avrebbe capito che per strega intendeva puttana.

Scorreva gli occhi oltre il quaderno, sulle curve del legno del bancone, chiedendosi se fosse stato sempre così irregolare o se le pance e gli avambracci dei clienti, premendo e strusciando, se lo fossero mangiato pian piano rendendolo liscio e lucido. Guardava il soffitto blu dipinto di stelle e si chiedeva chi, un giorno, avesse deciso di dipingerlo così.

Sbirciava nel retro, dove ogni tanto sentiva i passi di Elio. Le occhiate dell'uomo erano imperscrutabili sotto le sopracciglia luciferine, rapide e silenziose come il modo in cui attraversava la sala nei rari momenti in cui si muoveva da là dietro. Accanto alla ragazzina sembrava ancora più imponente e fisico, con quelle braccia piene di nervi dove si erano annodati muscoli e anni, la barba scura, dritta e puntuta contro il petto e quella gestualità teatrale.

Asciugava bicchieri strofinandoli uno a uno come cercasse quello che conteneva il genio della lampada, ci guardava attraverso con un occhio chiuso, poi li riponeva nel mobile con uno scatto dei fianchi e un tonfo sonoro.

Lara lo seguiva con lo sguardo e aspettava un cenno, una parola che fosse la prima per poterne chiedere una seconda e poi un discorso, ma non successe. Il primo giorno Elio aveva parlato con sua madre, e sua madre le aveva indicato lo sgabello. Il permesso di sedersi era l'unico legame tra lei e l'uomo che l'avrebbe ospitata quasi tutti i giorni dopo scuola.

Nell'odore dolciastro di alcol e muffa, arance e detergente per pavimenti, Lara ripeteva la lezione muovendo appena la bocca. Non scoppiava tra le labbra il suono delle P e delle T come amava fare per darsi un ritmo e, nell'aria, solo lo sporadico rumore delle sue gambe contro lo sgabello lasciava percepire che nella stanza ci fosse qualcuno.

Dopo qualche settimana si sentiva un soprammobile fra i tanti, e si concedeva il diritto di perdersi tra gli affari suoi senza che nessuno reclamasse la sua assenza. Non come a scuola: «Lara, hai sentito cos'ho detto? Ripeti», e nemmeno come a casa: «Lara, smettila di star lì a far niente, dammi una mano».

Adele non capiva il suo bisogno di quel niente: era in quello spazio muto che lei prendeva i pezzi e cercava di comporre un'immagine che non le facesse paura. Voleva poter guardare alla sua vita con un'alzata di spalle come certe sue compagne di classe che, pensando al futuro, riempivano le pagine del diario. Lei, pensando al futuro, sentiva lo stomaco svuotarsi.

Perfettamente calata nell'autosufficienza del soprammobile, Lara era stupita da come l'ansia che di solito la attanagliava in quel luogo sembrasse improvvisamente avere meno presa. L'Assenzio era uno scivolo che lasciava scendere le sue paure in un vuoto nel quale smettevano di dibattersi, restavano solo un peso sordo. All'improvviso c'era il lusso del niente, solo l'attesa senza rumore di un pomeriggio lento.

Fu così per settimane, e iniziò a piacerle. Arrivava, si sistemava per bene cercando di occupare poco spazio, finiva i compiti e poi, dalle matite di scuola ben appuntite, iniziava a tirare fuori trapezisti e sirene, ballerine e guerrieri. Migliorava, adesso con le sfumature era in grado di costruire muscoli e seni realistici, inturgidiva labbra con un tocco di gomma da cancellare, srotolava capelli lucidi tra una riga e l'altra del quaderno. Trasportata altrove, dimenticava il tempo passare finché non arrivava il momento di andare. Lo riconosceva bene: prima c'erano due colpi secchi fuori dalla porta, i tacchi di Adele che poggiavano sul marmo dell'ingresso sempre uguali e decisi, prima uno poi l'altro. A quel punto la porta si apriva cigolando e lei si affacciava senza entrare, ma con il collo diceva tutto. Se Lara non aveva già preparato lo zaino sgranava gli occhi in segno di rimprovero, altrimenti sussurrava «svel-ta» e richiudeva la porta.

Lara salutava Elio con lo sguardo, perché una volta lo aveva fatto a voce alta e sua madre le aveva detto di non esagerare, ché non era mica un suo amico.

Aveva sentito un nuovo tumulto dentro, nel punto dove confinano fiducia e disillusione. Non riusciva a trattenerla nel punto giusto, quella linea sottile. Da quando suo padre se n'era andato, le sfuggiva continuamente dalle mani, facendole sentire male. Un dolore reale, fisico. Forse aveva un organo deputato alla felicità, di quelli che non ti accorgi di avere finché non si ammalano.

Dopo qualche settimana iniziò a credere di essere diventata invisibile per davvero. Non certo quando entrava, e il rumore dei propri passi e della porta che si chiudeva la gettavano in un imbarazzo preoccupato, ma non appena si assestava sullo sgabello il mondo attorno riprendeva quieto a scorrere senza curarsi di lei. Finché non arrivò quel giorno.

Pioveva, stava studiando i numeri periodici. Aveva sentito il rumore stridulo di uno sgabello trascinato e si era fatta piccola per non impicciare, pensando fosse il ragazzo che consegnava l'acqua. Invece era Elio, che le si era seduto accanto ma non davvero vicino, e aveva fatto fare un semicerchio al suo libro fino a portarselo sotto gli occhi.

«Matematica» aveva detto accartocciando la fronte. «I conti li so fare, per il resto non ci ho mai capito niente. Che classe fai?»

«La prima media.»

Lui alzò un sopracciglio, così arcuato da esprimere perplessità meglio della parola stessa: «Pensi che questa roba ti servirà mai?».

«È cultura» rispose lei senza convinzione.

«Ma non ti servirà lo stesso. Ti piace?»

Lara scosse la testa.

«Cosa ti piace?»

«Disegnare.»

«Fammi vedere qualcosa.» La fermezza della sua voce, senza intonazione, lo faceva sembrare una specie di ordine.

Lara si ritrasse come una pianta marina.

«Dopo» disse, ma Elio stava già sfogliando il suo libro, dove lei aveva riempito ore di noia tra un compito in classe e una verifica.

L'uomo, che si aspettava quattro sgorbi, si sentì impreparato davanti alla precisione e al realismo di quegli schizzi. C'erano profili, occhi, i corpi imperfetti e storti degli adolescenti, ragazze fumetto dalle lunghe gambe e dagli occhi viola. Si nascose dietro l'unico dettaglio contestabile: «Sono carini, però li hai copiati».

«Non è vero.»

«Ma sì, non intendo ricalcati. Dico proprio copiati: hanno tutti stili diversi.»

«Ci sono dei disegni che mi piacciono.»

«Sì, ma poi ricordali e basta. Rubagli qualcosa che ti piace davvero, un solo pezzo, e poi lasciali andare.»

Lara non era certa di aver capito.

«Vuoi studiare arte?» aveva chiesto Elio.

Lara aveva sorriso abbassando lo sguardo: stavolta non avrebbe risposto. Si ricordava perfettamente il momento in cui ne aveva parlato con i suoi genitori.

Era una domenica dell'anno precedente, si preparavano per andare a pranzo da amici. Lei aveva messo quella gonna di jeans corta che le piaceva tanto, ma la madre l'aveva fatta cambiare. Era finita con un abito color rosa antico con il colletto bianco, di quelli che fanno in serie da zero a dodici anni. Potenzialmente, avrebbe potuto essere vestita uguale a una neonata: un pensiero che l'aveva terribilmente imbarazzata.

Nel momento in cui erano tutti e tre pronti, e la madre aveva chiesto un momento per dare l'acqua alle piante del salotto, lei aveva parlato.

«Posso andare al liceo artistico?» aveva chiesto ai genitori, con l'orgoglio malfermo di chi cova un'ambizione per la prima volta.

«Se vuoi morire di fame...» aveva commentato il padre.

«Al liceo artistico ci vanno quelli che non vogliono lavorare» aveva sentenziato Adele mentre annacquava l'orchidea.

«Io voglio fare l'artista.»

«Devi avere talento.»

«Magari mi viene.»

«Non è come la febbre, Lara» aveva detto il padre.

«Devi anche avere qualcosa da dire» aveva appuntato la madre.

«Io ce l'ho.»

«Ah sì? E cosa?»

A quel punto non aveva capito se quello che aveva da dire era così lungo e complesso da non poter essere spiegato a voce, o se quel loro dubitare fosse un vuoto troppo faticoso da saltare. Comunque non l'avrebbe fatto, il liceo artistico: se la loro reazione era stata tanto sarcastica era probabilmente un'idea molto stupida. Si fidava ancora di loro più di quanto si fidasse di se stessa.

«Di arte non si vive, dice mamma» tagliò corto distogliendo lo sguardo dal viso scolpito di Elio e gettandolo contro il vetro, a seguire una mosca.

«Sì, l'ho sentita tua madre. Certezze granitiche.»

«Cioè?»

«Sa un sacco di cose. Chissà chi gliele avrà insegnate, poi.»

«Lei le sa e basta. Anche tu le dovresti sapere, perché sei...»

«Vecchio?»

«Cresciuto.»

«Si può essere vecchi senza essere cresciuti» rispose, con un sospiro così lungo che Lara pensò che ci sarebbe finita dentro la mosca «e comunque ci sono altre cose che vale la pena imparare, oltre la matematica.»

«Tipo?»

«Preparare un Americano» ed era sparito dietro al bancone, così che Lara aveva finito per non pensare ad altro se non a che cosa potesse significare "preparare un Americano", ammesso che si trattasse di qualcosa da bere o da mangiare e non di qualcosa che avesse a che fare con gente che parlava inglese.

Tentò di spiare le manovre nascoste di Elio, dietro il bancone, e poi guardò estasiata il cocktail color rubino, che le sfaccettature del bicchiere facevano brillare come una pietra preziosa.

A quel punto lo aspettava come nei film: il momento in cui lui le avrebbe insegnato a prepararlo e le istruzioni avrebbero finito per colmare lo spazio che li separava, cosa che le avrebbe consentito di andare in bagno all'Assenzio senza sentirsi come una che sta esagerando in confidenza.

Non successe.

In compenso, qualche giorno dopo, lui le portò un trancio di pizza bianca grande come il suo libro di matematica e, da lì, lo fece ogni pomeriggio.

Quando Lara addentava il primo morso di quella pizza calda, con la crosta salata e fragrante, sentiva la ricompensa per non poter fare i compiti alla scrivania di casa. E anche per non avere più una scrivania.

Era successo a febbraio, con il freddo che premeva contro i vetri e la casa gonfia di buio e di silenzio. Di quella notte, Lara ricordava macchie nere allargarsi nel suo sogno man mano che i rumori la strappavano al sonno, i suoi piedi scalzi come lievi applausi sul pavimento di marmo, le parole sottovoce dei suoi genitori e come, in piedi alle tre del mattino, era stata invisibile ai loro occhi. Imbevuti di angoscia quelli della madre, spalancati da un'urgenza frenetica quelli del padre. Non aveva capito niente, quando Adele era corsa in camera e le aveva messo in mano un borsone: «Prendi i tuoi vestiti, tutti quelli che riesci. Adesso».

Non aveva capito niente vedendo suo padre in soggiorno, chino sulla sedia dove di solito sedeva per pranzare, la testa tra le mani e lo sguardo fisso e sgomento di fronte a sé, come se all'altro capotavola fosse seduto un mostro.

Non aveva capito, mentre metteva in borsa troppi calzini e poche mutande, mentre lasciava nell'armadio la maglia gialla e prendeva la giacca che le stava un po' stretta perché le piaceva di più, che non sarebbe tornata a prendere il resto.

Quando aveva chiesto: «Che succede?» le parole si erano disperse nell'aria senza arrivare ai genitori, come in uno di quei sogni dove gridi senza voce.

Aveva cercato appigli per dare un senso a quel momento e invece non una frase, non una sola ragione per cui improvvisamente stessero facendo le valigie nel cuore della notte, come fosse arrivato un terremoto. Poi aveva guardato il padre, perfettamente immobile, con i denti che tremavano nel buio come dadi agitati dentro a un pugno, e aveva capito che il terremoto era arrivato per davvero.

Alberto Marchese, che di nobile non aveva niente, da quella notte era scomparso nel nulla. Gli indizi li aveva disseminati da mesi e, se Lara li aveva ignorati, sua madre a pensarci bene li ricordava tutti: il conto in banca improvvisamente inaccessibile, il Rolex e i gemelli introvabili, il modo in cui aveva sostituito la palestra e il tennis club con la corsa al parco. Suo marito aveva ridotto la sua vita all'osso mantenendo solo il decoro a prima vista, come la facciata di un set. Invece che con le assi di legno, lui si teneva su con l'approssimazione. Interrogato dalla moglie si limitava a rispondere: «Niente, un periodo così. Poi ti spiego con calma».

«Quando?» chiedeva Adele, con un'ansia che non capiva se appartenesse al non sapere o al non voler davvero sapere.

«Quando avrò sistemato un po' di cose» rispondeva lui, con l'aria di chi la sa più lunga delle sue stesse rogne.

Invece le cose avevano sistemato lui e Alberto si era trovato davanti a una pistola, che non era la prima che vedeva in vita sua, ma la prima di cui vedeva la canna dal lato sbagliato.

Quando avevano fatto il nome di sua moglie e sua figlia aveva capito che le cose che fino ad allora pensava di poter gestire erano definitivamente sfuggite al suo controllo, e aveva promesso l'ultimo pezzo che restava da promettere: la casa, senza essere certo che questo bastasse.

Aveva temporeggiato per mesi, poi firmato quella cessione mentre Adele ancora ordinava cuscini nuovi per i divani e Lara appendeva poster di cantanti americani. Lui guardava la parete e gli prendeva, dentro, un dolore così forte che doveva appoggiarsi alla porta. Che non era più sua nemmeno quella.

Alberto Marchese si sentiva così: come se non avesse più niente a cui appoggiarsi.

Il 27 febbraio la casa era ufficialmente di qualcun altro e lui non l'aveva ancora detto alla moglie. Il 28 febbraio aveva ricevuto una chiamata molto esplicita: fuori adesso, fuori prima di domattina. Si era preparato un discorso, poi era tornato a casa e aveva trovato Adele con le patate al forno sul tavolo e la teglia da pulire, la tavola apparecchiata e Lara che metteva i bicchieri, e gli era sembrato che ci fosse ancora troppo da fare in quello spiraglio di normalità da bersi come ultimo calice.

Aveva cenato con le lacrime nello stomaco insieme alle patate al forno, che quella sera sembravano buonissime, e pensava: "Adesso glielo dico". Lo aveva pensato ogni minuto per cinque ore. Lo aveva pensato a cena e poi dopo cena, quando Adele aveva detto che il detersivo dei piatti stava per finire. Aveva aperto la bocca alle nove e mezza, quando aveva visto Lara in pigiama che sorrideva e diceva: «Buonanotte papà», ma era riuscito solo a rispondere: «Buonanotte, amore». Si era chiuso in bagno e allo specchio, mentre la moglie pensava che si stesse preparando per dormire, si era chiamato con le parole peggiori che conosceva. Quando erano arrivati i colpi di tosse, aveva scoperto che erano solo il modo delle sue lacrime per aprirsi un varco. Alberto aveva pianto guardandosi piangere, per la pena che faceva a se stesso.

Era stato lo sguardo a parlare per primo. Quel gonfiore sotto gli occhi, che Adele aveva indovinato subito. Il «cosa c'è?» della moglie, soffiato fuori dal petto, era stato per Alfredo la crepa nella diga che stava tenendo chiusa con un dito.

Aveva fatto uscire moglie e figlia subito, senza aspettare l'alba. Le aveva sistemate in un albergo a tre stelle lì vicino, con Adele che strillava di non voler entrare e lui che la rabboniva dicendole che sarebbe tornato presto a spiegarle tutto, e nella frenesia assurda di quella notte lei a un certo punto era stata docile. Chissà cos'aveva pensato, magari che il marito sarebbe potuto morire.

Alberto era sparito subito dopo.

Aveva fatto una sola chiamata alla moglie, la mattina seguente, e l'aveva colta insonne, con la voce acre e impastata di lacrime.

«Dove sei? Cos'è successo? Dimmi!»

«Mi dispiace, Adele» aveva balbettato lui. «Era l'unica cosa, l'unica soluzione.»

«Dove andiamo adesso? Dove sei?»

«Io, Adele, adesso non posso tornare. Mi dispiace, proprio non posso. Stamattina però una cosa l'ho sistemata: devi chiamare Ernesto, nello zaino di Lara ho messo un biglietto con il suo numero. Tu gli telefoni e lui sa già tutto. Poi vi farà anche avere le vostre cose.»

«Cosa sa? E io cosa devo sapere? Spiegami, Alberto! Io non capisco...» Adele si spezzò in un pianto che le arrivava da dentro le ossa, dove non credeva che il dolore sarebbe potuto affondare.

«Non ti preoccupare. Basta che aspetti e non chiami la polizia. Va bene?»

«Lara...» riuscì a dire Adele con un ultimo lamento. Che significava: e tua figlia? Come riesci a rovinarle la vita, poi voltarti e lasciarla indietro facendo finta di non averla fatta tu, di non averla abbracciata stretta, di non averla accompagnata il primo giorno di scuola. E vedessi com'è, ora, che ho dovuto accompagnarla a scuola lo stesso e ci è andata senza dire una parola. E fossi stato qui stanotte, quando le ho detto che non c'era niente da piangere, e lei non mi ha creduto ma non ha pianto lo stesso. È una brava bambina, Lara. Non merita questo.

E Alberto rispose solo: «Ci penso, a Lara. Ci penso tanto. Vedrai che tra un po' sistemo tutto».

Poi attaccò il telefono.

Adele rimase ferma nella piccola stanza dell'Hotel Stella, un letto a una piazza e mezzo spacciato per matrimoniale e una parete verde muschio.

Fissando il comodino di fòrmica pensò che fino a quel momento aveva creduto di saper fare tutto da sola, e non era vero.

Mise in moto la sua procedura di emergenza, quella che le aveva insegnato sua madre: si sedette composta, le mani arroccate sulle ginocchia, il petto rigido. Prese un respiro come se stesse iniziando un esercizio, e proseguì con ostinata regolarità a inspirare ed espirare, tentando di inebetire la disperazione di aria e ragione, concentrandosi sulle cose da fare perché tutto poteva essere risolto. Più tentava di quietarsi più sentiva il bisogno di fare qualcosa, qualsiasi cosa, per iniziare a dare ordine al caos.

Il suo giorno zero, il primo dopo il terremoto, lo iniziò stirando la gonna blu della figlia con il vapore della doccia e comprandole una merenda al distributore di snack dell'ingresso, perché il giorno dopo non andasse a scuola senza.

La vide così, magrolina e vestita di tutto punto, in piedi nel corridoio sporco dell'albergo, e le sembrò tanto piccola.

«E papà?» chiese lei, gli occhi lucidi e sgranati.

«Gli faccio passare i guai, quando torna» disse Adele, cercando di sembrare in pieno controllo della situazione.

«Che dobbiamo fare?»

Lara aveva paura. Più per suo padre che per loro stesse, perché doveva essere successo qualcosa di terribile e anche perché Alberto era da solo, mentre loro erano in due.

Adele voleva dirle "ti voglio bene, andrà tutto bene", e invece le intimò: «Non devi dire niente a nessuno, hai capito?».

Lei soffiò fuori un impercettibile sì.

Sua madre lo diceva per proteggerla, lo sapeva.

Lara andò a scuola, quel giorno e i giorni a seguire, sentendosi un bersaglio malfermo. Saliva i quattro gradini dell'ingresso della Giuseppe Verdi, attraversava il corridoio bianco e grigio ed entrava nella terza porta a destra, sedendosi al banco senza la forza di tirare davvero un sorriso. Aspettava che la bomba scoppiasse. Metà dei genitori dei suoi compagni di classe conosceva la sua famiglia, Parini abitava addirittura nel palazzo di fronte.

Fu lui, infatti, il primo. «Lara, mi hanno detto che tuo padre è latitante. Dov'è, ai Caraibi?» E così, un martedì qualunque, lei si ritrovò la sua storia rovesciata addosso. Lara Marchese sparì, arrivò "Lara, quella che il padre...", "Marchese, la figlia di" e "quella poraccia".

Lei non aveva ricomposto ancora i pezzi, non capiva tutto. Anzi, forse non capiva proprio niente e se non capiva lei, come poteva permettersi di parlare della sua storia quel cretino con la faccia unta?

«No.»

«Ah, non è ai Caraibi? Allora è a Cuba.»

«Mio padre dice che non avete più la casa, è vero?» si unì alla conversazione Vitali, che fino a quel giorno le era sembrato quasi un tipo gentile.

«Fatti gli affari tuoi.» Lara si accorse, dalla durezza delle sue parole, di non avere nessuna risposta.

«Ha detto mia madre che stanno in albergo.»

«Ma è vero, Lara? Che è successo?» aveva chiesto Giada Zaccaria, la sua compagna di banco.

«Che suo padre si è venduto pure le mutande» aveva riso Parini.

«Lara, mi dici?» si era lamentata nuovamente Giada.

Lara si era scansata quando quella aveva provato a tirarla per il polso.

«Forse tuo padre se n'è andato con l'amante, no?» chiese sguaiatamente Vitali.

E Lara, impietrita, aveva ingerito a occhi chiusi l'idea che scollava definitivamente la parola "padre" dall'immagine amata e dolce che aveva di Alberto Marchese, fino a quel momento considerato affidabile nella sua incoerenza, presente nonostante le assenze. Papà in modo tondo e senza nessun buco.

«Adesso la piantate, sfigati, o iniziamo a parlare di tutte le corna che si mettono i vostri, di genitori.»

Lei si era messa fra Lara e gli altri, ma più vicino a Lara, e nessuno le aveva chiesto nulla fino a quel momento. Elena Marli, figlia dell'avvocato divorzista Alessia Marli, non aveva esattamente scelto di entrare nella discussione e schierarsi, anzi, lo ritenne piuttosto stupido, ma il gesto le venne così automatico e lo sentì così giusto che, mentre stava lì in piedi a parare gli occhi lucidi di Lara Marchese da altre domande disgustose, non capì come mai fosse la sola, e con lei non ci fossero almeno tutte le altre ragazze della classe.

2

A nulla serviva l'affannosa ricerca della moglie, che tentava di stringergli la strada da ogni lato: Alberto Marchese era sparito nella nebbia di quella mattina come nel fumo di un numero da circo.

Adele braccò tutti i contatti del marito. Li affrontava minacciosa, gli amici del tennis e quelli dello studio, carica di una rabbia elettrica che le spiritava lo sguardo. Cominciava con le buone e finiva con la voce stridula e piena di rancore, il dito puntato a tentare di infrangere quello che percepiva come un muro omertoso, un complotto contro di lei. Come se chiunque sapesse dove trovare Alberto e nessuno volesse dirglielo.

Tornava all'Hotel Stella sconfitta, incapace di spiegarsi come fossero finite in quella situazione così umiliante e indecorosa. Cinque paia di mutande a testa, un po' di vestiti, nessuna casa: niente letto, piatti e posate, la sua collezione di musica classica, il vaso d'argento che le aveva regalato sua madre e il quadro a cui aveva appena fatto rifare la cornice. Le pareti della sua cucina, con quella macchia beige che era la prima pappa di Lara. Il suo frigorifero. Il pesce che aveva appena comprato, in frigorifero. Quello la fece piangere più di tutto: chi avrebbe mangiato quel pesce? Chi avrebbe aperto il suo frigo? Chi avrebbe calpestato il suo marmo e il suo parquet, quello della camera da letto con le tre assi vicino alla porta che scricchiolavano? Quando entravi in quella stanza, lo sguardo cadeva subito sulla foto in bianco e nero della bisnonna, e lei a volte sorrideva. Era sua quella casa, era lei quella casa.

Ogni pensiero che la riportava tra quelle mura le tagliava il fiato in gola. Si doveva fermare, trovare un angolo dove radunarsi e piangere come non pensava di essere capace, con lamenti incontrollabili e, per i suoi standard, indecenti.

Il marito le aveva scritto una lettera, recapitata in albergo. Le prime dieci righe erano frasi di scuse senza alcun legame una con l'altra. Richieste di perdono e ammissioni di colpa che lei lesse con un senso di delusione che assomigliava al vomito. Poi scarne indicazioni, che dicevano sommariamente di tenersi lontane da casa, ribadivano di non rivolgersi a nessun tipo di autorità e di aspettare il suo ritorno.

«Ho fatto un disastro» ammetteva Alberto «e so che non potrai mai perdonarmi, ma ti chiedo di avere fiducia: sto cercando di sistemare tutto. Mi farò sentire presto, intanto spero tu abbia già preso accordi con Ernesto.»

Non l'aveva ancora chiamato, Ernesto, per il semplice fatto che era stato il marito a darle il numero, ma l'Hotel Stella costava trentacinquemila lire a notte colazione esclusa, e lei ne aveva novecentomila nel conto in banca. Solo quelle.

Fece il numero pigiando i tasti come se volesse bucarli.

«Signò, e adesso lei mi telefona? L'appartamento è andato.»

«Quale appartamento?»

«Quello per lei e la bambina. Glielo avevo detto, ad Alberto, che dovevate chiamare subito. Però non si preoccupi: ce n'è un altro vicino, a via Sgaramella.»

«Scusi, di cosa stiamo parlando?»

«Alberto è un amico, io un appartamento glielo sconto volentieri. A proposito, signò, io due mesi da quando entrate ci ho pagati, poi ci pensa lei?»

Adele rimise nelle due valigie quei vestiti che odoravano di chimico come le saponette dell'albergo Stella e, quando andò a prendere la figlia a scuola, le disse solo: «Andiamo».

I palazzi del condominio di via Sgaramella si guardavano con le finestre strette intorno alla bocca vuota del cortile, una spianata di cemento dove le erbacce si divertivano. Ci abitava un'umanità fitta e rumorosa, che ascoltava la vita degli altri passare dalle pareti.

Al posto del pavimento di marmo lucido della casa borghese di viale Indipendenza, gli appartamenti di quello stradone in rovina ai limiti del Raccordo Anulare avevano mattonelle sale e pepe quasi ovunque, con le giunture sporche dei precedenti inquilini. Nessuna boiserie in legno d'acero ma due scaffali in plastica bianca inchiodati senza poesia alla parete del soggiorno.

Adele odiò subito quella casa e i suoi colori spenti, i letti del discount con il compensato che si intravedeva sotto la vernice, la cucina degli anni Settanta e i suoi pomelli quadrati, il fiore arancione antiscivolo della vasca da bagno che non era riuscito a restare intero ma non voleva saperne di andare via, con quei quattro petali e mezzo mangiati dai piedi di qualcun altro.

Lara era contaminata dal disprezzo di sua madre per

quella casa come se glielo mettesse nel cibo, eppure non poteva evitare di coglierne una poesia spontanea e inevitabile. Forse era il suo essere così angusta e accatastata da sembrare un rifugio.

La casa di viale Indipendenza era chiusa in compartimenti stagni. Ascoltava le voci degli ospiti dei genitori, quando facevano le cene, e arrivavano da un posto inaccessibile, che non riusciva a sentirti nemmeno quando piangevi. Quando era più piccola, a volte, si era presentata in salotto in pigiama. Le erano rimasti impressi il freddo ai piedi e gli sguardi compassionevoli, che arrivavano da qualche sconosciuto in abito scuro.

Il bilocale di via Sgaramella, invece, era tutto lì, davanti ai tuoi occhi non appena aprivi la porta: l'ingresso con il salotto che era anche sala da pranzo e angolo cottura, il terrazzino in fondo che guardava i palazzi di fronte. Lontani, perché in mezzo c'era la grande strada di periferia, quasi belli, perché la sera il sole ci moriva sopra sanguinando una luce aranciata e pastosa, che ti si spalmava addosso.

La prima cosa che fece Lara fu entrare nella stanza con il letto singolo, aprire il borsone con i vestiti e poi appendere alle pareti il poster di una rock band che aveva trovato in un giornalino. Il muro era sporco, con tracce di chiodi e scie grigie di scotch. Pensava che il poster l'avrebbe migliorato.

Seduta su quel letto che cigolava giù sotto il suo peso, fissando il cantante con la faccia accigliata, allentò le difese che la tenevano intera. Le gocce cadevano a piombo dalle guance sul pavimento, senza alcun rumore.

L'affitto era di quattrocentomila lire al mese, in contanti, da rifilare in mano a questo Ernesto con i denti di quel grigio amaro da nicotina, i bulbi degli occhi in fuori e le occhiaie nere dei calabresi. Ma come l'ha conosciuto uno così – pensava Adele, che era abituata a vedere il marito circondato da ciarlatani in abiti sartoriali, evasori con il Porsche e il portasigari d'argento, le mogli ridanciane e plaudenti come foche. Erano le sue amiche: i giovedì a lezione di cucina e il sabato pomeriggio dal parrucchiere. Non le amava per il carattere, ma per le abitudini: il modo in cui legittimavano la sua vita, vivendone una uguale. Lei e Alberto erano parte di un clan che li avrebbe sempre fatti sentire parte di qualcosa di sicuro, solido. Almeno così aveva creduto.

Per marzo e aprile un Alberto sconosciuto e colpevole aveva già provveduto mettendo i soldi in tasca a quell'Ernesto, ma maggio era alle porte, e con esso arrivava la consapevolezza di possedere solo alcuni effetti personali e una figlia. Con la voce che ricamava giustificazioni, provò a chiedere alle foche.

Né loro né i loro mariti, chiusi negli uffici dove fino a due mesi prima offrivano il caffè ad Alberto, avevano bisogno di una persona da impiegare. E no: non conoscevano nessuno, gli dispiaceva tanto. A proposito: ma erano vere le voci? Perché, certo, loro non avevano creduto nemmeno a una parola, però nessuno l'aveva più vista in zona e la loro macchina non era più parcheggiata sotto casa. Se avesse avuto bisogno di qualcosa, qualsiasi cosa che non fosse stata utile o discreta, ecco: loro ci sarebbero state. A patto di ricevere dettagli, informazioni, nutrimento per i tediosi pomeriggi di manicure, da ingoiare soddisfatte come pasticcini con il tè.

Solo una, alla fine, si volle sentire caritatevole: «Sai, Adele, mi fornisco in una merceria, una bottega dalle parti del centro. Conosco la proprietaria, dice che le serve una persona. Certo troverai sicuramente qualcosa di meglio, ma volevo dirtelo».

Ci aveva provato tutto il mese, Adele, a trovare qualcos'altro. Qualcosa che la riportasse, almeno per le otto ore di lavoro, in un luogo che le somigliasse: uno studio legale, notarile o di commercialisti. Una boutique sartoriale o una delle organizzazioni benefiche a cui le foche donavano mensilmente cifre che, come pesci nelle bocche dei pescatori, crescevano di zeri passando di salotto in salotto.

Poi Ernesto andò a ritirare gli affitti di aprile e lei se lo trovò alla porta così, pallido e smagrito di fumo e cattivi affari, con i soldi dei condòmini ancora in mano. Il fatto che non si preoccupasse nemmeno di una busta diceva tutto.

«Niente, signò, solo a vedere se lei e la bambina state bene, e per ricordarle che al prossimo giro devo prendere pure qua. Lo sa, no?»

«Certo.»

«Mi scusi se sono dritto al punto, come si dice. Se potessi, gliel'ho detto pure ad Alberto, io le farei ancora lo sconto ma qui, eh, qui la gente le vuole le case.»

Queste topaie di compensato, pensò lei con un disgusto che le cambiò tutta l'espressione del viso.

«Si trova bene, sicura?» chiese, questa volta non per cortesia ma per un interesse che aveva lanciato l'amo dentro la scollatura di Adele. Lei lo capì, e si affrettò a concludere il discorso seccamente. «Ci vediamo tra un mese, non si preoccupi dei soldi. Arrivederci.»

Quello si allontanò in fretta e lei rimase per un attimo alla porta, non con la sgradevole sensazione che Ernesto avesse infranto un velato limite tra classi sociali ma con il terrore che, vivendo in quei palazzi screpolati e pieni di odori, quel limite fosse sempre meno visibile.

Lei non si sarebbe arresa, e nemmeno sua figlia: Lara era una ragazzina di un certo livello. Poteva avere delle amiche, ma non certo le ragazzine di quel palazzo. Le aveva viste: si ritrovavano tutti sotto, nel cortile con le mattonelle sciancate e quei quattro zeppi di alberelli. Facevano gruppo, sì. Un gruppo con pochi vestiti e molti grilli per la testa. Parlavano un dialetto volgare, urlato e gutturale. E poi stavano già con i ragazzi, lei le aveva viste. Era una cosa per Lara? No, non era una cosa per Lara.

Lei doveva continuare a frequentare le compagne di scuola e non abbandonare il binario dove presto sarebbero rientrate.

Elena l'aveva osservata, vedendola implodere senza una sola scintilla. Certe ragazzine si chiudevano in bagno a piangersi le budella per un cretino di terza, quella invece nemmeno una lacrima.

Si era allontanata dall'amica del cuore Giada, ed era una distanza da entrambe le parti. C'è sempre un momento in cui si fa un passo indietro per vedere se l'altro è disposto a farne uno avanti, e nessuno aveva mosso un dito quando Lara si era pian piano messa in disparte, a masticarsi i pensieri in silenzio con quegli occhi torvi che la fòrmica del banco se la volevano bucare.

Come si fossero messe d'accordo, proprio quando Elena pensò: "Adesso ci vado io, a parlarle", la prof di educazione artistica le aveva messe sedute vicine: «Così, Marli, Marchese ti dà una mano con le prospettive».

La cosa strana era che Elena aveva quasi dovuto insistere per ottenere la sua amicizia, e non era nemmeno troppo sicura di essere riuscita a conquistarsela. L'apprezzamento di Lara, se c'era, era impercettibile: si limitava a stare accanto a lei e a spiegarle i punti di fuga, come fossero una cosa molto seria. A volte tornava durante il cambio dell'ora a chiedere se aveva capito, o se avesse bisogno di rifare qualcosa. Qualche volta se la ritrovava dietro alla macchinetta delle merendine, guardava l'espositore quasi volesse scegliere, ma senza soldi in mano. Se lei le offriva una brioche rispondeva: «No, grazie».

Sembrava niente, finché Elena non si accorse che passavano le giornate praticamente accanto, e capì che per Lara ridurre le distanze era *qualcosa*. Per questo un giorno, finita l'ora di educazione artistica, le disse: «Rimani in banco con me».

La differenza le assortiva con grazia. Lara era esile e pallida, sembrava che qualcuno avesse lavato via il colore dalla pelle concedendole in cambio il biondo lucido dei capelli e un bagliore cupo negli occhi, di un verde tendente al grigio che mancava della limpidezza che ci si aspetta dagli occhi chiari.

Se a prima vista sembrava una ragazzina come tante, forse anche più fragile con quei polsi sottili che navigavano nel maglione e il collo sempre infossato dentro una sciarpa, a un secondo sguardo ti accorgevi che c'era qualcosa di diverso in lei. Un tratto offensivo, come quegli animali selvatici che la gente addomestica e che, pur lasciandosi accarezzare, covano nello sguardo il torbido delle loro zone buie, dove nessuno arriva.

Sembrava l'esatto contrario degli occhi nocciola di Elena, con quel calore che ti avvicinava e trovava riflessi nei capelli castani lucidi, morbidamente arricciati sulle punte. Tutto in lei era dolce: la forma languida degli occhi e il ventaglio fitto di lunghe ciglia, il naso lievemente pronunciato e le labbra rosa come spicchi di pompelmo.

Avevano la stessa età, ma Elena aveva abbandonato da un pezzo gli atteggiamenti infantili e capricciosi che Lara continuava a mettere in atto davanti a qualsiasi cosa la spaventasse.

A certe domande si rifiutava di rispondere, girando la testa e cucendosi la bocca come i bambini. Altre volte scoppiava in entusiasmi rapidi e insensati e altrettanto rapidamente si spegneva, come se le cose potessero sparirle davanti da un momento all'altro e non valesse la pena investirci alcuna energia.

Di una sola cosa parlava sempre con la voce densa di interesse: l'Assenzio. Elena adorava sentirne i racconti, sembravano pescati da un film. Le piaceva questo Elio, continuamente nominato con la familiarità di qualcuno che vedi spesso e la reverenza di chi guardi dal basso. Sembrava fare parte di un'altra specie, alla quale Lara più di ogni cosa desiderava appartenere.

«Mi ha fatto un regalo» disse un giorno Lara a Elena, con la voce sommessa dei segreti.

«Cosa?»

«Dei colori a olio, pennelli e un blocco enorme. Per dipingere. Dice che devo esercitarmi, se voglio diventare un'artista.»

«Bello! E tua madre che dice?»

«Niente.»

Invece Adele aveva visto Lara tornare a casa con quel

blocco enorme, i colori e tutto il resto e, quando la figlia si era messa in camera a dipingere, aveva esclamato infastidita: «E cos'è questo, adesso? Non abbiamo già abbastanza problemi per conto nostro da spendere soldi in pennelli, nemmeno fossi Picasso? E chi pulisce poi, dopo che hai sporcato?».

«Non sporco nulla.»

«Quanto l'hai pagata, questa roba?»

«Niente, è un regalo. Di Elio.»

«Ah, Elio. Che adesso vuol fare l'amico, vuol fare» aveva cantilenato palesando, nell'inclinazione di quelle parole, che ci fosse qualcosa che Lara non sapesse.

«Glieli riporti. Gli dici che non ti servono.»

«No.»

«Lara Marchese, glieli riporti o domani non solo non trovi più questi, ma ti butto anche le matite colorate.»

«Le matite sono di scuola!» aveva gridato lei, con la rabbia che si era incastrata nella U di *scuola* facendola suonare stridula e disarticolata.

«Non mi interessa.»

Lara era tornata da Elio, e poche volte nella vita si era sentita umiliata come in quel tragitto da scuola all'Assenzio, con Michela che le aveva chiesto cosa fosse quella roba e lei che se l'era stretta addosso per nasconderla, ma non ci era riuscita.

Era stata tentata di buttarla nel cassonetto, perché non voleva offenderlo. Le stava dando rifugio, nel senso più primitivo del termine. Un posto dove stare, qualcosa da mangiare e la sicurezza di una persona che non ti ingannava promettendo un affetto che non poteva mantenere. Elio non le dava alcun affetto, non esplicitamente almeno.

Le dava fiducia, qualcosa a cui Lara non era abituata, e che la confondeva.

Varcò la porta con quel blocco enorme che spuntava come una L dal suo corpo esile.

Lo poggiò a terra dietro lo sgabello, poi iniziò a studiare storia. Pregò che quel giorno Elio non arrivasse, sperò di potersene semplicemente andare lasciando il blocco appoggiato alla parete. Magari qualcuno lo avrebbe spostato, forse sarebbe sparito e lei non glielo avrebbe dovuto restituire, mai.

Poi sentì la sua voce, e i passi salire dalla cantina.

Non li sentì nelle orecchie. Li sentì nel petto.

«E quello?» chiese lui, spostando il blocco con un piede.

«Te lo devo ridare» rispose lei, con gli occhi che trivellavano il pavimento.

«No, è tuo. Non me lo posso riprendere.»

«Mia madre non vuole che lo tenga.»

Elio sembrò contare fino a dieci mentre alzava gli occhi al soffitto. Fece un sospiro lunghissimo.

«E allora lo usi qui» disse infine.

«Dove?» chiese subito Lara pentendosi un momento dopo, perché quello era esattamente il tipo di entusiasmo facile che sua madre avrebbe reputato sconsiderato.

«Vieni» e la prese per mano. Quei palmi così vicini, tiepidi e ruvidi, le fecero effetto. Lui dovette avvertire la tensione, perché la lasciò immediatamente.

Passarono dietro al bancone e scesero la ripida scala a chiocciola fino al seminterrato. Tre finestre lunghe e strette illuminavano la cantina dove casse di vino, superalcolici e birra attendevano il loro momento in penombra.

Al centro della stanza uno spazio vuoto era tagliato dai

raggi del sole, un quadrato luminoso dove le particelle di polvere nevicavano brillanti, sollevate dai loro passi.

«Puoi venire qui, se ti piace.»

«Sì» disse Lara guardandosi intorno piena di meraviglia.

«Ogni volta che ti sbrighi a fare i compiti, puoi scendere e dipingere. Però voglio vedere cose tue, non quella roba che copi dai fumetti. Capito?»

«Sì.»

«E non dirlo a tua madre, che quella come minimo mi fa chiudere il locale.»

Lara scosse la testa con decisione.

Così iniziò a nascondersi nella pancia dell'Assenzio, e scendere quelle scale era come scavarsi una tana nella stiva calda e polverosa di un vascello che, invece dell'odore del mare, covava gli aromi delle casse di vino, legno e terra, mani e sughero. Lara prendeva quei pennelli, i fogli duri e ruvidi così vicini alla tela e ci tracciava sopra volti e colori pescati dal fondo della sua immaginazione – *così vivida*, diceva la prof di italiano. Di cercare nella testa era stanca: là dentro c'era quel sovraffollamento di domande e dolori da cui non avrebbe tirato fuori un bel niente.

Iniziò attingendo a quell'immaginario che Elio denigrava, ma che per lei era l'unica iconografia dopo i libri di scuola: illustrazioni, fumetti, cartoni animati.

Non era abbastanza. Lara disegnava, dipingeva e poi guardava a cinque passi di distanza: a quelle figure mancava sempre qualcosa, anche se non sapeva dire cosa. Cancellava, strappava, ricominciava ma non smetteva mai. Non poteva.

Il rumore dei passi sul legno delle scale aveva iniziato a essere atteso.

Elio scendeva con la sua andatura atletica e un po' molleggiata, come un artista che entra in scena. Accelerava sempre sugli ultimi tre scalini, era un ritmo tutto suo.

All'inizio aveva finto di aver bisogno di qualche bottiglia o lattina. Scorreva le casse e gli scaffali con gli occhi e con le dita, sembrava esaminarli uno a uno sfilando davanti alla finestra, poi non prendeva niente. Solo dopo qualche settimana aveva iniziato a scendere, fermarsi, e sedersi.

«È fresco qui sotto» diceva.

Si appoggiava alle cassette di legno del vino, il busto dritto e il naso che puntava il soffitto, gli occhi semichiusi, come un subacqueo appena riemerso che si ferma a respirare, lentamente.

«Come te la sei fatta quella?» Lara aveva indicato una cicatrice pallida, che si intravedeva appena dal colletto quando metteva la camicia ma tagliava la clavicola in due quando indossava la canottiera bianca dei giorni di lavoro, lucido di sudore a scaricare le casse di vino che arrivavano direttamente dai colli romani.

Lui aveva risposto quel: «Sei troppo curiosa» con le parole così rovinate di tristezza che lei non lo avrebbe chiesto mai più.

Tante cose, all'Assenzio, erano risposte in cerca di domande.

C'erano dei giorni in cui Elio arrivava con un viso diverso. Sembrava avessero preso una matita e gli avessero reso i tratti più affilati e netti, gli occhi come due pozzi neri a pescare da un languore pigro, che lo svegliava a poco a poco e non del tutto.

Si vestiva con una camicia bianca, la sua giacca con le code, e non si spendeva a fare nulla. Leggeva un libro e non dimenticava mai di mettere la musica. Iniziava ore prima. La mensola vicino al divano verde era piena di vecchi vinili e, sotto, un giradischi giallo crema diffondeva il suono in modo caldo e ruvido.

Ci impregnava le tende e le pareti, con quella musica. Ci dipingeva nell'aria cose, pensava Lara.

Elio amava Mina, Tenco. Le note languide di João Gilberto e la voce oscura di Nina Simone. Modugno ed Ella Fitzgerald. A volte, si spingeva fino ai Beatles, Elvis e Johnny Cash, ma la sua preferita era Édith Piaf. Quella dignità disperata, la passione che le fremeva in gola. Quando la luce arancione della sera entrava rossa e viola dalle finestre, e la musica sembrava promettere ogni bellezza, Elio riempiva due calici di vino e aspettava una donna.

Era ogni volta diversa, e ogni volta lasciava le tristezze della sua vita fuori dalla porta per commuoversi con quelle R di *Hymne à l'amour* che le si arrampicavano addosso. Scioglieva le difese per necessità, perché se non l'avesse fatto circondata da quella patina di meraviglia avrebbe creduto di non saper vivere. Con gli occhi di Elio che la facevano sentire guardata per la prima volta e l'Assenzio glorificato, come fosse la stanza lucida di un sogno.

Lara non doveva nemmeno farsi invisibile, loro si sentivano già soli quando attraversavano la prima sala e sparivano nella seconda, quella che sembrava un piccolo palco, con il pavimento di legno rialzato e le tende viola intorno.

Che si chiudevano quasi subito.

Non aveva mai visto niente di simile, lei, che considerava l'amore mettersi una mano sulla spalla al centro commerciale e comprare dei dolci per il dopocena. Sorridere, commentare a voce alta i pregi dell'altro perché gli altri sentano. Premere le labbra insieme nell'attimo che precede una distrazione. Parlare a cena. Litigare e sopportarsi, accettare le tute sformate sulle ginocchia e i capelli masticati del mattino in quel confine bianco tra santa tolleranza e affetto compiaciuto. Era smaniarsi contro le piccole cose e ignorare quei fastidi rapidi a nascondersi sotto i mobili, come scarafaggi. Andare avanti verso un orizzonte già conosciuto e fermo, e lasciarsi quietare dalla sua appropriatezza.

Era così poco attraente per lei, l'amore, fin quando non era entrata all'Assenzio e, insieme all'odore di legno e stoffe muffite, aveva respirato l'elettricità di quei corpi che si cercavano con un nervosismo urgente e impuro, lo stomaco nei bicchieri e gli occhi che leccavano piano qualcuno, da lontano, come se lo stessero già possedendo in qualche luogo.

Le restava addosso, quella tensione inquieta e tossica, quando scendeva sola nel ventre caldo del locale, il giorno al termine che le lambiva appena la testa e le tempere ancora non mischiate, come gioielli fermi sul vassoio di plastica che usava come tavolozza.

Posava i pennelli e intingeva nel colore le dita. In silenzio, lentamente, deflorando quella perla fredda e lucida per il suo unico e assoluto piacere.

3

Nel palazzo, i rumori spaccavano la quiete dell'alba.

Tintinnio di posate e tazze nei lavandini d'acciaio, sportelli di auto e borbottio di marmitte usate, ciabatte trascinate lente e zoccoli di legno che facevano due rumori, quando si staccavano dalla pianta del piede e quando battevano a terra. Era il concerto dei lavoratori, che nel silenzio dei salotti borghesi non aveva alcun fiato e ora invece stancava Adele quand'era ancora tra le lenzuola.

Sentiva le prime molle dei materassi alle quattro e mezza. Riprendeva brevemente sonno fino alle sei poi, al piano di sopra, qualcuno metteva quegli zoccoli maledetti.

Scendeva dal letto chiedendosi se fosse più conveniente lasciare un biglietto sotto alla porta, oppure andare a litigare. Perché lei aveva voglia di litigare. Con lo sbandamento offuscato delle poche ore di sonno immaginava scene urlate e violente in cui la sua dialettica aveva la meglio sulle ottuse e incivili abitudini dei vicini, il resto del palazzo l'applaudiva intimorito e gli zoccoli venivano banditi per sempre dal regolamento condominiale.

L'esaltazione durava il tempo di realizzare che lasciare spazio a un solo pensiero che la figurasse lì ancora per molto la faceva sentire in torto verso se stessa.

Si alzava e andava in cucina, dove la luce che entrava di taglio le riduceva gli occhi a una fessura e le esasperava le rughe in viso.

Il caffè lo metteva su in quella Bialetti che a viale Indipendenza aveva maneggiato di rado, perché era la cameriera a servirlo, e ci volevano minuti prima che il suo sguardo accettasse la vista dalla finestra. Trovarci il muro crepato del palazzo di fronte invece dei frassini slanciati era una delusione che, ogni mattina, ingoiava recalcitrante.

L'equilibrio le sembrava di riprenderlo solo svegliando Lara con un bacio, come quando era piccola, per attutire la sua caduta dai sogni. Indugiava con il naso sull'orlo delle sue lenzuola per tenersi dentro quell'odore caldo, come una medicina. La figlia si alzava stropicciata e insofferente, trascinando braccia e gambe fino al tavolo della colazione. Sedeva inebetita, lasciandosi andare a un sorriso solo quando l'odore di latte caldo e biscotti la avvolgeva come una seconda coperta. Adele se ne compiaceva, perché in quel profumo che aveva meticolosamente preparato risuonavano parole come "a casa", "tutto a posto" e anche "ti voglio bene".

Comprava gli stessi biscotti, anche se costavano più di tutti, perché erano i preferiti della figlia.

«L'hai sentito, quello che alle sei non riusciva a far partire il motorino?»

«No.»

«Ma come no? Beata te, Lara. Sbrigati, che oggi devo aprire io il negozio.»

Una volta avrebbe detto: "Sbrigati, che papà è già andato a prendere la macchina", invece prendevano l'autobus.

Lo aspettavano insieme a decine di persone che mescolavano rughe e trucco pesante, paillettes e suole ortopediche, rosso di unghie laccate e occhi gonfi di stanchezza in un mucchio umano desolante.

A bordo cambiava la gente, via via che abbandonavano le strade scolorite ai margini della tangenziale avvicinandosi al centro. I primi a scendere erano gli operai dell'Est che, dentro la polvere e le macchie dei loro jeans troppo larghi, si dinoccolavano giù dall'autobus alla fermata dei cantieri. A Lara si incastrava lo sguardo sulle loro mandibole scarne, che sembravano ossa nude.

«Lara!»

«Cosa?»

«Basta.»

Alla seconda fermata veniva il turno di quelli che andavano a lavorare nei bar, nei negozietti e al mercato. Le ragazze con la faccia soffocata da strati di trucco, le dita nere di sigaretta e il destino scritto nella curva adiposa dei fianchi. Le anziane con le calze ortopediche e le dita dei piedi aggrappate al bordo dei sandali, che dondolavano giù dall'autobus come birilli di stoffa fiorata. I ragionieri con le nocche strette alle maniglie come se ne andasse della loro vita e le camicie a maniche corte che erano state bianche dieci anni prima.

Per ultime scendevano le donne di servizio, lo sguardo vuoto di chi la vita la sopporta e la stessa destinazione: i salotti delle case signorili, i bagni che qualche culo inflaccidito da crostate di frutta e poltrone di pelle aveva sporcato di merda e peli pubici, le montagne di giocattoli sparsi sul pavimento da qualche bambina con il colletto di pizzo, certa di non doverli rimettere a posto "che tanto ci pensa la colf". I pavimenti di marmo, da pestare, lavare e poi lucidare a cera. Lavare e lucidare. E ancora. Cancellando le tracce, poi mettendocene di nuove e identiche.

«Marisol, perché non hai passato la cera, che stasera abbiamo ospiti?» Le sembrava di risentire quell'Adele dei tempi migliori che invece ora, inscatolata nell'autobus, spostava le braccia in alto per non sfiorare quei corpi con un centimetro del suo abito di lino. Sbuffava rumorosamente verso il finestrino. Commentava a voce alta se qualcuno puzzava, ma con la vigliaccheria di guardare altrove.

Quando scendevano era come prendere un respiro.

La madre la scortava fino alla traversa della sua scuola, poi tornava indietro un pezzo fino alla merceria.

«Passa una bella giornata, amore.»

«Grazie, mamma. Anche tu.»

E uno sguardo obliquo di Adele, che lasciava scivolar via nell'aria le sue parole.

«Viene Michela a prenderti al coso, come si chiama, l'Incenso.»

«L'Assenzio, mamma.»

«L'Incenso, l'Assenzio, è uguale. Che nome stupido.»

«Posso scendere da Marika del primo piano, dopo? Ha preso un gattino, ha detto che me lo fa vedere.»

«Sai dove l'ho vista, Marika? Stava in cortile con quel cretino del primo piano, quel ragazzino pieno di brufoli e non ti dico cosa facevano. Quanto cresce male, quella.»

«Mi sa che stanno insieme.»

«Che vuol dire?»

«Che sono, tipo, fidanzati.»

Adele ghignò. «Se a dodici anni hai bisogno di un fidanzato a diciotto che fai, sei già divorziata?»

«Ma il gattino posso andare a vederlo?»

Le piaceva, Marika. Aveva pochi mesi più di lei e sembrava già una donna, con quelle forme piene e i reggiseni con le spalline sottili. Rubava le t-shirt del fratello e se le annodava sopra l'ombelico, e forse era quell'ombelico e non le sigarette che fumava all'angolo del cortile a renderla così autorevole ai suoi occhi. Nello stesso ombelico, Adele vedeva una spaventosa perdita di controllo.

«Il gatto lo vedi dal terrazzino, se ti affacci. Io l'ho visto.»

Lara entrò in classe con qualche minuto di ritardo lasciandosi cadere sulla sedia appena in tempo per rispondere "presente".

«Che culo! Ha detto che interrogava tutti quelli in ritardo per l'appello» le sussurrò Elena.

Tirò fuori dalla borsa l'astuccio, pennarelli e un numero imprecisato di fogli e blocchetti prima del pesante libro di italiano.

In un mondo dove l'ordine era la misura del successo, Lara sarebbe stata nei guai. La sua porzione di banco era scritta e sporca, con la fòrmica limata all'angolo destro per ottenere l'esatta forma di una stella. Il suo astuccio si svuotava in un attimo e i pennarelli restavano sparsi sulle sue gambe, sotto il banco, per terra. Non si preoccupava di raccoglierli finché non le servivano, e a quel punto erano già introvabili.

Elena, invece, la sua parte la teneva ordinata. Lara amava il modo pulito in cui disponeva l'astuccio, il diario, una matita e una gomma sulla superficie verde e sbeccata. Riflettevano la sensazione buona di sapere il posto delle cose, riconoscere e spostarle, all'occorrenza. Quello che lei non sapeva fare con i pensieri. Quando aveva una preoccupazione, quella le si sedeva al centro esatto del cervello e con i piedi calciava lo stomaco, quindi la faceva smettere di ragionare e iniziare a beccheggiare in una nausea feroce di terrori e domande.

«Allora, ci vieni domenica alla festa?»

«Mamma ha detto di no. Dobbiamo stare insieme io e lei, a far finta che siamo felici e contente.»

«Senti, io lo so che è difficile e tutto quanto, ma forse non è sbagliato. Magari, davvero, ogni tanto non ci devi pensare a tutto questo casino» disse Elena.

Lara alzò le spalle poco convinta, ma la ascoltava perché aveva bisogno di istruzioni.

Elena sosteneva che era questione di tempo. Non importava se Alberto sarebbe ricomparso o se sarebbero rientrate nella vecchia casa, se sua madre sarebbe tornata serena come prima. Con il tempo, diceva lei, le cose sarebbero andate meglio. Bastava aspettare e stare tranquilli. Lei ci credeva, perché era quello che ripeteva sempre sua madre in caso di problemi.

L'altro consiglio era "distrarsi". «Ecco perché secondo me dovresti venire alla festa. Magari pomiciare moltissimo con qualcuno ti aiuterebbe. Immagina: lui che limona con te, poi sparisce e tu giù a piangere come Flavia.»

«Che è successo a Flavia?»

«Si è baciata con uno di terza B che dieci minuti dopo è stato beccato con la tua amica Giada. Pensa che dramma, povera Flavia. E pensa tu, al suo posto, quanto ti saresti distratta! A tuo padre non ci avresti pensato proprio più.»

Lara si mise a ridere. «Ah, quindi un dramma per un solo bacio?»

«Be', lui aveva messo anche la lingua.»

Lara rise. «E allora? Che cambia?»

«Si vede che non hai esperienza in proposito.»

«I baci non sono interessanti. E nemmeno i ragazzi.»

«Perché non ne hai mai baciato uno» la prese in giro Elena.

Lara alzò il sopracciglio senza parlare, come faceva sempre Elio.

«Dài, convinci tua madre.»

«Impossibile.»

«Sediamola! Mettiamole del sonnifero nel caffè.»

«Così quando si sveglia mi chiude in casa per sei mesi.»

«Allora distraiamo anche lei: facciamola uscire con mia madre.»

A Lara tornarono in mente certi commenti che Adele aveva fatto sulla presunta reputazione di Alessia Marli. Se solo Elena avesse saputo.

«Senti, davvero, non posso venire.»

«Oh. Allora pomicerò moltissimo anche per te. Non ringraziarmi.»

«Però poi occhio a Giada, io a sentire le tue lagne in bagno non ci vengo» disse Lara.

«In quel caso mentre io sto in bagno tu devi andare a fare un occhio nero a Giada.»

«E vabbe'.»

«*E vabbe'?* Come sei facile da convincere, mai pensato di fare il sicario da grande?»

Risero, nascondendosi l'una sulla spalla dell'altra. Elena aveva questo senso dell'umorismo immediato e generoso, con le risate ci spaccava l'aria ferma della stanza, poi ti guardava e faceva l'ultimo sorriso. Voleva attaccartelo addosso, il buonumore, essere sicura che facesse la differenza disperdendosi nella tua giornata e tingendola, come un colore.

Lara provava a ricalcarla, ma le parole le deviavano in bocca, sempre, e la direzione era un sarcasmo tagliente.

Se la felicità fosse stata un talento, ecco, Elena lo possedeva. Emanava sensazioni buone, confortevoli, una speranza nitida nel nonostante tutto.

C'erano i Take That alla radio, il volume era troppo alto. I vestiti sparsi sul divano dalla sera prima erano ancora sul bracciolo a fiori rosa. Lei era così: non li notava finché non diventavano una montagna, oppure semplicemente perché era la figlia a metterli a posto. In quel caso neppure se ne accorgeva.

Alessia era seduta sul tappeto, indossava una t-shirt con scritto CALIFORNIA e dei pantaloncini di spugna bianchi da cui spuntavano le gambe nude, sode, di un malsano arancione doccia solare. Appoggiata al tavolino da caffè metteva lo smalto, cantava *Sure* dei Take That con intense espressioni facciali e un lieve movimento di spalle. Non sapeva le parole e canticchiava sillabe a caso fino al ritornello, però l'interpretazione era convincente.

Elena si versò del succo d'arancia e prese un pacchetto di crackers prima di raggiungerla sul divano. La preparazione della cena ovviamente non era nemmeno contemplata, nonostante fossero già le otto e mezza.

«Com'è andata oggi?»

«Bene...» rispose Elena, addentando un cracker.

«Ottimo. Anche a me, bene. Niente rogne al lavoro, a dire il vero ci siamo presi due ore di pausa pranzo perché c'era un sole che... l'hai visto, no?»

«Sì, anche noi abbiamo fatto una ricreazione più lunga.»

«Senti, Nina, ma è vero che sei diventata amica della figlia di Marchese?»

Ogni tanto sua mamma la chiamava "Nina". La chiamava anche "Ele" e qualche volta "Elenina", e in ogni nome ci metteva un amore diversamente dosato. Lara invece aveva preso a chiamarla "Leni", e le piaceva un sacco.

«Sì.»

«Vieni qui, mettimi lo smalto sulla mano destra che io non ci riesco mai» chiese Alessia Marli agitando il barattolino rosso. «Lo vuoi anche tu?»

Elena ci pensò un attimo, poi scosse la testa. «Perché, conosci Lara?»

«No amore, non conosco lei, conoscevo il papà di vista perché lavoriamo nello stesso ambiente. Lo sai che è successo, vero?»

«Lo sanno tutti.»

«Eh, una storia brutta. Fai bene a esserle amica, poverina» sospirò Alessia Marli.

«Ma non le sono amica perché è poverina. Lei mi piace.»

«Ah. Sono contenta, amore» disse Alessia sporgendosi a baciare la testa della figlia che intanto era china sulle sue unghie. Elena sollevò lo sguardo perché intuì il senso di quel bacio.

«Esci stasera?»

«Non te l'avevo detto ieri, Nina?»

«No.»

«Allora stasera esco, domani invece viene Barbara a cena e dopodomani serata pizza e film. Ci rivediamo *Intervista col vampiro*? Ti va?»

«Ok. Ma stasera dove vai?»

«A una festa.»

«E quando torni?»

«Non so, amore. Perché non chiami la Marchese a dormire qui?»

«Perché non credo che la mamma la lasci venire, abitano lontano adesso.»

«Be', provaci» disse, allungando il cordless con la mano già smaltata.

Elena se lo infilò nella tasca del golf.

Alessia Marli si rimirò le unghie controluce come se stesse cercando un difetto, infine sorrise: «Sei bravissima, grazie tesoro» esclamò, stritolando la figlia in un abbraccio attenta a mantenere le mani ben staccate, e dandole una serie infinita di piccoli baci sulla guancia.

«Quando torni stasera?» provò di nuovo a chiedere Elena, ma sua mamma era già sparita in corridoio.

«Mamma...» chiamò di nuovo, avvicinandosi alla sua stanza.

Alessia Marli, in mutande e reggiseno, canticchiava davanti alla porta spalancata dell'armadio accennando delle mosse di danza ridicole, con le braccia piegate e le ginocchia molleggiate in quello che doveva essere un movimento di bacino, invece muoveva solo le rotule.

Elena fece per dire qualcosa, poi invece rimase in silenzio. Tornò verso la sua stanza con il cordless che le ballonzolava addosso, compose il numero seduta per terra.

Adele Marchese rispose dopo tre squilli con il tono di chi è stato interrotto durante un'attività molto importante, invece stava pulendo i fagiolini.

«Pronto!»

«Buonasera signora, sono Elena Marli, posso parlare con Lara per favore?» Era una poesia imparata a memoria di cui cambiava solo il nome dell'amica di turno.

«Aspetta un momento, forse è in bagno» disse Adele mentre raggiungeva il corridoio e verificava, dalla luce che filtrava sotto la porta, che sua figlia fosse effettivamente in bagno.

«Sì sì, aspetto. Intanto posso chiederle se la farebbe per caso venire a dormire a casa mia stasera?»

«A dormire?»

«Sì.»

«Tesoro, è un po' difficile che Lara possa venire a dormire da te.»

«Perché?»

«Perché è un po' difficile.»

Elena non sapeva cosa rispondere senza dare torto alla madre di Lara, quindi preferì tacere.

«Ah eccola, ecco che è uscita dal bagno. Te la passo, eh? Ciao Elena, ciao.»

E-le-na-Mar-li sillabò rumorosamente senza nemmeno preoccuparsi di coprire la cornetta.

Lara la prese in mano, emozionata. «Ciao.»

«Ciao. Ti volevo invitare a dormire, ma ho parlato con tua mamma e dice che non si può.»

Lara guardò in faccia sua madre, che aveva gli occhi sgranati per sottolineare un'assurdità e il dito indice scosso davanti al suo naso in un deciso NO.

«Magari...» iniziò Lara.

«Un'-al-tra-vol-ta» sillabò più piano Adele, questa volta attenta a non farsi sentire da Elena ma a farsi perfettamente comprendere da sua figlia.

«... un'altra volta» finì, e sua madre si sciolse in un sorriso di approvazione.

Lara si allontanò rapidamente, chiudendosi nella sua stanza.

«Tanto lo sapevo che avrebbe detto no» riprese.

«Ma perché?» chiese Elena.

«Dice che la sera qui gira brutta gente e non posso prendere l'autobus quando fa buio. Mi sa che ha ragione, però. Ieri hanno scippato una vicina.»

«Ok, la prossima volta vieni direttamente dopo scuola. Che facevi?»

«La pipì.»

Elena scoppiò a ridere, come se fosse la battuta più divertente che avesse mai sentito. Lara rise ugualmente, contenta di essere stata spiritosa.

«Ti va di chiacchierare? Mia mamma sta uscendo.»

«Sei sola?»

«Sì.»

«Davvero? Lei ti lascia sola?»

«Sì» rispose Elena come fosse ovvio.

«Che fico. E dove va?»

«Stasera a una festa.»

«Wow. Mia mamma a volte andava alle cene, ma è diverso. Le cene sono due palle.»

Sentì bussare.

«Lara, apparecchi?» chiese Adele, quasi urlando.

Lei spalancò la porta: «No! Elena mi aveva invitata a

dormire anche per finire un compito insieme e adesso lo dobbiamo fare per telefono, ok?».

Richiuse la porta.

Ritrovò Elena alla cornetta: «Quindi adesso dobbiamo fare un party per telefono?».

E lo fecero. Più i minuti passavano, più dimenticavano di non essere davvero insieme.

E come strinse quel telefono, Elena, quella sera. Faceva stare tranquilla sua madre, ma ogni notte aveva paura dei ladri e, quando sentiva un rumore, prendeva un coltello dalla cucina e si nascondeva dietro qualche angolo, in attesa di capire cosa fosse. Lo confessò a Lara. Era la prima persona a cui l'avesse mai detto.

«I ladri non verranno, Leni.»

«Magari pensano che siamo ricche, mica lo sanno cosa abbiamo in casa.»

«Ma certo che lo sanno. Quelli ti spiano per mesi poi fanno dei segni fuori dalla tua porta, tipo un cerchio se devono rapinarti, una croce se non c'è niente, cose così. Me l'ha detto Giada.»

«Che è un'esperta di rapine, immagino.»

«Forse è stata rapinata, che ne so.»

«Te lo dico io in cosa è esperta...» e iniziò a riferire a Lara per filo e per segno gli ultimi gossip in fatto di Giada Zaccaria.

Passarono un'ora a ridere, e più ridevano più trovavano qualcosa per cui ridere, e più ne trovavano più, attaccate a quel telefono, la felicità sembrava una cosa semplice, tanto che non avrebbero mai messo giù.

Nonostante non l'avesse aiutata ad apparecchiare, Adele era contenta di sentire sua figlia felice. Ogni tanto si avvicinava alla porta per origliare ma il rumore della carne che friggeva in padella, con suo disappunto, copriva ogni parola.

Iride Crescenzi aveva aperto La Casa del Bottone quarant'anni prima, facendolo tenacemente sopravvivere ai megastore che l'avevano circondata, e ormai lo considerava un'appendice del suo salotto. Era un negozietto impolverato e confortevole come le tane dei vecchi sanno essere. Aveva dipinto personalmente gli infissi di quel giallo canarino che ora appariva pallido e incerto contro le piccole zone tutto intorno, dove la vernice si era crepata. In quel giallo ricordava il pomeriggio passato insieme al marito Gianfranco, quando l'aveva spedito a comprare un pennello più sottile per rifinire gli angoli, e poi invece guarda: quelli s'erano sbeccati con niente.

La Crescenzi aveva raggiunto l'età dove ogni cosa è *status quo* protetto, anche la posizione della zuccheriera sul tavolo della colazione, per questo motivo sostituire la commessa di sempre, quella Marta tanto calma e minuziosa nel misurare i metri di nastro, l'aveva turbata più di quanto non avesse voluto ammettere. All'inizio, vedere lo sguardo placido della donna che per nove anni aveva servito i suoi clienti rimpiazzato dagli occhi sottili e sospettosi di Adele le aveva causato un certo fastidio, ma con il tempo aveva imparato ad apprezzare la sua cortesia e quei modi borghesi così graditi dalle clienti. Inoltre Adele amava l'ordine, cosa che – la Crescenzi realizzava solo ora – era sempre stato il punto debole di Marta. Aveva accettato di buon grado che si dedicasse alla pulizia degli scaffali e al riordino del magazzino. Quando però aveva travalicato l'invisibile limite tra proprietaria e commessa suggerendo cambiamenti alla scaffalatura e all'esposizione dei gomitoli, Iride si era prontamente messa sulla difensiva.

«Il negozio va bene così» aveva detto, ma poi al momento di riguardare i conti era apparso chiaro che la merceria aveva incassato quasi un terzo in meno dell'anno precedente.

La Crescenzi aveva meditato e meditato, infine concesso che la signora facesse "qualche piccola migliorìa", come aveva detto.

Adele aveva rivoltato il negozio, svuotando ripiani polverosi pieni di merce fuori moda e staccando dalle vetrine i centrini e le tele scolorite. Aveva poi fatto un inventario ragionato e rimesso tutto a posto, diviso per utilizzo e in ordine di colore. L'unica cosa che la Crescenzi non le aveva permesso di toccare era il cassetto dei bottoni appena sotto il bancone, così oliato dall'uso da aprirsi e chiudersi a un tocco. Anche quello l'aveva fatto con suo marito, insieme avevano deciso la grandezza e la profondità degli scomparti in modo da poter accedere sempre agevolmente ai bottoni, disposti in modo ordinato eppure vicinissimi, a formare un mosaico di sfumature metalliche di cui Iride avrebbe potuto ricordare le tonalità a occhi chiusi. Li amava più di tutto il resto, i bottoni. Altrimenti il negozio l'avrebbe chiamato in un altro modo.

Salvo il cassetto, nel giro di due mesi La Casa del Bottone fu come rimessa a nuovo. Sembrava quasi più moderna, con gli espositori ripuliti e quegli arcobaleni di gomitoli in vetrina. La Crescenzi si sentiva soddisfatta e intimidita perché, presa confidenza, Adele non si era limitata all'aspetto della merceria ma aveva pian piano iniziato a dire la sua anche riguardo alla gestione, ai prezzi, alle promozioni e addirittura al modo in cui trattare i clienti. Erano tutte osservazioni ragionevoli, che l'anziana recepiva con riluttanza ma alle quali, in fin dei conti, non riusciva mai a opporsi. Adele sembrava così consapevole e sicura delle proprie azioni, come non avesse fatto altro che rimettere ordine nelle cose degli altri per tutta la vita.

Fu per questo che, il sabato, pensò di delegarle completamente la gestione della merceria.

Si sentiva stanca, Iride, e mitigava il senso di colpa per non essere in negozio durante il weekend con la consapevolezza di lasciarlo in buone mani, ma soprattutto di meritare un po' di riposo. Restava a casa, e stendeva sul divano beige quelle gambe pallide e gonfie che le vene sembravano attraversare come intricate strade di provincia su una cartina geografica.

«Così lunedì starò meglio» si ripeteva, affondando il corpo nel divano e il cervello nella melma rumorosa della tv spazzatura, tra discussioni di donne volgari e mani che accarezzavano materassi in offerta.

Il sabato, allora, diventò il giorno di Elena e Lara. Uscivano da scuola, aspettavano che Alessia le passasse a prendere tornando dal tribunale e pranzavano a casa Marli. A volte erano solo in tre, più spesso si aggiungeva la cugina di Elena o qualche vicina di casa.

La Marli sembrava voler aprire le porte al mondo: «E che vuoi che sia, Francesca, vieni con Fabietto se siete soli, che butto due etti di pasta in più» o «Vai al pianterreno a sentire Maria che fa stasera, Elena. Magari prendiamo due pizze».

Presto Lara conobbe tutti i condòmini e gli amici di Elena, ed erano così tanti. L'amica salutava la gente per strada. Parlava con le persone così, dal niente. Conosceva il barista e suo figlio, scherzava con l'edicolante chiedendogli della moglie, si fermava a parlare con la portinaia.

Con quei sorrisi, gli occhi come mezzelune felici e il vestito giallo che saltava insieme alle sue gambe dorate, lei si comprava un mondo ben disposto.

Una volta nella vecchia casa anche lei aveva provato questo strano istinto, e aveva iniziato a parlare con la portinaia.

«Scusi, Grazia» l'aveva interrotta Adele «gliel'ho detto, a Lara, di non dare fastidio alla gente che lavora.»

«Ma nessun fastidio, signora.»

«Lara, andiamo.» E sottovoce: «Ti pare che vai a chiacchierare dei fatti tuoi con la portiera?».

Gli occhi della madre erano fissi su di lei, un recinto invisibile che distingueva un piccolo mondo buono e già domato da un resto troppo ostile, troppo disgraziato o troppo disinteressato. La figlia aveva imparato così bene che, davanti a una persona nuova, le labbra diventavano piombo inamovibile e senza fessure.

Quelle di Elena, invece, sembravano sorridere e stupirsi senza tregua, parlare e ridere a voce alta. Quando Lara provava a imitarla, sentiva lo sforzo dei muscoli stirarle in faccia ghigni innaturali.

Si era accorta subito che far finta che vada tutto bene quando tutti sanno che stai fingendo non può funzionare, quindi aveva smesso. A scuola, il suo sguardo, stretto e affilato come a prendere la mira, incoraggiava le compagne ad allontanarla sentendosi sicure, dalla parte giusta delle cose: quella delle famiglie senza sparizioni e senza truffatori. Sia mai potesse essere contagioso.

C'erano allusioni che lei coglieva ascoltando una sola parola, o una sillaba. Per questo si sentiva al tempo stesso ignorata e presa di mira. O ignorata perché presa di mira.

Era sempre stato così? Avevano sempre varcato le porte della classe con quell'aria frivola e leggera, i capelli tenuti indietro con lo stesso cerchietto alla moda, si erano sempre salutate con quell'enfasi? Avevano sempre detto parole come "cena a casa dei miei", come "tutti insieme", come "prossime vacanze", oppure erano solo i suoni che la sua testa evidenziava per dispetto?

«Giada, grazie ancora, la festa è stata troppo figa» aveva detto Simona piazzandosi esattamente in quel buco tra i banchi che occupava lo sguardo di Lara.

"Quale festa."

«Mio padre ha detto che» un bisbiglio, e delle risate che erano colpetti di tosse.

«Poraccia» disse una terza.

"Sono io? È papà?"

«Ci vieni a Ponza quest'anno?»

"Ponza."

Per un attimo si era sentita come se le avessero cavato fuori il cuore. Aveva rivisto l'isola imbevuta di sole, le casette colorate che si stagliano sul porto, il modo in cui suo padre prenotava subito un gommone al molo, senza nemmeno poggiare la valigia, ché altrimenti finivano. Quell'appartamento che prendevano, sempre lo stesso, bianco con il muro ruvido e la bouganville davanti succhiata da decine di calabroni neri. La terrorizzavano. Alberto diceva: «Tranquilla, non ti fanno niente, devi solo stare ferma. Se stai ferma non ti pungono». Lei restava immobile, anche se aveva paura. Ricordava l'espressione serena del padre, il modo in cui sembrava più bello quando l'abbronzatura scuriva il suo fisico snello e i capelli diventavano di un marrone più caldo e ondulati di sale.

Giada Zaccaria non commentava. Assecondava le amiche con un silenzio farcito di imbarazzo. Si era posizionata in un educato limbo tra il distacco e la diplomazia, quel grigio colato di buona educazione e farsi i fatti propri. Gli altri no, chiedevano, parlavano, ridevano perché a dodici anni devi farlo.

Certi giorni era: «Marchese, tornatene al tuo albergo».

Oppure: «Marchese, ce li hai i soldi della pizza rossa oggi o facciamo una colletta?».

Un giorno sollevarono la manica di quel giubbotto leggero, che Adele le aveva portato il pomeriggio prima, incartato di rosa e con un biglietto con scritto "Ti voglio bene, piccola mia". Lara era certa che sua mamma avesse comprato quel giubbotto perché l'aveva riconosciuto come l'ultima moda delle ragazzine in giro per i quartieri bene, e chissà quante ore di lavoro in merceria aveva speso per quella roba che, invece, era un'imitazione. Sulla schiena c'era scritto BLOOD e non BLOOM, e i bottoni non erano argentati ma grigi. La delusione e la pena per quell'errore così denso di buona volontà le avevano fatto amare sua madre tantissimo.

«Lara, ma che giacca hai, il Bloom? Nooo, dài, è falso! Vi prego, venite a vedere: la Marchese s'è comprata la giacca alle bancarelle!»

Risate.

Lara sentì qualcosa dentro che le avvelenava il petto, come se quelle parole avessero spezzato la fiala di odio che riempiva ogni giorno in silenzio, da quando era rientrata a scuola con l'etichetta indelebile di un padre sparito e quell'odore di case popolari che sembrava portare addosso.

Si alzò dal banco e fu davanti a Simona.

Con voce gelida, le disse: «Torna a fare le seghe al ragazzo di tua sorella».

Nel gruppo calò il silenzio. Lo sguardo di Simona si andò a posare, oltraggiato, su quello imbarazzato di Giada.

«Non volevo raccontarglielo, Simo, scusa. Mi è scappato una volta che abbiamo litigato» si giustificò lei.

Durò un secondo, quella sensazione di trionfo che Lara provò nel disperdere odio. Poi si trovò Simona a un centimetro dalla faccia.

«Sei una sfigata, come tuo padre» sputò.

Allora Lara Marchese si alzò prima lenta, lentissima, poi caricò il peso sulle braccia, ma al momento di sferrare lo schiaffo si trovò Elena davanti.

«Lascia perdere, lasciale dire le loro cazzate.»

Lara non riuscì a rispondere perché non voleva far sentire a Simona le vocali annacquate di pianto. Boccheggiò qualcosa.

«Io non posso...» sussurrò pianissimo accanto al suo orecchio.

«Cosa non puoi?»

«Non posso non metterlo. Mamma pensa che il giubbotto sia quello vero, lei...» e non ebbe il tempo di scoppiare in singhiozzi perché Elena la prese intorno alle spalle avvicinando la testa e coprendole il viso con i capelli, come se dovesse dirle un segreto, e invece la portò in bagno, dietro quella porta nera dell'ultimo cesso dove si poteva piangere anche senza motivo. Figuriamoci avendone uno.

Non seppe dire perché, ma quel pomeriggio all'Assenzio si sedette proprio accanto a Elio, che controllava un listino accanto allo specchio all'altro capo del bancone.

Lo fissò un momento.

«Che c'è, bambina?»

E la bambina, senza tirare un fiato per lasciare un varco ai sussulti del pianto, gli vomitò addosso la storia della giacca. Attese, alla fine, di scorgere sul viso di Elio una traccia della sua stessa angoscia. Un disappunto, una ruga, un sospiro. E invece cos'era quel mezzo sorriso, quello sbuffo soddisfatto?

«E brava Lara.»

«Che vuol dire brava?» chiese con cattiveria.

«Perché hai una giacca falsa, ma hai anche un'amica. Ha fatto una cosa bella, per te. Te ne sei resa conto?»

Lei pensava fosse comunque poca cosa rispetto alla vergogna della giacca. Le diede fastidio il modo in cui Elio evitò l'autocommiserazione di cui lei aveva bisogno. Avrebbe pianto di nuovo, era pronta a farlo, quello invece stava cercando fra i vinili.

«Non è un giorno per lasciarsi andare alla tristezza, proprio no. Anzi: bisogna festeggiare!»

«Ma che dici?» chiese lei offesa.

«Un giorno capirai» disse lui, facendole l'occhiolino. Accese lo stereo e iniziò a muoversi ancheggiando sui talloni al ritmo di *Twist and Shout*.

C'mon, c'mon, c'mon, c'mon baby now.

La tirò dietro il bancone e disse solennemente: «Questa è l'unica volta che te lo insegnerò, quindi guarda bene e impara. Il vero, unico Americano dell'Assenzio».

Dalla vecchia credenza sbeccata prese un bicchiere basso ma aggraziato, di un vetro spesso e lucido. Quando ci mise dentro il ghiaccio, lei si rese conto di aver sentito talmente tante volte quel rumore da considerarlo un sottofondo senza storia. Invece eccolo lì: qualcosa di vero lo produceva.

Elio riempì il bicchiere di cubetti, lo girò, eliminò l'acqua in eccesso. Lo mescolò con il cucchiaio da barman.

Prese il Campari rosso vivo, profumato, che contro il ghiaccio riluceva di bagliori acidi. Riempì un terzo del bicchiere, aggiunse il secondo terzo di Martini, l'ultimo di acqua tonica. Una fetta di limone dentro, l'altra spruzzata sul bordo del bicchiere.

«Adesso stai attenta» disse.

Fece un secondo giro di bicchiere spruzzando lime, poi lasciò cadere un pizzico di polvere color crema al centro del bicchiere. «Zenzero» sussurrò, poco prima di girare nuovamente il drink.

«Questo è l'Americano dell'Assenzio» disse compiaciuto.

«Bello» rispose lei, che non trovava un commento appropriato.

«Adesso facciamo qualcosa di analcolico, per te.»

«Quindi non lo assaggio?» esclamò lei delusa.

«Non credo proprio.»

«Dài, per favore.»

«Una goccia. Una sola. Per sentire com'è quando è fatto bene.»

Tirò fuori la cannuccia dal bicchiere e lasciò cadere una singola goccia color arancio vivo sulla lingua protesa di Lara.

«Com'è?»

Lei fece una smorfia. «Fa schifo.»

«Ti meriti il succo d'arancia a vita, te» commentò Elio con un sorriso troppo buono per uscire dalla sua faccia.

«Quando sono grande mi assumi?»

«Che vuoi fare, la barista?»

«Voglio lavorare qui.»

Lui prese le distanze con gli occhi abbassati, e il busto girato per andarsene.

«Non farai la barista, mia cara. Farai di meglio.»

Voleva durasse per sempre, il modo in cui si sentiva quando era all'Assenzio. Lei avrebbe potuto guardare Elio e dire: da grande voglio fare la star di Hollywood. Voglio fare l'astronauta. Voglio fare la sirena.

E lui avrebbe semplicemente iniziato a riempirle la vasca.

«Non ci andiamo a Ponza quest'anno, vero?» chiese a bruciapelo a sua madre, quasi urlando le parole per paura di trattenerle.

La casa era scura. Adele aveva preso quest'abitudine di ignorare l'avanzare della sera e lasciare che le stanze diventassero un pozzo di ombre. L'ultima luce del giorno la scolpiva, monolitica, contro la finestra.

Si fermò, lo scolapasta ancora in mano a fumare contro il vetro.

«Ti sembra che possiamo andare a Ponza?»

«No.»

«Ti sembra che quell'idiota di tuo padre sia tornato? Ti sembra che siamo tornate a casa?»

«A me va bene anche questa casa, se torna papà.»

«Non va bene un cazzo!» urlò Adele, lanciando tutto contro il muro vicino a Lara, con gli spaghetti che schizzavano ovunque e il suono secco dello scolapasta contro il pavimento, a echeggiare nel silenzio sgranato di madre e figlia.

Lara abbassò lo sguardo e vide un paio di vermi pallidi sui suoi jeans.

«Mi hai tirato gli spaghetti» disse, quasi senza voce.

«Ti tiro anche una pentola, se non la smetti. Vai in camera tua!» urlò Adele prima di prendere il mestolo appeso sulla sua testa e lanciare anche quello, stavolta a pochi centimetri dalla testa di sua figlia. Dalla gola uscì un urlo gutturale e crudele, il collasso dell'animale feroce che le cresceva dentro. Non se ne vergognò.

Lara corse in camera, afferrò la giacca e uno zaino.

«Dove vorresti andare adesso, eh?»

«Non sono affari tuoi. Mi hai tirato la pasta addosso.»

«Adesso che quel coglione non c'è sono *solo* affari miei, capito bella? Eh?»

«Esco.»

«Non ci provare.»

«Esco.»

«Non sai nemmeno dove andare. Pensi che quelle quattro imbecilli amichette tue abbiano voglia di ospitare la figlia di Alberto Marchese? Guarda che lo sanno tutti che è sparito come un vigliacco. Chissà che traffici che ha, tuo padre. Pensi che i genitori di Giada Zaccaria, o chi per lei, siano felici di tenerti in casa con loro?»

«Non ci vado, da Giada Zaccaria.»

«E dove vai, da quell'altra, la figlia dell'avvocatessa delle cause perse?»

«Vado dove mi pare» gridò lei tutta puntuta di rabbia.

«Vai, vai. Tua madre sta male, ha un momento di difficoltà, e tu te ne vai. Una brava figlia ho cresciuto, proprio brava. Sei come tuo padre.»

E lei sentì la frustrazione farle stritolare quella maniglia, voleva solo sparire. Non esserci, lasciare sua madre a cuocere in quella melma rabbiosa da sola.

Tremava.

Moriva dalla voglia di andarsene, ma andarsene sarebbe stato vidimare quelle parole. Lei no: non era come suo padre.

Rimase ferma e zitta per minuti.

«Oh, tesoro» disse sua madre, questa volta con un tono compassionevole e pieno di lacrime. Fece una pausa per prendere un respiro che sembrava volerla far gonfiare ed esplodere.

"Esplodi."

Lara non riusciva più a stringere la maniglia.

Adele si avvicinò alla figlia mettendo la mano sopra la sua. La abbracciò teneramente, accarezzandole i capelli.

«Tesoro, mi dispiace. Lo sai...»

«... che è un momento difficile.»

«Lo sai.»

«Sì.»

«Ce la faremo, insieme, noi due. Ok?»

E lei annuì mentre tentava di riconoscere da dove stessero davvero iniziando a farcela, e non capiva.

Erano sempre lì.

Immobili.

Era venerdì e c'era il sole, il giorno dopo sarebbe stato sabato e loro sarebbero state insieme. Quella mattina si alzò per Elena e si vestì per lei, mettendo quel giubbotto e ripetendo allo specchio le parole che le aveva detto.

«Fregatene alla grande. Fregatene alla grande.»

Voleva correre in classe e continuare con le caricature dei prof che avevano iniziato a disegnare il giorno prima, voleva ridere e non pensare a niente.

Era l'ennesima giornata in cui il cielo azzurro si stagliava netto contro le cime dei palazzi e l'aria iniziava a profumare d'estate: forse niente poteva andare male, quel giorno.

Quando la vide all'ingresso le corse incontro prima rapida, energica, poi sentì i piedi perdere forza man mano che, avvicinandosi, i particolari di quella sagoma si facevano più chiari.

L'amica era in piedi ad aspettarla sotto gli scalini dell'atrio, il sole la illuminava perfettamente. Era vestita con i jeans e un giubbotto nuovo, nero, con le maniche lunghe a sfiorare la punta delle dita. Si era comprata anche lei quel cazzo di Bloom.

«Vieni in classe» la chiamò Elena.

Lei rimase muta a fissarla.

«Dài» disse di nuovo Elena tendendo la mano, e quel sorriso complice era veramente troppo.

Lara le si fermò davanti, il labbro inferiore fra i denti, la delusione che gonfiava nel petto levando aria alle parole.

«Va bene, vado da sola» disse Elena, ancora con quell'espressione allegra.

Lara raccolse il fiato per gridarglielo dietro, quello "stronza" che le scoppiava in gola.

Poi Elena si girò, e tutta quella rabbia si spense come annegata da un'onda di sensazioni. Erano gratitudine, commozione, affetto, e invece di tagliare il fiato acceleravano il cuore.

Le corse incontro e l'abbracciò fortissimo, come non aveva mai abbracciato nessuno. Come forse avrebbe abbracciato suo padre, se fosse tornato.

«Andiamo?» chiese Elena, e poi all'orecchio aggiunse: «Siamo le più fighe di tutte».

Entrarono in classe insieme con passi decisi e all'unisono, gli sguardi fieri, forti di quell'energia che si prende dal non sentirsi mai più soli.

Ognuna nel suo giubbotto nero, con i bottoni grigi e una grande scritta sulle spalle.

BLOOD.

4

Maggio 2006

Sa smistare un pugno di bottoni senza guardare. Riconosce la superficie fredda della madreperla e la levità del legno intagliato, i pesi dei metalli. Li sfiora con pollice e indice e indovina l'intarsio, allora la mano si muove automatica, svelta. È diventata rapida anche a misurare i metri, ora sa che uno è la distanza esatta fra il suo pugno chiuso e la spalla opposta, ripete quel movimento fluido da arciere due, tre, cinque volte finché non ha in mano un rotolo di raso lucido pronto a finire nel sacchetto di carta. I prezzi, anche quelli li sa a memoria. In fondo sono già due anni.

Certi clienti le dicono "bravissima". Lei fa un sorriso strano, una smorfia che compatisce la vita di chi crede che misurare i metri di nastro sia un talento o che, portato all'eccellenza, stabilisca un merito. È come dire "sei bravissima a camminare, a pisciare, o a dormire". Lei non è particolarmente brava neppure a dormire. È successo da quando ha iniziato a frequentare l'università – *ma ti pare che è una coincidenza*, le ripete sua madre. A volte si mette a letto alle undici e si addormenta intorno alle tre del mattino, cosa che fa lanciare Adele in congetture. Le dice di non mangiare dopo le dieci, perché se no diventa troppo nervosa. «Ecco, stasera facciamo una minestrina che è leggera» e «Non ci devi pensare» ama ripetere sua madre, «più ci pensi più non dormi.» Non ci devo pensare, si ripete lei ferma al buio, con il ticchettio dell'orologio che affonda nelle tempie, i tremori della tachicardia e gli occhi asciutti, finché non si rende conto che non pensarci ha lo stesso peso di un pensiero, è un divaricatore che le tiene il cervello spalancato. La notte, sembra che possano entrarci dentro tutti i pensieri del mondo. Al buio, lei è l'esasperata coinquilina di una mente che non tace, e più implora riposo più riceve in cambio scherno e rumore. "Ci sono due Lara" pensa, "e io sono schierata dalla parte di quella sbagliata."

La mattina frequenta i corsi. Studia Legge.

Se dovesse chiedersi quanto ha insistito per andare, invece, all'Accademia di Belle Arti, scoprirebbe che quell'idea non ha sostato a lungo nella sua testa, forse non ci è nemmeno davvero entrata. È rimasta sulla soglia, in bilico tra desiderio e assurdità, e adesso naviga in un limbo di ridicolo insieme al cane che non ha mai avuto il coraggio di chiedere per il compleanno.

Lei ha bisogno di diventare un bravo avvocato, migliore di suo padre. Che un nome ce l'ha, ma ormai per sua madre è diventato "quell'idiota", ed è così che si riferisce a lui le rare volte in cui ne parla. «Peccato che tu sia figlia di quell'idiota, altrimenti potrei pagarti l'università privata» dice Adele. Lara non lo chiama così. Non lo chiama più e basta, perché lo ha aspettato troppo e con troppa fiducia.

Con il tempo, è venuta a patti con il buco che c'è nella

sua vita. È semplicemente un territorio dove ha smesso di recarsi, perché è come attraversare un groviglio di rovi che non contiene nessuna destinazione. Per questo la sua testa stacca immediatamente la corrente quando, in una conversazione, sente la parola "padre" o "papà". Lo fa così bene che poi, per riprendere il filo, ci mette qualche minuto, allora fa finta che niente le interessi.

Forse succede così con tutto. Se ci pensa bene, non ricorda una singola conversazione con i compagni di corso. La maggior parte includeva l'argomento delle fotocopie delle dispense. Aveva forse la faccia di quella che ha tutte le dispense? Ne aveva forse cinque su otto, qualcosa del genere, ma loro continuavano a chiederle quelle cazzo di dispense.

Siede sempre in fondo a sinistra e, intorno a lei, ogni giorno le stesse persone. Sa i loro nomi e li ha usati pochissimo. A volte le chiedono di pranzare insieme. Ha detto di sì solo una volta e ha trascorso mezz'ora in silenzio, ad ascoltarli parlare del sabato sera precedente, quando erano andati in un locale dal nome improbabile. Aveva quindi decifrato che per avere qualcosa di cui parlare bisognasse fare altre cose insieme, cose che prima o poi le avrebbero chiesto. Aveva di nuovo spostato il discorso sulle fotocopie delle dispense e aveva ricominciato a pranzare da sola.

Per lei, ormai, l'una e mezza ha il profumo della pizzetta con cotto e mozzarella al forno dell'angolo. C'è da camminare un po', ma ne vale la pena: la signora fa una pizza morbida, fragrante e profumata, poi la spacca a metà e, ancora bollente, la riempie di prosciutto appena tagliato e fettine di mozzarella fresca. Il contrasto di morbido e croccante, caldo e freddo, è divino. Dà il primo morso ancora dentro il forno, poi si perde per le strade dietro all'università, quelle con le botteghe vecchie e polverose. Svolta per il vicolo di mattoncini che sale su, fino a diventare un muretto che inquadra la cupola di San Pietro in una cornice di alberi e palazzi. Lei mette la borsa sotto la testa e si sdraia. Il cielo sopra, il sole che le scalda appena le guance e nessuno intorno. Il suo corpo in bilico su trenta centimetri di pietra, e ha imparato a non rispondere ad alcun suono. È l'imperturbabilità che merita, la solitudine perfetta.

Alle due prende l'autobus e raggiunge la Casa del Bottone, dove sua madre la aspetta. Il suo orario di lavoro ufficiale è dalle tre alle sei ma, ovviamente, è flessibile.

È ancora stupita dalla quantità di lavoro che c'è dietro a nastri, fili e bottoni. Oggetti fermi per carattere, e invece quanto si muovono. Passano dalle sue dita a quelle delle anziane che li rigirano e li palpano, li strusciano avvicinandoli alle lenti pesanti, poi ne decretano il valore con toni assoluti: «Va bene» oppure «Questo n'è bbono».

Loro sanno quello che vogliono, mica come quelle signore che comprano la passamaneria per i cuscini o le tele Aida già pronte, con i fili colorati e il disegno prestampato.

Alle quattro e mezza lei e sua madre fanno sempre una pausa, prendono un succo o un tè al bar Palma e lo bevono in negozio.

Se Adele non detestasse la radio, Lara l'accenderebbe. Ci ha provato, qualche volta, ma la madre ha commentato con dei borbottii fastidiosi e colto ogni più piccola interferenza per schiacciare il bottone di accensione con secca soddisfazione, decretando: «Oooh, non è meglio il silenzio?».

Non c'è musica nella vita di sua madre, solo parole, cose che non possono portarti via.

Non la biasima: è lei a consentirle di avere un ordine, come un recinto che la protegge. Lara ha imparato ad amare quell'avere orari, compiti, limiti, percorsi. Non le piace doversi misurare con gli slanci che non prova. Quello di frequentare gente, per esempio. Le sfugge il senso delle comitive, quando esce con un gruppo si sente a disagio, ogni parola altrui sembra levarle l'aria, ogni decisione sembra essersi presa da sola senza il consenso di nessuno, specialmente il suo. Non sa se non abbia niente da dire, o se non trovi la voglia di dire qualcosa.

Adele ama con tenerezza e compiacimento quella figlia così tranquilla. Quelle delle vicine scalpitano per fare le cose, non stanno mai ferme, entrano ed escono da casa con una frenesia fastidiosa, le incontri per le scale con la pancia di fuori e le borse piene di ninnoli. Sono sguaiate, puzzano lontano un chilometro di fumo e deodoranti alcolici. Oppure è l'odore degli ormoni.

Lara, invece, è la sua unica fortuna. Avesse una sola volta fatto comunella con quelle là. Lei ha Elena, e per il resto del tempo sta a casa. Qualche volta si è chiesta se sia una cosa normale per una ventenne – lei in fondo alla sua età era sempre fuori, faceva impazzire i suoi genitori – ma poi si è voluta rassicurare pensando che ognuno ha il proprio carattere, certi figli semplicemente non hanno grilli per la testa e lei deve solo ringraziare il Cielo.

Madre e figlia si tengono compagnia in modo discreto e rodato. Si sono costruite una stanza comoda al confine delle rispettive manie. Lara si mette i pantaloncini corti anche d'inverno e ci infila sotto degli scaldamuscoli lunghissimi, color ciliegia, che si è fatta da sola. Prima e unica volta che ha usato i ferri: voleva capire cosa ci trovassero, le clienti del negozio, e ha concluso che devi avere un'ottima percentuale di pensieri positivi per dedicarti a qualcosa che ti intorpidisce a quel modo. I ferri li ha buttati in un armadio, gli scaldamuscoli li ha tenuti. Li mette spesso la sera, quando lei e Adele devono riempire tutto quello spazio, dopo cena. La madre adora noleggiare film storici, bere la tisana della buonanotte e fare commenti sui clienti. Non risparmia nessuno. C'è quella che è vestita da barbona e quella che crede di andare a una sfilata di moda. Quella che non si tiene un cecio in bocca e quella che sembra muta, forse è muta, oppure ha dei problemi. Riesce ad avere da ridire anche su quelle che spendono troppo. Lara non risponde. Assorbe quei commenti sottopelle, da pori non deputati al giudizio, per ignorare quell'impegno compiaciuto che sua madre mette nel disprezzare gli altri. In quella tolleranza che non vuole chiedere né sapere, lasciano marinare le ore fino a non sentire più il corpo, i pensieri, i verbi al futuro, il rumore della lancetta dell'orologio della cucina mentre scende la notte. Chissà perché, quando poi vanno a letto, è sempre così tardi.

Una volta Elena ha chiesto a Lara se la sua vita le piacesse, e Lara ha detto "sì" anche se voleva dire "non so". Arrivano dei pomeriggi di pigrizia e rumori domestici, in cui la sensazione di abitare una prigione le aderisce addosso come un abito bagnato, e pesa ad ogni respiro, ma poi non riesce a superare la fatica di pensarsi altrove. Fuori sembra un luogo di pericolo. Di cose che possono far male.

Si convince che tutto vada bene: la sua vita sembra aver

preso una direzione, non come quando era una bambina sperduta che scambiava la sopportazione con l'affetto nella cantina dell'Assenzio.

Elio le manca e lo detesta, ma ha giurato a se stessa che non lo perdonerà mai. Per provarlo, a volte si ripete: «Deve solo incontrarmi e provare a salutarmi». All'inizio si era anche preparata una scena: avrebbe tirato fuori dieci euro simbolici e glieli avrebbe dati per il disturbo. Per un anno li aveva tenuti in tasca, perché c'era sempre il rischio di incrociarlo per strada, in fondo l'Assenzio era a dieci minuti dalla Casa del Bottone. Invece è così, la vita: sono passati anni, e non l'ha più rivisto. Mai.

Tanto non ne avresti avuto più bisogno, aveva detto sua madre per confortarla.

Era per confortarla?

Capitano quei giorni, in merceria, che vengono al massimo cinque o sei clienti in tutto il pomeriggio, Adele va a fare la spesa e Lara rimane sola. Accende Radio 106, una delle poche che si sente senza interferenze in quell'angolo vicino alla finestra gialla e, quando suona una canzone che conosce, invece di cantarla prende un foglio e la disegna.

«Un po' come una seduta spiritica» aveva commentato Elena, «tu metti la mano sulla matita e quella si muove da sola.»

Elena l'ha fatta una volta, una seduta spiritica, a casa della sua amica Doriana, che si è trasferita nel suo palazzo e continua a citare continuamente. *Dori.* Dori ha detto. Dori mi porta qui. Dori è fichissima, la adoro, la devi conoscere perché studia arte, un giorno di questi te la presento. Dice lo stesso di Lara a Doriana. Di lei racconta: geniale. Un'artista. Non dipinge più, ma quando dipingeva era bravissima. Come usa i superlativi Elena, nessuna.

Saper entusiasmarsi di una persona senza annoiarsi di un'altra, Lara non lo capisce. Ogni volta che Elena le parla di Dori, o di qualche altra compagna di corso, si sente come se levasse qualcosa a lei. Lo accetta, un po' per paura di sembrarle soffocante e un po' perché spera di essere unica.

Glielo lascia credere Adele, glielo lasciano credere i ragazzi. Gli anni hanno dato polpa e muscoli al suo corpo striminzito di adolescente, allungato gli occhi e le dita. È diventata flessuosa e armonica, con le spalle tornite di suo padre e le gambe sottili della madre.

Quei tratti delicati, che invocherebbero protezione, sono zittiti dal suo sguardo acuminato. Ci pensa da sola a proteggersi, specie dai ragazzi. Il loro imbarazzo nel tentare goffi approcci adolescenziali è la cosa che, più di tutte, la mette a disagio. Odia il modo in cui espirano forte prima di iniziare a parlare, i due passi in avanti con le gambe divaricate, quel mettersi le mani nelle tasche dei jeans e il modo in cui i loro sguardi le scorrono addosso senza grazia, con l'invadenza di uno sconosciuto che ti struscia il fianco in ascensore.

Quando le chiedono di presentarsi, raramente dice il suo vero nome. È per non voltarsi quando la chiamano.

Attraversa i corridoi della facoltà con le falcate lunghe, le mani nascoste nelle maniche della giacca e lo sguardo fermo a pochi centimetri dal suolo, per non rischiare di dover ricambiare nessun sorriso, notare il minimo cenno.

Sembra semplicemente non interessata.

Elena impazzisce. «Marco!» tira fuori nomi a caso, di

ragazzi che ogni tanto escono con loro. «Lui è un figo, non ti piace nemmeno lui?»

«No.»

«Posso farmelo io, allora?» chiede ridendo, ma intendendolo quasi sul serio.

Se c'è una cosa che Lara vorrebbe comprare da Elena, quella è la sua passione nei confronti della razza umana. È incredibile il modo in cui riesce a trovare del meraviglioso in ognuno, e chissà se ha davvero ragione o se gli altri migrano verso le parti migliori di loro stessi, e ci restano aggrappati, solo per non deludere le sue aspettative.

Aveva avuto una storia di qualche mese con un tale Roberto: «Ha un fisico da paura e l'accento toscano, mi fa morire. E poi è molto intelligente, e ascolta della musica pazzesca. Ti ho detto che mi ha portata a sentire i Tempo Variabile? Quanto può essere carino uno che ti porta a sentire una band emergente solo perché tu gliel'hai citata quando vi siete conosciuti? Lo adoro!».

Una volta Adele aveva chiesto alla figlia di controllare se quella bolla che aveva dietro il collo le sembrava più una puntura di zanzara o un foruncolo, e con la stessa enfasi disgustata Lara si era ritrovata a fissare Roberto: basso, con la pelle del naso lucida e i capelli crespi.

Le rarissime occasioni in cui Lara si è fatta infilare una lingua molle e calda in bocca è stato merito di una miscela di quantità eccessive di alcol e noia. La sconforta il non trovare alcun piacere nell'incontro goffo di due labbra e il sentire imbarazzanti erezioni strusciarle addosso, e detesta rivederli il giorno dopo. Le sembra di leggere sulla loro faccia l'attesa di qualche conferma. Un gesto, o uno sguardo, che vidimi quel passaggio di lingue e le reciproche impronte digitali sulla nuca e lungo le cosce.

Elena, al contrario, è un tipo da storie lunghe e romanticherie. Riesce sempre a ottenerle: messaggi e lettere, sorprese e regali. Un'attitudine dolce e mansueta anche dal ragazzo in apparenza più inavvicinabile.

Ne parla a Lara per ore, sdraiate sul piumino giallo della sua camera da letto a mangiare le liquirizie della mamma di Elena direttamente dalla scatola di latta rotonda con sopra i tulipani. Elena le chiede cose come: «Secondo te gli piaccio davvero?» dopo aver trovato una rosa rossa nella cassetta della posta.

«Elena, è pazzo di te. È così ovvio. La domanda è: tu cosa provi?»

«Mi piace tanto.»

«Ok. Lo ami?»

«Che ne sai tu dell'amore, Lara? Non ti sei mai innamorata.»

«Non ne vale la pena.»

«Ma non è una cosa che si decide: ti innamori e basta.»

«A me non succede.»

«Ti succederà, prima o poi.»

«Non credo» risponde lei, sicura, mettendosi a sedere a gambe incrociate sul letto e mostrando all'amica la lingua nera di liquirizia.

«Oooh. Sexy. Così li stendi tutti...» ride lei.

«E così?» dice, leccando un pezzo di liquirizia e tingendosi le labbra di nero.

«Oh, Lara. Quanto sei scema!»

Lara si rimira allo specchio, infilandosi la rosa tra i denti e improvvisando un passo di flamenco.

«Ti ricordi di domani? Doriana viene alle otto, tu arriva un po' prima così l'aspettiamo insieme.»

«Ah. Sì, ok» risponde Lara, e nello specchio vede le sue labbra curvarsi meste sullo stelo.

La sensazione inizia a lambirle lo stomaco non appena vede la sagoma in controluce, sta chiudendo la catena del motorino.

Mentre aspettano che Doriana si avvicini, il vento lieve che si incanala tra i palazzi porta l'odore della cucina del portiere. È quasi sera, le cime dei frassini frammentano sull'asfalto gli ultimi raggi di sole e loro aspettano una accanto all'altra al centro del cortile.

Con diffidenza Lara guarda i passi decisi di Doriana, poi le stringe la mano con un sorriso appena accennato. Con il tempo si è convinta di non avercela con il genere umano, ma di percepire una minaccia in certe persone. Che sono poi la maggior parte. Come se il nuovo, nella sua vita, arrivi inevitabilmente per sottrarre.

«Ciao!» saluta lei con voce squillante e decisa, che non cerca scappatoie.

«Dori!» le salta al collo Elena, abbracciandola. Sapeva che Lara avrebbe detestato un'uscita di gruppo per conoscerla, quindi eccole lì, solo in tre. Perché le vuole assolutamente far incontrare, ha un buon presentimento.

Dori è graziosa e compatta. Ha tutto al posto giusto e una faccia allegra e furba sotto la frangetta nera tagliata dritta. Sorride come una che è abituata a farlo.

«Lara! Finalmente ti conosco» esclama, e Lara tira un sorriso.

Bastano dieci minuti e si convince di sopportarla appena. Non è qualcosa che Dori fa, o dice. È il modo stesso in cui si pone: è agitata, rumorosa, cita continuamente altre persone e posti come se fosse normale frequentarli. Mentre vanno a piedi verso la pizzeria, tira fuori il discorso dell'arte ogni cinque minuti.

Racconta che stanno preparando una mostra di fine anno, in accademia, e che sarà "pazzesca". Pronuncia quella parola di continuo. Anche la tela a cui sta lavorando è "pazzesca", nonostante la stia finendo di corsa e non ne fosse tanto convinta all'inizio. Ad ogni "pazzesco" Lara sente l'attenzione scostarsi dal discorso di Dori e andarsi a infilare in quegli anfratti onirici dove si rifugia quando le parole degli altri diventano noiose o paurose. In questo caso la spaventano particolarmente, perché somigliano a certe sue fantasie. Per lo stesso motivo, non riesce a staccarsene del tutto. Ogni volta che sente le parole "acquerelli", "acrilici", "tela", "mostra", "esposizione", "maestri", "accademia" e tutta un'altra serie di termini che Dori esclama in continuazione, lei pensa che quei discorsi in qualche modo dovrebbero appartenerle.

«Possiamo venire alla mostra? Ci andiamo, Lara?» chiede Elena.

«Oddio sì, certo. *Dovete* venire! Ci sono anche dei miei compagni di corso bra-vis-si-mi. Sarà una mostra pazzesca, lo pensano anche i maestri. Cioè: se fai una merda te lo dicono, eh, sono diretti. Quindi se ti fanno i complimenti sai che è venuto proprio bene. Il dipinto, nel mio caso.»

«Cos'hai dipinto?» chiede Elena.

«È una figura femminile e animale. L'idea mi è venuta una sera che ero fatta, ma fatta di brutto. La mattina ci ripenso e viene fuori una cosa tipo: wow. Però non voglio dirti di più.»

È tremendamente nel cliché, pensa Lara. L'artista maledetta, le droghe, "ero fatta". La disprezza per non ammettere che farebbe a cambio con la sua vita, all'istante.

«Lara, mi ha detto Elena che anche tu dipingi.»

«Una passione come tante.»

«Come mai non hai studiato?»

«Studio altro. Legge. E metafisica dei bottoni» dice seria, beandosi della confusione sul viso di Doriana.

«Lascia stare» le fa Elena.

«Ma lo sai che fanno anche dei corsi brevi? Li tiene il mio maestro, se vuoi un giorno vieni all'accademia e te lo presento, gli fai vedere qualcosa.»

«Non è il caso.»

«Perché no? Pensa che un mio collega di corso ha avuto una borsa di studio perché il maestro ha visto i suoi acquerelli esposti in una fiera di quartiere. Non paga niente e si fa tre anni di corso.»

«Non paga niente» ripete Lara, incerta.

Contro ogni volontà, si accende. Sente lo stomaco contorcersi di emozioni acide, il sangue scaldarle le mani e le guance. Improvvisamente Dori si svela per quello che potrebbe essere: una breccia. Dall'altra parte c'è qualcosa che lei desidera moltissimo, e lo realizza senza preavviso.

«Lara, devi andare!» la incoraggia Elena.

«Dài, ti presento io al maestro» dice Doriana.

«Sarebbe bello. Mi piacerebbe» ammette lei, improvvisamente vulnerabile. La spiazza sempre, quando le persone nuove invece di ricambiare la sua distanza, tentano di colmarla.

«Comunque qualche volta dovete uscire con noi. Siamo tutti casi umani, ci divertiamo un botto.»

«Certo!» dice Elena entusiasta, con la contentezza di chi crede di aver incastrato in qualche modo due pezzi di puzzle che non si erano ancora riconosciuti. È compiaciuta del sorriso imbarazzato che si sta allargando in faccia a Lara malgrado le sue resistenze. La vede sedotta, e sa che sedurla in fondo è l'unico modo per avere la sua attenzione. Essere oggetto del desiderio invece che di confronto.

Desidera tantissimo che ricominci a dipingere, è troppo brava per non farlo.

Quando Lara torna a casa, ritrova una posizione dimenticata. È sdraiata sulla pancia, con la sommità del capo sfiora il bordo inferiore del letto. Ricorda quando ci sbatteva sempre. Allunga il braccio e poi le dita, e alla fine sfiora quella carta irrigidita dalla polvere. Afferra il blocco agganciandolo con le unghie, poi rosicchia centimetri fino a portarlo alla mano. Quando è fuori, lo stringe tra le mani senza aver subito il coraggio di aprirlo. Forse si ricorda più brava di quello che è, forse non vale nemmeno la pena di rivedere Doriana.

C'è una macchia, sopra alla copertina. È ovale, giallastra: succo d'arancia. Sfiorarla con le dita è il cancello d'ingresso al ricordo di un pomeriggio all'Assenzio, quando aveva portato il blocco su, per farlo vedere a Elio in piena luce.

«Sono studi» gli aveva detto.

C'era una pagina solo di occhi, disseminati sul foglio senza il loro gemello, con espressioni e angolazioni diverse, sfumature nette o appena accennate. Un'altra pagina solo di schiene, e spalle. C'era la prospettiva di una stanza, che era la sua camera da bambina a viale Indipendenza. Poi una figura femminile seduta su una sedia, ferma ma attenta come certe vecchie che vedeva sedute fuori dalle porte, nei vicoli vicino all'università.

«È molto bello, Lara. Sei brava» le aveva detto Elio, senza alcuna traccia dell'accondiscendenza che si riserva ai ragazzini. Non solo il disegno era ben fatto, con le ombre scure che lo staccavano dal foglio, ma si leggeva, nella rilassatezza di quel corpo pesante sulla sedia di vimini, e come un velo sugli occhi fissi e stanchi, quell'assuefazione al guardare la vita degli altri passare tipica dei vecchi.

Aveva girato la pagina e trovato un'altra donna, questa volta con lo sguardo diretto e pieno di furore, le labbra increspate come per urlare qualcosa e una sciarpa annodata intorno al collo come le spire di un serpente pronto a strangolarla.

Aveva accolto quel disegno con un'espressione assorta e, era sembrato a Lara, lievemente contrariata.

«Questa è Teresa» aveva detto, facendola vergognare. Lara non si sentiva in diritto di ritrarre una persona senza espressa richiesta. La faceva sentire infantile.

«Chi ti ha aiutato a fare questo disegno?»

«Nessuno.»

Erano mucchi di tratti incerti, a guardarli uno per uno. Com'era possibile, allora, che si combinassero insieme in un viso dall'espressività così spaventosa? Gli era sembrato che l'essenza stessa di Teresa fosse stata sigillata su quella carta. Che i pensieri di una vita si potessero leggere su quelle sopracciglia inarcate e attorno a quelle rughe sottili, su quelle labbra furiose e nell'acqua lucida delle pupille. Come poteva averlo fatto quella ragazzina che non sapeva niente, proprio niente?

Aveva sfogliato di nuovo i disegni precedenti poi era

tornato a Teresa, provando di nuovo la stessa vertigine. Era come se quel viso ti gridasse addosso, ti passasse gli occhi attraverso e si rubasse i pensieri. All'inizio aveva pensato "sono io che lo vivo così, perché conosco la storia. Magari per un estraneo non sarebbe nulla" ma poi si disse di non fare il cretino, quello era talento punto e basta. Com'era possibile che nessuno si fosse accorto del dono incredibile di Lara? Perché sua madre non la chiudeva dentro a una scuola di arte, invece che in quella prigione di famiglia smembrata che la rendeva così zoppa, così cieca, eppure ancora così luminosa. Quei segni violenti erano più ribelli di qualsiasi fuga. Aveva provato la voglia di farla scappare, come scappano i bambini dalle streghe nei libri di favole: prendi queste matite, prendi questi soldi, vattene e non tornare più indietro, vai solo avanti. Raggiungiti.

«Ti piace?» aveva chiesto Lara, esausta dall'incertezza di quel silenzio.

«Sì. Te la sei ricordata precisa, Teresa.»

«L'ho vista per poco, ma l'ho vista bene» aveva risposto lei.

Era stata Teresa, quel giorno, ad averle rivolto la parola.

«Ciao» l'aveva sorpresa mentre finiva di studiare scienze, con una voce roca che aveva echeggiato nella stanza. Erano le cinque, il locale era vuoto. Le gambe delle sedie pendevano sui tavoli come una foresta di alberi senza testa.

«Ha bisogno di qualcosa?» aveva chiesto Lara.

«Elio. Sai dov'è?»

Era una donna esile, con un abito nero che scendeva fino ai piedi e una grande sciarpa rossa intorno al collo. Le rughe le attraversavano il viso senza stropicciarla e aveva occhi grigi, grandi, calcati da un segno malfermo di matita nera.

«È uscito un attimo.»

Ricordava i "porcatroia il vino rosso, questi imbecilli completi della cantina sociale, quando tornano li strozzo e appendo lo scalpo al portone".

Si era seduta, gracile ed elegante, sullo sgabello a fianco al suo.

«Chi sei tu?»

«Lara. Studio qui il pomeriggio.»

«C'è parecchio da imparare, qui» rise.

Aveva un profumo di fiori notturni, Teresa, che sventolava ad ogni movimento del suo abito nero, e si fermò a guardarla in modo concentrato.

All'inizio le era sembrata triste nel modo in cui si è tristi quando lo si è da molto tempo in modo coagulato e inerte. Dopo quello sguardo, invece, le sembrò di intravedere il guizzo di una venatura fresca nel colore dei suoi occhi.

«Sei di qui, Lara?»

«Sì.»

«E i tuoi, loro sono di qui? O magari tuo padre è straniero. Francese...»

«No» aveva risposto Lara, confusa.

«Sono belli, i francesi, hanno quel fascino. Tu sei mezza francese.»

Non capiva. «No. Sono italiana.»

«È bellissima Parigi, no? A te piace?»

«Signora, mi scambia con qualcun'altra.»

«Smettila di fare la stupida.»

«Signora» aveva detto Lara con voce tremante, indecisa se compiacerla o continuare a contraddirla. Aveva fatto per alzarsi, e Teresa le aveva stretto un braccio.

L'aveva spaventata vedere quelle dita pallide e sconosciute strette intorno al suo polso, per un motivo altrettanto sconosciuto. Quell'odore estraneo troppo vicino, e il rumore del suo respiro.

«Resta qui.»

«Devo andare in bagno» aveva detto lei, per cercare in un'urgenza il pretesto di scappare.

«Devi restare qui con me.»

«Mi lasci stare.»

«Non parlarmi con questo tono, signorina.»

«Teresa, porca miseria, ma che fai!» Elio era entrato dapprima fermo come un'ombra, poi con passi rapidi e rumorosi aveva raggiunto le due.

«La vedi, Elio, la vedi. Fa sempre così.»

«Dio santo, Teresa, smettila. La spaventi.»

«Perché non mi risponde?»

Lara era atterrita, gli occhi fissi sul suo polso ancora imprigionato, il cuore che accelerava.

«Teresa» aveva detto Elio sottovoce, con una dolcezza compassionevole nelle sillabe, come se la accarezzasse.

Aveva lasciato la presa per tenere la grande mano dell'uomo tra le sue e appoggiarci la fronte, arresa.

«Oh scusami, scusa Elio. Scusa.»

«D'accordo, non importa.»

«Ma lei ha qualcosa... Non lo vedi, Elio?»

Lui aveva ignorato la domanda.

«Lara, è tutto a posto» aveva sussurrato senza dolcezza.

«Tutto a posto» aveva ripetuto Lara mentre, con lo sguardo, elencava i particolari della scena per darle un senso. Le dita di Teresa, strette attorno a Elio con trasporto profondo. Le mani di lui che, asciugate da qualsiasi sensualità, le accarezzavano le spalle. Parte di quel dolore che ora colava dentro l'uomo, fino a fargli chiudere gli occhi. Era nell'aria, era la tensione dei loro corpi tra i quali lei si frapponeva, assorbendola.

«Chi era quella? Che voleva?»

Lui non aveva risposto.

5

«Quando ero piccola mi chiedevo sempre come sarei stata, a vent'anni. Pensavo che avrei saputo tutto, invece non so niente.»

Lara è sdraiata sul letto di Elena con le gambe contro il muro. Dalla sua prospettiva al contrario, la guarda fare dei semicerchi lenti sulla sedia girevole della scrivania. La luce della finestra le lancia bagliori soffici sulle ciocche di capelli, disordinate contro lo schienale. Sono lunghi e scalati, quando Elena cammina le danzano tra le scapole come fiamme scure.

Spesso Lara si perde a fissarla. Cerca di capire le proporzioni segrete che rendono il suo corpo così attraente, studia il modo in cui la luce si rifrange sul naso appena pronunciato, tra la polpa rosa delle labbra e in quel collo arcuato e sottile, che scopre troppo poco. Tenta di apprendere i suoi gesti così morbidi e misurati, le sue parole buone. E ama starle accanto, entrare in quella casa come fosse un po' anche la sua. Vorrebbe scavarsi una stanza, in quell'odore di parquet e sole, svegliarsi e trovare un'aria di tranquillità e noncuranza come la sua.

A volte la osserva per cercarle in lei, silenziosamente, qualcosa di noto: le reazioni a quello che ti arriva addosso inaspettato, la cura nel nascondere le parti fragili, la capacità degli occhi di mentire o disprezzare. Sonda in lei traccia delle sue stesse debolezze, e non ne trova.

Elena aveva la serenità di chi permetteva, alle cose, di essere importanti fino a un certo punto. Che era, poi, lo stesso punto da cui Lara partiva quando le importava di qualcosa.

Voleva sapere dove se l'era guadagnata, quella posizione giusta sui sentimenti. Tanto diversa. Lei la voleva, e pensava: dev'essere una colpa, non essere così.

«A me piace avere vent'anni. È come se potessi fare qualsiasi cosa» risponde Elena, continuando a girare lentamente. Fissa intorno a occhi aperti come se fosse su una giostra, e in quella vista sfocata immagina il suo futuro. Le sembra quasi abbia un sapore, un suono, come di risate e mani strette. La inebria di una felicità che la rende frenetica, avida di bruciare le tappe. Ha paura di non fare in tempo o di non essere in grado di mostrare al mondo di cosa sia davvero capace. Di essere giudicata. Come se fidarsi di se stessa fosse un'arrogante mancanza di talento, quando invece si tratta per lo più di uno sconfinato entusiasmo.

«Cosa vuoi fare?» chiede Lara.

«Ho un piano» le dice Elena, fermandosi e sorridendo con aria furba. «Resisto fino alla fine dell'università. Appena finita, mi faccio uno stage e intanto cerco qualcosa all'estero. Vado a vivere fuori. Divento un genio della pubblicità. A ventotto anni voglio uno di quegli uffici con la vetrata sui grattacieli, hai presente? Voglio un segretario. Maschio. E quando vedrai una di quelle pubblicità meravigliose, che hanno venduto il ghiaccio agli eschimesi, vinto otto premi internazionali e fanno pure commuovere le folle, tu dirai: l'ha fatto la mia amica, quello. Ovviamente ti porterò con me, sul red carpet, quando andrò a ritirare i premi» conclude facendo l'occhiolino e un breve inchino che fa ricominciare la sedia a ruotare.

«Quindi vuoi andare all'estero?» chiede Lara.

«Sì. A Londra, Parigi, o New York.»

«E che dice tua mamma?»

«Che Parigi è più bella, ma Londra è più divertente.»

Lara va in apnea per un secondo, mentre le parole premono su qualche parte livida dentro di lei. Tace, guarda altrove.

«Perché devi fare sempre così?» chiede Elena.

«Così come?»

«Come se avessi paura di tutte le cose belle che possono succedere.» Le si avvicina al viso, mette i pollici agli angoli della sua bocca e gliela tende in un sorriso. «Dààààì» e Lara finisce per sorridere davvero.

«Vieni con me! Fai l'artista a New York. Ogni artista ha bisogno di un loft di mattoncini a Brooklyn. A proposito: hai telefonato a Dori?»

«Non ancora. Non ho niente da far vedere, è troppo che non disegno.»

«Ricomincia.»

«Certo, ricomincio. Vado a spendere duecento euro di materiale e poi chiedo a mia madre se possiamo usare casa come un atelier. Ne sarà entusiasta.»

«Di materiale un po' te ne sarà rimasto. Puoi portare gli ultimi lavori che hai fatto.»

«Non credo. E comunque ho tutto da quello.»

«Perché non dici il suo nome?»

«Perché hai capito.»

«Ci dovrai tornare, prima o poi.»

«Non c'è motivo.»

«Be', i disegni, le tele, devi riprenderli.»

Lara scrolla le spalle.

Poco prima aveva pensato di tornare a recuperare le sue cose il giorno dopo e mettere un punto definitivo a quella storia, poi invece non ne aveva avuto il coraggio.

«Avevo quindici anni, sono delle schifezze.»

«Ma puoi ripartire da lì.»

«Può tenersele.»

«Ok, allora te lo dico chiaro e tondo: torna da Elio, Lara. Tu eri diversa quando andavi da lui. Eri più... più te.»

«Adesso invece cosa sono, un'altra?»

«Sì. Sei la commessa di una merceria che studia Legge.»

Lo dice senza giri di parole perché, al suo posto, Lara farebbe lo stesso. Può anche continuare a chiamare la merceria "un lavoro temporaneo mentre finisco di studiare", ma sanno entrambe che non è così. L'indolenza e la noia con la quale la osserva dare gli esami, con il passo di chi butta i piedi uno davanti all'altro senza sapere dove andare, l'ha convinta che l'amica non farà mai l'avvocato. È una beffa: diventare quello che era stato suo padre, e poi finire a muffire in un negozietto modesto insieme alla madre. Adele vuole che la loro vita sia un monumento alle colpe di Alberto Marchese. Il ponte verso le aspirazioni, le conquiste e la vita felice che quell'uomo aveva troncato senza voltarsi a guardare aveva causato una voragine, ed era in quella che stavano vivendo madre e figlia, senza ricostruire mai. C'era sempre stato calcolo e intenzione, in quel mettere Lara davanti ai conti e ai fornitori mentre, dall'altra parte, il sodalizio con la Crescenzi maturava.

Lo sa Elena e lo sa anche Lara, ma continua ad alzarsi ogni mattina, fare colazione con la madre, andare a studiare, chiudersi in merceria e aspettare la fine della giornata. Poi la fine di un'altra. Le sembra una vita con un senso, se non altro nel suo ordine, nel suo essere appropriata. Se non a lei, a una come lei.

Ha smesso da un pezzo di comportarsi come se si divincolasse, come faceva fino a qualche anno prima.

«Elena, oggi andiamo via» diceva all'improvviso guardando l'amica con un sorriso furbo.

«Dove?»

«Che ne so. Al mare.»

Prendevano quegli autobus saturi di polvere fino a Ostia, poi andavano sulla spiaggia libera e Lara disegnava con un bastoncino dove la sabbia era piatta, vicino alla riva ma non troppo. C'era sempre quel vento frizzante e il mare era chiazzato di luce sulla superficie oleosa. A loro sembrava comunque bello.

La gente con i cani si fermava a guardare i disegni, diceva: «Che brava». Lara sorrideva fissando le onde invece dei loro occhi.

Proponeva a Elena: «Andiamo a vivere insieme, da grandi», e si mettevano per davvero a fare i conti di quanto avrebbero dovuto risparmiare.

A volte Elena portava il lettore mp3 con l'altoparlante, si levavano le scarpe e ballavano, cantando a squarciagola. Come fossero a un concerto, e invece erano nel niente alle cinque di un martedì qualsiasi. In quei momenti Elena capiva che voleva così bene a Lara perché nessun altra avrebbe lasciato prendere respiri così intensi alla propria follia.

Quei giorni Lara raccontava bugie ad Adele ma tornava sempre all'ora stabilita, mai un minuto di ritardo. La preoccupazione di sua madre poteva essere il grilletto di una detonazione che avrebbe raso al suolo la sua poca libertà residua, mentre allora poteva ancora dire "esco con Elena" senza per forza stabilire un itinerario preciso e dei numeri da chiamare in caso di emergenza.

Erano passati mesi dall'ultimo pomeriggio sulla spiaggia, quando Lara aveva ancora voglia di sfidare il destino. Ora sembrava una bestia sedata, le pupille ferme come quelle tigri dello zoo che si lasciano guardare.

Finché c'era stato Elio sentiva che la sua scintilla potesse resistere a tutto, anche a sua madre. Poi aveva lasciato l'Assenzio e, insieme, abdicato a se stessa.

«Non ho ragione?» incalza Elena. «Non ti sei chiusa là dentro? Non hai obbedito a tua madre? Stai diventando come lei, Lara.»

Lo sguardo carico di odio che l'amica le puntella addosso conferma di averla colpita su un punto debole che credeva ben protetto.

Lara si mette a sedere dritta adesso. Vuole urlare "non è vero", e non può.

«Sei una stronza» dice a Elena. Si alza e spinge la sua sedia contro il muro, senza preoccuparsi di farle male.

Lo schienale urta contro l'anta di un armadio.

«E tu hai undici anni, Lara!» le urla Elena prima di alzarsi e andarle dietro, ma quella si è già scapicollata giù per le scale per la vergogna.

Si mette a correre lungo il marciapiede finché non ha più fiato, allora si affloscia contro il muro bianco e poroso di un palazzo. Si morde la mano per non urlare, smette solo quando le sembra di sentire il sapore ferroso del sangue. Mentre osserva quattro solchi orizzontali tra pollice e indice si rende conto di aver inspiegabilmente bisogno di un abbraccio molto forte e piangerci dentro a bocca aperta.

La commessa di una merceria che studia Legge.

Nemmeno le congiunzioni, di quelle parole, le appartengono.

Lara torna a casa presto, anche se aveva detto che sarebbe rimasta a cena con Elena.

«Amore, ti ricordi che domattina arriva la fornitura di lana merino?» chiede Adele.

Lei non risponde, va dritta in bagno, si chiude dentro e apre la doccia.

"La commessa di una merceria" pensa, mentre l'acqua le cola addosso e negli occhi, e la sua schiena si appoggia alle piastrelle gelide. Si stringe nelle sue braccia, arriva a sfiorare le scapole con le dita, le accarezza come se fosse un estraneo. Lava via il sapore di schiuma e moccio che sente sulle labbra.

Quando esce ha ancora i capelli bagnati e si chiude in camera con il telefono. Compone diverse volte il numero di Elena e poi attacca. Ha paura che sia davvero arrabbiata, non sa come scusarsi. È l'ennesima volta che deve chiederle scusa.

Cammina avanti e indietro nella stanza cercando qualcosa da dire per farsi perdonare, e quando le viene in mente si guarda allo specchio appeso accanto al letto e vede le sue labbra dire: "No".

Sono le undici e venti quando trova il coraggio di fare quel numero.

«Ok, Leni. Ci provo» dice, senza aspettare che lei parli.

«Lara» dice Elena, con un tono di voce rassegnato e triste. «Perché ti sopporto ancora?»

«Non lo so.»

«Perché sono troppo buona, ecco perché.»

«Mi dispiace.»

«Eh, pure a me.»

«Chiamo Doriana, vediamo che succede. Magari faccio qualche disegno, nel frattempo.»

«Sei una stronza e ti odio, però sono contenta.»

«Perché?»

«Perché mi ascolti. Perché non hai paura.»

«Non è vero.»

«Cosa?»

«Nessuna delle due cose. È solo che hai ragione tu.»

Il palazzo che ospita l'Accademia di Belle Arti è un edificio classicheggiante, le colonne bianche in semicerchio sono rosicchiate dagli anni e dalla mancanza di fondi statali. La scalinata porta al primo piano dove si trovano le aule fredde, con le finestre senza guarnizioni e gli angoli appiccicosi.

Però ci sono tavoli da disegno, e ci sono pedane per i modelli. Ci sono tracce di colore, segni di matita e gessi, pile di fogli su un grande tavolo bianco.

Lara si guarda intorno circospetta. Sembra assurdo trovarsi in un luogo dove quello che le hanno insegnato a relegare nel cassetto delle stupidaggini viene trattato con rispetto. Certo: la gente è esattamente come le aveva descritto sua madre. Ci sono più borchie, piercing, creste e capelli rosa shocking in quei corridoi di quanti ne abbia mai visti in vita sua. Lei, che ritiene quei jeans strappati così audaci, si trova a dover rivedere molte delle certezze maturate alla merceria.

Quando arriva davanti alla bacheca del secondo piano manda un messaggio a Doriana, come stabilito.

La quiete dei corridoi, dove echeggiano solo voci ovattate dalle porte chiuse, è interrotta da una porta che si apre e da passi veloci.

Dori cammina e il molleggiare leggero delle gambe si riflette sul seno tondo stretto da una canottierina nera.

«Ohi, bella. Gliel'ho detto a Marziali che venivi. La richiesta per la borsa di studio poi la devi fare comunque in segreteria, ma intanto lui guarda i tuoi lavori, ti sa consigliare... È uno bravo, il più bravo qui dentro.»

«Ok. Grazie.»

«Andiamo» dice Doriana allungando l'occhio sulla cartelletta di fogli che Lara tiene in borsa. Si tratta di qualche disegno su fogli bianchi da stampante, infilata in un raccoglitore rosso di cartoncino. È piuttosto inadeguato anche quello: l'ha comprato in cartoleria il giorno prima cercando il più semplice per comunicare disinvoltura, e poi in camera l'ha un po' spiegazzato per farlo sembrare usato. Si è accorta che in accademia per lo più usano contenitori a forma di tubo o valigette nere con la maniglia, quindi è imbarazzante esattamente come immaginava, ma ormai è tardi per cambiarlo.

Trattandosi di un corso pomeridiano, la classe è semivuota. Marziali è un uomo sulla sessantina con una barbetta ispida e gli occhi strizzati da un reticolo di rughe. Lo sguardo stretto e la faccia piatta gli conferiscono qualcosa di orientale.

Non dice nemmeno buonasera, né accenna in alcun modo alla presenza di Lara.

«Dammi qua» dice a Doriana con voce impastata, indicando la cartelletta che ora lei porta in mano, aprendola senza preamboli e tenendo i disegni a tre centimetri dal naso.

Si ferma al primo, dipinto su un foglio pesante, da acquarello. Raduna tutte le rughe in cima alla fronte in un'espressione indefinibile. Fa un lunghissimo respiro, chiude e riapre gli occhi due, tre volte. Allontana e avvicina il foglio, osservandolo per minuti.

Senza staccare gli occhi dal quel disegno, cerca gli altri con la mano.

Li sfoglia uno dopo l'altro, rumorosamente, trovandone qualcuno su cui soffermarsi ancora e, di nuovo, restare a macerarlo con lo sguardo strizzato e le sopracciglia gravi. Solo dopo essere arrivato all'ultimo si rivolge a Lara.

«Hai mai studiato?»

«No.»

«Si vede.»

Lara non risponde, troppo impegnata a incassare dignitosamente.

«Sono bellissimi...» interviene Doriana, avvicinandosi a Marziali e osservando i disegni coprendosi la bocca aperta con una mano.

«Non ho detto che non sono belli, ho detto che si vede che non ha studiato. C'è poca tecnica.»

«Questi sono schizzi preparatori, non è vero Lara?» chiede Doriana.

«Sì. Avevo dipinto delle cose, ma non le ho più.»

Lara non sa cosa dire. Non ha capito cosa intenda Marziali e sente che forse stavolta incassare dignitosamente non le riuscirà tanto bene, perché vuole parlare ma incespica nell'inizio della frase, e balbetta.

Marziali si abbassa gli occhiali e le dice, come un ordine: «Iscriviti alla borsa di studio», poi richiude quelle sopracciglia cespugliose sullo sguardo e ripone la cartelletta, pronto a cambiare argomento.

Dori le sussurra: «Io resto ancora, tu puoi andare ma se vuoi vedere un po' com'è l'ambiente stasera c'è una festa, vieni?».

«Stasera non posso» risponde Lara in automatico. Deve digerirsi quella giornata da sola.

Fa il corridoio al contrario con il solito sguardo basso, le falcate lunghe, le mani nelle tasche della giacca verde militare e i gomiti aderenti al corpo per tenere stretta la cartelletta e, non appena svolta l'angolo, colpisce la spalla di una ragazza.

«Che cazzo!» grida quella, che intanto si è divincolata dalle mani che le tenevano il culo e guarda Lara con aria seccata.

«Scusa» risponde lei, ma non riesce ad andarsene velocemente come vorrebbe, perché ha visto il proprietario delle mani sul culo e sta cercando di decifrare il suo viso. Non capisce subito cosa ci sia di strano in quegli occhi dal taglio sottile, che le restano addosso. All'inizio le sembrano astiosi ma no, si rende conto indietreggiando di un passo, è più una sorta di messa a fuoco. Stretti, la studiano per istanti che dilatano il tempo. Lara ricambia lo sguardo perché vuole, perché deve. Parte lontana, lì dove gli occhi non si incontrano: dai polsi, tanto delicati per essere di un uomo. L'accenno di clavicole che si intravede prima della camicia, la pelle ambrata, poi la bocca, le narici sprezzanti e arcuate e, infine, di nuovo quegli occhi. Neri di un nero che è notte e molte cose già viste. E si vergogna tanto che vorrebbe fuggire ma ne è talmente attratta che non può che restare. È chiarissimo, infatti, che su quei lineamenti sia nascosto un messaggio per lei.

«Che ti guardi?» esclama la ragazza mentre il ragazzo le lascia il culo per seguire con lo sguardo Lara, che sbanda e si allontana in fretta, con quella cartelletta da scuola media tenuta addosso.

«Che c'è, Priscilla?» domanda lui, quasi esasperato.

«Non è particolarmente galante smettere di baciarmi per guardare un'altra.»

«No, non sono particolarmente galante» risponde lui, annoiato, stringendola meglio e baciandola ancora, più dolce.

Non gli conviene indispettire Priscilla appena prima della mostra di fine anno, però lo ha colpito quella cartelletta rossa: non le usa nessuno in accademia, non le usavano nemmeno ai suoi tempi. Aveva fissato la cartelletta, poi quel viso. Che si guardava, quella ragazza? E di che colore aveva gli occhi, a chi somigliava? A una bambina, ecco a chi somigliava. Per questo le sembrava tanto fuori posto, con quel mucchio di fogli disegnati e quella faccia stupita, imbambolata per un secondo contro il suo sguardo. L'aveva seguita per un istante mentre si allontanava, il corpo flessuoso e il passo che sembrava una corsa. Dove stava correndo?

Mentre si concentra per ricordarla meglio, Priscilla lascia scivolare la mano tra le sue gambe, poi gli si preme addosso.

«Andiamo da me?»

«Tesoro» esclama lui in modo eclatante, come un gentiluomo d'altri tempi, e con lo stesso stile indossando un Borsalino nero in testa, «io me ne vado a casa. Ieri ero da Valle e ho dormito, quanto, due ore? *Adieu* e grazie del breve, ma intenso, attimo di felicità.»

Allude al pompino nell'aula vuota.

La lascia così, immobile e senza parole e, mentre scende le scale dell'accademia quasi di corsa, pensa che questa farsa con Priscilla lo ha stancato. È una ragazza con delle doti, ma ha delle richieste esagerate.

Il messaggio della buonanotte! Quale donna sana di mente chiederebbe un messaggio a comando? Dio santo.

Non ha ancora finito le scale quando tira fuori il cellulare e scorre la rubrica. Mentre dall'altra parte qualcuno risponde, il sorriso gli va tutto di sguincio prendendo una curva sorniona.

«Ciao» esclama, con un tono che non userebbe con un amico, intrattenendo una breve conversazione a voce bassa.

Marziali lo incrocia quando ha appena attaccato il telefono.

«Vincenzo» lo saluta Andrés, con un gesto da marinaio, «che faccia hai?»

«Ti è capitato, recentemente, di vedere qualcosa di buono? Di veramente buono?»

«No» ride Andrés, poi capisce dall'espressione di Marziali che non si tratta di una domanda retorica.

Lara torna a casa e trova Adele con il grembiule blu, che inforna le patate.

«Ho fatto quell'arrosto che ti piace, amore» dice.

«Grazie» borbotta Lara, pensando che comunque, anche se avesse detto di sì a Doriana, poi sarebbe tornata a casa e sarebbe rimasta inchiodata a quell'odore, che le apparteneva, ed era casa, ed era per lei. Solo per lei. Fatto con un amore al quale non ci si poteva sottrarre senza ferire almeno un colpo. Era così tipico di sua madre offrirle una scelta già compiuta: preparare un arrosto, così era deciso che avrebbero cenato insieme. Comprare i biglietti del bus, così era deciso che sarebbero andate al mare. Prendere decisioni che potevano solo essere docilmente subite o contestate, passando alle armi. E Lara non voleva litigare sempre, e finire per sentirsi quella cattiva. Quella sbagliata. Perché se fossero arrivate al conflitto allora sarebbe stato certo fin dall'inizio: era Lara ad avere torto e sua madre ragione, sempre.

«Dove sei stata, da Elena?»

«Sì.»

«Che dice?»

«Studia. Ha un esame tra poco.»

«Anche tu, vero?»

«Sì, tra un po'...»

«Parlami un po', Lara! Non mi racconti mai niente!»

«Perché sai già tutto. Lo vedi quello che faccio.»

«Si può comunque parlare, no?»

E allora Lara parla di cosa c'è in tv quella sera, perché è un argomento vuoto che a sua madre sembra pieno, e ha un effetto quasi calmante su di lei. Poi finiscono davanti a un film americano di intrighi politici e amori lontani, e quando Adele si assopisce lei le mette una coperta leggera addosso.

Si ferma a guardarla e le sembra così orribile e tenera, con la bocca aperta dal sonno e la schiena curva contro la spalliera. Il mento le si sdoppia contro il collo, e la vede vecchia per la prima volta. Vecchia in modo definitivo e spaventoso, come se la vita, quella vera, si stesse scansando da lei a poco a poco. Vecchia come se nessuno uomo la potesse mai volere di nuovo, con la figlia come unico argine contro giorni di penombra, pasta in bianco e ronzìo di televendite. Vecchia come i soprammobili che iniziava a disseminare sulle superfici libere, come quella curva di adipe cresciuto intorno alla pancia per farle cambiare forma e indossare i pantaloni a vita alta.

Si sente colpevole per qualsiasi cosa stia per fare. La avverte nascosta in quell'aria intorpidita e in quel respiro pesante, la ragione per la quale un giorno vorrà essere lontana. Sia l'idea di restare sia quella di andarsene le spezzano il cuore.

Le squilla il cellulare, è Doriana.

«Lara, scusa per oggi, mi iniziava un corso subito dopo.»

«Non c'è problema. Anzi, grazie Doriana, davvero.»

«Gli sei piaciuta, eh.»

«È stato gentile a guardare i disegni.»

«No, quando te ne sei andata ha proprio detto che hai talento, solo che lui non vuole montare la testa a nessuno.»

«Bene» risponde lei, poco convinta.

«Ti sei fatta un giro, hai visto l'accademia?»

«No, veramente» non sa se dirlo, ma vuole parlarne. «Sono caduta addosso a due che pomiciavano.»

«Niente di più facile. Fammi indovinare: lei con i capelli rossi e lui biondo. Stanno sempre in corridoio con le lingue attaccate.»

«No, lui era moro. Con il pizzetto. E avrà avuto centocinquanta collanine addosso.»

«Dio.»

«No, non sembrava Dio.»

«Stava pomiciando con una con il caschetto platino?»

«Sì.»

«Si chiama Priscilla Leoni, è la figlia del rettore, e lui. Cazzo, Lara. Lui è Andrés Delacroix.»

«Se di lavoro non fa il moschettiere, è un nome davvero scemo.»

«È un nome che gli sta bene, credimi. Fa il critico d'arte ma in realtà è una specie di rockstar. È giovane ma abbastanza influente al momento. In realtà non dovrebbe girare così, a piede libero per l'accademia, ma ora si scopa Priscilla e ogni tanto la viene a trovare.»

«Critici che si scopano artisti. Cominciamo benissimo.»

«E questo è niente» ridacchia lei. «Sicura di non voler venire stasera? Io esco tra poco, se vuoi ti passo a prendere.»

Ci pensa un attimo, come fiutando un presentimento. Poi pensa a sua madre che dorme, a quel doppio mento e all'espressione smarrita che avrebbe nello svegliarsi e non trovarla.

«Magari la prossima volta» dice.

Il giorno dopo mentre Adele è impegnata alla riunione condominiale, Lara va a cena a casa di Elena.

«Com'è andata, devi dirmi tutto!»

«Bene. È stato strano, era la prima volta che qualcuno vedeva i miei disegni per dare un parere.»

«E che hanno detto?»

«Non ho capito bene, ma Doriana dice che sono stati contenti.»

Lara continua a parlare, nasconde in un groviglio di parole quello che davvero ricorda più nitido di tutto, di quel pomeriggio: un viso. E due mani, sul culo di un'altra.

Poi però non ce la fa, perché quella è proprio una di quelle cose da dire a Elena, e solo a lei. Quindi fa la faccia dei momenti seri, in cui si fa silenzio solo con la posizione del corpo a gambe incrociate, con il busto eretto e lo sguardo che sembra voler passare i muri. Sospira, in realtà le scappa un sorriso che nasconde dietro il polso e una ciocca di capelli.

Si rimette seria, e annuncia: «Se ti dico una cosa, devi promettermi che non rispondi che è stupida».

«Vediamo.»

«Prima prometti.»

«Prometto.»

Si gratta la testa, appoggia la fronte sui polsi e respira profondamente, cambia posizione un paio di volte e poi alla fine ritorna com'era prima, anzi ancora più composta e con gli occhi che ormai hanno bucato anche il muro della casa a fianco.

«Mi sono innamorata.»

E non era quello che voleva dire. No, per niente. Lei voleva dire che aveva conosciuto, anzi no: aveva visto di sfuggita un ragazzo, ed era interessante. Ed era confusa, perché era la prima volta che trovava qualcuno interessante a quel modo. E lui l'aveva guardata in un modo strano, come se volesse dire qualcosa e quelle parole invece di uscire gli fossero rimaste addosso, per essere lette dai suoi occhi.

Ed era stato lo sguardo più denso di elettricità e morsi allo stomaco, possibilità e tremori, musica di sottofondo e sintomi da svenimento che lei avesse mai provato.

Forse non era per niente amore, ma non c'era un'altra frase a effetto che rendesse giustizia a quel momento.

Elena, basita, la guarda con un sorriso inebetito che le si allarga da orecchio a orecchio.

Scuote la testa, e ride.

«Lara! Ti sei innamorata in un pomeriggio?» le chiede, incredula.

«No» risponde lei, come fosse la cosa più naturale del mondo. «In un attimo.»

6

La mano scivola lungo le ciglia lasciando una traccia esatta.

L'alone nero le sporca abbastanza lo sguardo da farla sentire sicura.

Ha la musica negli auricolari, si muove a tempo e canticchia a voce molto bassa. Ogni tanto si guarda e sorride al suo stesso viso. Sembra che il suo intero corpo sia stato imbevuto di euforia insensata, una corrente sottopelle che preme per disturbare. Lo specchio le restituisce un sorriso vagamente inquietante, e lei di quella lieve follia si nutre. La inghiotte al posto del cibo, dell'acqua, dell'aria. Come se non servisse più nulla.

L'unico luogo salvo, anello debole di quell'effervescenza invadente, è la sua coscienza. Che si gonfia, mostruosa, quando è accanto alla madre. Allora lei ricorda che tutto deve essere autorizzato, controllato e avere un senso, ma quello che sta facendo non ne porta traccia.

Le gira attorno circospetta, Adele, perché ha fiutato qualcosa. Non ha ancora deciso se quella figlia improvvisamente accesa sia una minaccia o meno, ma intanto vuole sapere. Fa continue indagini travestite da domande innocenti, ed è quella cupidigia nello sguardo che fa trovare a

Lara il coraggio di omettere particolari. Che, si convince, non è come mentire.

Infila le gambe negli ultimi jeans neri della stagione, perché le serate stanno iniziando a diventare calde e presto le piazze saranno praterie di gambe nude. Si arrampica sui tacchi, lei che abitava negli stivali.

«Sembri impazzita» le ha detto Elena. «Secondo me è colpa di quello.»

Lara abbassa lo sguardo, sorride.

«Il critico» precisa Elena.

«Il critico» ripete Lara.

Dice il suo nome poche volte, e quando succede lo rigira in bocca come una caramella.

Andrés.

Da quando le è entrato in testa indugia in quella sensazione leggera, di sentire il sole sul viso e notare le cose belle lungo la strada, di portare addosso il ricordo di lui come un abito rosso.

Andrés.

Non riesce a levarsi dalla testa quel viso, per quanto ci provi. La notte riappare di continuo, a farle appiccicare i capelli alle clavicole e stringere le gambe. Le restano in testa ore, quei residui di sogno, ad affumicare i pensieri reali e lasciarla in uno stato che assomiglia allo stordimento e le regala istinti di onnipotenza. È come nuova, Lara, sembra che quell'incontro l'abbia spogliata di una buccia facendola finalmente apparire a se stessa. Invincibile.

Forse è per questo che alla fine ha consegnato la richiesta per la borsa di studio, accompagnata da Elena. Ha compilato un questionario con il sole negli occhi, seduta insieme a lei sui gradini fuori dall'accademia, adattandosi alla vertigine di aver fatto qualcosa per se stessa, come fosse illegale.

Ha detto "chissà se mi prendono" anche se avrebbe voluto dire "cosa faccio se mi prendono?".

Sa quasi tutto, ormai, dell'accademia, perché si è trascinata vicino Doriana con la stessa forza con la quale prima le resisteva.

Lei ed Elena escono insieme a Doriana sempre più spesso, cercando un po' di amalgama con quel gruppo di aspiranti artisti la cui vera opera è creare distanza dal resto del mondo.

Per Lara è una ricerca, raramente un piacere.

Alle feste, nella folla, lei va in cerca di aria come un insetto in trappola. Sbanda, ubriaca di frenesia e noia.

Non è lì per socializzare. Non sa nemmeno cosa sia, socializzare. Le labbra altrui si muovono incessantemente, spesso in quella parlantina acuta che vuole farsi sentire sopra la musica e le pinte di birra, esagerando le espressioni facciali e le risate.

«Non mi interessa» le viene voglia di rispondere, ogni volta. «Non mi interessa. Non mi interessa.»

«E come ti chiami?» urlano al suo orecchio, o così vicino al suo viso da farle venir voglia di spingerli via.

La sua risposta preferita è "Laura", perché somiglia a un fraintendimento. Quando si fa abbastanza tardi per dedurre che Andrés non si presenterà, si aggrappa a Elena e le sussurra: «Andiamo via, ti prego».

Tornano a casa l'una aggrappata all'altra per non cadere per terra.

È Elena il suo branco, la sua famiglia, le felicità che si è così faticosamente guadagnata negli anni in cui avrebbero dovuto essere un regalo. È lei che le consente di parlare di Andrés senza alcuna vergogna nel lasciarsi andare a fantasie impossibili, di un romanticismo ingenuo, stucchevole, come se potesse succedere davvero.

Elena la stringe, prendendole leggermente la testa intorno alle orecchie e scompigliandole i capelli. Come a una sorella minore, o a un cane, ma non c'è niente di pietoso in quel gesto. Semmai un incerto tentativo di proteggerla, anche se sta pian piano cambiando idea al riguardo. Inizialmente si era convinta che Lara avesse una carne troppo esposta e delicata per gli angoli del mondo. Ora, invece, vedendola così nervosamente inquieta capisce che quello di cui ha bisogno sono ferite. In quei lividi, in quel disprezzo per errori e ingiustizie che si sarebbero ripetute nella sua vita ancora e ancora, lei avrebbe trovato un riscatto. Perché era ferma a un unico dolore incrostato e vacuo, aveva sospeso la vita per attutirlo, e invece quello di cui aveva bisogno erano dolori nuovi. Disprezzo nuovo. Così avrebbe capito che la vita va avanti e anche i dolori scorrono, come su un nastro.

Elena riaccompagna Lara a casa e torna alla sua che sono le tre. Gira la chiave senza preoccuparsi di far rumore, perché sa che non c'è nessuno.

A volte sua madre esce senza avvisare, o parte improvvisamente dimenticandosi di lasciare anche solo un biglietto, manda un messaggio dopo ore. Torna sola, o con il fidanzato di turno di cui Elena di solito conosce il nome e qualche informazione sommaria.

Alessia Marli presenta i fidanzati alla figlia anche quando non ce ne sarebbe bisogno: è per esporli al mattino senza vergogna. Il problema è che gli uomini non si portano mai il pigiama quando restano a dormire, chissà se è perché Alessia decide all'ultimo di invitarli o perché è una cosa da uomini, non portare il pigiama. Elena li trova seduti al tavolino a mangiare i suoi biscotti, poi quelli si alzano e sono in boxer o, peggio, in mutande.

Non c'è niente di più disgustoso che guardare un uomo sconosciuto in mutande – pensa Elena – perché lo sguardo corre inevitabilmente alla forma floscia del pisello e all'attaccatura dei peli delle gambe, che nella maggior parte dei casi lascia chiazze rade fino a metà coscia.

«Mamma, compra almeno un paio di pantaloncini da tennis. Cinque euro alla bancarella. Glieli lasci sul cuscino quando vi alzate. Io le mutande non le voglio vedere! Vomito se ne vedo un altro paio, ti giuro.»

«Oh, Elenina, hai ragione. Domani le compro.»

E invece l'indomani era un'altra mutanda.

Facevano sempre i simpatici, con Elena. Forse perché pensavano che questo potesse far guadagnare loro punti agli occhi di Alessia Marli, o forse perché lei somigliava incredibilmente a sua madre. Con qualcuno aveva anche avuto un rapporto amichevole, quasi confidenziale. Le piaceva, la faceva sentire matura e tollerante.

A pensarci bene, tutto, nel rapporto con sua madre, la faceva sentire a quel modo. Perché erano pari, lo erano state dall'inizio, da quando era Elena bambina a dirle che non faceva il bagno da dieci giorni, che avevano mangiato pizza per tre sere di seguito, o che quel vestito era troppo scollato per la riunione con gli insegnanti.

Mentre le amichette credevano religiosamente nei dettami della mamma, lei ricordava la sensazione di riconoscerne gli sbagli anche da molto piccola. Erano lacune che Alessia colmava con l'aiuto di qualcun altro, delegando. Un vicino di casa le aveva insegnato ad andare in bici. La maestra le aveva portato un piccolo regalo quando aveva perso il primo dentino. Passava così tanto tempo a casa degli altri che non si era mai chiesta se fosse normale, né se le piacesse o meno. Era così, e basta.

«Oggi ho chiesto alla mamma di Martina di prenderti a scuola, così pranzi con lei e poi giocate insieme. Ci vediamo stasera, ok?»

E la sera faceva sempre tardi, così Elena finiva spesso per cenare da Martina. E il giorno dopo era da Giulia, o da Federica. Nessuno negava un favore ad Alessia Marli: lei era sempre così positiva ed entusiasta, faceva sembrare semplici anche le cose che non lo erano, «e poi è difficile crescere una figlia da sola...» bisbigliavano.

A volte veniva a riprenderla accaldata e stropicciata, con lo sguardo scintillante e assente. Quelle sere si mettevano a cucinare insieme, e cantavano canzoni d'amore. Lei seduta sul piano della cucina, la madre in frenetica attività tra i fornelli, come se dovesse invitare a cena un esercito, e a volte lo faceva pure. Chiamava le amiche e i vicini, la casa diventava un salone di feste e risate. Elena allora si sentiva così fiera di lei, così grata per tutta l'energia che diffondeva.

Altre sere, invece, Alessia tornava confusa. Abbracciava la figlia forte e la sommergeva di baci, umidi come lo sguardo che cercava di nascondere dietro un sorriso esagerato e una vocetta che voleva essere frizzante e invece suonava solo nervosa. Erano le sere in cui, sbandando, scordava di dirle di mettersi il pigiama e andare a letto. Quelle sere

Elena aspettava un ordine, una direttiva qualsiasi, allora si presentava in mutande davanti alla tv e la madre le passava attraverso con gli occhi.

«Brava, amore» diceva. Ma Elena non era certa che ce l'avesse con lei.

Quelle sere si metteva a letto con gli occhi spalancati, per aspettare il momento in cui la madre si sarebbe accorta che mancava il bacio della buonanotte. Tutte le volte si addormentava prima che lei arrivasse. Tutte le mattine avrebbe giurato di averla sentita, nella notte, avvicinarsi piano e posare le labbra sulla sua fronte.

La notte, il buio, erano loro a rendere vero il pensiero che ci fosse qualcosa di sbagliato nel modo in cui stavano vivendo. Elena si era svegliata sentendo piangere sua madre molte e molte volte. Le prime, da piccola, si era infilata nel suo letto e – ancora intorpidita di sonno – le aveva mormorato «Va tutto bene, mamma». Andrà tutto bene, come le diceva lei quando si sbucciava un ginocchio o litigava con un'amichetta. Poi aveva smesso, perché Alessia Marli aveva preso quel pianto, l'aveva reso pubblico – «Elenina, hai sentito ieri che pianterello? Mamma è proprio esaurita» (risata), o «Mamma se non si fa i suoi dieci minuti di tragedia quotidiana non funziona, Nina» (risata, abbraccio) – spogliandolo di qualsiasi allarme, raccontandolo anche agli altri come parte di sé. Una parte. Non una parte mancante.

Quando arriva, la sera è un odore. Alle sette i fiori esalano l'ultimo respiro prima di avvizzirsi di buio, il traffico di chi torna a casa stanco solleva quel pulviscolo di cemento e scarpe mentre lungo il vicolo, dove i ristoranti stanno già servendo la cena ai turisti, aleggia il profumo di pizza, carne alla brace e puntarelle all'aceto. Arriva tutto a ondate, nell'aria tiepida del primo giugno.

Ad alcuni fa venir voglia di restare fuori, di non tornare a casa. Sciamano verso la zona pedonale con un sorriso che sa di misfatto, perché stanno finalmente ingannando l'orologio che d'inverno li chiude in casa. Guarda: sono le sette, quasi le otto, e c'è ancora luce – oppure – amore, stasera faccio tardi.

Elio prende gli sgabelli di legno e i tavolini storti, alcuni blu e altri marroni, e li sistema con cura sui sanpietrini davanti alle due vetrate che danno sulla piazzetta, tentando il meglio per non farli traballare troppo. Qualcuno si lamenterà lo stesso, lui alzerà le spalle. Come glielo fai capire, a certi ignoranti, che per l'acciottolato di Roma essere dissestato è un onore lasciato dagli anni. Che c'è storia anche negli interstizi di quelle pietre grigie e squadrate, che dovrebbero solo essere grati di sedere in quella serata profumata a bere del buon vino e ungersi le mani dei pezzetti di pizza bianca con il rosmarino.

Si versa del rosso in un bicchiere da osteria, poi siede a prendersi in faccia gli ultimi raggi di sole arancione, come una carezza. Dio se potesse averla ancora, una di quelle carezze.

Invece, all'improvviso, è ombra.

«Be', che si dice?» pronuncia una voce diretta, ma dal suono appesantito.

«Michela, togliti dal sole» mormora Elio senza aprire gli occhi, e lei si sposta di un centimetro appena, così metà faccia si prende il sole e l'altra resta in ombra.

«Guarda che tanto non diventi bello.»

«Lasciami l'illusione» risponde lui, con un sorriso sornione.

«Come vanno le cose?»

«Mah. Si avvicina l'estate, il vino ce l'abbiamo, Roma pure. Direi bene.»

«Sì, e il locale?»

«Mi hanno dato un po' di tempo, ancora.»

«Quanto?»

«Un po'.»

«Se non dici niente, non ti può aiutare nessuno.»

«Michela, lo sai che va bene così. Va bene così» ripete lui.

«E che ti inventi se lo devi chiudere, eh? Che lavoro fai, che... Dove vai a vivere, Elio?»

Lui allarga le braccia, sorride ancora a quel rimasuglio di luce rimasto in cielo.

«Di cosa ti importa a te, Elio? Ti importa di te stesso?»

«No» dice lui lentamente, gustandoselo.

«Faresti bene a prenderti cura di te e di tutto il resto, invece.»

«Non ha importanza. Come va invece lì, dalle parti tue?»

«Va bene.»

«Tutti bene?»

«Dài, chiedimelo.»

«Cosa?»

«Vuoi sapere come sta la ragazzina. Lara.»

«E come sta. Starà bene, Lara.»

«Gira voce che stia combinando qualcosa. La mamma l'altro giorno mi incontra e mi chiede se so con chi esce la figlia. A me lo chiede, capito? Lo devo sapere io, con chi esce la figlia.»

«E lo sai?»

«Be'» borbotta Michela, «mi hanno detto che gira dalle parti dell'accademia.»

Elio sgrana gli occhi, sembra colpito. Si affila il pizzetto in modo compiaciuto.

«Bene, bene. Tu le tieni un occhio addosso, vero Michelina?»

«Glielo tengo, sì. È anche simpatica, poverella. Solo che con quella madre...»

«Che ne sai, magari adesso che ha cambiato giro se ne scappa un po'.»

Con che disinvoltura lo dice, come se non se ne preoccupasse. Michela se lo ricordava, quando l'aveva chiamata da parte il giorno che Lara se n'era andata e le aveva detto, serio: «Lo so che è sua madre, ma le sta facendo del male. La tieni d'occhio, vero Michelina? Fallo per me».

«Vedremo. Intanto stasera l'ho incrociata che scendeva le scale correndo come una pazza. Tutta in ghingheri come si mettono 'ste ragazze oggi, con quei tacchi alti.»

E l'unica cosa che Elio può fare, adesso, è chiedersi se la riconoscerebbe, Lara.

L'ambiente è angusto nella prima sala e molto più ampio nella seconda, dove sta migrando la maggior parte delle persone. Se non fosse chiaro che le pareti bianche hanno bisogno di essere ridipinte ci pensano i quadri a ricordarlo: enormi, dai colori piatti e fluorescenti. La gente è poco rumorosa e tendenzialmente in posa. Ci sono donne con piume e nastri in testa, tacchi di design che sembrano sculture, giacche con le code e code di pelliccia. Poi ci sono Elena e Lara, la prima in abito azzurro cielo, la seconda in jeans, tacchi e una maglietta che le lascia la schiena scoperta.

Scandaglia l'ambiente con attenzione, avida della cascata di endorfine che la presenza di Delacroix potrebbe scatenare.

Lo riconosce subito, anche se è ancora una sagoma.

Porta addosso la disinvolta assenza di casualità di chi è abituato a vestire un personaggio che gli corrisponde. Ha i capelli scuri spettinati sotto un cappello nero, la giacca grigia senza una piega ma quasi logora, una camicia bianca che fa risaltare ancora di più la pelle ambrata e le decine e decine di catenine e lacci, disordinati intorno collo.

Doriana le ha detto che gira voce sia un viaggiatore e colleziona un ciondolo ad ogni viaggio, ma c'è anche chi sostiene che alcune pietre siano un'eredità della madre Carmen Ruiz, cantante lirica. Gioielli e accessori di scena, appartenenti a quegli anni in cui il viso intenso della donna spiccava sui cartelloni da Buenos Aires a Tokyo. Quasi tutto in lui scatena la fantasia di chi osserva, e non fa niente per attenuare l'effetto scenografico della sua figura.

È proprio in fondo alla sala, i movimenti di corpo e mani raccontano una conversazione brillante. C'è una risata che si confonde con il brusìo di passi e bicchieri, forse è la sua, e Lara se ne appropria come fa con i ricordi.

Nel momento in cui pensa: "Voglio andare da lui, voglio parlare con lui, voglio qualcosa da lui", è già a pochi passi di distanza. Questo la sconvolge: non ricorda il momento in cui la decisione ha preso il sopravvento sulla timidezza perché ora, guardando il profilo dell'uomo a un respiro di distanza dal suo, è nella vergogna che affoga.

Il miscuglio di razze di cui è figlio si diluisce con garbo insolente sugli angoli del suo viso: Andrés Delacroix ha il naso minuto ma fiero della madre e gli occhi affusolati del padre, il musicista francese Nicolas Delacroix.

L'incarnato caldo e i colori scuri contraddicono la delicatezza delle labbra, ma risuonano nelle narici arcuate e nelle sopracciglia forti, dritte e sicure come segni di guerra.

Non c'è un momento in cui Lara percepisce il disinteresse che di solito la annoda lontano dalla gente. È una corrente che aveva sottovalutato, la trascina dritta dentro il pozzo scuro di quegli occhi che, incredibilmente, incrociano i suoi aprendo una finestra per le parole.

«Oh... ehm.» Le escono solo due sillabe sceme, tra le quali vorrebbe dire: "Ciao, tu sei Andrés Delacroix, ci siamo parlati una volta ma mai presentati. È un piacere conoscerti".

«Ciao» risponde lui perplesso.

Lei si chiede se l'abbia riconosciuta.

«Tu sei Andrés Delacroix» riesce a dire, gracchiando il suo cognome.

«Sì. E tu?» Le sembra di ricordarla.

«Ah no, io non. Io sono...» cerca qualcosa di dire che abbia più significato del suo nome. «Nessuno» conclude.

«Che alta considerazione di te stessa.»

«Volevo dire, mi chiamo Lara. Ci siamo visti una volta all'accademia ma non sono un'artista. Non ancora, almeno.»

«Stasera sei in ottima compagnia» dice, alludendo alle decine di studenti che, in grumi concentrici, attendono che lei si allontani per assalirlo, «con la differenza che loro si sentono i nuovi Van Gogh quindi, se devo essere sincero, apprezzo il tuo non essere artista.»

«Bene» risponde, non troppo convinta che sia un bene.

Lui gira sui suoi talloni come per andarsene, e invece poi fa un passo all'indietro, la guarda di sguincio inclinando la testa, ed esclama: «Guarda questa merda».

Ha appena chiamato merda il Perez davanti a lui. Un Perez di due metri per due fatto di segni neri e colori sgargianti, per i quali qualche collezionista tirerà sicuramente fuori cifre che Lara non ha mai nemmeno sognato.

«Vedi queste? Lui sostiene che siano... com'è che mi ha detto "le unghie della sua rabbia". No, perché usa dei termini un po' strani, non lo parla benissimo l'italiano. Invece a me sembrano del tutto casuali. Infantili. Ti viene per caso voglia di gridare quando vedi questo quadro?»

«Direi di no.»

«Di prendere a pugni qualcuno?»

«No.»

«Di fare sesso finché non ti consumi?»

«Non guardando il quadro, no.»

«Ecco, allora di che rabbia parliamo? Questo lo sapevo fare anch'io, forse anche tu...» ride.

«Le unghie della rabbia? Ho i miei dubbi.»

«Perché, non provi rabbia?»

«Sì, ma le taglio le unghie.»

Andrés ride, scuotendo la testa e nascondendo lo sguardo sotto il cappello. Lara pensa che le persone interessanti non dovrebbero essere belle, né carismatiche. È uno squilibrio eccessivo concentrare tutto in una sola persona: il resto del mondo diventa un bersaglio troppo facile.

«Sei un'artista, Lara?» chiede di nuovo.

Lei apre la bocca, ma non riesce a rispondere di sì.

«Bene, allora non ha senso che mi ricordi il tuo nome, Lara...?»

«Marchese.»

«Lara Marchese. Peccato, perché suonava anche bene.»

«Vuoi vedere qualcosa di mio?» si pente immediatamente di averlo detto, non troppo quando lui coglie un doppio senso.

«Ecco, la cosa si fa più interessante. Magari cerchiamo un posticino tranquillo...»

Parole che direbbe a qualunque ragazza, e che le si accendono addosso come un fiammifero.

Lui non arretra, continua a intercalare alle parole quel sorriso di sguincio, ironico e confortevole al tempo stesso: un'esca per piccoli pesci.

«Dove studi?»

«Ancora non studio.»

«Non studi? Intendi dire che hai le tempere a casa e dipingi i quadretti per la mamma?»

È troppo. Lara decide che non vale nemmeno la pena spiegare.

«Sì esatto» risponde seccamente, allontanandosi mentre avverte la delusione nel respiro, e detesta sentirla anche addosso, lì dove Andrés Delacroix sa sciogliere le sue vittime prima di consumarle. Eppure sa di avere il suo sguardo puntato su di lei, lo avverte fino a quando non torna dalle sue amiche.

«Dio, ma ci hai parlato! Che vi siete detti?» chiede Doriana.

«Niente di che» abbozza Lara, ma poi, quando Dori si allontana, sussurra all'orecchio di Elena: «È odioso. Mi ha preso in giro perché non studio».

«Il litigio è funzionale: crea energia. Energia che deve esaurirsi orizzontalmente.»

«Da dove ti escono queste teorie?»

«Dal cuore, ovvio. Cosa pensi quindi?»

«Che è *lui*. È decisamente *lui*.»

«Ma cosa ne sai, nemmeno lo conosci.»

«Lo so e basta. È nel modo in cui mi ha guardata.»

«Secondo me è nel fatto che è figo. Ce li ho gli occhi: notevole, il ragazzo. Ma se dovessero produrre stronzi in serie, potrebbe fare tranquillamente da stampo.»

«Sì, ma...»

«Niente ma. Le sai le storie che circolano su di lui, no? E poi due settimane fa si scopava quella Priscilla e ora, come prevedibile, di lei nessuna traccia.»

«È una buona notizia!»

«NO! È una pessima notizia. Significa "sono stronzo, Lara Marchese, stammi lontana".»

«Sì, ma...»

«Ma tu lo salveraaai! No, Lara? Disinteresse totale per gli uomini e poi cadi nel classico sempreverde: bastardo e crocerossina.»

«No, io non lo salverò. Forse lo incanterò.»

«Non hai parlato così anche con lui, vero? Chiamano la neuro per molto meno.»

«Deve vedere i miei dipinti.»

«Te lo ha chiesto?»

«No. Anzi, secondo me non era molto impressionato da questa cosa dell'arte. Voglio dire: conosce solo artisti!»

«Lara, frena ti prego.»

«Perché altrimenti mi faccio male e puoi dirmi "te l'avevo detto"? E sai cosa: non me ne frega niente.»

«Abbassa la voce» ride Elena. «Non sono mica tua madre. Al massimo ti direi: spero siano state delle scopate memorabili. Ma tu piangerai lo stesso.»

«Che devo fare per averlo?» e lo chiede con la certezza che Elena risponderà per davvero.

«Vai dove puoi trovarlo. E fatti vedere.»

«Funzionerà?»

«Lo incanteraaai» dice Elena prendendola in giro.

«Lo incanterò» ripete Lara, trovando in quelle sillabe un sapore mai sentito prima, che la inebria e le rende le gambe deboli, come quel bicchiere di Prosecco che sta scendendo lungo le nude pareti del suo stomaco.

7

Diventa una specie di strategia di guerra. Un'ossessione che si srotola sulle pagine dei siti Internet e dei magazine di settore dove Lara evidenzia diligentemente le mostre in arrivo, controlla i nomi delle donne con le quali Andrés è fotografato, cerca con ogni mezzo di sapere dove si troverà e quando. Poi, nascondendo appena quel confine labile tra interesse e mania, appende all'amo domande per Doriana. Gira intorno agli argomenti dell'accademia in attesa che saltino fuori informazioni sul critico, come non fosse evidente che basta il suo nome a farla trasalire.

«Che stai tramando eh, Lara?» ride quella come se si parlasse di un sogno irrealizzabile, quasi che Andrés fosse un altro divo del cinema appeso al muro della sua cameretta.

La lettera arriva di martedì mattina insieme alle bollette, per questo finisce nelle mani di Adele. La esamina osservando con sospetto il logo nello spazio del mittente, quello dell'Accademia di Belle Arti. Mentre elabora questa nuova e inaspettata informazione, sua figlia la raggiunge alle spalle.

«Questa è per te, Lara. Cos'è?» chiede, con il suo solito tono inquisitorio.

Lara si affretta ad afferrarla, le lancia un'occhiata rapida e la toglie dalla sua portata.

«Niente, pubblicità credo.»

Mentre la figlia sparisce in camera Adele realizza di volere delle spiegazioni, ma è tardi e deve sbrigarsi a prendere il bus. Lavorare anche il sabato è comodo per aumentare lo stipendio, ma sta iniziando a farle perdere mordente e controllo nei confronti della figlia.

«Poco male, visto che le cose stanno per cambiare» pensa, chiudendosi la porta alle spalle.

Lara si lancia sul letto sentendolo cigolare sotto il suo peso, e compone il numero di Elena sul cellulare.

Quando l'amica risponde la sua voce ha preso l'ottava dell'incredulità, è quasi stridula.

«Mi hanno scritto dall'accademia!»

«Bene!» esclama l'amica con enfasi.

«I documenti sono ok, ho tutti i pre requisiti. Ora però chiedono il portfolio» dice lei.

«Devi mettere insieme un po' di quadri, immagino.»

«Sì, appunto, ho pochissime cose adesso. Questo è un problema.»

«No che non lo è. Non per te.»

«Posso dire una cosa scema? Una cosa proprio da artista da quattro soldi?»

«Dilla.»

«Devo trovare l'ispirazione.»

«Come se in questo periodo non fossi abbastanza fuori. Sei ispiratissima, Lara. Mai stata più ispirata.»

Lara tira fuori una risata leggera e argentina.

«Piuttosto, dove dipingerai?»

«A casa tua.»

«Ecco, immaginavo.»
«Cosa?»
«Ricordi i lavori? Dobbiamo rifare il sistema elettrico dopo quel corto circuito, casa nostra per un po' sarà una specie di cantiere.»
«Merda. Proverò in merceria allora.»
«Con i pennelli e tutto il resto?»
«Faccio gli schizzi e poi non so, dipingerò in camera. Di notte» ci pensa un momento. «Cazzo, Leni, questo è un problema.»

Il pomeriggio successivo, a Roma sembra piena estate.
I bambini del parco fanno un suono unico, un coro di gridolini che si rincorrono uno nell'altro formando una ragnatela di acuti che è quasi un rumore bianco, il perfetto connubio di quella giornata dal cielo azzurro pastello senza nuvole, con gli uccelli che cinguettano e le strade bianche e fruscianti di polline.
Sono le quattro e mezza e le mamme sciamano al parco, tirando per mano i figli come fossero in ritardo. La maggior parte varca il cancello principale, in poche entrano dalla stradina laterale che passa dal prato dei cani, per questo nessuno fa caso alla Panda nera parcheggiata a spina di pesce che, con un impercettibile movimento, tradisce uno spettacolo che le madri giudicherebbero osceno e senza vergogna.
"Fabio non ce la può fare" pensa Elena mentre lui la spinge contro il sedile con un movimento dal ritmo insulso, né vigoroso abbastanza da farla venire né rapido come una sveltina richiederebbe. La musica di quel momento, chiusi nel caldo torrido dell'auto, è il rumore della cintura che tiene il tempo come un campanello.

"Hai ottanta piercing, una ciotola da insalata nell'orecchio, studi design e poi guardati: scopi come un pensionato" pensa Elena mentre lui accelera un minimo per venire e poi le si accascia addosso con un sospiro soddisfatto. Eppure, Dori aveva detto grandi cose su di lui.

Lei gli accarezza i capelli perché è così che le piace fare quando un uomo le posa il viso sul seno, ma in realtà vorrebbe tirarsi su le mutande e ritrovarsi istantaneamente in un altro luogo. Fantastica che sarebbe molto bello applicare il teletrasporto alle mutande, perché in realtà quella sensazione di rimetterle a posto e voler essere altrove le è pericolosamente familiare. Vorrebbe anche lavarsi, a dire il vero.

«Ti è piaciuto?» chiede lui affannato.

«Ma non devi chiederlo, mai!» ride lei, e di colpo, coperta da quella patina di ironia, la situazione sembra tutto sommato sostenibile.

Si rivestono mettendoci un'eternità, urtando contro il cambio, la portiera e i rispettivi gomiti.

«Senti, come sta la tua amica sociopatica, Lara?»

«Non è *sociopatica*» risponde lei.

«Asociale?»

«Non è nemmeno asociale.»

«Diversamente socievole.»

«Che ti frega di come sta, quindi?»

«Frega al mio amico Cecco. Sta in fissa e non si capisce perché: lei una volta non gli ha parlato, l'altra gli ha detto che si chiamava Sara. Sociopatica e pure matta. Ma secondo te la possiamo organizzare, che ne so, un'uscita a quattro?»

«Lo escludo.»

«Perché? Sta con uno?»
«È un po' più complicato di così.»
«Cioè trombano e basta.»
«Ancora più complicato.»
«Oddio, è incinta.»
«No! Meno, meno complicato!»
«Deciditi però.»
«Lascia stare, sappi solo che non è interessata.»
«Vabbe', lo dico a Cecco, e pure a Paolo e Antonio. Se la vogliono fare un po' tutti, diciamo.»
«Ah sì?» esclama Elena, riconoscendosi più sorpresa del dovuto.
«Dicono tutti che è figa, ma secondo me è per un altro motivo.»
«Ovvero?»
«Sembra una che non te la darà mai.»
Elena ride, ma è una risata che brucia. Improvvisamente vorrebbe che quel teletrasporto funzionasse davvero. La luce del pomeriggio colpisce Fabio in pieno viso, non ingentilisce i suoi tratti un po' rozzi e l'attaccatura troppo bassa dei capelli. Le sembra di averli tutti addosso ora, quei difetti. Di esserne stata contagiata.
«Come va l'università?» chiede lui.
«Bene. Mi piace molto, adesso devo dare Tecniche della Comunicazione Pubblicitaria e Marketing. Non hai idea degli studi che hanno fatto sulla reazione del nostro cervello agli stimoli, alle immagini, alle parole. È illuminante. Mi sembra un mix fra psicanalisi e illusionismo. Cosa vogliono i consumatori? Lo sanno, o dobbiamo suggerirglielo? Riusciamo a indurre un bisogno, a cambiare un comportamento? È possibile nascondere un messaggio

così bene da farlo sembrare un pensiero indipendente? La suggestione sbagliata è capace di distruggere anche il migliore dei prodotti.»

«Beh dài, basta prendere un'immagine che spacca, metterci le parole giuste...»

«No, vedi: a volte ci sono parole perfette e immagini perfette, ma combinate insieme non funzionano. È come in un rapporto fra due persone: devono dialogare, ma soprattutto non devono essere entrambe, singolarmente, troppo forti. Due cose troppo forti insieme non sopravvivono, si annullano.»

Lui ride: «Cioè se due stanno insieme o sono amici, uno deve essere quello meno figo».

«Sì. No. Non so se ho fatto il parallelo giusto. Comunque hai capito.»

«Come lo racconti tu, mi piace.»

«È figo. Peccato che gli spot più interessanti che ho studiato finora siano tutti stranieri, ma su questo sto lavorando. Ho scritto a quell'agenzia inglese che mi piace, sai?»

«E che t'ha detto?»

«Che posso mandargli il mio cv l'ultimo anno di università. E che nel frattempo è meglio prendere una qualche certificazione per la lingua inglese.»

«Ma te ne vuoi andare, davvero?»

«Sì.»

«Perché? Qui c'è tutto. L'università e pure i master e il lavoro. Ci stanno aziende grosse a Roma, eh.»

«Tu vuoi vivere e morire qui, vero?»

«Se posso...»

«Ecco, io no.»

Fabio le si avvicina, le mette una mano sul seno e le inizia a sussurrare vicino alle labbra, stavolta con un accento meno romano e più galante: «E io come faccio quando te ne vai?».

Elena si irrigidisce sotto il suo tocco. «Fabio, noi due dobbiamo parlare un momento.»

Lara ricomincia a disegnare. Tiene il blocco sotto il cassetto dei bottoni, che spinge in fondo quando apre per i clienti e lascia spuntare fuori negli attimi in cui Adele si allontana, ma non riesce a trovare un momento per stare sola con se stessa e permettersi di osare. Tiene le matite al guinzaglio, ben attenta a non farle correre da nessuna parte.

«Vado alle poste, non so quanto ci metto» dice Adele, particolarmente seria quel pomeriggio. «Se passa la Marchini mentre non ci sono, la lana rossa che ha ordinato è sotto la cassa in una busta. Attenta che c'è anche quella della Ricci che è arancione, controlla bene il colore, capito?»

«Ok» dice Lara, mentre pensa: "Ora devo provarci".

Appena la madre esce lei accende la radio, si rintana nell'angolo dietro la scala, sistema il blocco sulle ginocchia e inizia incerta. Sono corpi e non sanno cosa fare, giacciono rigidi sulla carta privi di anima e pensieri. Gira pagina, riprova. Di nuovo cadaveri, bianchi come carta, piatti come carta. Prova ancora: non vuole concentrarsi sul risultato, vuole un pensiero che lo produca. A un certo punto la mano si ferma, il cuore fa battiti espansi e profondi: la radio sta passando una canzone di Mina, quella che lei ed Elio cantavano sempre: "*Ed improvvisamente ti accorgi che il silenzio ha il volto delle cose che hai perduto...*" e in un attimo sente quell'odore di arancio e polvere. Le sembra che la luce passi sul foglio proprio come in quei pomeriggi all'Assenzio. Elio, quelle tempere, gli sguardi e le parole dei clienti che riusciva a cogliere quando li sbirciava dalla cantina, con gli occhi appostati nel buio pronti a ubriacarsi di gesti incomprensibili e audaci. Qualcosa nelle sue viscere si accende. La musica le passa dentro le vene, le pupille si dilatano, la pelle si accalda, l'Assenzio svanisce lentamente mentre Andrés entra trionfalmente nei suoi pensieri.

Le figure allora nascono donne, e diventano sempre più audaci. Sfuma con le dita seni e natiche sentendo addosso quella stessa tensione, aprendo le labbra alle figure di carta quando vorrebbe essere lei a schiuderle, con un desiderio del quale non si credeva capace, contro quelle del critico.

All'improvviso, eccolo: un corpo prende vita, gli occhi accesi di carboncino e passione, respira con lo strofinare intenso del suo dito a tornire cosce e ventre, ad accarezzare la curva del seno e sciogliere ciocche di capelli. È una donna dai capelli neri di buio e labbra turgide come fiori tropicali, la schiena arcuata e la pelle che sembra di densa, palpabile carne. Non assomiglia a Lara, ma è gravida della sua eccitazione.

Quando appoggia il disegno sulla mensola e lo guarda a distanza pensa "ciao", come parlasse a una donna vera, viva. Immagina i colori e le pennellate per quella pelle di latte e velluto, pensa al nero e al verde smeraldo dei capelli, ai capezzoli color pesca matura e poi sente una scossa lungo il corpo, quando una voce acuta la chiama per nome, come svegliandola da un sogno.

«Che fai?» chiede sua madre con fare sgraziato e lei si sente nuda e colpevole.

«Niente.»
«Che è questa roba?» chiede prendendo in mano il disegno. «Ma cosa disegni, le donne nude?»
«No, lascialo, è...»
Le sue guance si infiammano, non sa spiegare, anzi: non vuole spiegare.
«Di cos'hai paura, mamma? Hai paura che io sia lesbica o che io disegni?»
«Ho paura che tu abbia dei problemi, Lara. E dovresti parlarne con me. Da quando sei con quelli lì, gli amici di quella Dori, Lori o comesichiama, sei cambiata. Sei più...»
«Sono più me!»
«No, amore, tu non sei questa.»
«E cosa ne sai tu?»
«Lo so perché sono tua mamma, amore.»
«Non sai niente di me.»
«Oh, amore, tu pensi che io non sappia niente, ma quando sarai più grande ti accorgerai che mamma aveva ragione.»
«Su cosa, esattamente?»
«Quella è gente che nella vita non concluderà mai nulla, lo vedo dall'ora a cui torni quando sei con loro. Tu invece sei una ragazza tranquilla, seria.»
«Magari sono diversa, ci hai pensato?»
«Lara, smettila di essere così aggressiva. Sei troppo nervosa, guardati. Parliamo. Parlami dei tuoi problemi.»
Gli occhi di Adele puntano all'ingiù, sempre più giù, come quelli di un cane pietoso, e quelle curve indicano un fondo nero che corrisponde sia a quello che lei teme che la figlia possa essere, sia a quello che la figlia è.

«Sei tu il mio problema» ringhia Lara.

«Oh, Lara» esclama Adele coprendosi gli occhi e vomitando fuori un paio di singhiozzi che la figlia non riesce a identificare come autentici, «sono io il tuo problema, vero? Non tuo padre che se n'è andato!»

«Stiamo ancora parlando di lui, mamma? Dopo dieci anni?» chiede Lara chiudendo la gola e le palpebre per non permettere alle lacrime di tracimare.

«È colpa sua se ora stiamo così, e se tu hai tutti questi problemi» strilla Adele con una vocina acida che spruzza dal suo fegato.

«Io non ho *tutti questi problemi*.»

«Amore, bisogna ammetterli per superarli. Lo vedo che sei così fragile, delicata e non riesci...»

«Non ho nessun problema.»

«Va bene, tesoro. Ma questa storia dell'arte non è adatta a te, lo sai. Non siamo più nella posizione di credere nelle favole, Lara. Adesso dobbiamo darci obiettivi, non possibilità.»

«Non ci credevi nemmeno prima.»

«Sai in cosa credo, Lara? Credo che diventerai avvocato presto, discuterai la tua laurea e magari andrai a lavorare per uno di quegli studi legali prestigiosi dove tuo padre non è mai nemmeno entrato. Allora potrai andare via da quella merda di casa, comprarti tutto quello che vuoi e camminare di nuovo a testa alta.»

«Perché, adesso invece non posso?»

«Sai cosa volevo dire.»

«E tu sai che magari potrei fare un corso di pittura continuando a studiare Legge, mi basta un po' di organizzazione.»

«Lara, cos'è, una ribellione adolescenziale tardiva? Chi ti mette in testa queste idee, eh? Me la devo prendere con Elena? Smetti di pensare a queste scemenze e piuttosto studia per il prossimo esame che devi dare, cos'è, Diritto Civile?»

«Smettila!» si sgola Lara, tirando fuori un ruggito astioso. «Lo so quali esami devo dare.»

Adele sgrana gli occhi, come sa fare molto bene. «Lara, sei impazzita. Non ci esci più con quella gente, se questo è il risultato.»

«Ho ventun anni, non puoi dirmi con chi devo uscire.»

«Sono tua madre, *certo* che posso dirti quello che devi fare.»

Stanno ancora una di fronte all'altra, elettriche di rabbia, quando la Marchini entra in negozio facendo suonare il campanello.

«Scusate» fa, con aria incerta e un cappellino viola che le sta addosso come un paralume, «ho interrotto qualcosa?»

Adele tira un sorriso forzato mentre si avvicina alla cassa per prendere la lana rossa. Alle spalle della Marchini, intravede una figura che si avvia alla porta ed esce correndo.

«Lara! Dove vai, Lara?» le urla dietro, affacciandosi e perdendola di vista oltre un vicolo.

La Marchini trattiene un sorrisetto pensando: "Questa la devo raccontare a Serena Zaccaria".

Lara corre con la borsa sotto il braccio che le sbatte addosso, infila una strada dopo l'altra nel labirinto di vicoli che porta al centro. Rallenta i passi solo quando sa di essere abbastanza lontana, poi si ferma. Si guarda intorno.

Così è quella, la luce delle cinque del pomeriggio del martedì. Quindi la gente prende aria e sole mentre lei sbianca la pelle all'ombra dell'espositore di fili di cotone, inebetita dal ticchettìo dell'orologio.

Era stata la corsa imprevista a condurla fino a lì, o le sue gambe avevano seguito un desiderio che nessun altra parte di lei aveva ancora riconosciuto? È questo che adesso crede, perché i piedi non smettono di muoversi e poi è il turno degli occhi, che riconoscono quella piazza e quel vicolo. Le viscere arrivano subito dopo, un senso di emozione e paura che assomiglia alla fame. La testa, infine. Che per ultima capisce, a pochi metri di distanza, quando il palazzo appare più rosso di quanto ricordasse e sotto le mani le sembra di sentire già quella maniglia scaldata dal sole. Era uscita per andare all'Assenzio. Le sue gambe l'avevano sempre saputo, e ora lo capisce anche lei.

Basta quell'odore di alcol, detersivo, arance e polvere, e ha di nuovo undici anni. Questa volta però si impegna a riconoscere nel rumore dei suoi passi una sicurezza diversa, il suono di chi ha ragione in modo definitivo e sprezzante.

Dura un attimo, poi è costretta a rivedere il copione delle sue aspettative.

Lo aveva immaginato seduto allo sgabello del bancone, o intento ad asciugare i bicchieri. Avrebbe alzato lo sguardo e l'avrebbe vista. Si sarebbe sentito in colpa, glielo si sarebbe letto in faccia, ma lei non si sarebbe lasciata impietosire. Avrebbe detto "mi serve un posto dove stare" e lui, con quella coscienza pesante, non avrebbe saputo rispondere di no.

Invece, di Elio nessuna traccia.

Forse è di sotto, pensa, ma quel luogo non è più suo, non può entrare e scendere come se niente fosse.

«Elio» dice Lara, prima sottovoce. Poi lo urla.

Per un lungo istante non succede nulla, come se l'aria non avesse diffuso alcun suono. Poi sente trambusto dalla cantina, un rumore di passi che la percorrono e iniziano a salire le scale. Lo riconosce dai gesti: il modo elastico in cui muove le braccia e quel collo fermo, in allerta. Le spalle affiorano dall'ombra, seguite dal profilo intagliato e da quello sguardo appena torvo.

Solo i capelli lievemente brizzolati lasciano intendere che siano passati alcuni anni. Per il resto, Elio è esattamente uguale, e anche vestito in modo del tutto identico a come l'aveva lasciato: una camicia bianca spiegazzata, pantaloni scuri, quelle ridicole scarpe a punta.

Eccola qui.

«Buonasera, Lara.»

Lei sembra contrariata da quel saluto così diretto.

«Come sai che sono io?»

«Si vede.»

«Ah» dice lei, che ha perso il colpo di scena.

«È passato un po' di tempo.»

«Chissà perché» risponde ironica.

Resta immobile mentre lui le gira intorno a passi lentissimi, come a osservarla da ogni angolazione, ma segue le sue spalle con gli occhi. Ha fatto un altro tatuaggio, si intravede sul petto. Ha allungato le basette. Odora vagamente di tabacco.

«Come stai?»

«Bene» risponde lei secca, e per un attimo si impantanano nella pausa di quella conversazione banale.

«Cosa fai adesso?» chiede lui, senza aspettare una risposta.

«Perché, t'importa?»

Elio alza gli occhi al cielo, poi li chiude e scuote la testa. «Lasciami indovinare: lavori con tua madre. E studi una cosa che non ti piace.»

«Studio per non essere una fallita.» *Come te*, vorrebbe aggiungere.

«Ah, vedo che ti hanno insegnato a distinguere i vincenti dal numero di attestati che appendono al muro. Potevi fare la dentista, allora.»

Lei ricorda di quando diceva a Elio: «Farò l'artista» e lui era l'unico a non replicare all'informazione ma, semplicemente, ad assorbirla. A renderla parte di Lara con quel modo silenzioso di annuire e guardarla, come se le vedesse già addosso la persona che avrebbe potuto diventare.

«Dipingi ancora?» chiede.

«Ho ricominciato.»

«Questa è una buona notizia.»

«Altrimenti non sarei mai tornata qui.»

«Ci saresti tornata lo stesso.»

Sembra una competizione tra falsi arroganti, invece è un sentimento espresso nell'unica lingua in cui hanno imparato a comunicare.

«So cosa vuoi. Aspettami qui» dice lui.

Volta le spalle e scende di nuovo in cantina. Ne riemerge poco dopo, con un pacco avvolto in plastica nera.

«Ecco» dice, porgendole le tele con un gesto secco.

Lei le scarta. Sono infantili, storte, piene di difetti macroscopici ed errori, ma belle nel modo in cui uno studio legale non sarebbe mai potuto essere. Ce n'è una ancora bianca, con una sola pennellata di rosa e beige ad accennare appena un volto.

In quei colori si accorge di volere a Elio un bene che la delusione non è mai riuscita a scalfire, ed è per questa sensazione di sconfitta che lo fa davvero, proprio come aveva immaginato. Il gesto è più goffo del previsto perché cerca il portafogli in borsa ma non riesce a trovarlo subito, poi lo apre e ne tira fuori venti euro, tutto quello che ha: «Bene, questo consideralo un anticipo per averle conservate. Poi mi dici quanto vuoi».

Lui, la barba puntuta contro lo sterno e le spalle larghe e nodose, si irrigidisce.

«Te lo sei macerata per bene, eh, questo pensiero. Guardati, quanti anni sono passati? E vieni con i soldi in mano. Non mi hai nemmeno mai chiesto perché.»

«Perché?»

«Perché mi servivano, Lara. E perché non ero un amico di tua madre.»

«Ma era per me.»

«Io non trattavo con te. Trattavo con Adele.»

«E se avessi trattato con me?»

Lui alza il sopracciglio.

«Probabilmente mi avrebbero arrestato» ride.

Dov'è la risposta? È già stanca di insistere per averla. Vuole le parole semplici: "Lara, certo che non ti avrei mai fatto pagare, perché ti voglio bene". Sono così difficili da elaborare?

Ogni pomeriggio trascorso lì, ogni minuto seduta a quello sgabello, le era sembrato un fraintendimento. Di tutte le delusioni che attendeva, quella era stata l'unica a presentarsi tanto inaspettata. Dio, se quell'uomo le aveva scucito fuori – centimetro dopo centimetro – tutta la fiducia che le era rimasta in corpo. Lei pensava fossero diventati una squadra, aveva creduto fosse un patto di amicizia tra loro, un segreto cospirare per farla diventare una pittrice, invece era un contratto con sua madre.

Adele gliel'aveva detto senza alcuna grazia, anzi, credeva di aver notato del sottile compiacimento quel giorno, come se volesse finalmente darle la conferma che nessuno al mondo la amava come sua madre. Anzi. Che nessuno al mondo la amava tranne sua madre.

Avevano litigato e di nuovo, come tante altre volte, Lara aveva minacciato: «Me ne vado. Non ci posso più stare qui».

«Vai, vai, vediamo chi ti si piglia.»

«Vado da Elio» aveva risposto lei sprezzante, perché sapeva della poca stima che sua madre ancora accordava all'uomo.

«E che siete adesso, amici? Guarda, tesoro, che quello se non fosse per i soldi che gli passo ogni mese, con il cavolo che si terrebbe una ragazzina tra i piedi.»

«Lo paghi?» aveva chiesto Lara, bianca in viso, mentre la tuba, la musica, le tempere, i pennelli e i liquori nella sua mente perdevano colore e svanivano. Diventavano uno scherzo, un'illusione. Soldi. Non l'aveva mai capito. Aveva lottato per conquistare un posto in quel luogo, un posto come persona meritevole di starci. Quel che è peggio, pensava anche di esserci riuscita.

«Svegliati, Lara. Cosa credi, che ti tenesse tutti i pomeriggi nel suo locale perché gli piacciono le rotture di scatole? O perché sei simpatica?» aveva risposto Adele sarcastica e violenta, quasi per farle male.

Lei era rimasta in silenzio. E in silenzio aveva ascoltato la propria risposta, vergognandosene.

"Perché pensavo di essere speciale."

Aveva sentito il pavimento di fiducia dove poggiava i piedi scricchiolare e creparsi come una lastra di ghiaccio. Da quel giorno aveva ripreso la vecchia abitudine del mutismo, interrotto solamente da qualche monosillabo forzato quando era Elio a parlarle. Esercitando il suo naturale talento a scavare distanze, aveva creato un fossato talmente ampio tra lei e l'uomo da dire a sua madre, un giorno: «Non ci sono più furti da quando i tossici se ne sono andati. Posso stare a casa il pomeriggio».

Era durato pochi mesi, poi la salute della Crescenzi era peggiorata e Lara era entrata nella Casa del Bottone a dare una mano alla madre.

Il modo in cui l'Assenzio la faceva sentire non ha mai smesso di mancarle.

Adesso che è davanti a Elio non riesce a sostenerne lo sguardo. Lui sembra leggerle in tutti i pensieri: «Se hai ricominciato a dipingere, fallo seriamente».

Eccolo, che si comporta ancora come se gli importasse.

«Certo, scompari per anni solo perché una ragazzina ti ha mandato a quel paese, e poi vuoi darle dei consigli.»

«Non sono sparito. Ero solo in silenzio.»

«Che vuol dire?»

«Michela è una mia amica. Lei ti ha tenuta d'occhio.»

«Oh, ha fatto un ottimo lavoro. Sono diventata Picasso e mi hanno esposta al Louvre. Ah: e ho imparato il punto croce, non è fantastico?»

«Ci hai pensato che, forse, ci dovevi passare da quella merceria?»

«Perché.»

«Perché altrimenti ti saresti chiesta per tutta la vita come sarebbe stato fare la brava figlia di tua madre. Adesso sai che non fa per te.»

Sembra aver riassunto la sua esistenza in due frasi.

«Non saresti tornata se non mi credessi almeno un po', lo sai anche tu. E sai anche che da queste parti abbiamo sentito la tua mancanza.»

E lei sa che in quel plurale non include altre persone, ma tutto il paesaggio inanimato di quel luogo, impregnato dei sentimenti che navigano i suoi spazi.

«C'è un'amica di Elena, si chiama Doriana» inizia lei. «Studia all'accademia. Mi ha detto di una borsa di studio, ho passato la prima selezione e ora c'è la seconda. Devo dipingere altre tele. Mi serve un portfolio.»

«Fallo.»

«Non dipingo da un sacco di tempo. E non dire che è come andare in bicicletta.»

«No, devi trovare prima qualcosa da dire.»

«Già.»

«Fai come Baudelaire.»

«L'Assenzio» ride lei, sarcastica.

«Eccolo» lui apre le braccia. «E sai cosa? Adesso sei anche abbastanza grande per un Americano.»

Lei sorride suo malgrado. Lui si lascia cadere di peso sul divano viola.

«Prego» le dice, indicando con lo sguardo il bancone.

«Ma non me lo ricordo!»

«Improvvisa. Fanne due.»

Lei borbotta qualcosa scuotendo la testa, perché conosce l'ostinazione di Elio quando si mette in testa qualcosa.

Prende due bicchieri bassi dalla credenza, li poggia sul piano di marmo e tenta di ricordare.

Prima il ghiaccio. Lo riempie. Prende il Campari, rosso come i cuori che disegnano le bambine. Riempie un terzo. Poi il Martini, la soda, la fetta d'arancia. Lo zenzero, appena un soffio.

Lo porta a Elio in bilico su un vassoio marocchino.

Lui ne osserva il colore, lo annusa, infine lo porta alle labbra e ne prende un sorso.

«C'è troppa arancia e poco zenzero» commenta lui, «ma è quasi un Americano.»

«Sono passati sei anni.»

«Appunto, mica venti.»

Si alza e va verso il giradischi. «È dolce, questa serata. Ma ha anche un retrogusto di fumo, di buio» dice sventolando le mani, come fosse un attore che cita un verso. «Ti ricordi, ti ricordi quando veniva quel poeta, come si chiamava? Ermanno.»

Parla quasi tra sé e sé mentre scorre i vinili con l'indice e si ferma su una copertina gialla e marrone. «Ecco qua. Andiamo a Tangeri.»

«Funziona ancora con le donne, questo trucchetto?» chiede Lara sarcastica, mentre note esotiche e una voce calda si diffondono nell'aria. Per un attimo, sembra di sorseggiare quell'Americano negli anni Quaranta, su una terrazza che si affaccia su un porto.

«Oh, tesoro. Non sai quanto» ridacchia lui.

«Poverette.»

«Io le tratto come principesse» replica, serio.

«È per questo. Se almeno le trattassi male, loro non vedrebbero oltre quella sera. Capirebbero.»

«Ma loro vogliono questo. Vedere oltre, immaginare l'amore. Anche dopo un solo bacio.»

«Cosa fai, quando tornano qui?»

«Le tratto molto bene. Offro loro da bere. E poi presento loro qualcun altro.»

È disarmante il modo in cui non tenta di nascondersi.

Lara non riesce a capire dove penda l'ago della bilancia. Se la ragione sia delle donne, illuse dai suoi modi, o di Elio, che non promette nulla se non con il suo essere diverso dagli altri uomini.

Lo ricorda, lo sguardo di quelle donne. Acceso come le guance, le mani un po' tremanti nel prendere quella di Elio. Entrare confuse e farsi femmine nei pochi passi che le portavano a lui. Come inclinavano quelle schiene e arcuavano i fianchi. Come giocavano con le labbra e le ciocche di capelli. Chissà se si rendevano conto di abbassare il tono di voce e inclinare il collo mentre parlavano e chissà quante, di loro, a casa avevano figli e marito che non le avrebbero aspettate alzati.

Non era mai riuscita a biasimarle.

I ricordi, le speranze e l'alcol le si mischiano nel sangue, inizia a vedere qualcosa. Una donna che aspetta di essere sedotta, l'uomo che la attende con le spalle già voltate altrove. L'alcol e l'adrenalina che spostano il fuoco dalla realtà alle viscere e allora le sembra di conoscere i suoi occhi, e il modo in cui sposta una ciocca di capelli.

«Devo tornare a dipingere qui» dice lei.

«Per me va bene.»

«Devo iniziare adesso. Cos'è rimasto sotto?»

«Tutto.»

8

Da lontano non si direbbe che il nervosismo li scortica vivi. Sembrano così a loro agio in quegli abiti quasi eleganti, quasi normali. Decine e decine di studenti nella galleria d'arte temporanea più grande che abbiano mai visto, ospitata nell'ala est di una vecchia stazione ferroviaria rimessa a nuovo, con le grandi finestre industriali che inondano lo spazio di luce e riempiono l'aria di un'atmosfera spavalda e internazionale, quasi ci si trovasse a Londra, o a New York.

Sono tutti visibilmente ammirati dal lavoro di organizzazione fatto dall'accademia per la mostra di fine anno, così attuale e di buon gusto da risultare inconsueta.

Il quadro di Doriana spicca, lucido e imponente, tra un trittico a carboncino e una stampa monocolore che sembra avere la forma di una balena.

Mentre lei attenua il nervosismo chiacchierando a voce alta con i compagni di corso, Andrés Delacroix è nel corridoio che osserva Priscilla Leone da lontano e pensa che, tutto sommato, quel culo che per tante notti ha strizzato tra le mani osannandone la forma perfetta e la consistenza soda, le sta addosso come un culo qualsiasi. Non è per niente il capolavoro che gli era sembrato e, prendendo l'ultimo sorso di vino dal bicchiere e posandolo rumorosamente sul bancone, rafforza la convinzione che rompere con lei sia stata un'ottima idea. Pazienza se gli farà perdere la corsia preferenziale verso suo padre: quel Mauro Leone gli era apparso tanto entusiasta e visionario, all'inizio, desideroso di riportare la scena artistica di Roma quantomeno fuori dai confini del raccordo anulare, invece stava continuando a promuovere e lavorare sempre sulla stessa roba, e per gli stessi motivi. È tutto così fermo, già visto. Dovrebbero farsi un giro a Berlino o Miami, questi presuntuosi addetti ai lavori che insistono nel celebrare un gusto così provinciale, così tanto italiano, pensa girando una delle sue collane tra le dita.

Le regole, le regole – riflette avvicinandosi ai quadri e osservandone certe prospettive esatte e mute, o certe pennellate diligentemente in trasparenza – le regole uccideranno l'arte.

L'ultima volta, in Giappone, aveva partecipato a una performance collettiva di video art che si era conclusa con un'orgia in una stanza dalle pareti interamente ricoperte di video, dov'era proiettata in diretta la scena. All'inizio della performance ad ogni partecipante era stato dato un frammento della password in grado di sbloccare il video e metterlo online, il che sarebbe quindi accaduto solo con il consenso di tutti i partecipanti. La password gli era stata dipinta addosso, e la foto di quella pelle nuda e accaldata, con numeri e lettere scritti in fretta e già confusi e cancellati da sudore e impronte di mani, era diventata parte dell'opera.

Lontano dall'essere geniale, ma certamente memorabile. Davanti a quella parete di bacini, cosce esili o ripiegate dall'adipe, clavicole asimmetriche e fronti lucide, era impossibile evitare una reazione. O un'erezione – gli aveva detto qualche collega ridendo, notando che tra le immagini spiccavano dei seni rifatti, una vagina perfettamente depilata e un pene umido.

Che pena che prova Andrés Delacroix quella sera, passando in rassegna una folla che esala un entusiasmo così sincero per lavori tanto ingenui.

Perlustra lo spazio con lo sguardo, sicuro di non incontrare ostacoli, invece si accende su una distesa di pelle bianca, appena interrotta da due ossa scapolari che si espongono sfacciate e crude, come boccioli di ali. I suoi occhi scendono fino a perdersi nell'ombra che separa la stoffa blu dell'abito dalla pelle, giocando sul confine sfumato dell'indecenza.

Quando vede a chi appartiene, il suo sorriso si allarga in una smorfia di vittoria. Ricorda immediatamente di aver già incontrato quella ragazza e, stranamente, gli tornano in mente brandelli di conversazione che può usare per riallacciare qualcosa e, magari, nel breve futuro, slacciare qualcos'altro.

Si avvicina in silenzio, come un predatore.

Non aspetta che Lara si volti, inizia a parlare quando il suo viso le sovrasta appena le spalle. Sente il suo profumo.

«Ciao, non-artista.»

Lara sussulta. Quando realizza che la voce appartiene a Delacroix sente il sangue travasarsi rapidamente. Prima si risucchia tutto altrove, facendola oscillare sulle gambe, poi, quando capisce di dover rispondere, le torna improvvisamente alla testa e lo sente, suo malgrado, mandarle le guance in fiamme.

«Che abito sobrio, questa sera» continua lui.

Lei guarda finalmente dritto dentro quegli occhi che ha atteso per settimane e pensa solo: deve succedere qualcosa, e devo averti. Per questo finge l'arroganza necessaria per non sentirsi scoperta.

«Volevo dichiarare pubblicamente che sono nel mio periodo blu, ci sono riuscita?»

La voce è ferma, si compiace di se stessa. "E benedetta sia Elena, che mi ha convinta a levare i jeans e mettere il suo vestito."

«Eccome: ci sei dentro fino al collo.»

Lara storce un sorriso. «Quindi, cosa ne pensi?»

«Starebbe molto bene nel mio salotto» le sillabe escono fuori dalla sua bocca tonde e voluttuose, confezionate ad arte per passare attraverso la stoffa di qualsiasi possibile resistenza.

«Collezionista» risponde lei, come fosse un insulto, convinta che tutto stia andando secondo i piani perché si è ricordato di lei. Se ne ricorda, apparentemente, molto bene.

Vede Elena trattenere a stento una risata mentre Andrés fa un cenno di saluto e si allontana, poi l'amica le si avvicina, sussurrando: «Vi state stuzzicando! Anzi, state flirtando! Cosa ti è successo? Dov'è la Lara impermeabile agli ormoni maschili, Lara che minaccia di morte chiunque tenti di imbastire una conversazione? È assurdo! Dori, non è assurdo?».

«Attenta a non fare la fine di Priscilla Leone» risponde quella, con una punta di acido nella voce.

«Che si è ripresa» puntualizza Lara, infastidita «perché è laggiù con un nuovo ragazzo.»

«Che per riprendersi scopa alla cieca, vorrai dire.»

E un momento è una partita a due in una stanza dall'aria pregna di aspettative e l'attimo dopo Delacroix è altrove, a dedicare la stessa intensa attività di seduzione spontanea a qualsiasi altro essere femminile.

Con le orecchie appuntite e i sensi amplificati, lei cerca di decifrare da lontano ogni sua parola e movimento della testa – segno di assenso, di risata o di quel sorriso obliquo che i comuni mortali riservano alla seduzione sfrenata.

La ragione è persa, annegata sotto le ondate di adrenalina e dei due bicchieri di vino bianco che inghiotte a grandi sorsi, come una medicina.

Elena un po' tenta di fermarla, un po' non vuole perdersi lo spettacolo. La vede barcollare lievemente mentre cammina verso Delacroix e gli punta gli occhi addosso finché quello non se ne accorge, e ricambia.

Elena li osserva da lontano e nota ogni cosa. Come gli sguardi di Lara cadano prima nel vuoto, poi sfiorino Delacroix sempre più da vicino, fino a toccarlo, fino a fargli perdere il filo della conversazione per seguire quell'abito blu cobalto, quelle gambe che l'alcol vorrebbe far tremare ma l'adrenalina rende più svelte.

Come sembra padrona del suo corpo, quella Lara Marchese che fino a ieri sembrava un ragazzino spaurito nella tana dei bottoni. E come sente un velo di colpa e invidia, Elena, per non aver mai causato una rivoluzione lontanamente simile a quella che il critico ha scatenato in poche settimane.

Quando Lara torna dal suo giro, sorridendo come se qualcuno l'avesse chiamata, ha gli occhi che brillano e le guance arrossate.

«Ha funzionato?» chiede.

«C'è un solo modo per saperlo» risponde Elena, «devi andargli vicino, e vedere se viene a parlarti.»

«Accompagnami» dice, trascinandola per mano, e lei si fa portare perché non si perderebbe la scena per niente al mondo.

È come guardare un copione prevedibile, ma ben recitato.

Elena e Lara si piazzano a qualche passo di distanza da Andrés e fingono di osservare un quadro. Lo sentono discutere con qualcuno, aspettano che finisca di parlare prima di andar via perché vogliono concedergli quei dieci, venti secondi di pausa. Di scelta.

Poi Lara vede i suoi passi avvicinarsi con la coda dell'occhio ed è un attimo: i denti stringono il labbro e le unghie affondano nella mano di Elena, prima di lasciarla definitivamente.

«Quand'è allora che potrò vedere queste opere di non arte, mia cara non-artista?»

Il "mia" e il "cara" le vibrano sottopelle, ma tenta un sorriso disinvolto e risponde: «Quando vuoi, collezionista».

«Venerdì sera.»

«Venerdì?» ripete lei, incredula.

«Venerdì sera c'è una festa. E tu vieni con me.»

«Non volevi vedere...»

«Cominciamo dalle cose piacevoli.»

Vuole rispondere sì, immediatamente, ma poi pensa alla fama di Delacroix e all'improvviso ha paura, sente il bisogno di mettere una distanza. «Certo. Esco tutti i venerdì sera con gente che non conosco.»

Lui finge sorpresa, con un'espressione esagerata e qualche passo indietro. «Questo è... non so come dirtelo.» Cerca un termine: «È inusuale».

«E le novità non ti piacciono?»

«Molto» dice lui rigirando un ciondolo fra le dita, «mi piacciono molto. Ma il fatto è che io ti conosco.»

Lara ride, di una risata che le affonda dentro e sfiora le note del pianto.

"Non sai niente di me."

«Tu sei» inizia lui, girandole intorno «una ragazza che ha molto da dire. Che però ha avuto paura di dirlo, o forse non ne ha avuto la possibilità. Fammi indovinare: genitori contrari allo studio dell'arte. Ne conosco parecchi, di artisti repressi che un giorno semplicemente sono sbocciati. E tu forse sei una di loro, anzi io sono quasi certo che tu lo sia. E hai bisogno di una mano, ma soprattutto hai bisogno di fiducia. Di un confronto. Qualche insulto, se serve. Io penso che dovresti uscire con me. E penso anche che dovremmo andare a letto insieme stanotte, ma questa è una mia fantasia.»

Ed Elena, anche se continua a vederla dritta e sicura, ancora lievemente stordita per via del vino, nota il viso di Lara perdere ogni colore.

Andrés prende un biglietto spiegazzato dalla tasca interna della giacca e lo mette tra le mani della ragazza.

«Venerdì sera.»

Poi si gira e se ne va, non per allontanarsi ma per afferrare la giacca e uscire dalla sala, lasciando aleggiare nell'aria le parole come una dichiarazione di guerra.

Se non fosse troppo umiliante, o se solo la morale che le hanno faticosamente inciso in testa non le tenesse i piedi incollati al suolo, Lara adesso gli correrebbe dietro e gli direbbe: "Sono d'accordo. Dobbiamo andare a letto insieme, stanotte".

Si era messa l'abito grigio della messa, Iride, come se dovesse celebrare o espiare qualcosa. Era vecchio ma ancora così dignitoso, per le poche volte in cui era stato usato. L'aveva comprato qualche giorno prima dell'incidente di Gianfranco, per questo era rimasto nell'armadio per anni: c'erano giorni in cui solo vederlo le faceva male. Erano passati due anni, poi quattro, poi dodici, infine sedici. Sedici anni senza Gianfranco, ed era come se lui fosse ancora lì, a osservarla in silenzio. Guardare il vestito, però, aveva smesso di far male. Un giorno qualsiasi l'aveva indossato per andare in chiesa e, da allora, l'incantesimo che teneva gli oggetti prigionieri dei ricordi era stato spezzato.

Basta mezz'ora: entra nello studio medico, ascolta il dottore parlare brevemente e poi l'abito messo con tanta cura diventa tutto spiegazzato sulla gonna. Colpa del lino, vorrebbe pensare, ma la verità è che ha stretto le mani in grembo tutto il tempo, come per consentire al tempo di scorrere più rapido, o alla mente di pensare più lenta. Vorrebbe che tacesse, smettesse di parlottare continuamente in quello stato di disperata allerta che ha preso da quando il dottor Pannoni è uscito un momento dalla stanza per lasciarle "un attimo di tranquillità".

Avverte qualcosa di duro e straziante diffondersi dal suo cuore a tutti gli apparati, crede di non vederci più, poi invece continua a distinguere i contorni della cornice e capisce che si sta solo adattando di colpo a un nuovo modo di vedere: sapere di essere circondata da cose che ti sopravvivranno.

Cancro ai polmoni. Il medico ha snocciolato le parole con monocorde disinteresse ma espressione contrita, da manuale.

Vorrebbe essere il tipo di persona capace di piangere. Forse la aiuterebbe, versare le lacrime senza ritegno bagnandosi la faccia e i vestiti. Invece si sente come una statua di dolore, immobile e sconfitta, con quella nuova consapevolezza che smantella il suo corpo una briciola alla volta, staccandola piano perché lei ne avverta la mancanza.

Se solo Gianfranco fosse lì con lei, se solo potesse allungare la mano e trovare la sua. Invece la allunga e trova quella, solida e muta, di Adele Marchese.

«Ci sono io, Iride» le sussurra la donna, lo sguardo fermo, «ti aiuto io.»

E lei non si oppone. Non ha importanza da quanto tempo si conoscano e se davvero si conoscano sul serio – in fondo no, lei lo sa. Quel momento, come fanno le tragedie, le nascite e i segreti, le ha rese istantaneamente intime.

Adele la tratta come una bambina, adesso: l'aiuta ad alzarsi, le prende la giacca dimenticata sulla sedia, saluta il dottore e la conduce per mano fino alla strada.

Il sole si schiaffa in faccia a Iride Crescenzi come a dimostrarle che è lei l'unica a morire al mondo. La gente cammina ignara, le mamme tengono le bambine per mano ed entrano al supermercato, i negozianti sono ancora seduti al loro posto dietro le casse, i ragazzini usciti da scuola fanno il brusìo fastidiosamente felice di sempre. Com'è possibile che tutti continuino a vivere in quel giovedì pomeriggio crudele mentre lei, Iride Crescenzi, sta per morire?

9

Le piace uscire a quell'ora, con l'afa che si ruba gli ultimi aliti nell'aria fresca della sera.

Lara non sa dove sia diretta, di preciso. Segue il foglio che le ha dato Andrés, una piantina disegnata a mano e fotocopiata su carta marrone, stropicciata come una mappa del tesoro. Entra in strade conosciute e poi svolta ad angoli nascosti, ciechi solo all'apparenza, con squarci d'aria che si aprono alla fine di muri umidi e neri dell'ombra di secoli.

Nella piazza ci cade dentro alla fine di un vicolo così stretto che a stento ci passa con le spalle. Ancora non lo sa, ma ricorderà per sempre il modo in cui i gomiti strusciano via polvere da quei mattoni sporchi e le viscere sembrano avere denti appuntiti, per divorarsi.

Solo perché Andrés è lì.

Mentre la luce la svela dall'ombra.

Non sembra avere un Paese la piazza, quella sera. C'è odore di gelsomino e glicine, cola dalle finestre dei palazzi e porta pensieri di giardini freschi e cotone pulito. Lei percepisce netto, nella sua testa, il punto in cui l'innocenza rompe in edonismo.

Tre tavoli sono radunati sotto il grande frassino al centro della piazza, fra specchi e fiori trovano posto vassoi pieni di frittelle ancora calde, cous cous, spiedini di frutta, dolci.

Il tempo è dilatato e molle, i minuti macerano dolci nel rumore bianco e pigolante di chiacchiere alcoliche, di ghiaccio nei bicchieri, di passi. A legarlo insieme e incollarlo a quella notte in modo definitivo c'è la musica, un'orchestra di quattro ragazzi in cravatta lenta e camicie troppo larghe, Panama in testa e scarpe a punta, che agitano gli strumenti in una melodia che sembra la figlia bastarda di una notte spagnola e una taverna russa.

Per questo, molti già ballano.

Le donne sono avvolte dagli avambracci forti di uomini dal viso nobile e dai movimenti secchi. Si stringono, si allontanano, strusciano fianchi e cercano occhi. Si desiderano e si abbandonano.

Lui è in piedi vicino ai tavoli e sembra uno zingaro, con quella camicia di lino stropicciata e aperta, le catenine e i lacci che si mischiano alla pelle, e alla stoffa. Sono lievemente arcuate, da cavaliere, le gambe che scendono nei pantaloni neri, ed è obliquo e carico di promesse quel sorriso incorniciato da baffi sottili, di un'altra epoca.

Lei impara come si cammina per farsi guardare in quei venti passi che fa in campo aperto, nella piazza tessuta di traiettorie per gli sguardi. Orgogliosa e piumata come un uccello esotico, i muscoli tesi ad aprire la stoffa dell'abito giallo.

Andrés fa un cenno da marinaio: un saluto con la mano, poi un lieve inchino con la testa che vuole dire "ciao, sei qui per me".

«Benvenuta, Lara» sussurra, la voce e gli occhi morbidi che le passano addosso come seta.

«Grazie. È incredibile qui.»

«Questa piazza è un segreto.»

Nel silenzio che segue, Lara cerca di ricevere da quel luogo altre informazioni che evitino a tutte le sue energie di concentrarsi esclusivamente sull'uomo che ha davanti, su quel corpo del quale avverte il peso e il calore, come se la distanza fra loro fosse in qualche modo già nulla.

«Chi ha organizzato questa festa?» chiede.

«Vieni, te la presento.»

Basta girarsi dall'altra parte per incontrare lo sguardo di una ragazza esile dalla pelle olivastra, gli occhi affilati e le labbra a cuore.

«Lei è Valerie, metà francese e metà messicana.»

«Un po' inglese, anche» aggiunge lei con un accento indefinibile e un gesto straniero delle mani.

È bellissima. L'abito che indossa evidenzia i vuoti del suo corpo, lì dove le ossa del bacino tendono la pelle e le gambe si separano.

«Sei un'artista?» chiede Lara.

«Oh no, no. Io mi occupo di eventi e ogni tanto aiuto Andrés. Prima lavoravamo insieme.»

Prima scopavamo – intende Lara – e, con l'amarezza che già le naviga nello stomaco, non sa dare alcun torto al critico. Senza un filo di trucco addosso e i capelli neri che le cadono ovunque in onde elastiche e lucide, Valerie è magnetica. Raduna nella naturalezza della sua postura e nel colore degli occhi tutti gli sforzi che le donne fanno per sembrare attraenti, rendendo così chiara la differenza fra esserlo e provarci.

«Andrés, amore, devi smetterla di circondarti di donne così affascinanti» dice civettuola, con la R lievemente scivolata e qualche difetto di pronuncia. Guarda Lara come se lo pensasse sul serio.

«Ma tu sarai sempre la mia preferita, Val.»

«Lo spero» ride. «Divertitevi, la serata è appena cominciata e i miei amici suonano benissimo.»

«Intanto un brindisi» dice lui, allungando alle ragazze due calici di vino.

Quando i bicchieri si toccano con quella nota acuta, Lara crede di aver atteso quel momento da sempre, come se lei fosse nata per essere lì, quella sera, con quegli occhi addosso.

«Raccontami.»

«Cosa?»

«Di te.»

«Non c'è molto da dire.»

«Io non credo. Ti sottovaluti: ho sentito parlare di te.»

«Di me? Da chi?»

«Marziali. Ha detto: un giorno viene una ragazzina, con una faccia da schiaffi, e mi fa vedere questi disegni che mi tolgono il fiato. Meravigliosi. E non aveva mai studiato. Le ho detto di iscriversi subito per le borse di studio.»

«Non ha detto proprio così.»

«Be', lo sto traducendo. È il dizionario Marziali-Italiano: se lui dice "mah, passabile" probabilmente hai davanti un Monet, capisci cosa intendo?»

«Credo» dice lei, giudicando comunque il tutto non applicabile al suo caso.

«Quindi devi, sto dicendo *devi*, farmi vedere qualcosa. Perché sono una persona molto curiosa» sussurra le ultime parole accanto al suo orecchio. Forse è il secondo bicchiere di vino ad averle amplificato i sensi, perché quell'aroma di sapone, fumo e vento le sembra di accoglierlo dentro come un sapore.

«Vieni» dice Andrés prendendola per mano e portandola al centro della piazza.

I quattro scamiciati, aggrappati a quei violini e a quelle trombe come volessero scuotersi di dosso tutta la follia del mondo, suonano una canzone languida e ritmata che echeggia sotto i loro piedi.

La gente pesta il suolo, curva i fianchi e socchiude gli occhi come se ballasse per non morire.

Adesso.

Adesso.

Esiste solo adesso.

Iniziano anche loro, come fossero animali che si avvicinano in tondo. Andrés ha i gesti di un artista circense. Quel busto dritto e la sua testa inclinata, le braccia lente contro l'aria e lo sguardo con una sfida compiaciuta nel carbone delle pupille. Qualcosa, in lui, le ricorda Elio. Si trovano a pochi centimetri di distanza quando la musica cambia e le note di una singola chitarra li conducono improvvisamente in un luogo nuovo, dove i corpi sono fatti per avvicinarsi e la mano di Lara si posa sul sottile strato di cotone che la separa dalla pelle di Andrés.

Sente il suo calore, il suo respiro.

Vuole respirarlo.

Desidera del tempo per scoprire il termine delle sue labbra, i tremori liquidi della sua lingua. Vuole esplorare il suo corpo nudo. Scoprire la direzione del suo sguardo quando un pensiero lo attraversa. In quel momento, con la notte che avanza sulle loro teste, lei pensa che non sa nulla di quell'elettricità che le scortica le vene, tranne che farà di tutto per bruciarne.

Andrés finisce di danzare con lei, poi si allontana senza una parola.

Lei rifiuta di sentirsi persa. Quella notte è diversa da qualsiasi altra notte in cui si sia trovata. Smette di ritrarsi dalla vita, non si immobilizza in attesa di una ragione per andare via, per tornare sola. Lei adesso vuole esistere in modo eclatante, pirotecnico.

Si avvicina all'uomo accanto a lei, e con tre parole riesce a scassinare la gola chiusa dalla vergogna: «Una bella serata».

Con sua sorpresa, le parole bastano.

Il tipo alto e brizzolato, in un completo di lino beige, esclama compiaciuto: «Pura meraviglia. E anche la compagnia, signorina».

A chi chiede se anche lei sia un'artista, inizia a rispondere sì. Preferisce parlare di arte che non di qualsiasi altra cosa la riguardi, e sorride fino a farsi male alle mandibole, ride e flirta con i vecchi e le signore, con i muri e gli specchi sul tavolo, finché si accorge che funziona: Andrés le si avvicina, lei sente i suoi fianchi addosso, la sua voce che sussurra parole che ha atteso di sentire.

La musica si fa nuovamente alta e frenetica, molti tornano a muoversi e lei insieme a loro. Con Andrés alle sue spalle.

Ballano cercandosi, bevono dai calici di vetro smerigliato pieni di infusi alcolici, frutta, zucchero e menta. Mangiano le frittelle preparate dalla nonna di Valerie, i dolci della pasticceria ungherese all'angolo e il cous cous della bettola araba nel sottoscala del teatro. Ridono senza motivo, solo perché vogliono dirsi qualcosa. Ridono anche perché lui parla velocissimo, e ogni tanto dice cose incomprensibili.

Davvero, incomprensibili.

A lei sembra di vedere il suo lato più umano, in quell'inciampare nei discorsi continuamente.

«Andiamo» sussurra lui, a un certo punto.

«Dove?»

Non dice una parola. Si gira a prenderla, la porta via. Lara non potrebbe obbedire più docilmente a quella mano nella sua. Andrés la trascina piano in un vicolo. Appena al buio inizia a correre, lei gli va dietro con il vestito che le scopre le gambe.

Si arrampicano sopra scale quasi verticali, nervi invisibili delle strade intorno, che prima li incastrano fra cortili di panni stesi poi li scaraventano improvvisamente all'aperto, su un minuscolo angolo di verde fra due palazzi.

Il prato è perfettamente tagliato, e ai margini del muro qualcuno ha piantato delle aiuole di fiori. C'è una panchina all'angolo, guarda l'ingresso del giardino dal quale si intravede il Lungotevere, con le luci dei lampioni che tremano insieme alle foglie degli alberi e i profili smozzicati dei palazzi sbiaditi dalla notte. Dal resto del muro diroccato, le stelle spuntano fuori come il fondale di un presepe.

«È un giardino privato?» chiede Lara.

«No. Lo trattano come un giardino, ma è semplicemente un pezzo di terra dimenticato. Troppo piccolo per essere richiesto da qualcuno. Di giorno a volte ci giocano i bambini, di sera...»

«Ci porti le tue donne.»

«È successo» ammette lui con un sorriso.

«Pensi che me ne importi?»

«Di cosa?»

«Delle donne che hai avuto. Quindi smettila di riferirti a loro continuamente, perché non mi interessa. Io non sono loro.»

«Lo so. E non so cosa sei a dirla tutta, ragazza.»

«Hai già dimenticato il mio nome?»

Lui inclina la testa ancora per ridere di quella risata con il tono di un uomo e la malizia di una donna, poi si avvicina alla sua bocca e, prima di schiuderla con la punta della lingua, le scandisce le sillabe sulle labbra: «La. Ra.».

Un istante e lei prende fuoco. Le manca solo quello: essere presa e condotta fino al primo portone, sentirsi sussurrare all'orecchio parole incandescenti, aiutare le sue dita a farsi strada fra le sue gambe e prendere il suo peso contro di lei. Non avverte niente del fastidio che ha provato con gli altri ragazzi, sente solo il suo corpo chiederlo, arrendersi, schiudersi e riempirsi di lui mentre, intorno, le macchine passano, i semafori diventano verdi e poi rossi, qualcuno porta a spasso il cane. Loro in quel cono d'ombra, a divorarsi. Le mani appigliate l'uno all'altra come se potessero perdersi.

Finiscono a casa sua subito, senza staccare la pelle uno dall'altra. Sorridono alle reciproche, ridicole e meravigliose nudità. Lei così pallida e sottile, lui ambrato, flessuoso, sporco di tatuaggi e lacci al collo, con la nicotina sulle dita e il vino tra le labbra.

Si guarda allo specchio, Lara. Aggrappata alla sua schiena, con i capelli che le ricadono selvaggi, ovunque, le gambe sottili arrampicate ai suoi lombi, la bocca aperta.

"Allora sono viva" pensa, ebbra di piacere e dolore, all'idea di essere solo l'ennesima. Ultima di una lunga serie. Tutte giovani, tutte belle, tutte artiste o aspiranti tali. Nel mucchio lei perde i connotati. Diventa una fessura come le altre, un momento da consumare senza l'intralcio del ricordo.

"Non ha importanza. Conta solo ora. Sono viva, ora."

Non è abituata a essere così, nuda e vulnerabile per tutto il tempo. Non un momento per chiudersi altrove, respirare ferma aggrappata al proprio corpo, e riprendersene i confini. Andrés la trascina, le apre braccia e gambe, le insegna ad ansimare e a tenere il fiato, a vergognarsi e a ridere delle proprie urla.

Organi, nel suo corpo, che tirano fuori i suoni acuti dell'estasi, e lei non li aveva mai usati. Incastri di clavicole e cosce, di inguine e dita e lingue nati per combaciare e strusciare doloranti fino a esplodere in brividi che la attraversano violenta. Sciolta e liquida tra le sue mani, Lara apre gli occhi per guardarlo ed essere certa che sia vero.

Tutto, in lui, sembra bellezza. Tutto, in lei, la riflette.

Andrés la osserva nuda, esausta sul letto. Non sono le sue natiche tonde o le sue caviglie sottili a catturare la sua attenzione, ma il suo viso, riflesso dallo specchio dietro il letto. C'è una tristezza, in quegli occhi, come nel fondo di un pozzo scuro. Non hanno niente dei suoi vent'anni, sembrano appartenere a un'altra persona: qualcuno appena scampato a un disastro, l'anima ancora piena di macerie.

Dura un istante, quando lei lo nota lo sguardo riemerge dal pozzo per prendere una luce banale, di contentezza effimera.

Non trova semplice capire cos'abbia, questa ragazza, che lui non ha mai incontrato prima.

«Va tutto bene?»

«Certo.»

Si avvicina all'armadio per prendere una t-shirt mentre lei cerca i vestiti a terra. Mentre fruga in uno scaffale pensa che forse potrebbe chiederle di restare, ma lo infastidisce il pensiero del mattino dopo. Le donne si fanno più aspettative quando dormono che quando scopano, come le direbbe addio se all'alba se la trovasse abbracciata addosso, a sudarsi qualche fantasia d'amore?

«C'è un autobus notturno proprio qui davanti, se ti serve.»

Lara è chinata a raccogliere il vestito, così ha il tempo di incassare il colpo senza che niente trapeli.

«Ah, ok. Bene.»

Rimette l'abito frugandosi la schiena per trovare la chiusura.

«Vado subito, sono già le tre» mormora prendendo la borsa e voltandosi come per dire qualcosa. Sorride soltanto, invece.

"Che stupida, stavo quasi per dire grazie. Grazie di avermi scopata, Andrés. Adesso posso andare in pace."

«Senti...» dice lui, desiderando davvero aggiungere qualcosa per migliorare quel momento, ma poi invece non ci riesce. «È stata una bella serata.»

«Sì» risponde lei, sorridendo di nuovo e uscendo senza voltarsi.

Aspetta il 42 alla fermata, perfettamente sola in un buio denso. Non avverte il peso del suo corpo, è come se l'avesse lasciato in camera di Andrés. Vorrebbe un luogo dove permettere a quel respiro accelerato di diventare lacrime, berle agli angoli della bocca, invece riesce solo a sedersi in silenzio. Controlla di avere tutto nella borsa per sapere che non è rimasto niente di lei in quella casa. Poi mette i piedi sul sedile, e si stringe le braccia addosso.

«Hai avuto quello che volevi, e sapevi come sarebbe finita Lara» si ripete a voce bassa.

Non ha mai capito perché sapere le cose non ti salva dal dolore.

10

Non fa in tempo a svegliarsi del tutto prima di essere colpita, come un proiettile allo stomaco, dalla consapevolezza di dover controllare il cellulare. Allunga la mano verso il comodino, lo prende e lo tiene qualche istante tra le mani strette, prima di guardarlo.

Schiude le mani sullo schermo. Nessun nuovo messaggio.

Com'è possibile che una sciocchezza del genere possa farla affogare in una pozza di tristezza tanto densa è qualcosa che non riesce a spiegarsi. Quell'uomo che ieri non era nessuno per lei sembra al tempo stesso creare e tenere tra le mani la sua felicità.

«Forse è partito» dice a Elio quando arriva all'Assenzio quel giorno. «Sai, viaggia spesso. Forse è all'estero e il telefono non gli prende.»

Lui la guarda stralunato, con la faccia che un po' ride, un po' sembra compatirla: «Forse non vuole sentirti, fine» sentenzia.

«Non è così» risponde Lara, stizzita perché sa di sbagliarsi. Intanto pensa: "Forse non sono abbastanza bella, o interessante. Forse a quest'ora ne ha già trovata un'altra", ma non riesce a crederci davvero. Pensa ancora con i sogni al futuro, vede cose che faranno insieme, notti di pelle e sussurri, il rumore dei loro passi, i capelli stretti tra le dita.

«Lara, il più grande errore che tu possa fare è credere alle tue fantasie invece che ai fatti.»

Lei lascia scappare lo sguardo a terra, lontano dagli occhi di Elio, perché non ha niente da rispondere.

Lui va dietro il bancone, armeggia nello scaffale dei bicchieri, ne tira fuori una tazza di vetro che sembra un boccale di birra molto basso. Si avverte lo sfiatare del vapore dalla macchinetta del caffè, rumori di bottiglie dietro le sue spalle, poi un cucchiaino che gira. Porge a Lara una tazza fumante color rubino.

«Tieni.»

«Cos'è?»

«Rimedio per il mal d'amore.»

«È solo un tè» commenta lei, prendendone un sorso, poi, correggendosi: «Un tè alcolico. Quindi?».

«Ti calma. Ti permette di prendere un momento di fiato, capire che quel male non ti ucciderà e decidere cosa farne.»

«Cosa ci dovrei fare?»

«Tu sei l'unica che conosco in grado di farci davvero qualcosa di bello. Vai sotto, prendi quella delusione e buttala su una tela.»

«Non smetterà di fare male.»

«Non subito. Non smette mai subito.» Vuole dire qualcos'altro, invece scuote la testa.

Lara affonda le labbra e il naso nella tazza. Beve a occhi chiusi sperando sia un filtro magico che le faccia dimenticare ogni cosa, ma quando finisce l'ultimo sorso il viso di Andrés è ancora lì. Sono ancora lì le sue mani, le hanno lasciato tracce addosso. Indugia nel ricordare il modo in cui si muoveva, la sua sagoma nuda in piedi accanto al letto. Deve chiudere gli occhi, stringerli fortissimo, per allontanare quelle immagini.

«È la prima volta, vero?»

Lei avvampa. «Cosa?»

«Che ti innamori.»

Lei non risponde, va di nuovo a cacciare lo sguardo a terra, nell'angolo dove il bancone è sbeccato e le piastrelle hanno tracce di sporco che non andrà via, mai.

«Bene, impara la prima lezione: uno stronzo che sparisce subito è uno stronzo che ti fa un favore.»

«Non è uno» inizia Lara, senza riuscire a terminare la frase perché Elio storce lo sguardo e la bocca.

«E adesso la seconda. Qualunque cosa succeda con gli uomini, ricordati che non sei tu a essere sbagliata. Siete voi due a essere sbagliati insieme, casomai, ma tu da sola non c'entri niente. Tu sei brava, e bella, e intelligente, non come quelle donnette sceme che girano là fuori. Quello che sei ce l'hai ora e ce l'avrai domani, che tu sia sola o con qualcuno. Mi capisci? Quindi non fare come le femminucce, che quando vengono scaricate piangono perché si credono troppo grasse, troppo brutte, troppo poco questo, troppo quell'altro. Puoi piangere, ma non per te stessa. Non hai bisogno di pena, capito? Finisci di bere e scendi, che non abbiamo bisogno di Lara la povera vittima, abbiamo bisogno di Lara l'artista con i controcoglioni. Vai, fila.»

Le tele si stanno accumulando.

Una è dedicata alla piazza dell'Assenzio e alle due vecchie tirate e pallide sempre sedute sull'uscio del palazzo, a prendere aria come se la casa scottasse. Ha immaginato la loro vita, spiato nelle rughe e nel peso delle spalle le tracce del passato.

L'altra ritrae una donna di spalle. Lo sguardo corre alla nuca nuda e debole, china in avanti. I capelli raccolti le si arrotolano in cima alla testa in uno chignon disordinato da cui sfuggono poche ciocche, come tentacoli di una medusa. Sembra che la donna sia pronta in egual modo a essere baciata, colpita o santificata. Non assomiglia a Lara né a nessuno che conosca, ma è l'espressione di un sentimento nascosto e flebile che certe canzoni messe su da Elio hanno fatto uscire allo scoperto. Tracciare le ombre su quel collo pallido le ha richiesto più fatica del necessario. Non conosceva il motivo ma qualcosa, in quella posizione, in quella pelle, la commuoveva fin dentro le ossa. Adesso guardando quel collo sottile lo trova impregnato di una resa inconsapevole che è sua, e sua soltanto.

Il quadro per la borsa di studio è quello che ha lavorato con più attenzione. L'ha soprannominata *Diana*, come la dea della caccia. Sembra furente di essere stata messa in attesa per quasi un giorno. I capelli scomposti non sono ancora del tutto dipinti sulle tracce di matita, il viso è solo un pallido ovale chiaro con ombre provvisorie, ma gli occhi. Gli occhi dicono già tutto. Con l'acrilico nero aggiunge una curva che rende lo sguardo più grave. Le pennellate adesso sono colpi secchi sulla tela, attimi cupi in cui i grumi di colore hanno le stesse appendici ruvide dei nodi che sente stringere dentro, lì dove risuonano la voce e gli occhi di Andrés.

Mentre dipinge, con la sua musica nelle grandi cuffie bianche, sente il dolore passare dal petto alle mani, e dalle mani alla tela.

Non capisce perché faccia così male, in fondo è solo un uomo.

"È solo un uomo."

Sposta via *Diana* per un momento, mette sul cavalletto il blocco degli schizzi. Inizia a tracciare a matita una figura che corre via nella notte, è la sua sagoma frenetica a raccontare chi sia e cos'abbia fatto. Intorno, i bagliori di una città che brulica di finestre illuminate e cieche.

Lara si allontana di qualche passo con l'intenzione di controllare le prospettive, ma poi non si riavvicina. Resta a osservare quelle spalle definite, quel corpo magro e ne indovina il fiato e gli occhi, le mani e la voce. Aspetta che si volti un istante appena, e dica anche solo una parola. Non lo farà, è semplicemente un disegno. Un'immagine sbiadita nella sua mente, un fantasma. Ricorda a malapena il modo in cui l'abbracciava, il calore e la stretta della sua mano, le favole che inventava per lei la sera quando le si sedeva accanto, con la luce dell'abat-jour che lo illuminava solo a metà, il suo sorriso quando si serviva la fetta grande di tiramisù, quella canzone che canticchiava sempre, una soltanto: «*We all live in a yellow submarine, yellow submarine, yellow submarine*». E lo ama follemente, forse solo perché non c'è.

Andrés si è svegliato pigramente intorno alle undici, ha fatto una doccia rapida e si è incontrato per colazione con due amici, editori di una rivista di arte contemporanea, in un bar del centro. Hanno parlato di lavoro, hanno commentato alcuni esordienti poi, quando i due si sono allontanati, lui ha chiamato Valerie per un secondo caffè.

Ora è seduto al sole, si apre un bottone della camicia di lino nera, intreccia le dita a uno dei lacci che porta al collo.

Vede arrivare Val, la sua figura minuta si distingue tra la folla. L'abito blu longuette che le sembra disegnato addosso e l'andatura leggera le danno un'aria aristocratica. Andrés si prende a occhi chiusi il bacio che lei gli stampa rapidamente sulle labbra prima di sedersi e sbottare: «Questa è la volta che lo lascio. Ieri mi ha fatto tutta una scena perché gli avevo detto che tornavo dopo cena invece sono rientrata alle tre di mattina. Ti sembra normale? Ho ventotto anni, non dodici, e lui comunque non è mica mio padre! Non ha capito niente questo, non ha proprio capito...».

«Val, è un imbecille. Io te l'ho detto fin dall'inizio.»

«Lo so, amore, lo so» sospira lei, sdraiandosi contro la sedia di plastica e ordinando un caffè freddo indirizzando un labiale muto al cameriere.

Mentre si tira su i capelli tenendo l'elastico in bocca e improvvisa uno chignon scoprendo una grande rondine tatuata sul collo, chiede: «Tu, con quella ragazzina che ti sei portato l'altro giorno?».

«Mah» risponde lui, guardando la piazza che si sta riempiendo di giorno, passi e faccende. Trattiene a stento un sorriso.

«Ti piace, eh?»

«È carina. Solo che è strana, Val. Come si dice di quegli animali che sono nati in gabbia?»

«Cresciuti in *cativeria*?» dice lei, stentando la parola con un marcato accento francese. Andrés ride.

«Cresciuta in cattività. Ecco.»

«E a cosa ti serve, *alors*?»

«Sono curioso. Non ha studiato, ma Marziali dice che c'è del talento vero.»

«Ma chi se ne frega se dipinge» dice lei, allungando le

gambe verso il sole e sollevando di qualche centimetro il vestito. «Ti interessa per scoparla o perché è brava?»

Andrés non risponde.

Si sorprende a ripensare alla sera del vernissage, quando aveva posato per la prima volta gli occhi su quella ragazza che balbettava il suo nome. Le donne così seducenti dovrebbero muoversi come dee. Il loro sguardo non dovrebbe mai svelare la debolezza della preda, né le mani i tremori da inesperienza e soggezione. Erano così facili da riconoscere, le ragazzine cerbiatto che si paravano al centro della prateria sbattendo le ciglia e aspettando un colpo dritto al cuore. Così morbose, pretendendo che i sentimenti si muovessero insieme ai corpi e lasciassero in costante stato di necessità dell'altro, come fosse una figurina dell'esatta misura dello spazio vuoto che si portavano dentro. Come se per riempire un vuoto bastasse un cazzo.

Le rivedeva qualche settimana dopo e gli occhi da cerbiatto avevano perso tutte le ciglia, lo fissavano sgomenti pieni di domande che non avrebbero mai avuto il coraggio di fare. E menomale.

Lara invece no. Non ce li aveva, gli occhi di cerbiatto. Erano biglie di un azzurro freddo e pupille strette, da rapace. E quei tremori che la rendevano incerta sembravano scosse elettriche sottopelle in attesa di fare qualche scintilla. Sembrava ugualmente persa, fuori dal riparo, ma incurante di qualsiasi conseguenza. Ripensa alla sua pelle bianca, senza difese. Alle domande che era abituato a sentire, e che lei non ha fatto. Non ha chiesto se usciva con altre donne, né se si sarebbero potuti rivedere, né se fosse stato bene. Sembrava arresa all'idea di vivere un giorno solo, come le farfalle.

Gli era venuto in mente di scriverle, quella mattina, ma poi si era detto di no. Stava già pensando troppo a lei ed era una novità inquietante, si sentiva scomodo a maneggiare i sentimenti. Maneggiare i culi gli veniva senz'altro meglio, infatti alla fine aveva scritto a Claudia, una ballerina conosciuta qualche settimana prima a una cena.

«Quando parti?» chiede Val.

«Non so ancora. Nel giro di un paio di mesi, forse prima.»

«Sai che vengo anch'io, forse. Mi sono stancata di stare qui, bella la città, bello tutto ma per lavorare che fatica, che roba brutta in giro.»

Lui annuisce, con il pensiero di Lara ormai stampato in mente. Prende il cellulare per scriverle, trova la risposta di Claudia. Lo invita a bere una cosa da lei, quella sera. Probabilmente ci andrà. Lara non scappa, può vederla un'altra volta.

L'ha lasciata sola per giorni evitando di disturbarla, seguendo con lo sguardo la sua figura entrare rapidamente, scendere in cantina bisbigliando un saluto e restare lì, la sua presenza resa palese solo da qualche rumore e sporadiche imprecazioni. Alla fine, però, non resiste: con la scusa di prendere delle bottiglie scende le scale. La prima che vede è Lara. In piedi, ma come se potesse cadere da un momento all'altro, le mani abbandonate lungo i fianchi sporche di pittura nera fino ai polsi e un tremito frebbrile nelle gambe. Solo dopo vede il quadro. *Diana*, come la dea della caccia. *Diana*, che deve convincersi non esista, non sia reale, non sia lì con loro. La scena supera di gran lunga qualsiasi cosa si fosse immaginato. La sua cantina, adesso, gli sembra il luogo dove è avvenuto un miracolo.

Guarda le pennellate rosse, beige e rosa comporre le braccia e il viso della donna senza riuscire a separarle perché ognuna si combina con la sottostante in trasparenze e angolature che appaiono ardite solo a uno sguardo ravvicinato. In lontananza sono perfette: sono di carne, sono umane. La luce che la scolpisce lateralmente conduce in un posto dove l'aria è madida di attese e promesse, forse è l'attimo che precede un bacio o forse la fine di un'attesa durata cento anni. L'uomo che *Diana* ama è lì davanti. Non si vede, ma si avverte la sua presenza fisica alla sinistra dell'osservatore, dove lo sguardo della donna concentra il suo ardore. *Diana* è pronta ad averlo e a perderlo, glielo si legge ovunque. C'è un tale senso di inquietudine e passione in quel viso, che non può essere che l'anticamera di un dramma. È l'amore e la perdita dell'amore, insieme.

«Sei stata brava» sussurra Elio, «davvero brava.»

«Devo portarla su e fare delle foto decenti alla luce.»

Lara lo dice con noncuranza, ma il solo pensiero è un terreno instabile. Si sente nervosa. Raduna quel portfolio il più velocemente possibile e, alcune ore dopo, lo consegna insieme ad alcuni documenti alla segretaria dell'accademia.

«Il vincitore della borsa di studio sarà annunciato il 12 luglio» risponde la segretaria in automatico, senza nemmeno guardarla in faccia.

A Lara cade lo sguardo sul tavolo e intravede un altro paio di consegne. Un gruppo di ritratti storti, alcuni astratti dai colori spenti, cartoon malamente disegnati a matita. Li fissa sgomenta, si sporge per vederne ancora.

«Desidera altro?» chiede la segretaria.

«No...» sussurra Lara senza staccare gli occhi da quei portfolio.

Non appena uscita dall'accademia, la sensazione di terrore che provava all'idea di sconvolgere la propria lenta, ermetica vita per farci entrare dentro qualcosa di nuovo svanisce. Camminando lungo via del Corso, tra i bar per turisti e i negozietti di souvenir, si accorge di portare sul viso un sorriso compiaciuto e perfido. Le sembra di aver raggiunto una se stessa di cui, fino a quel giorno, aveva solo sentito parlare.

Delle merde, ecco cos'erano le altre consegne. Disegni che lei faceva, forse, a dodici anni. Imprecisioni e stortezze tipiche della palese mancanza di talento, quello che tutti le avevano sempre detto di avere, e che lei non aveva mai visto in se stessa. Fino a quel momento. Trabocca di un orgoglio arrogante, euforico.

Si specchia nella vetrina di una libreria e ride, lo sguardo invasato di chi sta assaggiando un pezzettino della propria onnipotenza.

"Ma io vi spacco il culo a tutti."

II

Nell'odore di solventi e colori a olio, lui non è abituato a riconoscere la fatica. Non ha mai sentito il freddo acre della benzina per levare dalle dita la crosta ruvida della vernice, non una volta è uscito da una stanza senza finestre barcollando per i vapori chimici di un colorante sintetico. Non si è mai affacciato sulla voragine di una tela bianca da riempire, cercando di convincersi che quel caos nella testa fossero idee pronte a esplodere.

La verità era che ad Andrés Delacroix l'arte interessava osservarla, respirarla, circondarsene, ma non produrla. Che aspirasse a farlo era solo una delle tante voci sul suo conto. La gente parlava per tentare di spiare ancora meglio quell'uomo di cui si conoscevano così bene i genitori, gli abiti, il modo di camminare e quello di sedurre.

Per una vita intera era stato osservato. Quando sua madre aveva fatto la tournée in Asia e lui era andato per tre mesi a scuola a Hong Kong, unico bambino europeo in mezzo a sciami di piccoli asiatici che ridevano della sua lingua, della sua faccia, dei suoi vestiti. L'anno in cui avevano cambiato quattro Paesi e lui aveva disimparato a parlare. Quando andava a vedere i concerti di uno o dell'altro genitore e, circondato da colonne di adulti in abito scuro, era costretto a essere altrettanto brillante. Conquistava per sollevarsi dal compito di svelarsi. Funzionava sempre. Negli anni l'inclinazione del suo sguardo, l'apertura delle spalle e le pause nei discorsi avevano subito impercettibili ma radicali mutazioni. Come se la sua vita fosse diventata un palco, e lui stesse continuamente entrando in scena tra gli applausi.

C'è chi lo osserva anche quel pomeriggio, mentre sale le scale dell'accademia con passo elastico, le mani nelle tasche di un blazer consunto e il solito cappello.

È rimasto a Roma più tempo del previsto e sta frequentando l'accademia decisamente troppo. Andrà via molto presto, è deciso, ma prima vuole vedere il quadro di Lara.

Entra nella sala docenti deserta. Il pavimento ha bisogno di essere pulito a fondo, le pareti bianche sono piene di segni unti e la fila di armadietti sembra una bocca di denti storti. Ringrazia il cielo di non aver mai pensato di insegnare.

Il rumore alle sue spalle lo fa voltare di scatto, Marziali entra con il suo passo solenne, la schiena sempre un po' arretrata.

«Allora, Andrés, hai finito di rompere i coglioni? Che vuoi?»

«Lo sai.»

«Adesso devi mettere bocca pure sugli studenti? Non ti basta "Nailed"? Tornatene a Tokyo, a New York, dove ti pare. Qua abbiamo i fatti nostri.»

«Sono solo curioso.»

«I lavori li hanno consegnati appena l'altroieri, dio santo!»

«So che Leone va in vacanza domani, quindi vi siete già riuniti» ride Andrés.

Marziali blatera qualcosa fra sé e sé, forse un insulto, poi sbotta: «Ecco, allora te lo dico subito: Lara Marchese non la prende, la borsa di studio».

«Ah. Perché?»

«Perché?» chiede Marziali con un'aggressività inattesa, sbarrando gli occhi e poi andando a rovistare in un mucchio di carte in un raccoglitore trasparente.

«Ecco. Guarda questi portfolio» dice, sbattendo i fogli sulle mani di Andrés.

Il critico sfoglia le stampe rapidamente. «Bella merda» commenta con una smorfia «Il suo qual è?»

«Il suo è questo» dice Marziali consegnandogli un altro plico di fogli.

Questa volta Andrés osserva le stampe lentamente, lasciando frusciare i fogli in aria mentre passa all'immagine successiva. Alla fine pronuncia una sola parola: «Cazzo».

Un sentimento di eccitazione e meraviglia lo sovrasta. Ricorda l'unica volta che l'ha provato, molti anni prima, davanti a un quadro di Elsa Kurtz. Era prima che diventasse la punta di diamante della Biennale del 2002, prima che il MoMa e il Guggenheim sapessero il suo nome. Il suo quadro, *L'apparenza*, era esposto in mezzo a una quarantina d'altri lavori in quella mostra di esordienti, a Varsavia. Nessun altro si era curato della Kurtz mentre lui fissava ammutolito la tela.

All'epoca scriveva per «Ozone», un piccolo magazine di settore curato da una redazione giovane, entusiasta e per lo più inesperta. Sapeva scrivere, Andrés Delacroix. Dava ai suoi pezzi un respiro maestoso, fraseggiava con ritmo da musicista. Non considerava mai un quadro come il mero prodotto della mente di un artista, che colpiva l'osservatore come una freccia a senso unico, il filtro di un'opera era la vita, e lui era di quella che, in fondo, voleva parlare. C'era un mondo intero, nelle sue recensioni. Andrés Delacroix era riuscito ad avvicinare all'arte persone che non avrebbero mai potuto permettersi di interessarsene, e lo aveva fatto contaminandola con le gioie, le banalità e le miserie del quotidiano.

Due mesi dopo la mostra, Andrés Delacroix si trasferiva a Londra a scrivere per «Nailed». A ventisei anni abitava in uno dei mews di Belgravia, a due passi da Hyde Park, era spedito a recensire mostre dall'altra parte del mondo, partecipava a eventi e afterparty con più frequenza di quanto dormisse, e raramente dormiva solo.

Non ha più incontrato nessuno come Elsa Kurtz. Fino a oggi.

È immobile e incredulo, tiene quei fogli in mano come fossero un vassoio pieno di diamanti. Osserva le fotografie dei dipinti di Lara con le ginocchia che si fanno deboli e la testa che non riesce più a formulare pensieri. Quando arriva a *Diana* si ferma, trattiene il fiato. Non è solo la tecnica, così attenta e violenta al tempo stesso. Non sono i colori e le ombreggiature, seppur perfette su quel soggetto, né il volto magnetico della donna. È l'energia dell'intero dipinto, sembra esplodere fuori dai suoi confini e passare sotto le sue mani, entrargli dentro, anche se ne sta osservando solo un'immagine riprodotta. Sente il battito accelerare.

In quel momento vuole Lara Marchese. La vuole nuda e vestita, la vuole mentre dorme e mentre dipinge, la vuole di carne sdraiata nel suo letto e di vernice appesa nel suo loft, la vuole come desidera le opere d'arte. Un talento del genere, un lavoro autodidatta così nuovo, straziante e meraviglioso, è tanto raro quanto prezioso. La vede già altrove. Pensa alle sue conoscenze inglesi: Thomas Cole, il collezionista, ucciderebbe per quadri del genere. Se li figura in quella nuova galleria di Rio, magari anche a New York. Si chiede come sia possibile che quella ragazzina inquieta si sia covata dentro un talento del genere senza che nessuno, fino a quel momento, se ne fosse accorto.

«Quindi non la prendi.»

«Che le insegniamo qui? Dimmelo tu. Ce la vedi a lezione da Cavarelli? O a ritrarre quei ragazzetti senza pisello del corso dal vivo? Io non faccio perdere tempo alla gente.»

«Sei bravo, Marziali. Sei bravo.»

Mentre quello borbotta che sarà difficile scegliere una tra le meno schiappe tra gli altri candidati, Andrés tira fuori dalla tasca una macchina fotografica compatta. Scatta alcune foto, pensa di sapere cosa fare.

«E comunque le chiedo se lo vende» aggiunge Marziali.

«Cosa?»

«Le chiedo se lo vende. Con quel lavoro di fine anno di Antonio Del Moro mi sono portato a casa una tela che adesso vale un bel po', quello ha fatto due Biennali.»

«Ma non può già vendere» esclama Andrés, sapendo che non è così.

Esce dall'accademia eccitato, il nervosismo che lo attraversa è il preludio di qualche cazzata clamorosa, ormai dopo trentaquattro anni si conosce. Torna a casa, scarica le foto e le manda al suo amico David Hendricks, il direttore del London College of Arts.

Venti minuti dopo riceve una sua telefonata.

«Nemmeno quando le donne ti mandano le foto porno richiami tanto velocemente» ride Andrés.

«Chi cazzo è?»
«È una nuova.»
«Dell'accademia? Non pensavo sarebbe finalmente uscito qualcosa di buono dal vostro buco di merda.»
«Non è dell'accademia. È un'autodidatta.»
«*Holy shit.*»
«Sì, ho pensato la stessa cosa.»
«È brava, cazzo.»
«È incredibile.»
«Voglio vedere altro, e voglio vedere gli originali. Portala qui.»
«Ci stavo pensando, Dave. Bisogna vedere se lei è d'accordo.»
«Eh parlaci, convincila, scopatela.»
Andrés ride.
«Te la sei già scopata? Dio santo, Delacroix. Sei un essere orribile.»

12

Da lontano non si distinguono i tratti, ma si vede che sorride. È un sorriso diverso dal solito, come una falce di luna che gli illumina il viso e riluce tutto intorno, rendendo più belli anche i muri di mattoni, l'asfalto e le sue macchie, le cartacce che si spostano piano insieme al vento.

I suoi occhi di carbone bruciano, stasera. Arrivano addosso a Lara caldi, come braci.

Sono uno di fronte all'altra adesso. Lui con un Fedora nero e una giacca da Ussaro che si muove piano con il vento, lei con quei jeans grigi strappati e le dita nascoste dentro le maniche.

Andrés la abbraccia dolcemente chiudendole le braccia intorno, come a proteggerla dall'aria, che sa del suo profumo e dei suoi capelli sciolti.

«Sono felice che tu sia qui» le sussurra all'orecchio.

«Anche io» risponde lei, perfettamente arresa all'incredibile felicità di rivederlo e per questo tanto in guardia.

La porta a bere del vino in un baretto con i tavoli sulla strada e il sole che ancora si intravede, ingoiato rovente dalla prospettiva dei palazzi bianchi all'orizzonte. Si siedono e avvicinano le sedie al tavolo finché i piedi devono trovare incastri innocenti per non allacciarsi. Lui allunga una mano per intrecciare le dita con le sue e lei non vuole elaborare tutte quelle informazioni insieme, perché odia illudersi...

«Devo dirti una cosa importante. Prometti che non ti spaventi.»

«Prometto, ma sono spaventata.»

Lui le stringe le mani con più forza: «So che non avrai la borsa di studio».

Lara vuole restare sorridente, trattenere quell'attimo di felicità tra le sue mani e quelle di Andrés, ma sente l'acido della delusione risalirle addosso e fermarla in una smorfia che si affretta a togliere dal viso.

«No, aspetta, aspetta! Non l'avrai perché non hai niente da imparare da questi imbecilli dell'accademia.»

«Certo» risponde lei, sarcastica.

«Dico sul serio.» Lui sorride, si strofina le mani, si muove sulla sedia continuamente. Non vede l'ora di confessarsi. «Senti, io ho fatto una cosa per te. Forse non avrei dovuto, perdonami.»

«Cosa?» arretra, diffidente.

«Ho inviato una foto del tuo portfolio al mio amico Dave, lui dirige il London College of Arts. È una scuola importante, l'avrai sentita nominare...»

«No» ammette lei senza vergogna, usando il credito di essere la sconosciuta autodidatta.

«Vuole incontrarti e vedere altre cose. Hai altre cose, vero?»

Per un attimo lei rialza tutti i ponti.

«Se è un modo per continuare a scoparmi sappi che sarebbe bastato molto meno, Andrés. Seriamente: non c'è bisogno di questa roba.»

Lui ride, sinceramente divertito e altrettanto compiaciuto. «No, no. Cioè sì, sì certo che vorrei, ma non stiamo parlando di questo, capisci? Adesso parliamo di te. Del talento di Lara Marchese. Dal London College of Arts sono usciti artisti come Patricia Welch, Ai Kim, Tobias Aarden. Il fatto che Dave voglia incontrarti dopo aver visto le immagini di un tuo portfolio è semplicemente incredibile. Non è il tipo che chiede di vedere chiunque, tanto per chiarirci. Generalmente non sa nemmeno chi studia al college a meno che non sia già quotato prima di uscire.»

Adesso è guardinga, è tutto troppo assurdo. Sembra che la vita si sia allineata con i sogni che ha sempre avuto per se stessa: impossibile, dev'esserci la fregatura. C'era una bella differenza tra aver conquistato la sicurezza per sentirsi la borsa di studio in tasca e l'improvvisa proposta di andare a Londra.

«Io... non lo so, Andrés, è tutto molto strano.»

«Avanti, cos'è che ha da offrirti Roma?»

Roma.

Cos'ha da offrirle, Roma?

Può restare, lavorare alla merceria, e renderla la più bella merceria di tutta la città perché ha delle idee – le ha sempre avute e mai considerate – come per esempio ridipingere la parete di azzurro e usare vecchie cassette di legno come scaffali, l'ha visto su una rivista di arredamento. Con Adele sarebbero andate più d'accordo, anzi: si sarebbero amate come una volta, quando c'erano gli abbracci e le risate complici, le torte cucinate insieme e lei seduta sul piano della cucina con i piedi che dondolavano contro i cassetti. Era grande per dondolare i piedi contro i cassetti, ma le torte si potevano ancora fare. E quelle serate a guardare un film: perché le aveva sempre disprezzate? Come le sembravano serene e sicure ora che l'alternativa era provare a vivere davvero, sola e senza recinti, senza nessuno che tenta di limitarti. Nessuno a cui dare la colpa di trovarsi meglio legata che sciolta.

Ora che la gabbia ha una porta aperta, lei pensa a quanto sia decorosa e sufficiente, in fondo, la vita che vive. Per un attimo tutto il suo corpo si irrigidisce nel terrore di scoprirsi tanto fedele a un'esistenza che non l'ha mai resa felice.

Andrés la vede chinare la testa e chiudere gli occhi. "Non puoi voltare le spalle a questo, Lara" pensa. Allora si avvicina e le stringe le mani con più decisione. Ne accarezza il dorso come fosse una bestiola da rassicurare. Le punta lo sguardo dritto negli occhi: «Andiamo bambina, provaci. Sei *incredibile*, non puoi rinunciare».

Passa un interminabile minuto di sospiri prima che Lara risponda: «Ok, lo incontro. Quando?».

«Io vado a Londra questo weekend. Vieni con me.»

Londra. Con Andrés Delacroix. Per far vedere i suoi quadri. Lara lo guarda in faccia, trattiene una smorfia e poi gli scoppia a ridere in faccia.

«Tu devi essere matto» dice, pensando che esista qualche Dio che, a dispetto di tutte le sue paure, del suo terrore di cambiare e di essere lei a lasciare – sua madre, la sua città, Elena, Elio – ha risposto alla sua preghiera più grande e inconfessabile: *portami via.*

Con le dita percorre il solco che spacca il legno, al centro dello scaffale. Qualcuno suggerirebbe di sostituirlo. Le cartoline ingiallite scricchiolano quando ci passa sopra la mano e pensa che un giorno o l'altro, improvvisamente, diventeranno polvere sbiadita lasciando solo un angolo attaccato allo specchio. Ci passa davanti ma evita di incontrare il proprio sguardo riflesso, ha perso l'abitudine e l'interesse a riconoscersi. Elio sa già chi è. L'ha scoperto tutto insieme e l'ha accettato come si accettano i limiti, senza perdere energie a protestare inutilmente. Curiosamente, da quando ha perso interesse verso di sé ha iniziato a essere più se stesso che mai. Spogliato della possibilità di deludersi ulteriormente, si è limitato a mettere i giorni uno davanti all'altro e, quando si è fermato, ha scoperto di essere arrivato in un luogo che gli somiglia. Percorre l'Assenzio con lo sguardo e pensa che una volta era diverso. Tutto diverso.

Una volta chiudeva alle sei di mattina, tanto per cominciare, e lui tirava giù quella saracinesca piegato, molle di alcol e sudore. La gente lo salutava con sonore pacche sulle spalle, erano tutti così giovani. Lui, smilzo e presuntuoso, si nascondeva dietro baffi e barba.

Una volta il locale si riempiva, la gente ballava tutta la notte. Si era comprato quella stupida tuba nera, metteva una giacca con le code, si muoveva intorno ai tavoli come il maestro di scena. Il ritmo scomposto di facce, grida, voci e pelle umida di cui riempiva quelle notti annullava il tempo, conduceva all'alba e poi a una nuova notte, gli occhi arrossati e la sensazione di vivere appena soffocato, come sotto una coperta. Senza orientamento. Non pensava che sarebbe invecchiato, che i giorni sarebbero svaniti alle spalle. Quando ti svuotano della speranza, il futuro è un latte opaco dalla prospettiva insondabile e irrilevante.

Una volta il vino lo comprava all'ingrosso da un fornitore romagnolo. Versava fiumi di rosso scadente in bicchieri che continuavano a rompersi e che non ricomprava. Certe sere aveva servito drink anche nei portacandele e nelle tazze da tè. Adesso invece si era fatto il giro dei piccoli produttori biologici del Lazio e vendeva solo vino DOP anche se costava di più e la gente si lamentava. Gli era subito piaciuto quel vagare per le campagne nelle giornate di novembre, con l'autunno che esplodeva intorno senza rumore, guidando piano tra filari di uva e cascine ruvide. Parlava con i produttori e guardava le loro mani callose, il bordo delle unghie sporco di terra. Ogni tanto pensava di mollare tutto, andare a fare il contadino. Conversare con quella campagna nebbiosa, sentire i rumori lontanissimi degli spazi aperti. Accogliere l'aria fredda nelle narici, poi tornare a casa e accendere il camino.

Una volta, poi, il pavimento era tutto nero.

Quelle mattonelle quadrate rilucevano appena, senza profondità. Al buio, la gente inciampava. Vedeva ombre e indovinava scalini dove non c'erano. Cadeva avanti scomposta, precipitava addosso ad altri corpi come in un abbraccio. Insieme ridevano, o imprecavano. Più spesso ridevano, un po' per l'alcol un po' per l'imbarazzo.

Si era deciso a cambiarle un pomeriggio di pioggia. L'acqua scendeva torrenziale da giorni, tanto che il Tevere si era gonfiato fino a sembrare una treccia di nastri liquidi e furiosi, pronti a esplodere fuori dagli argini.

Bianche e nere, una scacchiera per ballerini improvvisati e bevitori di talento: quel pavimento gli era piaciuto subito.

La verità è che pensava di conoscere ogni voce dell'Assenzio, ogni sfumatura di sole che incontrava le finestre prima del tramonto, ogni bagliore interrotto quando la gente passava davanti al lampione in fondo alla piazza, eppure aveva iniziato a mostrare atmosfere nuove, possibilità ancora mai vissute. Luci, rumori sconosciuti, umori distanti dal suo, che lo contagiavano.

Da quando Lara era tornata a dipingere, qualcosa di nuovo era entrato insieme a lei, ed era la risposta di quel luogo alla sua energia silenziosa e pressante come l'aria ferma prima della tempesta.

Lasciava il suo odore di vernice sul divano dove si sedeva dopo aver dipinto, cambiava la musica frugando tra i vinili con le dita sempre sporche di colore. Spargeva oggetti e rumori nuovi, grida di rabbia, tonfi su e giù per le scale quando saliva a chiedere da bere.

Lui aveva iniziato ad aspettarla, come si aspetta di tornare a casa la sera.

Quel venerdì, quando lei non arriva, lui in qualche modo capisce tutto. Davanti allo specchio si guarda per alcuni secondi in silenzio, poi scuote la testa e torna a lavorare.

13

Lara è ancora stordita quando si presenta da Elena, la domenica sera. Lei e Andrés sono rimasti fuori il venerdì e il sabato, ma non è riuscita a rientrare subito a casa: le serviva un momento per rendere ancora più vero quello che le era successo vedendo lo stupore negli occhi di qualcun altro.

Quando entra in camera dell'amica e si chiudono finalmente la porta alle spalle, Elena vede Lara come non l'ha mai vista. Il suo viso sembra cambiato, i tratti che prima sfuggivano chiunque la guardasse ora sono diretti e fermi. Gli occhi contengono la luce folle di chi sta per spaccare la propria vita per darle un'altra forma. Sorride, come se per tutta la sua vita non avesse fatto altro che essere felice.

«È tutto assurdo» dice, senza lasciare una virgola di quel sorriso.

Tenta di sedersi poi no, si alza. È ipercinetica. Cammina, si stringe le mani, afferra e lascia oggetti. Inizia ad aprire il trolley e ci rovista dentro, sparge mutande e magliette spiegazzate sul parquet.

Alla fine ne tira fuori una scatolina bianca ammaccata. «Cazzo!» dice «Ti avevo portato i cupcake. Saranno tutti spiaccicati.»

«Non importa» dice Elena, aprendo la scatola e ammirando quei piccoli dolci colorati con sopra brillantini e piccole stelle di zucchero giallo, effettivamente un po' ammaccati. «Sono bellissimi!»

«Aspetta, anche questo, e questo» dice, tirando fuori una tazza con scritto GOD SAVE THE QUEEN e un portachiavi a forma di corona.

«Lara, grazie, ma adesso raccontami!»

Lei allora fa un respiro, si siede sul letto e inizia a raccontare con gli occhi che guardano Elena ma non la vedono, sono allagati del riflesso di un luogo perfetto e temibile: la terra dei sognatori che si perdono nel terrore tanto più la mèta si avvicina, degli innamorati increduli di essere corrisposti. Racconta il momento in cui è arrivata in aeroporto con le tele impacchettate con carta e scotch, e di quando Andrés le ha preso la mano al momento del decollo. Socchiude gli occhi mentre parla delle loro lingue allacciate per decine di minuti durante il volo, di quella hostess che li guardava con disapprovazione.

Parla del loft del critico, vicino al London Bridge, all'interno di una vecchia fabbrica di caramelle. Come lo rappresentavano quelle pareti di mattoncini, quel camino enorme, i quadri posati in terra con noncuranza, lo specchio antico e le centinaia di vinili. Le descrive la cornice con la locandina di uno spettacolo di sua madre, i poster delle mostre. Parla con l'enfasi di chi non è mai uscito dalla propria città, Lara, quando descrive la cena in quel ristorante con i tavoli di legno grezzo uno diverso dall'altro e le lampadine dentro grossi barattoli di vetro. Un gruppo di jazzisti suonava nell'angolo, le note obbligavano le parole a diventare bisbigli nelle orecchie, sussurri tiepidi contro le labbra. Erano tornati a casa ubriachi come lei non avrebbe mai creduto di poter essere, avevano fatto sesso fermandosi solo per dormire un po' e ricominciare.

Lara prende un respiro mentre le immagini le scorrono addosso. Quel sorriso incredibile le tracima dal viso, inonda la stanza. Cambia posizione, continua a raccontare: la mattina dopo avevano fatto colazione in quel *café* francese, mangiato il pain au chocolat caldo, preso il cappuccino nella tazza di carta come nei film americani. Poi le sue labbra, ancora e ancora, le mani di lei sotto la sua camicia a sfiorargli la pelle, come se si appartenessero. Le dita intrecciate nell'aria fredda. Il suo indice, a puntare monumenti e luoghi, a spiegarle tutto come si farebbe con una bambina. Cinque minuti di passione nel bagno lurido di un pub, solo perché erano lì, solo perché si volevano, perché avevano due corpi e quindi potevano.

«Ok, sei andata a parlare dei tuoi quadri o a scopare?»

Lara ride, niente riuscirebbe a scalfire lo stato di grazia in cui si trova.

«Te lo dico. Te lo dico piano, così non svieni» si interrompe, scoppia a ridere.

«Lara!» cerca di riprendersela Elena.

«Sono entrata in un programma speciale per giovani artisti dotati. Praticamente fai un anno intensivo invece dei tre di corso, e hai diritto a vitto e alloggio. Non ho capito benissimo tutto ma comincia adesso, fra tre settimane. Ho appena il tempo di traslocare. Oddio, Elena, che sto facendo?»

Improvvisamente il sorriso diventa una smorfia di disperazione e si copre la faccia con le mani.

Elena rimane con il cupcake appena morso a mezz'aria. Mastica rapidamente per riuscire a tirare fuori subito un «che cosa?» acuto.

Lara parla senza levarsi le mani dal viso, spiandola con un unico occhio tra le dita aperte: «Parto. Gli ho detto che vado. Ho firmato per questo corso speciale e tutto. Devo radunare un sacco di documenti adesso... Dio, Elena, che cazzo sto facendo?». Si alza, si pianta contro l'armadio con la fronte contro le ante e gli occhi sbarrati.

«Lara, è una decisione importante...»

«Merda, che cosa ho fatto? Non capivo niente, ero in questo college favoloso, c'era questo tizio che faceva complimenti assurdi alle mie tele e c'era Andrés, che mi guardava come a dire "hai visto? Ce l'hai fatta!" e non ho avuto il coraggio di dire no.»

«Hai avuto il coraggio di dire sì!» esclama Elena, puntualizzandolo battendo il pugno sul palmo della mano.

«Mia madre mi ucciderà. Dirà che non posso andare, che non ha senso e non sono in grado.»

«Lo dice perché ha bisogno di te qui.»

«Ha bisogno, appunto.»

«Lara, stai ricevendo conferme del tuo talento da chiunque. Devi continuare. Se Londra è la strada, prosegui. Io sono con te. Ti verrò a trovare, ti scriverò, ti chiamerò sempre. Se hai bisogno prendi un aereo e torni, capito? Ti aiuto io a pagarlo, se serve. È la tua occasione, non buttarla via. Non farlo, ti prego.»

«Questo Dave» fa lei, gli occhi improvvisamente vivi, lucidi «ha detto che ho talento, che era molto colpito e ti giuro, Leni, sembrava davvero convinto. Non hai idea del suo studio. È l'attico di questo palazzo al centro di Londra, occupa tutto il piano e dentro ci sono dei quadri e delle installazioni che... Dio mio, sembrava di essere in una galleria d'arte di quelle serie. Ha un Lucian Freud, un Damien Hirst e altre opere incredibili! Mi ha detto che per la maggior parte erano lavori di ex studenti, molti di loro adesso espongono e vendono in tutto il mondo... Leni, ci pensi? Non è incredibile che io gli sia piaciuta?»

«No» sorride Elena, «io l'ho sempre saputo.»

Anche Lara sorride. Un attimo dopo è il ritratto della disperazione. Quello successivo parla ancora estasiata del college, sette piani di studi, studenti macchiati di gesso e pittura che uscivano dalle sale, un caravan al centro del cortile come caffetteria e tre mense diverse, lo stile incredibile delle ragazze che aveva incontrato.

«E poi c'è Andrés...»

«No Lara, no. Separa le due cose: da una parte Andrés, dall'altra la tua carriera. Perché il primo a un certo punto se ne andrà, la seconda ti resterà per sempre. Ma devi lavorare duro, non scopare con questo tizio e basta.»

«Non vedo l'ora. Vedevo questi ragazzi nelle aule e pensavo: voglio iniziare subito! Sarei rimasta lì, mi sarei nascosta da qualche parte per cominciare le lezioni lunedì prossimo. Sai cosa, Elena? Non sarei più tornata. Mai più.»

«Ti dico una cosa anch'io.»

Lara si ferma, improvvisamente si sente colpevole di non aver mai chiesto a Elena come si sentisse, nelle ultime settimane. Sembrava tutto ruotare attorno a lei, non aveva visto altro.

«Ho mandato la richiesta per lo stage, a Londra. Magari

finisce che presto abiteremo tutte e due nella stessa città, insieme.»

Quando entra all'Assenzio è come se la portasse il vento. Scarmigliata, rossa in viso, le mani che tremano e lo sguardo che non si riesce a posare da nessuna parte. Lui smette di fare quello che sta facendo – mettere a posto i bicchieri. Lei apre la bocca per dire qualcosa e invece scoppia in una risata che sembra un pianto, e si copre gli occhi con l'avambraccio.

Lui lascia un nervosismo infido raffreddare nella noncuranza di cui ormai è maestro.

Quando Lara scosta il braccio dal viso ha gli occhi pieni di lacrime e un sorriso che illuminerebbe le profondità dei sette mari.

«Me ne vado» dice.

«Lo sapevo. È il coglione, vero?»

«Smettila» risponde lei «e ascoltami.»

Racconta di Londra. Racconta del college. Non racconta di Andrés ma lui è in ogni parola comunque, e le sue labbra hanno stampato quel sorriso che non se ne va, per quanto le sue spalle continuino a tremare e lo sguardo non si posi.

«Ti devo chiedere una cosa, Elio. Devi farla per me. Tu e Michela.»

«Quello che vuoi.»

Lei allora cava le parole da un posto che fa male, perché per un attimo il sorriso sparisce come se non fosse mai apparso.

«Dovete controllare mia madre. Lei resta sola, se io me ne vado.»

«Gliel'hai già detto?»

«Glielo dico stasera.»

Nello sguardo di Elio, Lara riconosce una pena sgraziata che per un momento la fa quasi arrabbiare: è il tipo di pena che proverebbe solo chi conosce sua madre, ed è come un insulto. Lei se ne va, ma la ama. C'è modo, per farlo capire al mondo? Ci sarà modo, per farlo capire a lei?

«Vi occuperete di lei, quando io non ci sarò? Mi darete notizie?»

Lui annuisce in silenzio.

«So cosa stai pensando» continua lei, «che non posso. Ed è vero: non posso.»

«No, Lara. Sto pensando che devi. Che potrei dirti tante cose sagge, ma la verità è che se non vai scendo e ti brucio tutto, perché tanto è come se l'avessi fatto tu stessa.»

«Non bruciare. C'è una cosa tua, lì sotto.»

Con gli occhi gli fa cenno di seguirlo. Scendono nella cantina quasi buia, lui tira una catenella e accende le tre lampadine. Lei sta rovistando tra le tele che, lui non aveva notato, ora sono ordinatamente accatastate in un angolo – si era preparata a partire, allora.

Prende la penultima, prima la separa dalle altre come per controllarla, poi la tira fuori con un rumore ruvido. La osserva per un momento tenendola stretta davanti al viso come fosse uno specchio, poi la volta per gli occhi di Elio e la cantina sprofonda nel silenzio.

«Si chiama Maria» dice lei, quando capisce che lui non riesce a dire una parola.

Maria non guarda dritto davanti a sé, ha lo sguardo perso in quell'angolo dove le donne immaginano di trovare la prospettiva più sensuale del loro corpo. In basso a destra, di solito. Un frammento di spazio che facendo inclinare la bianca distesa del collo e scendere una spalla, portando le labbra di tre quarti e tagliando la prospettiva degli occhi, dovrebbe incorniciarla in una posizione vulnerabile e desiderabile al tempo stesso.

Elio la guarda e resta confuso. Non vede la donna nell'atto di voltarsi, sta già guardando l'attimo dopo, quando rialzerà gli occhi e chiederà una promessa. Lo fanno tutte, lo ha visto fare tante volte. Quell'istante contiene il fremito del successivo in modo così limpido ed evidente che gli sembra già di dover inventare qualche scusa. Maria lo imbarazza, perché lo mette davanti a se stesso, lo costringe a guardarsi dall'esterno.

«Sai chi è, vero?» chiede Lara.

Elio ride, potrebbe quasi arrossire se ancora se lo permettesse.

«O meglio, sai chi *sono*» si corregge Lara.

«Le hai guardate bene...»

«Te le scegli tutte uguali» lo prende in giro lei.

«Ma cosa dici. Io vario molto: bionde, brune, rosse...»

«Tutte uguali *dentro*.»

«Somiglia a quella del mese scorso, com'è che si chiamava? Ah: Fabiana.»

«Che nome di merda.»

«Già» riflette lui un momento. «Che nome di merda.»

Si guardano un istante e non si capisce chi dei due scoppi a ridere per primo, ma lo fanno, fortissimo, come due bambini che hanno detto la prima barzelletta sporca. È una risata liberatoria, che potrebbero fare ancora tante volte se lei non partisse.

«Trattale meglio, ok?» intima Lara, il dito puntato contro il suo petto.

Elio alza gli occhi al cielo.

«Promettilo!» insiste lei. «Guarda che ti mando mia madre...»

«Oddio, allora sì. La prossima me la sposo, cazzo.»

Lei lo vorrebbe abbracciare, ma non è a suo agio con le manifestazioni d'affetto.

«Grazie» dice.

«Di niente.»

«Di tutto, invece. Lo sai. Proprio tutto, dall'inizio.» dice, lo sguardo basso. Il massimo dell'affetto che mostra sono piccoli movimenti inquieti del corpo.

Mentre fuori l'aria ha la consistenza impalpabile di un pomeriggio azzurro in quella sala c'è il vuoto sordo degli addii, così rapido a ingoiare le parole che si vorrebbero dire e le cose che si vorrebbero fare.

Elio allora si avvicina e le prende le spalle. Le stringe, poi l'accarezza sulla testa. Lara chiude gli occhi, non vuole sovrapporre quelle carezze a nient'altro che conosca, spe cialmente a ciò che non c'è più.

«Ricordati chi vuoi essere» sussurra, «comportati come la persona che vorresti essere.»

«Non lo so chi voglio essere.»

«Lo sai. È solo molto faticoso diventarlo, e adesso hai troppe cose per le mani. È giusto, va bene così.»

In quel "va bene così" lei trova per la prima volta un respiro. Nessuno, nemmeno Elena, le aveva mai detto che quel momento, quell'esatto momento di caos, e guerra, e incertezza, andasse bene così com'era.

Lui la vede sparire oltre la porta, con un'aria ebbra di incertezza e follia, aggrappata a quelle tele che al confronto con il suo corpicino sembrano enormi. Cammina rapida e sicura, ma ha l'aspetto di chi entra in una foresta senza nome e senza sentieri, armato solo della sua pelle.

Mentre Lara diventa un'ombra controluce e poi sparisce dentro un vicolo si chiede come una ragazza così distante dalla felicità sia per lui la prova che la felicità possa esistere davvero, da qualche parte nel mondo.

14

Quando entra in casa riconosce nella scarsità di luce la gravità del momento. Non è sua madre che stabilisce il clima, è quella casa che in qualche modo le risponde. Le ombre le scendono pesanti sulle spalle e, da qualche finestra aperta in una delle camere da letto, arriva una corrente fredda.

Si era immaginata un'atmosfera tutta diversa quando, nella sua testa, aveva provato il suo discorso. Ora, le manca il coraggio.

«Lara.»

«C'è aria, chiudiamo le finestre.»

«Ti devo parlare un momento.»

"Anche io."

«Ci sarà un cambiamento nella nostra vita. Un cambiamento importante.»

"Sì: vado via. Parto."

Adele siede sul divano e passa le mani piatte sulle ginocchia a lisciare la gonna bordeaux, fermando lo sguardo un momento di troppo.

«Vieni» ordina. Lara le siede accanto riluttante, il più lontano possibile. Ricorda quando le si lanciava tra le braccia e invece ora quello sfiorarsi appena delle loro cosce la infastidisce.

«Lo sai che la Crescenzi è malata?» chiede, senza preamboli.

«No.»

«E certo, di cosa ti preoccupi tu, a parte che di te stessa?»

«Come facevo a...»

«Lascia stare.»

Adele sente che il suo tono di voce vira verso il rancoroso ma non ce l'ha con la figlia, è solo che le sembra ancora assurdo – *assurdo* – stare lì e dover fare quel discorso.

«Per questo motivo è successa una cosa inaspettata, Lara. Mi stai ascoltando o no?»

«Sì.»

«Allora non fare quella faccia imbambolata, non pensare agli affari tuoi e guardami in faccia, che sto per dirti una cosa importante.»

«Dimmela.»

«La merceria sarà nostra adesso.»

«Cosa?»

Non era così che doveva andare, non avrebbe dovuto essere sua madre a fare annunci.

«Nostra» ripete Adele, secca. «La Crescenzi la intesterà a me, dice che si fida e che non ha nessun altro.»

«Ma deve pur averli dei parenti! Non ha fratelli o cugini, qualcosa?»

"No, merda" pensa Adele "non ce li ha i parenti", invece dice: «Che c'è Lara, non ti sembra una bella notizia?».

«No!»

«Perché no? La certezza di avere qualcosa di veramente nostro non è qualcosa di bello? Può essere il futuro, questa cosa.»

«Magari io qui non ci voglio stare, ci hai pensato?»

«Lara: hai vent'anni, ma dove vuoi andare adesso?»

«Via.»

Lo dice in un soffio, il viso così serio da spaventare Adele, che allora ride.

«*Via*. E dove?»

«Vado a Londra.»

Ride ancora più forte, lo sguardo che schernisce la figlia.

«Ma certo: Londra! E perché non Parigi? O Rio de Janeiro!» La madre continua a ridere, alzandosi dal divano per concludere la conversazione.

«Vado a Londra» dice Lara, più seria.

«Ma certo. Da sola senza lavoro, senza soldi, che ottima idea, Lara. Parti, che ti raggiungo!»

«Non sarò sola.»

«E con chi vai?»

Non riesce a dirlo, la gola ferma le parole, sa che sarà schernita: «Con una persona».

«Tu questa persona me la porti qui, così a schiaffi gli do il permesso di portarti a Londra, o anche solo a Ostia a fare il bagno.»

«Pensi che le persone abbiano bisogno del tuo permesso per fare le cose?»

«Tu sì. Sei mia figlia e fai quello che dico io.»

Lara scuote la testa piano, allora la madre incalza: «Io ti conosco, e non sei in grado di stare da sola, guadagnarti da vivere. All'estero, poi... ma figuriamoci! A fare cosa?».

«A dipingere.»

«Ancora, Lara? Ancora con questa storia!» urla Adele.

«È quello che voglio fare. Quello che amo.»

«Lara, nella vita non si fa quello che si ama. Si fa quello che bisogna fare. Abbiamo pagato tre anni di tasse universitarie per cosa? Perché tu scappassi via con il primo imbecille che arriva e ti promette qualche scemenza? Che idee ti mettono in testa? Come puoi pensare che lasciare la tua città, tua madre, i tuoi studi e il tuo lavoro sia una cosa anche vagamente sensata? Ma non ti senti uno schifo solo a pensarci?»

Lara la fissa, muta.

Il viso di Adele è distorto, i denti serrati e la bocca come una riga tracciata netta, gli occhi affossati di indignazione: «Lara, io spero che tu stia scherzando. Vuoi lasciare tua madre da sola con un negozio da gestire e i conti da pagare, questo vuoi?».

«No.» Lara sente le lacrime scorrerle sulle guance, la gola tirar fuori le spine.

«E allora?»

«Sono brava. Mi hanno offerto una specie di borsa di studio in un college importante. Pagano tutto loro, anche l'alloggio.»

«Lara, smettila con queste stronzate.»

«Non sono stronzate!» grida lei. «Io voglio andarci.»

«Perché? Cosa ti manca qui?»

«Tutto.»

«Tutto! Eccola, la ribellione adolescenziale ritorna! Lara, non sai proprio farne a meno, vero?»

«Voglio andare a Londra a fare l'artista, mamma. Vorrei che tu fossi contenta, che avessi fiducia in me.»

«Lara, non è una questione di fiducia. Tu sei così insicura, delicata, guarda che il mondo là fuori non è gentile. Per niente.»

«Se starò male, tornerò.»

Adele la vede troppo decisa. È la prima volta che quella

figlia si ribella, prima si era sempre limitata a lamentarsi o a rifugiarsi in quel suo mondo di silenzi. La spaventa, sente che le sta sfuggendo.

«Lara, tu non parti. Parola mia, tu non parti.»

«Cosa farai, mamma, mi chiuderai in camera?» chiede lei strafottente, le mani sui fianchi e il viso a gridarle contro.

E allora Adele senza alcun preavviso, nemmeno a se stessa, si scaglia verso la figlia e inizia a colpirla. All'inizio è una spinta contro il muro, il corpo esile sbatte sulla parete bianca con un rumore sordo e sembra quasi rimbalzare mentre torna avanti e barcolla per rimettersi in equilibrio. L'orologio bianco cade, la cornice si rompe contro il pavimento con un rumore goffo.

Quando vede la rabbia negli occhi della figlia, Adele capisce che non è sufficiente. Si avvicina, le tira uno schiaffo.

«Allora, hai capito?»

«Sei pazza!» urla la figlia e allora Adele tira un secondo schiaffo, un terzo schiaffo, poi le spintona le spalle per farla tornare contro il muro. Non è più in grado di capire cosa stia facendo mentre afferra i capelli della figlia fino a trovarsi in mano una ciocca intera e le grida contro gli occhi, contro le orecchie, come se le urla potessero penetrarle la pelle e la sua volontà finalmente imporsi.

Negli occhi di sua madre Lara vede una ferocia cieca e non da quella è terrorizzata, ma dalla propria assenza di stupore, come se avesse sempre atteso il giorno in cui le si sarebbe rivoltata contro. «Basta! Basta!» grida. Fortissimo, perché qualcuno possa sentirla. La spinge via, quella invece la riprende per i capelli.

«Stai zitta, cretina, stai zitta!» ringhia Adele fra i denti, tenendola per una ciocca e infilando le unghie nella cute tenera del collo. Dritte e a fondo, per farla smettere di gridare.

Lara inizia a piangere e Adele, improvvisamente, molla la presa e tace.

«Scusa, Lara, oh dio, scusami amore. Scusami.» La abbraccia e la carezza, con la stessa foga, non c'è intervallo tra la violenza e l'affetto.

Sono entrambe a terra, adesso. Adele la stringe ancora e sente tra le braccia un corpo che non risponde, un fantoccio che pian piano arretra, strusciando sulle mani, fino a staccarsi da lei e chiudersi in camera.

Rimaste sole, madre e figlia si lasciano sprofondare nello stesso silenzioso sgomento. Adele chiude la finestra della sua stanza e inizia a innervosirsi. Non riesce a criticarsi fino in fondo, cataloga ancora quella violenza alla voce "proteggere mia figlia, da se stessa *in primis*". Lei la vede chiara, la strada che riporterà Lara al suo posto nel mondo, quello che le è stato rubato da suo padre. Così netta e rapida che il resto è ostacolo, il resto non conta. Forse neppure ciò che Lara vuole importa, perché le cose che si desiderano a vent'anni sono scemenze senza senso.

"Quando sarà un avvocato di successo con un bell'appartamento ai Parioli, una bella famiglia, i bambini, i soldi per portarli d'inverno in montagna e d'estate al mare, vedrai come mi ringrazierà. Vedrai, allora, come sarà felice che io l'abbia distolta da questa scemenza dell'arte. Lei sarà quella che i quadri li compra, che stacca assegni per quei poveracci che per tirare a campare devono buttare quattro macchie di vernice sulla tela e pregare che la loro merda piaccia a qualcuno."

«E adesso basta!» intima davanti allo specchio a voce alta con il tono definitivo da chi ha dato la giusta punizione e ha rimesso le cose a posto.

Non sa come, però, come un'eco le tornano in mente le stesse parole di quel giorno, quando aveva sentito la voce del marito: «Adele, che fai? Adele!».

Si era ritrovata con le dita strette al polso di Lara. Lara che piangeva, e non smetteva mai. Lara che chiedeva, non faceva che chiedere. Lara che non le permetteva nemmeno di avere il tempo di andare in bagno, a volte, figuriamoci di fare una doccia o vestirsi. Lara che era stata l'ultima a camminare, non come le figlie delle sue amiche che trotterellavano da sole a undici mesi. Lara che non sapeva giocare da sola, non metteva nemmeno i cubi uno sopra l'altro. Lara che voleva solo mamma, mamma. Sempre mamma.

Alberto le aveva strappato la figlia dalle mani, le aveva accarezzato la testolina tirando via anche una matassa di capelli biondi finissimi.

«Adele, che hai fatto? Perché?»

«Non è successo niente, Alberto. Solo un momento di rabbia, questa bambina mi fa perdere la pazienza. Stacci tu con lei tutto il giorno! Avanti, stai con lei tutto il giorno, tutti i giorni, poi vediamo cosa le fai!»

«Niente, Adele, non le faccio niente» aveva detto lui, gli occhi gonfi di orrore.

A Lara erano rimasti alcuni lividi sulle piccole braccia e una piccola chiazza senza capelli accanto all'orecchio. Il giorno dopo aveva già dimenticato, correva incontro alla madre sorridendo, voleva abbracciarla e darle baci appiccicosi. A due anni si dimentica in fretta.

Quando la madre aveva messo a posto i giocattoli nella stanza aveva ritrovato il suo cane di plastica, quello con la corda per tirarlo, dietro il comodino, con una rotella rotta e il muso spaccato. Era finito lì dietro per caso, Lara sicuramente l'aveva fatto cadere. Lei non gliel'aveva tirato addosso. No, non era successo. Lei era una brava madre, perché nella vita aveva scelto di fare la madre.

Mentre Adele raccoglie i pezzi dell'orologio, Lara trema contro la porta della camera.

Rimane lì per un periodo di tempo che non riesce a calcolare, sa solo che il cielo da azzurro diventa viola, poi blu, infine pece.

Conosce quelle acque nere, ci naviga da molto tempo. Di solito non oppone resistenza, lascia che la sommergano perché sa conviverci, ha imparato che non ne morirà. Adesso però è diverso. Per la prima volta crede di essere sufficientemente importante da doversi proteggere. Ha trovato la sua scintilla, ha riconosciuto il suo valore. Aver visto tutto negli occhi di qualcun altro non la disturba. Ha cercato per anni una porta aperta per entrare dentro se stessa e ora non conta chi o che cosa gliel'abbiano permesso.

Si alza, tira giù dall'armadio una valigia grigia, apre i cassetti e inizia, lentissima, a riempirla.

Non importa se questa volta ha a disposizione tutta la notte, se non dormirà nel suo letto, se non rivedrà più il suo coniglio di peluche perché ha dimenticato di portarlo subito con sé. Non importa se questa notte dormirà da Elena invece che in un hotel a due stelle. Non importa se questa volta va via da sola, e per scelta.

Lei si sente esattamente come quella notte di molti anni prima, a viale Indipendenza.

15

Ottobre 2008

“Dài topolini, datemi qualcosa da guardare. Diventerò cieca e vomiterò su questa banchina del treno piena di ubriachi e troie. Dài topolini, uscite dalle fogne e correte, distraetemi da questo reflusso acido e dagli occhi che sbandano contro i binari come se ci fossi sopra, ché è tutto alcol e ovatta, preme nelle orecchie e nello stomaco.

Dài topolini, che cazzo avete. Il lunedì sera, quando non c’è un cane su questa banchina, uscite a decine e vi strusciate su queste rotaie nere di benzina e fumo, sputo e Jaegerbomb.

Uscite, perché sto per vomitare e forse devo fissare qualcosa di davvero vivo per non farlo.

Niente che assomigli a queste facce stordite e gonfie di occhiaie e alcol.

Uscite, topolini. Arrampicatevi sui miei piedi, non importa. Su questi tacchi c’è il fango del Tamigi e il piscio dei marciapiedi. Nessuno mi aspetta a casa, ma porto le impronte di Andrés addosso.

Le scie della sua lingua sulla schiena.

Tracce di latte sulle caviglie.

Se mi lascio cadere sul sedile, se mi lascio trasportare e chiudo gli occhi, finirò nel cimitero delle metro, alla fine della linea, dove scaricano i treni morti e dove i fantasmi si danno appuntamento per mangiarsi le anime degli ubriachi. Devo stare sveglia: uscite da quelle fogne, correte, fate rumore.

Avanti, topolini di merda, la prossima metro arriva fra quattro minuti e io in quattro minuti posso crepare cento volte."

La luce al neon del ristorante cinese nel vicolo di fronte è proprio davanti alla finestra. La sera, il minuscolo appartamento di Lara è rosso. Cremisi le pareti, porpora la nicchia vuota del camino che ora contiene libri, rosaceo il pavimento di legno sconquassato che porta alla camera da letto. Dove entra solo il letto. Sono rosse le sue gambe nude quando siede a terra, la schiena contro il muro e un cartone di noodles unti in mano. Non riesce a sedersi sul divano quando mangia, e sedie non ne ha. In compenso c'è un tavolino da caffè di legno scuro, con le zampe a forma di elefante. L'appartamento era già così, con quel divano di pelle sfondata e quel tavolino, prima che lei arrivasse. Dal primo giorno ha spostato tutto in un angolo, e il resto è il suo studio.

L'anno prima, al college, aveva a disposizione una stanza enorme. Adattarsi a un salotto di tre metri per tre non è stato facile, ma adesso ci sta dentro come in una tana. Ci sono tele ammonticchiate ovunque e poi un cavalletto, un tavolo chiaro con sopra tubetti di colore, tavolozze incrostate, barattoli di vetro completamente ricoperti di macchie dalla cromìa schizofrenica.

Alla parete ha messo un grande pannello di sughero e ci attacca ritagli, fotografie, parole. A volte non si preoccupa di staccare quello che c'è sotto, così è diventato spesso e disordinato come fosse un cassetto di cianfrusaglie o un'opera concettuale. La differenza, però, è che adesso ha smesso di trattare la sua immaginazione come lo scarico infantile di una mente iperattiva. Ora lei sa che qualcuno è disposto a pagare per scoprire cos'ha nella testa.

Ha venduto il primo quadro dieci mesi dopo essere arrivata, all'incredibile cifra di sedicimila pound. Non aveva neppure avuto il tempo di finire l'anno che già le gallerie avevano iniziato a interessarsi a lei, i curatori a visitare distrattamente il college fermandosi davanti alle pareti di vetro della sua stanza, fissandola senza parlare come se stessero guardando un acquario. Pranzava sempre sola, giù alla mensa, prendeva bicchieri di pallida frutta e una pasta appiccicosa che chiamavano "pesto pasta" e non era neppure verde. Ogni tanto qualche gruppetto di studenti sedeva al suo tavolo e tentava un approccio, ma senza concederle il tempo necessario: in assenza di un suo cenno immediato, Lara era etichettata come "la stronza che ha preso la borsa di studio", "quanto se la tira, non è nemmeno così brava". Tornava alla mensa e li ritrovava a un altro tavolo, a ridacchiare fra loro.

A un certo punto aveva smesso di andarci. Comprava barrette di cereali e succhi di frutta al Tesco vicino al college e restava nel suo cubo per tutta la giornata nascondendosi a lavorare nell'unico angolo cieco, tra armadio e scrivania. Quei giorni, quando guardava quelle barrette, le sembrava di sentire la voce di sua madre, preoccupata perché non mangiava abbastanza e perché non sapeva prendersi cura di se stessa. Nonostante i suoi sforzi, restava tutto sbagliato. Doveva attaccarsi al telefono con Elena per ristabilire un precario equilibrio e tornare al lavoro. Doveva, voleva: Dave sarebbe passato a vederle. A volte si portava dietro altre persone. Restavano come inebetiti per qualche istante, poi logorroici per i successivi minuti.

Dove hai studiato, come va la tua produzione, quanto pensi di dipingere nei prossimi mesi, sei interessata a essere rappresentata dalla nostra galleria, vieni a trovarci, *gifted*, *talented* Lara. *Talented.* Usavano questa parola in continuazione e lei, intanto, fissava quelle barrette mezze morsicate.

La differenza l'aveva fatta Andrés, e lei lo sapeva: sul numero di giugno di «Nailed», nella rubrica Newcomers, le aveva dedicato un'intera colonna.

"Lara sta seducendo Londra con il suo stile passionale, un'opulenza di iperrealismo emotivo che mancava da tempo nel panorama artistico" aveva scritto.

Sotto c'era l'immagine di Carmen. L'aveva dipinta appena arrivata.

Aveva chiesto ad Andrés quale fosse il personaggio dell'Opera più amato da sua madre. Risposta facile: il suo omonimo. E lo aveva dipinto. Si era stordita per settimane con le note dell'opera, si alzava al mattino e beveva il caffè nella tazza azzurra con scritto DREAM, poi percorreva i gelidi cinquecentro metri dalla foresteria fino al college con quella melodia nelle enormi cuffie bianche.

Per Carmen, il pannello era stato un mosaico di pizzo rosso e nero, e fiori per i capelli, fotografie, piume, scorci di Siviglia e ballerine di Flamenco. Occhi neri. E uccelli neri.

L'amour est un oiseau rebelle.

Immagini stampate da Internet, un ventaglio ricamato trovato in un mercatino di East London.

Si tu ne m'aimes pas, je t'aime.

Andrés non aveva visto il quadro fino all'ultimo e, quando infine i suoi occhi avevano incontrato quelli di Carmen, non avrebbe saputo descrivere la sensazione che gli si era aggrappata al cuore. Dolore, commozione, gratitudine. In quella Carmen non c'erano i tratti di sua madre ma c'era il suo carisma, le scintille di orgoglio che splendevano nei suoi occhi neri alla fine dell'*Habanera*, il suo collo sottile. La sua essenza.

«Non volevo che somigliasse a tua madre, ma gli occhi sono i tuoi. È per te.»

«Grazie.»

«Intendo davvero: se lo vuoi, è tuo. Prendilo come un grazie.»

Lui l'aveva baciata premendola contro il muro, poi avevano fatto l'amore.

Le rimaneva sospeso nei polmoni, quel respiro superficiale ed estatico. Da quando era a Londra non solo il suo modo di vivere era cambiato, ma anche quello di percepire la sua stessa pelle. Le emozioni violente alle quali si era esposta le si erano annidate addosso amplificando le sue percezioni, rendendola al tempo stesso ottenebrata e lucida, quieta e frenetica. In un unico, profondo respiro, esplodeva più cose di quante ne avesse mai provate in tutta la sua vita.

L'inverno tarda ad arrivare, all'ora di pranzo l'aria diventa più mite, si può allentare la sciarpa e sbottonare la giacca ma il cielo di Camden resta di un bianco compatto e annoiato. Promette il gelo che si lancerà nei corridoi fra i palazzi, a scompigliare capelli e penetrare nelle più piccole fenditure dei cappotti. Presto si potrà trattare il tepore appiccicoso della metro come un sollievo.

Le inglesi continuano a vestirsi come se fosse maggio, Lara invece ha la sua divisa da lavoro: i jeans strappati, sempre gli stessi, anfibi neri, una canottiera coperta da una camicia larga e un maglione caldo, poi la giacca. Lei ha freddo, quasi sempre. Il tempo trascorso a Londra non è bastato ad alzare la sua temperatura corporea e farle beffare quell'unica stagione – un autunno pungente con rari sprazzi di sole – che la città conosca.

C'è un bar in fondo alla strada, il Ronnie's. Un corridoio con sei tavolini di legno unto e un mix fra sedie e poltrone evidentemente trovate in qualche mercato dell'usato. È frequentato da artisti di zona, per questo motivo spesso si trovano copie di «Nailed», «ArtUK» e «21», che lei adesso sfoglia facendo frusciare le pagine.

Recensioni di mostre. Vernissage. Retrospettive. L'idea della felicità nell'opera di Katsuno. *New romanticism.* E poi, a sorpresa, la sua faccia. Deve fissarla qualche istante per realizzare che sia lei per davvero. È incorniciata in una mezza pagina intitolata *Battle of the Beauties.* Qualcuno aveva avuto la felice idea di confrontare il suo lavoro con quello di Yasmin Ellison, uscita l'anno precedente dallo stesso college e già esposta in una collettiva della Whitechapel Gallery. Entrambe avevano come soggetto preferito le donne. Nonostante la Ellison avesse uno stile e una tecnica molto più accademiche, i loro quadri sembravano avere in qualche modo una radice comune, ma le somiglianze non terminavano alle opere: erano entrambe fra i venti e i trent'anni, considerate promesse dell'arte contemporanea. Non ultimo, fotogeniche, perché il loro ritratto occupava molto più spazio dell'immagine delle loro due opere a confronto.

"*Ellison is Marchese with technique. Marchese is Ellison with guts.*" – Ellison è la Marchese con più tecnica, la Marchese è la Ellison con più fegato.

«Ma andate a fanculo» sussurra Lara, chiudendo il giornale e lanciandolo senza grazia sulla poltrona di fronte.

Ordina un cappuccino, si lascia sprofondare su un divano di pelle marrone e guarda fuori la gente camminare. Non le è ancora passata, quella fantasia di entrare nella vita degli altri per qualche istante, ma ora non farebbe più a cambio.

Sente le labbra curvarsi in un sorriso compiaciuto mentre ripensa alla notte appena trascorsa.

In quel momento il suo cellulare si illumina.

«Come va l'hangover?» chiede lui.

«Non conviene smaltire l'alcol del tutto, così stasera parto avvantaggiata.»

«Ho creato un mostro» ride lui.

«Non mi hai chiamata proprio così, ieri notte.»

Lui ci pensa per un momento, in silenzio.

«Dea. Mi sa che ti ho chiamata "dea", vero?»

«Se fosse, avresti ragione» lo prende in giro lei.

«Sei spavalda da quando ti mettono sui giornali.»

«Questa gentaccia che mi mette sui giornali...»

«Non dare la colpa a me, io preferisco sempre metterti su un letto.»

«Il letto è noioso. A proposito di giornali, hai visto quella merda di *Battle of the Beauties*?»

«Sì» biascica lui facendo una lunga pausa e uno sbadiglio, «sì, ho visto.»

«Fa cagare.»

«È tutta pubblicità, *honey.*»

«Chiamami ancora "*honey*" e non avrai più una lingua per farlo.»

«Ok, *pretty.*»

«*Asshole.*»

«Dimmi *stronzo.* Suona meglio.»

«È la seconda volta che mi mettono in gara con questa Ellison, che io manco conosco.»

«Io sì. È figa.»

Per un secondo, Lara tace, poi chiede: «Cargo stasera?».

«Sì, Robbie e Val si sono liberati, alla fine.»

«Ottimo.»

«Quella cosa di stanotte... dobbiamo farla ancora» dice lui, la voce impastata e roca.

«Forse...» risponde lei, assaporando la squisita sensazione di essere il reciproco parco giochi. «Ci sono dei bei privé al Cargo.»

Avvolta dalla poltrona che le si è scaldata intorno, Lara fissa il cielo. Come infusa di liquidi altamente infiammabili, sente le vene prendere fuoco ad ogni respiro, il petto accelerare e la lingua cercare le labbra per stringerle tra i denti. È Andrés che la manda in fiamme, ma non è solo per lui che brucia. Lara Marchese, per la prima volta, ama Lara Marchese. Ed è un amore incredulo e violento come tutti gli amori ambivalenti, composti in egual parte da una passione assoluta e da un odio ardente.

Riprende il giornale e apre alla pagina di *Battle of the Beauties*, soffermandosi sullo sguardo ammiccante di

Yasmin Ellison e sulla piccola immagine del suo quadro più famoso, *Back home*, una donna sdraiata in un ambiente desolante dove le sporcizie del quotidiano sono trasfigurate in elementi di un luogo fatato.

"È un genio" pensa Lara.

"Sei un genio anche tu, allora" le risponde un'altra Lara.

Si prepara alle sei, le serate qui in Inghilterra cominciano molto presto rispetto a Roma. Mette la musica al massimo volume senza preoccuparsi dei vicini, si spoglia e inizia a truccare gli occhi, le labbra. Il suo corpo è liscio e sottile, Andrés le regala quella biancheria che esala lusso e pornografia, ragnatele di pizzo che la avvolgono leggere. Si infila in un tubino di pelle nera e una pelliccia sintetica bianca che la fa sembrare uscita da una comune hippy.

Lara ha imparato la lezione. Rubando con gli occhi, attingendo alle sue muse e pescando nei mercati dell'usato e nei negozi di East London, ha composto il suo stile fatto di tutte le gradazioni del nero, di rossi accesi e bianchi puri, di piume e reti, di borchie acuminate e broccato opulento, seta lucida e pelle usata, jeans consunto e cotone immacolato. E di bottoni. Alamari antichi sulle giacche, bottoni d'osso come zanne appuntate sul colletto, stemmi d'ottone tondi e lucenti per le camicie, madreperle lavorate appese agli orecchini a cerchio o indossate a decine come collane. Stemmi militari sulle spalle, gradi di una legione lontana dalla quale è fuggita portandosi dietro onorificenze fasulle. Disertrice. Bugiarda. "Sociopatica del cazzo", come la chiamava quell'amico di Elena.

Scoprire che la sua naturale ritrosia, quella che solitamente allontanava le persone, adesso ha lo stesso effetto teatrale della mania di protagonismo di Andrés la confonde. A una mostra l'avevano fotografata da sola in fondo alla sala, il bicchiere tra le labbra e gli occhi che fissavano seri la folla di persone radunata sul lato opposto. Le teste in primo piano erano sfocate, mentre il suo sguardo appannato di noia e alcol spiccava nitido al centro della foto. Sembrava la protagonista di qualche film. Appariva così bella e così intera, quando si guardava da fuori. Persino Valerie, che prima a stento la considerava, aveva iniziato a trovarla interessante.

C'è solo lei quando arriva alla stazione di Hackney, la riconosce da quelle caviglie sottili e dal modo elegante di tendere il collo quando guarda da lontano. Vede Lara e fa un cenno con il mento poi, quando si avvicina, le mette un braccio attorno al collo e le stampa un bacio sulla guancia che lascia una vistosa impronta di rossetto rosso.

Robbie arriva con la sua andatura elastica, ricordo di un passato da ginnasta, strizzato in un giubbotto rosso e bianco da college americano che evidenzia la forma delle spalle.

«Cosa sei, Danny Zuko?» chiede Val.

«Chi è Zuko?»

«È *Grease*, ignorante» risponde lei.

Robbie non risponde e si accende una sigaretta. Aspira senza usare le mani, tenendola dritta fra le labbra con aria sfrontata, gli occhi semichiusi che incolla per pochi istanti ai fianchi striminziti di un ragazzo che gli passa accanto.

«Hipster di merda» commenta.

«Forse anche tu sei un po' un hipster di merda, ci hai pensato?» chiede Val.

«Un po'» ride lui. «Stasera guarda come mi porto a casa Eddie.»

«Ma chi, il signor "faccio un video a mia nonna nuda e lo chiamo videoart concettuale"?»

«Io lo chiamo circonvenzione di incapace, comunque sì, lui. Mi piace così, pervertito.»

«A proposito di pervertiti...» esclama Val indicando Andrés che attraversa la strada per raggiungerli.

Lara era sempre curiosa di vedere come si muovesse quando nessuno lo stava guardando. Voleva capire se quel corpo avesse mai momenti di goffa incertezza come tutti, se perso in una strada sconosciuta quel magnetismo che sembrava appartenere alla sua pelle come un colore lo abbandonasse. Invece lui li ha già visti. Quel corpo – umano, fallace e sgraziato come tanti altri corpi – indossa già Andrés Delacroix, e questo cambia tutto.

Non li saluta neppure, dice "andiamo" precedendoli per la strada, senza fermarsi. Rallenta un momento quando vede che Val e Robbie hanno iniziato a spettegolare come al solito, allora si lascia raggiungere da Lara, le passa una mano su per la schiena e gliela ferma intorno al collo. Lei capisce "sei la mia donna".

Entrano al Cargo insieme, casualmente allineati come in assetto da parata. Si fermano all'ingresso, assorbono gli sguardi che catturano addosso, poi ne esalano la luminescenza. È un miscuglio inestricabile di talento, pettegolezzi e bellezza il loro, quel carisma che fa aprire le bocche e bisbigliare la sala mentre la varcano insieme e rapidamente si disperdono. Sono una banda, ormai. Tutti conoscono i loro nomi. Attraversano le notti come se le possedessero. Seducono sguardi, decretano alleanze, aprono le danze e respirano l'ultimo buio della notte. Tornano a casa sciolti e noncuranti come cani randagi che sono riusciti per l'ennesimo giorno a mangiare, lottare e pisciare in un luogo che adesso è territorio. Il loro.

16

I vestiti fuoriescono dalla valigia come fosse un panino troppo imbottito.

«Ti ci devi sedere sopra» dice la voce di Alessia alle sue spalle.

«Ma no!»

«Io lo faccio sempre.»

Elena guarda sua madre in tailleur e scarpe con il tacco arrampicarsi sulla valigia e iniziare a rimbalzarci sopra con il sedere finché i due lati non si chiudono e la zip può essere tirata.

«Mamma, un colpetto ed esplode.»

«In effetti...» dice Alessia, guardando il trolley rosso che a malapena sta in piedi.

Lo riaprono. Iniziano a passare in rassegna tutto quello che Elena ci ha messo dentro.

«Stai un weekend tesoro, quanti cambi d'abito pensi di dover fare?»

«Che ne so come si vestono, a Londra.»

«Strani, si vestono. Ma scusa, la tua amica non ti può prestare niente?»

«Non ci entro nella sua roba, ma te la ricordi Lara?»

«Ma chi l'avrebbe detto che quella ragnetta sarebbe

finita a fare l'artista per davvero. A Londra poi! Ma che brava che è stata, eh Elenina?»

«Sì. E pensa quando sarò a Londra anche io.»

«Manca poco amore, eh? Certo che sei proprio come me: quando vuoi una cosa, la ottieni.»

Elena sorride.

«Quale vestito ti metti per questa inaugurazione?»

«Quello rosa.»

Alessia lo prende dalla valigia, lo esamina.

«Tu che fai mamma?»

«Vado in Toscana da Ninni.»

«No, mamma...»

«Non c'è solo lui, siamo un po' di amici.»

«Ma a lui interessi tu, non gli amici.»

Alessia fa spallucce.

«Mamma, è un vecchio. E viscido.»

«Mah, infatti l'idea non è che mi alletti poi così tanto. C'è sempre l'opzione Capri con Carola.»

«Carola? CAROLA? No, mamma, vai da Ninni.»

La madre intanto si è levata la giacca e sta provando il suo abito, che le entra perfettamente anche sopra i vestiti.

«Bello, dove l'hai preso?»

«Via del Corso. Un negozio di merda.»

«Fa la sua figura» dice Alessia guardandosi allo specchio.

Elena la trova bellissima.

«Brava, Nina, ottima scelta. Quando torno poi un giorno me lo presti.»

Alessia la accompagna in aeroporto e la lascia appena fuori. Le dà un bacio che profuma di gomma alla menta e poi la saluta senza spiegarle un'acca di come funzioni il check-in. L'ultima volta che Elena ha preso un aereo è stato a nove anni per un weekend a Parigi proprio insieme a lei, ma forse Alessia non lo ricorda nemmeno. Guarda il tabellone e per qualche istante si sente persa: non capisce assolutamente niente, non sa dove andare e la valigia sembra di nuovo troppo piena.

Lara sale le scale del 26. Siede proprio davanti, gli occhi incollati al vetro di quell'autobus a due piani che sembra sorvolare silenziosamente Londra a mezz'aria. Accarezza con lo sguardo la folla sporca di Camden Town, i negozi di anfibi e parrucche, i tatuatori nei sottoscala, gli abiti anni Cinquanta esposti fuori dai negozi, i vecchi vinili nelle scatole di cartone e la bancarella delle spremute con quelle arance finte appese tutte intorno. Ogni cosa le sembra bellissima.

Scorre le case popolari intorno a King's Cross e poi sbuca nella radura aperta della stazione di St Pancras, con gli occhi che si arrampicano su, fino all'orologio e alla guglia appuntita, poi si gettano nel cielo stranamente azzurro. Respira, inspira, passa Warren Street, la sua enorme cartoleria e i primi uffici del centro. La folla è stata sostituita da professionisti in divisa che sciamano verso i pub all'uscita del lavoro. I negozi di take away iniziano a mettere fuori le insegne degli sconti di fine giornata. Tenta di controllare il battito del cuore che le affanna il respiro, ma è di quello che si nutre.

Guarda i palazzi maestosi delle case georgiane, bianche e in fila ordinata come nidi di lusso, i tetti storti delle strade nascoste dietro Tottenham Court Road, con le tegole e le mansarde che raccontano fiabe oscure, e questa volta tutto è così nitido che le sembra di averlo disegnato lei con la più appuntita delle matite. Sfiora con le dita sul vetro i comignoli dei palazzi, che in pochi si fermano a guardare. Come consumano i marciapiedi, gli occhi di chi abita Londra, e quanto poco sfidano il cielo. Plana su Oxford Circus e le sue mille luci che si accendono, ancora fioche, contro il cielo chiaro della sera. I negozi stanno chiudendo.

L'autobus svolta, prosegue verso sud, si apre un varco tra la folla verso Shaftesbury e ancora oltre, in direzione dell'acqua. Sente chiamare la sua fermata, scende con le gambe fragili e il fiato mozzato.

Mette piede in terra e realizza di essere arrivata. L'emozione adesso la riempie come linfa, come veleno. Il vento freddo della sera le muove appena i capelli.

Si ferma a pochi passi dall'ingresso, compone un numero sul cellulare.

«Dove sei?» chiede, il respiro rotto di gioia e angoscia.

«Il volo è atterrato un po' in ritardo, ma dovrei farcela. Sto prendendo la metro.»

«Leni, sta scoppiando il mondo, vero?»

«Respira. No, non sta scoppiando.»

«Sì invece. Sono davanti alla galleria. Sembra tutto incredibile, Londra sembra incredibile oggi. Mi sento come impazzita, non so cosa potrei fare stasera. Forse entrare, vedere il quadro e scappare. Forse urlare. La mia prima, vera mostra. Oh dio, Leni, mi sento come se potessi andare in mille pezzi, questa felicità fa malissimo.»

«Le cose sono due: o ti mando un esorcista o mi aspetti, ferma lì dove sei. Dimmi cosa vedi.»

«City Firehouse» legge lei, guardando l'insegna della

vecchia stazione dei pompieri che adesso è diventata uno spazio espositivo.

«Ecco, vedi: se prendi fuoco ti spengono. Aspetta lì.»

«Va bene.»

«Prometti che non entri senza di me.»

«Prometto» sospira Lara.

Si mette a contare i minuti: quante fermate fino alla galleria? Tre. Forse quattro? Quanti minuti allora? Non c'è modo di rendersi invisibile, gli ospiti dell'inaugurazione iniziano a passarle accanto mentre varcano l'ingresso della mostra, qualcuno la riconosce. Ma lei non c'è. È riuscita a raggiungere il centro esatto dell'uragano che la sconvolge e ora è lì che attende, per minuti e minuti.

A un certo punto si volta e la vede. Elena è lì davanti a lei, attraversa la strada. Sembra più piccola e appare spersa mentre, un passo dopo l'altro trascinando dietro un trolley, non sa bene dove andare.

Lara si muove ed è allora che Elena la mette a fuoco, sgranando occhi e bocca di stupore. L'amica che era abituata a vedere seduta in una merceria in penombra, i capelli appuntati a caso in testa e un'evidente noia nel vestirsi ora le è davanti come trasfigurata. Indossa un abito nero lungo fino ai piedi con una scollatura a taglio che, pur non mostrando nulla, le scende acuta fino all'ombelico. Intorno alle spalle e al collo piume nere che, rigide e appuntite come spade, sembrano un ornamento di guerra. Ha i capelli raccolti, gli occhi più bistrati del solito, la bocca rossa. Pallida, pallidissima, si direbbe che sia fatta solo di occhi e lunghi arti aggraziati, un animale misterioso e pericoloso.

Elena resta ferma a guardarla coprendosi la bocca, mentre le si avvicina.

«Chi sei tu? Dov'è la mia amica Lara?»

Passa un attimo prima che le sue braccia si stringano attorno all'amica e, quando questo succede, Lara sente un sollievo che non provava da molto tempo, quello di essere incondizionatamente amata.

«Mi sei mancata.» Lara soffia fuori le parole tra le labbra, pianissimo. Elena non la sente neppure, si stacca e fa un passo indietro per ammirarla meglio.

«Guarda qui» dice accarezzando le piume, scendendo con lo sguardo fino ai piedi e risalendo fino agli occhi dell'amica. «Porca miseria, Lara» esclama alla fine «sei una meraviglia.»

«È solo l'effetto del vestito» si schernisce lei.

«È molto strano» commenta Elena «perché non sembri tu, ma al tempo stesso sei più te stessa di quanto tu non sia mai stata. Quando pensavo a *Lara l'artista*, io la immaginavo proprio così.»

Lara sorride, abbassa gli occhi e si tortura le unghie smaltate rosso porpora.

«Dài, entriamo» la incoraggia Elena prendendola sottobraccio.

Lara nemmeno annuisce. Muove i passi verso l'ingresso e varca la soglia della City Firehouse.

L'interno della stazione, dal soffitto altissimo, è stato interamente ricostruito in vetro. Ampie arcate sovrastano uno spazio centrale e due corridoi laterali con i loro muri di mattoni lasciati a vista, incuranti dello sfondo bianco richiesto da molti degli artisti esposti.

Gli ospiti ancora radunati all'ingresso iniziano ad alzare

il tasso alcolico con il primo Prosecco. Al secondo iniziano lentamente, in processione ordinata, a passare in rassegna i quadri della mostra.

Elena si guarda attorno: «Dov'è lui?».

«Il quadro?»

«Certo, anche il quadro. Intendo dov'è *lui*.»

Lara non fa in tempo a rispondere che mette a fuoco una figura che si stacca dal gruppo di persone esattamente davanti a lei. Riconoscerebbe ovunque quel passo e lo spazio fra il corpo e le braccia, il collo accarezzato dai capelli che si muovono avanti e indietro mentre parla, e ride, e fa sorridere le persone intorno. La sua energia la investe ancora prima che si avvicini.

Andrés non le lascia tempo di dire una parola. Le lascia scivolare la mano lungo la schiena, poi piega il gomito e la tira contro le sue labbra.

«Il quadro è meraviglioso. Tu, sei meravigliosa» le sussurra.

Elena la vede sciogliere il corpo teso e avvampare, gli occhi diventano lucidi e languidi proprio come lei ricordava di averla vista quel giorno, quando le aveva confessato di essersi innamorata.

«Andrés, lei è Elena. Ti ricordi?»

«Ma certo, bellissima creatura» dice lui, strizzando brevemente l'occhio in un modo che restituisce dignità al gesto.

«Siete appena arrivate, non avete visto nulla?»

«Non ancora.»

«Vai, sei il gran finale. Lo noterai dalla folla. Peccato per l'allestimento.»

«Perché peccato?» si allarma Lara.

«Lo vedrai. Non che questo importi nulla, *honey*.»

Si scambiano uno sguardo, poi lui si allontana.

«È sempre così?» le sussurra Elena.

«Sì. È sempre così.»

Lara ed Elena percorrono l'esposizione partendo dall'inizio. I curatori mettono sempre qualcosa di sensazionale tra i primi tre lavori, poi si assestano su una sorta di navigazione da crociera con pezzi interessanti ma senza troppo spessore, infine lasciano che il termine del percorso sia un crescendo, fino alle opere finali.

Il primo quadro è una tela di due metri per cinque che occupa un'intera parete. L'autore, Brandon Scott, è famoso per i suoi lavori giganteschi. Ritraggono tutti dei macro dettagli, dando allo spettatore la netta sensazione di sentirsi piccolissimo di fronte a banalità del quotidiano, drammatizzate fino all'estremo.

Tangled rappresenta un incomprensibile insieme di erba alta, rami e filamenti sparsi come ragnatele. Non ha senso finché non si coglie la tela nel suo intero, rivelando il dettaglio macroscopico di una spazzola per capelli.

«Cosa dovrebbe significare?» chiede Elena.

«Qualcosa del tipo: siamo impotenti, siamo soli, siamo incastrati nel nostro minuscolo microcosmo e nemmeno ce ne rendiamo conto.»

«Per me è: non pulisco la mia spazzola dal 1986.»

Lara scorre i quadri con un crescendo di emozione e angoscia. Le sembrano tutti più sensati, più interessanti del suo. Forse *Persephone* non è abbastanza, forse è stata solamente sciocca a innamorarsi di questo mito della dea costretta a trascorrere metà della sua vita negli inferi. Le erano rimasti impressi, questi sei chicci di melograno che avevano decretato la sua dannazione. Lo aveva fatto per scelta, qualche interpretazione del mito sosteneva. Per amore.

Una notte li aveva sognati, quei chicchi. Sanguinanti e liquidi sotto i suoi denti. Si era svegliata con le mani sulla bocca e l'angosciosa sensazione di aver compiuto l'irreparabile. Quella mattina stessa, aveva iniziato ad abbozzare una figura su un blocco di carta ruvida.

Sono ormai a metà della prima sala, hanno già percorso i corridoi laterali ed è ora che iniziano a vedersi i primi nomi di enfant prodige della nuova scena dell'arte figurativa contemporanea, cognomi che suonano già estremamente familiari per gli addetti ai lavori e iniziano a entrare nelle orecchie dei collezionisti.

Vede la curva che la porterà alla fine della mostra, a *Persephone.* Afferra la mano di Elena mentre, insieme, svoltano l'angolo e vengono investite dal muro, stavolta dipinto di un nero intenso, e dai due quadri della stessa esatta misura che lo dominano.

Persephone di Lara Marchese e *Wasted* di Yasmin Ellison. Uno di fianco all'altro. Così vicini che, se non fosse per lo stile, si potrebbero pensare frutto dello stesso artista.

«*Shit*» esclama piano Lara, mentre cerca con gli occhi lo sguardo di Elena.

Ma Elena non c'è. Le sue mani sono, entrambe, strette al petto. Gli occhi sono fissi su *Persephone*, dapprima sgranati dallo stupore, poi socchiusi per vedere oltre la cortina umida che li appanna. Elena conosce quelle dita sottili e pallide, quel gesto nello stringere un pugno fragile. Conosce la forma di quelle ossa che tendono la pelle traslucida del viso, quel rossore intorno alle narici, quelle lievi occhiaie, le sopracciglia ribelli. Soprattutto, lei conosce quegli occhi, perché portano uno sguardo che ha visto cento e mille volte, che le si è scavato dentro come quello di un cane sofferente, come quello che trovi in uno specchio quando non vuoi guardarti in faccia. Lei è davanti a una donna che ha le labbra e il viso tinte del rosso di sei chicchi di melograno e di un sentimento indelebile e assoluto: la certezza di essere l'origine della propria catastrofe. Lo ha visto solo dentro una donna, e quella donna le sta in piedi accanto, in silenzio fissa la sua opera e batte i denti.

«Sei tu» sussurra.

Lara la guarda.

«Non avevi mai fatto un autoritratto.»

Lara si volta di nuovo verso il quadro. Osserva le persone che sciamano intorno e si fermano, con gli occhi ne mangiano un pezzo e un altro, e con le parole ci versano sopra intenzioni che non esistono, leggono righe che lei non ha mai scritto, indugiano sulla forma delle scapole nude invece che sul modo in cui il liquore nello sguardo racconta una storia. Quando si voltano, e la vedono, decine di occhi iniziano a sferrare colpi alternati alla tela, e al suo corpo. Uno addosso a *Persephone*, uno addosso a Lara. Senza troppa vergogna, come se Lara stessa fosse parte dell'opera, installazione vivente del suo stesso quadro.

Elena fa un passo avanti, poi uno a lato. Davanti a Lara, le fa scudo con uno sguardo che non lascia spazio a repliche. "Lei non è qui per voi."

Intanto, più vicina a *Persephone*, inizia a notarne i dettagli. Decifra segni, ricorda momenti della vita di Lara che sono tutti chiusi nella posizione vigile delle orecchie, nel riflesso sulla finestra alle sue spalle, nell'abito che non indossa. Si sente meravigliata e intimidita, Lara le sembra una strega, adesso. Ora capisce perché anni prima, tra vivere aliena a se stessa e non vivere, avesse scelto di non vivere.

La gente balla, in quella sala. Nel contrastante desiderio di vedere l'opera per intero e soffermarsi sui dettagli fa avanti e indietro, si sposta da un lato e dall'altro della stanza. E una danza uguale avviene per *Wasted*.

Due lunghe gambe interrotte appena prima dell'inguine. Sangue rosso che cola lungo le cosce e scorre lateralmente alle ginocchia fino alle caviglie. La tecnica con cui Yasmin Ellison rende lo spessore e il colore di quel sangue è tale da evocarne persino l'odore di ruggine e terra. Le gambe tornite appena guastate da un accenno di adipe nell'interno coscia sono del colore esatto di un brivido di freddo. Niente nel quadro suggerisce che, in corrispondenza della porta aperta alle spalle della figura, ve ne sia un'altra aperta esattamente di fronte, ma tutti sanno che quella donna è al centro di una corrente, e in quel luogo l'aria è gelida. Le luci di quel quadro strappano lo spettatore dalla mostra e lo gettano dentro un ricordo che ne ha la stessa, desolante temperatura. Per Elena è il giorno in cui era tornata a casa, a sei anni, e aveva trovato sua madre addormentata sul pavimento della cucina. Per l'uomo con il cappello in piedi accanto a lei è una delle tante mattine trascorse in ospedale a trovare il suo compagno e il brivido che provava quando le infermiere aprivano le finestre per cambiare l'aria viziata. Per Lara è il bagno dell'Hotel Stella, quando doveva spogliarsi e vestirsi per andare a scuola e il pavimento era gelido, e l'acqua sempre fredda.

Sentir chiamare il suo nome da una voce sconosciuta la fa trasalire.

«Lara.» Yasmin Ellison è a pochi passi da lei, la riconosce dalla foto sul giornale. I capelli corvini appuntati distrattamente sulla testa che si arrotolano spettinati con indomita grazia. Gli occhi grandi e scuri, la pelle ambrata, la postura da sirena.

Lara la guarda in silenzio per alcuni istanti, poi le si avvicina. «Sei molto brava» dice, senza enfasi.

«Grazie» risponde la Ellison, «finalmente ci conosciamo» aggiunge.

Lara non risponde.

«Non sapevo che facessi autoritratti» commenta Yasmin, prima di congedarsi con un mezzo sorriso e sparire tra un gruppo di amici. Anche Elena la vede allontanarsi e riconosce nella sicurezza dei suoi passi qualcosa di familiare, la sicurezza di una donna che non ha mai dovuto faticare per ottenere attenzione. Ne veste un orgoglio sfacciato e ne presidia tutti i confini, ché nessuno, qualsiasi cosa succeda, possa portaglielo via. Come sembra invincibile Yasmin Ellison con quelle spalle di velluto e quei passi decisi, e come appare stranamente feroce Lara, con le sue piume nere e il suo sguardo notturno.

17

Alla fine dell'inaugurazione Andrés insiste per portarle a cena entrambe in un ristorante giapponese di lusso, all'ultimo piano della Heron Tower. Il sushi sfila davanti a loro elegante e pallido, un giocattolo commestibile dalla consistenza gommosa e dal gusto salino. Con due donne al tavolo, sul volto di Andrés si distende una beatitudine appagata. Rilassato ed ebbro di buona vita, scivola naturalmente nel suo atavico vizio di mettersi in scena e lo fa raccontando storie, come un vecchio marinaio in una notte di stelle. Sembra voler conquistare la sala intera ma poi sfiora la mano di Lara, intreccia le dita alle sue. Le sussurra: «La mia dea».

Lei lo sembra davvero, quella notte.

Tornano a casa alle cinque. Nel buio pastoso dell'ultima notte Elena la stringe e sussurra ancora «brava, Lara. Brava, brava...» ma non come se avesse appena fatto una mostra di successo. Piuttosto con quel misto di commozione e incoraggiamento che si riserva alle persone che hanno appena affrontato qualcosa di molto più grande di loro.

Entrano nell'appartamento, Lara preme un interruttore mentre tiene gli occhi di Elena ben chiusi con la mano.

«Guarda» le dice, infine.

Le ha preparato la stanza. La loro. C'è una ghirlanda di luci tutta intorno alla testiera del letto, fiori freschi sul comodino e, sul cuscino, asciugamani puliti color rosa caramella. Le lenzuola profumano di bucato e, ai piedi del letto, è pieno di pacchetti.

«Oh, Lara, che bello!» esclama Elena.

«Dài, apri tutto» la invita Lara mettendole in mano il primo pacco.

«Ma sono per me?»

«Certo! Non c'ero il giorno del tuo compleanno!»

«Sono troppi, Lara!»

«Aprili, su.»

Elena scarta un abito color corallo, un braccialetto d'argento e due biglietti per un musical in scena a Shaftesbury.

«Chissà quanto avrai speso...»

«Sssh» le fa segno Lara sorridendo, poi va in cucina e torna portando in mano una torta al cioccolato e dei piattini.

«Bisogna festeggiarlo comunque, il compleanno» annuncia sorridente. E si mette a cantare tanti auguri mentre apparecchia la coperta del letto.

«Ma sono quasi le sei di mattina...»

«Appunto! Abbiamo cenato tipo, mmm... nove ore fa. Tu non hai fame?»

«In effetti» ride l'amica.

Vedono l'alba con una torta al cioccolato e carte di regali sparse a terra.

«Non so perché, ma sembra un po' Natale...» dice Elena.

Si addormentano mentre le saracinesche si alzano e le fermate dell'autobus iniziano ad affollarsi di gente che va a lavorare. Così vicine, che di notte le dita di una si intrecciano attorno ai capelli dell'altra.

Le sveglia una rissa, qualcuno si è già ubriacato tanto da fare a pugni giù nel vicolo, proprio sotto al ristorante cinese. Le orecchie di Elena non sono abituate a quelle urla in un inglese strattonato, così si alza per guardare fuori. Quando avverte l'assenza del suo corpo nel letto, anche Lara si alza.

«Oh no, ti sei svegliata per prima! Ti volevo preparare la colazione.»

«Non preoccuparti, basta un caffè.»

«No, voglio farti i pancake. Adesso ti siedi e apparecchio.»

Elena tenta di fermarla ma Lara sembra voler spendere ogni energia per giocare la carta della perfetta padrona di casa, riempiendola di cure. Apparecchia con grazia anche se le tovagliette e le tazze sono tutte spaiate e lo zucchero è in un barattolo di pomodori vuoto. Fa il caffè in una macchinetta con il manico tutto bruciato, poi apre il frigo e prende gli ingredienti per i pancakes.

Con le dita lunghe continua a tirare indietro ciocche che le ricadono davanti al viso, finché non afferra un pennello dal ripiano più vicino e lo rigira tra i capelli, appuntandoli disordinatamente.

Elena la guarda mischiare latte e farina con misurata energia, aggiungere un uovo rompendolo con delicatezza contro un bicchiere. Mette la padella sul fuoco troppo presto e la deve spostare, poi la unge con un pezzo di burro e si scotta un dito.

«Fra poco è pronto, eh...» esclama sorridendo succhiandosi il dito bruciato.

Non ha quasi più nulla della donna piumata. Adesso sembra di nuovo la ragazzina di due anni prima, fragile e un po' goffa, con quel viso che si arrossa al primo tocco e le gambe che si annodano alla sedia quando finalmente, molti minuti e dita bruciate dopo, siede al tavolo con lei.

«Ci puoi mettere lo sciroppo d'acero, lo zucchero o i mirtilli. Ecco qui» dice, porgendole la ciotola colma di frutti ancora bagnati.

Quando Elena addenta il primo boccone, Lara la fissa intensamente mentre lo porta alla bocca e lo mastica.

«Ti piacciono? Eh? Sono buoni?»

«Togliti quello sguardo da maniaca» ride Elena.

«Allora, stamattina visto che è una bella giornata andiamo a vedere il mio parco preferito: Hampstead Heath. Ci sono i laghetti con i cigni e poi metà parco è selvaggio, ti piacerà. Più tardi invece ci spostiamo a Shoreditch a bere qualcosa, ci sono un sacco di locali da quelle parti.»

«Ok.»

«Ti devo presentare a Val e Robbie. Sono strani, eh, ma sono diventati simpatici con il tempo. Un po'.»

«Un po'. Mi sembra ragionevole, detto da te.»

Lara abbassa lo sguardo.

«Come stai, Lara? Veramente.» Lei la guarda e sorride. «Io sono ancora io. Ma sto bene.»

«Ti piace quello che stai facendo?»

Annuisce.

«Andrés, lui ti tratta bene?»

Lara fa un sorriso che le si squaglia addosso: «Lui è quello che è».

Elena per un momento è spiazzata. Ha visto come si

comporta il critico con Lara. Tanto la esibisce come la sua donna, tanto non smette di sedurla, quanto tuttavia la parola amore gli risulta incompatibile addosso.

Il viso di Lara si illumina mentre rapidamente sparecchia e dice: «Dài, vestiamoci».

Escono che è ora di pranzo e, poco prima di arrivare alla metro, Lara si ferma. Tira fuori dalla tasca una cartolina spiegazzata e la imbuca in una cassetta delle lettere rossa.

«E questaaa?» la prende in giro Elena.

«Al mio ammiratore segreto» sorride Lara.

«Se dovessi scrivere a tutti i tuoi ammiratori segreti, Lara, passeresti la vita con la penna in mano.»

«Smettila. Adesso dimmi di te, scema. Quando inizi lo stage?»

«Tre mesi. Mancano solo una o due cosette, ce l'ho quasi fatta. Sarebbe tutto ok se non fosse per mia madre. Mi spaventa mollarla sola, quella è peggio di una ragazzina.»

«Non sta più con quel tipo, Gianni, quello con i baffi, gentile...?»

«No. Dopo Gianni c'è stato un Antonio e adesso, pensa, la sua alternativa per il weekend era andare in barca con un cocainomane o uscire con la sua amica alcolista. Meraviglia, eh?»

«Passaglielo a mia madre, il cocainomane che la invita in barca. Le farebbe bene.»

«Il sergente Marchese lo farebbe disintossicare in 24 ore» ride Elena. «La senti spesso?»

«Le mando dei soldi tutti i mesi. E poi ci sentiamo per telefono, ma a volte non la ascolto... Lei parla, e io devo chiudere il telefono con la mano per non sentirla. Ho provato anche a dirle della mostra, e di venire qui a vederla.

Non che lo volessi davvero, anzi speravo mi dicesse di no e infatti me l'ha detto. Ma il *modo* in cui me l'ha detto, Leni. Mi fa sentire come se mi dovessi vergognare di me stessa, sempre, e infatti è così. Mi vergogno quando dipingo, e anche quando sono a una mostra che espone un mio quadro. La sua voce è dentro di me, a ricordarmi che sto sbagliando tutto.»

«Sai perfettamente che non è così.»

«E come lo so? Conta quello che scrivono di te sui giornali, conta come ti guadagni da vivere, o conta come ti senti?»

Elena sospira.

«Un giorno, quando tua madre avrà un tuo quadro di cinque metri per tre appeso in salotto, tutto questo avrà un senso» sentenzia ironica.

«Se lo vuole, dovrà chiedermelo. O comprarselo.»

«Be', i soldi glieli stai mandando tu quindi sarebbe come comprartelo da sola...» commenta Elena.

«I soldi mi mettono la coscienza a posto. So che ha fatto tanti cambiamenti alla Casa del Bottone, è vero?»

«Sì. Una volta ci sono passata, è migliorata molto. Tua madre ci ha saputo fare.»

«Ha sempre avuto buon gusto. Solo che prima lo usava per apparecchiare la tavola.»

Vanno al parco a piedi. Superano il mercato di Camden Town, poi la Roundhouse, si inerpicano su verso Primrose Hill e ancora oltre. Passano le case bianche di Belsize Park e, infine, alla chiesa sconsacrata, curvano verso il parco ed entrano da un sentiero alberato che sbuca proprio davanti ai *pond*.

L'erba è di un verde acido e intenso. Si stende lungo i

laghetti come un tappeto perfettamente rasato, i bambini camminano scalzi, le ragazze si sdraiano senza nemmeno preoccuparsi di guardare a terra. I *pond* rispecchiano le palazzine che si affacciano sull'altra riva e le fronde degli alberi che ne sfiorano la superficie. C'è una famiglia di cigni, bianchi quelli adulti, grigi i più giovani. Elena e Lara sono sedute quasi sulla riva, parlano con gli occhi ipnotizzati dal riverbero del sole sull'acqua.

«Sai» dice Elena all'improvviso, «forse dovrei fare anche io come te.»

«Come?» chiede Lara strizzando gli occhi per la luce.

«Innamorarmi follemente, andarmene e mandare tutti a quel paese.»

«Sembra semplice, da fuori?»

«No. Ma sembra che ne valga la pena.»

Lara allora tace. Tace per molto tempo, e i rumori di sottofondo, il sole e lo sciacquettìo di qualche cane nell'acqua rendono facile non riprendere la conversazione.

Arriva, ogni tanto, qualche signora che mancava da tempo. Fa le sue spese, si complimenta per il negozio rimesso a posto e poi chiede inevitabilmente, perché è una domanda banale come chiedere del tempo: «E sua figlia?».

Adele risponde sempre la stessa cosa, e ogni volta fa male: «È a Londra a studiare».

«Ah, che brava. E le manca?»

Se le manca. Le mancano le sue guance lisce, abbracciarla e sentire quell'odore di pelle che le ricorda la giovane madre che è stata. La sua voce anche quando era annoiata, anche quando non parlava. Le manca non avere lavandini da asciugare e magliette da rimettere a posto.

Lei non se n'era andata come se ne vanno i ragazzi quando crescono, con attenzione, con il rispetto di certe regole di prossimità e la fine del lunghissimo guinzaglio ancora appeso a casa. Lara si era strappata via da lei, ed era facile e terribile scambiare quell'imprevedibilità decisa con il disprezzo.

Fa lo scontrino alla signora e la manda via con un sorriso di fine questione, poi chiude il negozio e si incammina. Civico 4, apre con la sua copia delle chiavi. È diventata la persona di fiducia, ed è successo solo per caso. Se la commessa della Casa del Bottone non si fosse licenziata. Se nessuno l'avesse informata del posto vacante. Se avesse trovato qualsiasi altro lavoro. E invece adesso stringe in mano quel portachiavi a forma di tartaruga e apre il cancelletto di ferro, poi il portone e alla fine infila la chiave lunga nella porta d'ingresso.

«Iride, sono io» chiama.

La malattia le ha avvicinate e il magnetismo inevitabile di due solitudini le ha rese familiari.

Contro ogni prospettiva dei medici, la Crescenzi ha finito un altro ciclo di chemio. Il tumore è impercettibilmente regredito. È ancora debole, le linee sul viso raccontano notti difficili e mancanza di aria aperta, ma è in piedi e questo ha del miracoloso.

Sulla strada per casa sua c'è una rosticceria che fa un buon pollo arrosto e occasionalmente la parmigiana, quindi a volte Adele si presenta con i cartocci argentati e i tovaglioli di carta e allora hanno il tempo di guardare il tg dall'inizio. Non questa volta. Stavolta le cucina del riso in bianco e lo porta sulla tavola ancora fumante, con una noce di burro sotto, quando la cronaca è quasi finita. Iride è già seduta, il tovagliolo al collo come una bambina.

«Il riso al burro» sorride «mi ricorda sapori di tanti anni fa.»

«La mensa della scuola?» chiede Adele ironica.

«No. Quando Gianfranco era in prigione e lo andavo a trovare, poi mi fermavo a mangiare il riso in bianco.»

Lei sgrana gli occhi, si ferma con il boccone a mezz'aria e lo rimette nel piatto.

«Gianfranco era in prigione?»

«Tre anni, c'è stato.»

E improvvisamente la sua testa pesca quell'idea di omuncolo spento – ragioniere o falegname – che s'era fatta di Gianfranco e scopre che se l'era tutto immaginato intorno al nome e ai vestiti che portava Iride.

«Per cosa?»

«Rapina.»

Adele adesso si è raddrizzata come una molla e balbetta qualche domanda.

«E perché... Come? Quando?»

«Oh, non eravamo ancora sposati. Io ero giovane avevo, quanti? Diciassette, diciotto anni.»

«E lui perché ha...?»

«E perché si rapina? Perché uno ha bisogno di soldi. E in quel periodo soldi non ce n'erano. Eravamo tutti dei disperati, si facevano cose sbagliate. Si è lasciato trascinare da questi amici, tre imbecilli, e via. Un giorno mi chiedeva di sposarlo, il giorno dopo finiva in prigione.»

«E tu l'hai aspettato? Tre anni?»

«E certo, che dovevo fare.»

«Potevi trovarne un altro.»

«Eh, appunto: potevo trovarne un altro. Mica lui.»

«Perché non me l'hai mai detto?»

Iride alza le spalle.

«E tu ci andavi tutte le settimane?»

«Tutte. Due ore e mezza di viaggio all'andata e due ore e mezza al ritorno. Mi fermavo a mangiare in questo posto che non era manco un ristorante, era una baracca vicino la fermata del bus. E prendevo il riso in bianco così, come l'hai fatto tu, perché costava poco.»

«Come siete finiti ad aprire una merceria? Voglio dire, che è successo dopo?»

«Eh, la vita è successa, dopo. Guarda, prendi quell'album marrone» indica la credenza.

Eccoli lì, fermi nel tempo nel loro momento migliore. Magrissima lei, con un viso non bello ma pieno di grazia, tondo e levigato, la massa ondulata di capelli castani raccolti in uno chignon. Affascinante lui: gli occhi ironici, il naso pronunciato, baffi sottili e una folta chioma scura.

«C'era questo asino...»

«Un asino?»

«Sì, un asino che veniva a mangiare dal mio orto e io minacciavo di spararegli un colpo finché non mi andai a informare in giro e scoprii che il padrone era morto. Un giorno mi sono messa lì vicino e quello s'è fatto mettere la cavezza al collo come niente, ma poi una volta legato al palo, eh! Come scalciava! Nitriva e sbuffava e scalciava come un matto. Ma tanto s'era già deciso che l'avremmo venduto per finire di pagare la caparra del negozio, matto o meno.»

Adele era affascinata da come una vita dall'apparenza così banale come quella di Iride potesse celare tanto movimento sotterraneo, incredibili avventure. Altro che salotti di viale Parioli, o mostre all'Ara Pacis. Altro che cene tra avvocati e foche incrostate di gioielli e salsedine da barca. Nulla al cospetto degli occhi ridenti di Iride che esclamavano: «Per venderlo gli abbiamo dato un calmante, così l'asino era mezzo addormentato ed è sembrato buono, e un fesso se l'è comprato».

«Iride, hai dato un calmante a un asino?» ripete Adele.

«Eh» risponde quella, come se fosse la cosa più naturale del mondo. Adele esplode in una risata che le scoppia dal cuore, che mescola l'assurdità di quel momento alla speranza più incorrotta. Quella che in fondo tutto sia possibile, che al netto della solitudine e anche del cancro, al netto delle persone che muoiono o che se ne vanno, in fondo sia possibile sedersi davanti a qualcuno e raccontare una storia incredibile, che riscatti una vita intera.

Chiude i bottoni della camicia bianca sul petto e poi la infila nei pantaloni. Stringe la cintura, indossa la giacca facendo un movimento circolare delle spalle per calzarla addosso. Fa il tentativo di prendere la cravatta ma poi pensa: "No, Cristo, la cravatta no".

La lancia sul letto.

Apre una scatola, pesca dentro un papillon nero, ed è quello che indossa. Insieme ai baffi e a quella giacca con le code comprata a un mercato dell'usato gli dà un aspetto retrò, vagamente autoironico. Medita se aggiungere la tuba, ma forse per lei sarebbe troppo, le ruberebbe la scena, quindi la riappende al gancio.

Si passa una mano sulla guancia. Si è fatto la barba, ora è il tocco della sua mano e non la sua guancia a sembrare improvvisamente ruvido. Ha le sopracciglia ispide ma non se ne accorge nemmeno. Guarda lo specchio e perde continuamente il fuoco dalla sua immagine mentre osserva la luce alle sue spalle, il letto rifatto in fretta, un libro capovolto in terra perché la notte prima non aveva nulla con cui tenere il segno. Lucida le scarpe chino vicino alla finestra, lì dove filtra il sole. Non è più abituato a vestirsi con tanta cura, per un attimo sentire i piedi stretti nelle scarpe eleganti gli riporta alla mente le sensazioni del passato, ma come ne viene investito le lascia andare. Ha imparato a fare questo gioco, con la memoria. Non appena la sente arrivare la scansa, ed è ogni volta per un soffio, come il torero con il toro.

«I fiori» dice, a voce alta.

Il mazzo che ha comprato è sul tavolo: rose bianche, le sue preferite.

Lo imbraccia, varca la porta e se la chiude alle spalle ma poi deve riaprirla perché ha dimenticato i biglietti. Inizia a sentirsi nervoso, improvvisamente pensa di chiamarla e disdire tutto: succede ogni volta che la porta fuori. Lei non chiede mai nulla, né esige la sua presenza. È solo rimasta in giro nel suo mondo, ma in un modo tanto ingombrante da farlo sentire come se le dovesse qualcosa. Avrebbero potuto semplicemente smettere di frequentarsi, sarebbe stato semplice e probabilmente anche opportuno.

È facile: lui che non risponde a una chiamata, lei che aspetta che lui richiami, lui che non richiama più e, quando lei si fa sentire, dice di essere molto occupato. Lo fanno tutti. Perdersi è così naturale, in fondo, non serve che smettere di fare, restare sulla soglia dell'esserci fin quando questa non si allontana.

E invece, eccolo. Vestito di tutto punto, la schiena dritta e quello sguardo che ha pian piano svuotato di senso così bene che adesso la gente ci legge quello che vuole, ed è sempre sorpreso da come lo descrivono. Lei forse è l'ultima rimasta, a sapere cosa ci sia dentro veramente.

Prima di uscire di nuovo si versa un brandy. Lo manda giù in un sorso, riprende i fiori, mette i biglietti in tasca ed esce.

Lei lo aspetta di sotto, quindi deve essere molto in ritardo. Quando la vede da lontano e ne riconosce la figura dritta e lo sguardo di brace, per un attimo trasale. Il cuore gli inizia a sbattere nel petto, e il pensiero è al tempo stesso irreale e credibile. Stringe il pugno, prende un respiro, lascia che sia lungo e che si disperda bene dentro. Respira, ma non smette di camminare. A volte a un primo, superficiale sguardo, lei gli fa questo effetto. Alla fine ha imparato a controllarlo. D'altra parte, se lo vedesse tanto scosso, lei penserebbe che gli anni sono passati ma per lui nulla è cambiato. Invece tutto è cambiato, persino i suoi sentimenti, e lo dimostra percorrendo gli ultimi metri con passo leggero e portandosi alle labbra il sorriso sfacciato di sempre.

«Per te» dice, porgendole le rose.

«Oh, Elio. Tu e le tue lusinghe. Sei un ometto da quattro soldi, sai che mi piacciono le rose e ti presenti con i fiori» ride, con una voce roca che sa di sigarette e profumo.

«Allora, andiamo?» chiede Elio, porgendole il braccio.

Lei ha questo abito color pesca lungo fino al ginocchio tempestato di perline, una sciarpa di seta sulle spalle e un'acconciatura anni Trenta, con un fermaglio tra i capelli.

«Andiamo» risponde, accondiscendente.

«Siamo in nona fila. La migliore» dice lui.

«Non vedo l'ora» sussurra lei, lo sguardo fisso al cielo.

«Sì, ma non cantare come l'altra volta.»

«Certo, che canto» risponde lei, e inizia a intonare la melodia della *Bella Addormentata* di Tchaikovsky.

«I ballerini saranno felici.»

«Oh, lo so. Mi porti a cena, dopo?»

«Certamente.»

«Il locale come va, sei riuscito a...?»

«Ho pagato tre mesi.»

«Bene. Se serve altro fammi sapere.»

Servirà di sicuro, ma non lo dice. Piuttosto, Elio annuisce.

Teresa gli prende il braccio e se lo stringe addosso. Si incamminano verso il Teatro dell'Opera.

Elena torna a casa con le spalle curve dal peso della valigia e del borsone, dove ha stipato tutti i regali di Lara. Non appena apre la porta, l'odore caldo di una torta rustica le accarezza le narici e lo stomaco.

«Mamma?»

«Amore, sei tornata!» esclama Alessia, che indossa un grembiule sopra un vestito nero.

«Chi viene a cena?»

«Oh, vengono Ninni, Tiziana e Pietro – li abbiamo conosciuti al mare, non sai che simpatici.»

«Ok. Devo uscire?»

«Se vuoi puoi restare, amore.» Alessia se la abbraccia stretta premendole il petto addosso. Elena si divincola con delicatezza.

«Mi sa che resto, ma mi porto le cose su in camera ok?»

Alessia la ascolta con gli occhi nel forno e le mani che fanno qualcos'altro. Risponde un sì distratto, dice che poi Elena le deve raccontare tutto, che vuole sapere della "piccola Lara" e lei risponde solo: «Non è piccola, abbiamo la stessa età e lo sai, mamma» prima di salire in camera.

Inizia a svuotare la valigia, mette le scarpe nell'armadio e fa una pila disordinata di vestiti da lavare. Poi prende la macchinetta fotografica e inizia a riguardare le foto seduta per terra, con la schiena appoggiata al bordo del letto.

Lei e Lara in camera da letto. E poi al parco. A Trafalgar Square, Elena sul leone. A Covent Garden, mangiando un wrap. La torta di cioccolato sul letto. Lara con le sue piume nere. Il quadro, che sembrava bellissimo anche se non messo troppo a fuoco, e poi le mani di Andrés Delacroix attorno al suo avambraccio, ferme come addosso a un cane che si vuole preventivamente rabbonire. Lara sorpresa da un flash sgraziato, bianca e un po' curva. Le sembrava quasi di averla ancora in camera, quella Lara dei bottoni nervosa e piena di spigoli che dichiarava di essere innamorata di uno sconosciuto. Lei di nascosto, tra parole di incoraggiamento, le aveva predetto addosso un fallimento e si era fatta pronta a consolarlo. Invece quella ci era riuscita. Lara in qualche modo, un inciampo e un terrore dopo l'altro, si era presa esattamente quello che aveva sognato.

E lei? Il confronto fra un quadro esposto in una galleria di Londra e il plauso per una laurea era impietoso.

Seduta a terra, con quella piccola Canon in mano e il parquet che le si scalda addosso, Elena per la prima volta mette in discussione qualcosa che non era mai stata consapevole di provare: un senso di superiorità assoluto nei confronti dell'amica.

Era lei quella forte. Era lei quella che si rimboccava le maniche e faceva le cose. Era lei quella che avrebbe avuto un brillante futuro nonostante tutto. Era Elena, in grado di farsi carico anche dei fallimenti dell'altra. Se ora era lei a fallire, chi si sarebbe fatta carico dei suoi?

18

È esattamente come le dice Andrés: per essere conosciuti bisogna farsi conoscere, e la City Firehouse è stata la vetrina migliore che Lara potesse avere.

Rising Stars è una mostra di cui si parla da mesi. L'adrenalina ha iniziato a serpeggiare tra i giovani artisti da quando il primo, Calvin Reed, è stato scelto. Di lì a poco, silenziosamente, i curatori hanno fatto i nomi di tutti gli artisti invitati chiamandoli personalmente, il più delle volte cogliendoli di sorpresa. Lara aveva ricevuto la telefonata mentre, nuda, si era appena slacciata dalla pelle di Andrés. Le era sembrato quasi perfetto rispondere così, con l'aria fredda sulla pelle, a gambe incrociate sulle lenzuola umide con la sua schiena olivastra a fianco. Dalla finestra si vedeva la campagna e, in lontananza, il mare di un colore gelido.

Avevano passato tre giorni in Cornovaglia e ogni attimo di quei giorni ventosi, con l'erba delle praterie che ondeggiava come mare, e il mare che si frangeva contro le scogliere, e le scogliere come piattaforme fino al cielo, le era sembrato di regnare su una dimensione lontana dal mondo che qualcuno le aveva fatto in dono. Si erano persi nelle campagne fra chiesette gotiche, viali alberati e greggi bianche. Di notte avevano guardato le stelle e bevuto vino rosso. A Lara, per la prima volta, era sembrato di far davvero parte della sua vita così come avrebbe voluto sentirsi: una ragazza. Lara e basta, amata per questo.

Varca l'ingresso di Rising Stars ostentando sicurezza. Hanno definito la mostra polisensoriale: la verità è che anche le pareti, da sole, stordiscono i sensi. Strutture di acciaio ricoperte da uno spesso telo elastico bianco. Si cammina in un labirinto che sembra fatto di latte e odora di pittura fresca e fiori. Il suo quadro è al termine di una curva, le persone si ammucchiano, il branco si ferma. Il nodo è il corpo flessuoso di *Cassandra* che si slancia e si inarca sulla tela. Le ossa del bacino tendono il suo body color carne, si scorgono le vene dal collo traslucido, i punti di una cicatrice e i lividi violacei disseminati sulle gambe. Il corpo plastico, denso, è catturato nell'esatto momento in cui dovrebbe aggrapparsi per non precipitare, ma la scena è buia, Lara non ha concesso il sollievo dell'epilogo perché nemmeno lei sa. Nessuno è mai stato in bilico su una corda o appeso a un cerchio, eppure tutti riconoscono quella sensazione. "In quel nero c'è più significato che in anni di arte figurativa. Se c'è qualcosa che Rising Star ha portato alla luce in modo evidente è la conferma del talento della giovane Lara Marchese. Fortunato chiunque potrà affermare di possedere una delle sue opere" avrebbe scritto l'indomani Michael Korowitz su "Art Express".

Lara cammina lungo i corridoi quando la voce eccessivamente confidenziale di Calvin Reed la sorprende: «Mi piaci molto».

«Grazie.»

«No, intendo...»

«Grazie» ribadisce lei, senza espressione.
«Andrés?»
«Sta arrivando.»
«Be', meglio che si sbrighi» commenta lui.
Lei ormai è certa di vederlo in ogni momento, ma forse è solo il vino perché lui, invece, non arriva mai. Prova a chiamarlo, ma il cellulare suona a vuoto da un po' quindi è sicura che l'abbia dimenticato a casa.

Elena festeggia insieme la laurea e la conferma dello stage. C'è un locale nuovo che occupa un intero appartamento, al Pigneto. È un esperimento ispirato a certi locali segreti di Berlino: da fuori è impossibile capire dove sia e serve una password per entrare. Elena e Doriana si fanno largo tra divani di pelle e pareti di mattoncini. Una band suona nel salotto principale, c'è un piccolo albero interamente ricoperto di luminarie e il bar serve i drink nei barattoli di vetro.
«Mojito?» chiede Doriana.
«Ne ho assoluto bisogno!» esclama Elena.
Prendono il drink, escono sul terrazzo con Dori per fumare una sigaretta.
Elena si rilassa, assorbe il momento come se potesse solo vedere le cose belle: le luci, il sorriso di Doriana, il modo in cui il suo Mojito tracima di ghiacchio sbriciolato e come sembra non finire mai via via che questo si scoglie.
Dori inspira profondamente e chiude gli occhi: «Lo senti questo profumo?».
«Cosa?»
«C'è uno che ha Fahrenheit. Se lo metteva il mio ex. Ora è come se ce l'avessi davanti.»

«Ti manca?»

Dori sospira: «Sì, mi manca».

«Forse doveva andare così, dài...» osserva Elena, intendendolo come una consolazione.

«Boh, forse. Ma sai quando ti innamori di uno talmente tanto che quando vi lasciate pensi di morire di dolore, e che non amerai più nessun altro... no?»

Elena tace.

«Te invece che dici? Quello con cui stavi uscendo?» continua Dori.

«No, niente, non ci siamo più sentiti.»

«Ah vabbe', allora sticazzi.»

«Sì, infatti.»

Elena prende la sigaretta di Dori e fa un tiro a occhi chiusi, poi soffia fuori il fumo che si mischia in modo aggraziato alle luci della città, che si intravedono dalla terrazza. Va verso la balaustra, inizia a perlustrare l'orizzonte con lo sguardo cercando di individuare il suo quartiere. In quella notte scura e tersa, Roma brilla come ricoperta di piccoli diamanti.

«Scusa, hai da accendere?» chiede una voce alle loro spalle. Elena fruga nella borsa e passa un accendino senza voltarsi. Sente il rumore della fiamma e di due labbra che aspirano e, quando vede l'accendino ricomparire davanti agli occhi, lo afferra e lo rimette dentro senza una parola.

«Ma te sei quello che suonava?» chiede Dori.

«Ah, sì. Io e Adam» dice indicando il suo amico che sta parlando con alcune ragazze, poco lontano.

«Antidote, giusto?»

Lui annuisce.

«Figo il logo, chi ve l'ha fatto?»

«Un ragazzo che studia all'accademia...»

«No, ti prego! Io mi sono appena diplomata all'accademia, come si chiama?»

«Bruno.»

«Lo conosco!»

E in un attimo il tono di voce di Dori prende quel risolino scemo che dichiara platealmente un tentativo di flirt in atto, anche se lei è sicura di dissimulare. Elena allora si incuriosisce. Stacca a fatica lo sguardo da quel panorama incantato per vedere chi sia, questa volta, la preda di Dori.

Si volta e, quando il ragazzo le punta gli occhi addosso e lei ricambia quello sguardo, le luci di Roma al confronto sbiadiscono.

Dopo Rising Stars, il mondo intorno sembra accelerare e travolgerla. Inizia una sfilza di appuntamenti con giornalisti, galleristi, curatori. È come essere in tour nello spazio ampio e minuscolo di Londra, dove incontra le stesse persone festa dopo festa, opening dopo opening, sente il suo nome pronunciato negli accenti più disparati e allora capisce che ormai fa parte di un microcosmo singolare: il loro.

È stata contattata da tre diversi galleristi che ora aspettano una risposta. Prima era stata la scuola a occuparsi delle vendite tramite il suo piccolo ufficio commerciale, poi era stata rappresentata da una galleria di discreta fama a East London, ma adesso a bussare alla porta erano nientemeno che la Horizon, la Guns&Co. e Arthur Weimer.

È nervosa, e non solo perché improvvisamente si trova a discutere di cifre, percentuali, contratti, tutte cose delle quali ignora qualsiasi standard, ma perché avverte qualcosa di ineffabile e pericoloso nel comportamento di Andrés. Minuzie, nulla di cui arrabbiarsi davvero, ma sono come quella punta di nero che muta interamente una sfumatura e un'intenzione. Andrés ha cambiato impercettibilmente colore. Dopo le due ore di ritardo di Rising Star ha preso a farsi sentire sempre meno. Non se ne capacita: se non per amore dovrebbe quantomeno chiamarla per giocare la parte dell'esperto che tanto gli piace. Il suo successo le sta esplodendo tra le mani.

Il "The Guardian" ha dedicato mezza pagina a Yasmin Ellison mentre lei è stata ignorata, forse ha bisogno di un ufficio stampa, come lui qualche volta aveva consigliato. E come regolarsi con la produzione? Rilasciare i quadri appena terminati oppure calendarizzare le uscite, magari prendersi una pausa. Ora potrebbe permettersi uno studio, gli spazi condivisi di Clapham sono già casa di diversi artisti, avrebbe senso unirsi a quella comune creativa? Si trova in un mondo del quale non conosce rituali e grammatica, potrebbe rovinare tutto semplicemente seguendo il suo miglior buon senso.

Chiama l'unica persona in grado di ascoltarla, ma questa volta le parole di Elena sono una piena, ne viene travolta senza neppure avere il tempo di spiegarsi.

«Sto uscendo con un ragazzo.»

«Ah.»

«Lara, questo me lo sposo.»

«L'avevi detto anche degli ultimi tre, se non ricordo male.»

«Perché ero scema. Damiano è un discorso totalmente diverso.»

«Perché è diverso?»

«Perché con lui niente è facile. E mi piace tantissimo.»

«Benvenuta nel triste mondo delle donne che si innamorano degli uomini che non possono avere *perché* non li possono avere. Credo sia la tua prima volta.»

«Ma io un po' ce l'ho. Cioè, diciamo che ho dovuto quasi violentarlo, ma ha gradito.»

«Chi è?»

«Un cantante.»

«Oddio.»

«Tu stai con il re dei coglioni, quindi non ti permettere di ridere.»

«Ci sto? Non ne sono più tanto sicura» sussurra lei, quasi più a se stessa, mentre Elena continua a parlare di Damiano.

Lara attende paziente. Di solito le parti sono invertite: lei è quella che si aggrappa al telefono in cerca di conforto ed Elena quella che dispensa attenzione e consigli. Le chiederà tutto non appena avrà terminato di parlare di questo ragazzo, ma Elena non smette fin quando non è il momento di andare.

«Ho bisogno di un consiglio» chiede Lara, allora.

«Ti posso richiamare stasera? Adesso non ho tempo, mi hanno chiesto altri documenti per lo stage dalla Clover e devo mandarglieli subito, così arrivo a Londra e di consigli te ne do quanto ti pare.»

Prova a chiamare Andrés, ma non risponde. Lo immagina guardare il suo nome sul display e buttare il telefono da qualche parte.

Si prende del tempo, si ripete i motivi per i quali non è necessario allarmarsi e non crede nemmeno a uno. Mette una canottiera sopra gli shorts di jeans, infila un paio di stivali ed esce a schiarirsi le idee al mercato di Camden Town.

A Michela sembra di congelare in quelle cinque del pomeriggio già buie, al centro di Roma. Cerca di camminare il più vicino possibile alle porte dei negozi per prendersi un po' di calore, poi è costretta a gettarsi di nuovo al centro della strada, dove il vento le punge il viso e le caviglie.

Quando arriva, tutta intabarrata in un cappotto marrone e con un cappello in tinta, sembra una grossa orsa.

«Tutto bene su in Lapponia?» chiede lui.

«Mortacci tua» risponde Michela lasciandosi riscaldare dall'aria tiepida dell'Assenzio e lasciandosi cadere su una poltrona, mentre Elio guarda di sottecchi con un certo disgusto.

«Sì, anche a me fa piacere vederti Michelina.»

Lei, da che respirava come un radiatore, sente il petto calmarsi e riempirsi dell'odore dolcemente sotterraneo di quel luogo.

«Ti posso offrire da bere? Whisky?»

«A quest'ora?» osserva lei, e poi in fretta aggiunge: «Sì, sì, whisky va bene».

Elio si mette a trafficare dietro il bancone e intanto Michela si guarda intorno, attenta a cogliere qualche segnale, ma l'Assenzio sembra esattamente come sempre, solo più silenzioso. Nota un'unica cosa fuori posto: «Che è quella?».

«Una lavagna.»

«E perché sta là? Non c'è mai stata.»

«C'è scritto che stasera c'è un concerto.»
«Ah, e di chi?»
«Te la ricordi Elena Marli?»
«L'amica di Lara.»
«Ieri è venuta qua con il suo fidanzato. Ha un po' lagnato che lui venisse a suonare qui e che io accettassi. Pare che questo diventerà famoso... sai questi ragazzetti un po' alternativi.»
Michela tira gli occhi di fuori mentre lo scruta dall'alto in basso con i pantaloni neri arrotolati, le scarpe a punta e una giacca logora.
«Ah, i ragazzetti eh?» commenta sarcastica con una risata tossita. «Che dice Elena?»
«Che Lara sta bene, ha fatto una mostra grossa ma io lo sapevo già.»
«Eh, pur'io, me l'ha detto Adele.»
«C'è andata?»
«No.»
Elio biascica qualcosa tra i denti scuotendo la testa.
«Elena, come sta?»
«Ah, boh, bene. Piuttosto rincretinita. Sto ragazzetto vuole mangiarselo vivo.»
«Buon per lui, Elena è 'na bellezza.»
Elio annuisce: «Questo ha un gruppo che fa musica discreta. Stasera porta gli amici suoi, non è il massimo ma va bene».
«Non puoi lamentarti se qualcuno ti riempie il locale.»
Lui alza le mani al cielo come a dire "sì, smettila con la ramanzina", poi le porta un bicchiere di whisky.
«M'è arrivata una voce, Elio. Dicono che lasci la casa. È vero? Perché se è vero Elio, te sei scemo.»

Lui non risponde. Torna dietro il bancone e si riempie di nuovo il bicchiere.

«Elio?»

«No» sorride lui «e non devi pensare a queste cose, non sono affari tuoi.»

«Se non ci penso io, chi ci pensa? Tu? O quella pazza di Teresa?»

Elio raduna un respiro al centro del petto e poi sembra espirarlo dalle vene, tanto queste si gonfiano mentre preme i pugni sul bancone e chiude gli occhi.

«Vattene» sussurra, serio.

«No, bisogna affronta' sto discorso...»

«Vattene!» urla quello, che ora scatta fuori dal bancone e Michela si prende tanto spavento che esce in strada e, dalla piazza, balbetta qualcosa e poi si allontana rapida.

Quando alcune ore dopo arrivano Elena e Damiano, lui li accoglie bruscamente e dà sommarie indicazioni su dove posizionare l'attrezzatura, poi sparisce in cantina.

Quando torna a casa, dopo due ore passate a gironzolare tra bancarelle piene di magliette stampate male e collanine da teenager, Lara è più tranquilla. Non tanto per il giro, quanto perché le è arrivato un messaggio da Andrés. Le è sembrato un segno.

Sta per svoltare nella sua strada quando si sente chiamare. Si volta, pentendosene immediatamente: a pochi passi da lei, di fronte al Three Crowns, c'è Calvin Reed. Accenna un saluto con la mano e le si avvicina a passi svelti.

«Cosa ci fai qui?»

«Un giro. In realtà prima ti stavo pensando, sai?»

«Oh Dio, no» lamenta lei, senza nemmeno preoccuparsi di farlo a voce bassa.

Calvin ride: «Sei esattamente come sembri».

«Bene» dice lei iniziando a camminare in direzione del supermercato, perché non vuole mostrargli dove abita. Tanto ha finito il latte, pensa. Anzi, dovrebbe seriamente comprare qualcosa da mangiare, magari qualcosa di fresco. Verdure. Da quanto tempo non cucina delle verdure? Come la mente corre agli spinaci che cucinava Adele lei stacca le comunicazioni con i ricordi e, per farlo, si rivolge a Calvin.

«Perché volevi incontrarmi?»

«Per congratularmi.»

«Mi hai già telefonato. A proposito, chi ti ha dato il mio numero?»

«Andrés.»

Lara lo guarda contrariata chiedendosi per quale motivo Andrés avrebbe dovuto dare il suo numero a un altro uomo.

«Ok Calvin, vado a comprare qualcosa poi a casa. Buon pomeriggio.»

«Vieni anche tu stasera?» incalza lui, balzandole davanti con quel sorriso largo e amichevole, che non si addice affatto a uno che maneggia scheletri animali per le sue opere.

«Dove?»

«Al The Wood.»

«Non credo.»

«Non vieni con Andrés?»

«Ti ha detto che va al The Wood?»

«Mi sembra di aver capito così» risponde lui, evasivo.

Lei distoglie lo sguardo, si sistema i jeans affondandoci

le mani dentro, poi, con il viso nascosto dai capelli, gli dice che deve proprio andare, che sì, magari si vedranno quella sera.

Emana attorno una legge non scritta: non è permesso avvicinarsi. Chissà cosa succederebbe se, a dispetto di tutto, Calvin entrasse da quelle porte scorrevoli di Sainsbury's, si avvicinasse e la stringesse forte, come vorrebbe fare. Forse lei lo ucciderebbe.

19

Non è andata a Londra per arrendersi alla prima difficoltà – se lo ripete, mentre si fa una doccia lunghissima e indossa i pantaloni di pelle nera, infila un top bianco e lascia i capelli sciolti sulle spalle, ormai lunghi, arricciati e selvaggi.

Si costringe a uscire per cenare tardi, o forse non cenare affatto. Non ha modo per occupare le ore prima di mezzanotte, quando il The Wood inizierà finalmente a riempirsi. Scende in strada, scorre tutti i piccoli chioschi unti di cinese e wok che con il favore della notte sembrano quasi decenti, ma lei è una di quelli che ci passa davanti anche di giorno.

Rallenta osservando le tavolate e le famiglie di turisti in quel ristorante di pollo che si dà tante arie, chiedendosi come possa darsi arie un ristorante di pollo. Poi guarda su, sopra l'entrata del Bamboo, e finisce a cercare qualche viso sulla sua terrazza, ma si vedono solo piedi e spalle, mani che gesticolano e portano bicchieri alla bocca. Ora che le arriva mozzato dal vento, si accorge che ha sempre amato il rumore del ghiaccio nei bicchieri, è un ricordo di molto tempo prima. Improvvisamente le viene voglia di andare all'Assenzio: Elio saprebbe cosa dirle. Sarebbe qualcosa di sbagliato e la farebbe arrabbiare, ma il modo in cui la direbbe, condito da una ferma fiducia verso qualunque cosa lei infine scelga di fare, potrebbe valere il viaggio.

È una notte meno fredda del solito, stellata e la gente cammina sorridendo. Si ferma alla Roundhouse, entra, scorre con il dito l'elenco degli spettacoli e dei concerti del mese. Ce ne sono un paio che vorrebbe vedere e forse uno che è appena iniziato, dal momento che il foyer è deserto.

«Le serve aiuto?» chiede una ragazza che si affaccia dal guardaroba.

Lara la guarda un attimo di troppo. Dall'accento è certa che sia italiana.

Scuote la testa, non parla per non rischiare di rivelare anche il suo, di accento, ormai ben celato da un modo di parlare corretto ma strano, con una cadenza indefinibile che nessuno mai riconosce.

Sono le undici e mezza quando prende un bus per raggiungere il The Wood. Appena arriva, davanti a una fila lunghissima fuori dall'ingresso, viene presa da un'agitazione nervosa: questa volta insieme a lei non c'è Andrés, né Val o Robbie. Si mette in fila mentre, intorno, qualcuno la riconosce e mormora all'orecchio dei suoi amici.

Quando sente chiamare il suo nome, questa volta non oppone resistenza. Calvin, in procinto di entrare, la prende per mano e la porta con sé insieme ad altri amici.

«Sei venuta» le sorride «vai, che Andrés è già dentro» le dice, questa volta più serio.

Sente i suoi passi riconquistare speranza, mentre fabbrica giustificazioni alle quali sceglie di credere. Non è la prima volta che esce da solo, lui è così, va lasciato sciolto. E non importa se non si sono sentiti molto, probabilmente avrà avuto da fare. Forse c'è una spiegazione più semplice e molto meno drammatica.

"Non fare la paranoica, Lara."

Il locale ha vari piani, si scende, si sale, si attraversano pianerottoli all'aperto. Crede di trovarlo ad ogni svolta, tiene il cuore alto in gola per l'eccitazione. Sembra crescerle dentro ogni volta che scruta visi e figure senza vederlo. Sarà nella prossima stanza, o al prossimo piano.

Accelera il passo.

«Hai visto Andrés?» chiede a un ragazzo che ha già incontrato altrove. Quello scuote la testa, la prende per un braccio. Lara si divincola e continua a correre, adesso trovarlo è una smania. Sa che è lì, da qualche parte. Vuole credere che la stia aspettando. Si vedranno così, uno davanti all'altra, e ci sarà un lunghissimo bacio. Ci saranno le loro dita intrecciate, il naso sul collo e sui capelli, labbra liquide e deliziose.

Svolta un nuovo angolo, facce che la scrutano divertite. Forse l'agitazione sta prendendo il sopravvento allora rallenta, si ricompone, e intanto le parole le pulsano come sangue nelle tempie.

"Ti amo."

Solo confessarlo a se stessa la riempie di eccitazione, vorrebbe urlarlo, dirlo a tutti. Ebbra dei suoi pensieri adesso sorride – "sì, io ti amo".

È all'ultimo piano adesso. C'è una terrazza coperta che corre intorno all'edificio, un muretto di cemento che si affaccia sulle luci della città. È molto ventosa, forse per questo c'è poca gente, ma è gradevole e ben sistemata, con grandi cuscini neri a terra, lanterne bianche. Avanza lungo il perimetro e, appena dietro l'angolo, sente ridere.

Prima sorride, è una risata che conosce: è la sua. Si sono trovati.

Poi svolta l'angolo e il sorriso le si congela addosso. È la sua risata, ma è tra le labbra di un'altra donna. Andrés è seduto tra i cuscini, la schiena contro il muro e le gambe disordinatamente intrecciate a quelle di Yasmin Ellison.

Ride, biascica qualcosa, ondeggia la testa. A tratti chiude gli occhi per un tempo interminabile. Yasmin ha la mano nella sua camicia e il naso lì dove dovrebbe essere il suo, tra la guancia e il collo dell'uomo.

Lara prova ad avvicinarsi e non ci riesce. Sembra che il suo corpo stia sfumando nell'aria, cerca mani da muovere e non le trova, passi per avvicinarsi e non sente le gambe. Infine tocca il muro freddo. Si lascia sorreggere, arriva accanto a loro e quelli, ancora, non la vedono.

Andrés e Yasmin sembrano altrove, un luogo dove esistono solo loro e nel quale lei non può entrare. La bellezza di uno risuona in quella dell'altra. Entrambi la pelle ambrata, lei scura ed esotica e lui abbandonato fra le sue labbra rosse e i suoi capelli corvini. Andrés fa per alzarsi ma crolla nuovamente a terra. Ridono. È quando Yasmin Ellison gli accarezza la guancia e avvicina la bocca alla sua che un suono varca quella di Lara.

«Andrés.»

Lui non sembra reagire. La Ellison, invece, alza lo sguardo.

«Ciao» sorride.

«Lèvati» risponde Lara secca, avvicinandosi all'uomo e sostenendogli la testa tra le mani. «Andrés» ripete.

Yasmin Ellison non si sposta, anzi, si addossa ancora di più a lui.

«Che cazzo ha preso?» chiede Lara.

«Tante cose buone» risponde quella, con un sorrisetto.

«Non lo vedi che sta male?»

«Sta benissimo.»

«Io non l'ho mai visto in questo stato.»

«Io sì, tutte le settimane» ride quella e, scansando Lara con il braccio, riesce ad affondare un bacio tra le labbra di Andrés.

Silenzioso, inerme, ma sorridente. La lingua che lavora quella di Yasmin, le mani che le strusciano addosso un perimetro di seni e fianchi.

«Andrés» chiama Lara di nuovo.

Lui si volta e le passa attraverso con lo sguardo. Non vede Lara, il suo corpo è un vuoto di aria e notte oltre il quale il suo sguardo si perde.

«Cosa vuol dire questo?» sussurra lei, con un filo di voce che sembra disperdersi prima di raggiungerli. Andrés adesso si sdraia di nuovo, Yasmin gli tira indietro i capelli con un gesto intimo, protettivo. Solo adesso, con le dita di lei addosso, lui si volta e dice, quasi annoiato: «Bambina, vai a casa».

«Perché?» chiede lei, livida e tremante.

«Perché io sto bene qui. Tu no.»

Lara sente i suoi passi arretrare, poi sente i piedi pestare a terra ma non si accorge di correre finché non arrivano le scale, allora inciampa, si regge a malapena al muro. Sente una mano che afferra la sua e la aiuta a superare la folla all'ingresso fino all'aria fredda di fuori.

«L'hai visto, vero?» chiede Calvin.

Lara non risponde, cerca di fissare lo stesso punto del marciapiede con gli occhi bene aperti per non permettere a nessuna lacrima di inumidirli.

Calvin tira fuori un sospiro profondo, un commento che non ha il diritto di fare.

Lei lo guarda con disprezzo: «È per questo che mi hai detto di venire qui?».

Lui annuisce silenzioso.

«Perché?»

«Perché tutti sapevano ma tu no, tu eri cieca.»

Tutti sapevano.

Lara adesso cede a Calvin mentre lui la prende per mano e la trascina via. Con gli occhi sbarrati lascia che la conduca su per le scale del bus e le faccia appoggiare la testa sulla sua spalla. Non riconosce la sua voce mentre dice a Calvin l'indirizzo di casa. Mette un piede davanti all'altro mentre scende dal bus, risponde: «Ce la faccio da sola».

Sale le scale di casa come se fossero l'ultimo tratto di una montagna ripida. Appena varca la porta le forze la abbandonano, si lascia cadere sul pavimento e spera di sprofondarci dentro.

La finestra è aperta, il neon rosso del ristorante cinese la illumina a intermittenza.

Non riesce a muoversi, né a placare quell'affanno disperato nel respiro.

Si rannicchia in posizione fetale, abbraccia le sue ginocchia su quella moquette sporca.

Le guance sono asciutte, ma sta piangendo. È un suono da animale ferito, un guaito, un richiamo. Sta cercando la sua famiglia, la chiama nella notte rossa e nera di quella stanza, e più il suono si apre a lacerarle la gola più sa che non otterrà risposta.

Non c'è nessuno.

E quella non è casa.

Non c'è alcuna casa.

«Mamma» sussurra, e appena chiama il suo nome le sembra di sentire la sua voce.

"Hai avuto quello che meritavi. Non saresti mai dovuta andare via. Hai sbagliato. Come hai potuto pensare che potesse amarti."

Chiama di nuovo «mamma», e non sa chi stia chiamando.

20

La serata era stata magnifica. Damiano aveva cantato come se ne andasse della sua vita, con la voce roca e potente. Adam aveva domato la sua chitarra con arroganza, i gesti che echeggiavano tutto intorno alla stanza, addosso alle persone. Entrambi avevano lo sguardo spalancato, ebbri di quella presunzione di onnipotenza da animale di scena.

Durante i pezzi più ritmati la gente aveva posato i bicchieri e aveva iniziato a ballare, battere le mani e chiamare i loro nomi. C'era chi urlava per incoraggiarli, ma c'erano anche ragazze che avevano iniziato a gridare cose come «ti amo!» ed Elena aveva dovuto sorridere e contenersi, ché non poteva ancora dire nulla né aveva alcun diritto su quel ragazzo. La mancanza di definizione che tante volte aveva per scelta attribuito alle sue relazioni, adesso la attraversava come un coltello.

Anche Elio alla fine era salito e si era seduto su un trespolo vicino al bancone. A un certo punto la sua testa aveva iniziato a ondeggiare, un piede a battere il tempo. Gli occhi erano chiusi, però. C'era qualcosa, nel guardare la frenesia e la smania di quei ragazzi, che lo infastidiva. Elena aveva visto il suo sguardo cambiare, poi gli occhi allontanarsi come a volersi godere la musica, ma non lo spettacolo.

Nonostante il soffitto basso, l'acustica era limpida e ben distribuita. Tutti avevano in mano il secondo o terzo drink. Elena non aveva mai visto L'Assenzio più pieno.

Alla fine, intorno alle cinque di mattina, Damiano e Adam avevano ringraziato Elio e gli avevano detto che sarebbero tornati con piacere ogni volta che fossero stati a Roma, perché il suo locale era magico – proprio così avevano detto, come due bambini, come due scemi, luridi di sudore, delirio e abbracci sconosciuti. Come attingendo dall'unico angolo di lucidità della sua mente, Damiano aveva detto «un momento» e poi era tornato con un foglio di carta: «Mi sono permesso di farti una lista di tre o quattro agenti perché credo che qui potrebbe funzionare moltissimo per le band emergenti. Pensaci».

Elena e Damiano avevano salutato Adam a pochi passi dall'Assenzio, poi si erano incamminati nella notte romana come se non fossero le cinque di mattina ma le cinque di pomeriggio. Avevano passeggiato lentamente, chiacchierando. Si erano fermati a baciarsi contro i cancelli di ferro battuto dei portoni.

Lei aveva quelle parole che le prudevano addosso ma non sapeva dirle, era qualcosa che non trovava appropriato all'idea di se stessa che si era tanto orgogliosamente raccontata. Ora capiva che era un'immagine pronta a mutare di fronte a condizioni sfavorevoli, e che tali condizioni si stavano verificando in quel momento per la prima volta. Davanti a Damiano, Elena Marli non era più Elena Marli. Era Elena. Una Elena qualunque.

«C'è un problema» esordisce allora, staccandosi dalle sue labbra.

«Quale?»

«Quando canti sei da strapparsi le mutande.» Lo dice seria, come se stesse sollevando una questione decisiva.

Damiano si schernisce, le guance gli diventano appena rosate ma la notte lo nasconde.

«Ti è mai successo? Di ricevere delle mutande intendo.»

Lui allora scoppia a ridere, si copre gli occhi con l'avambraccio come farebbe un timido, ma Elena ora l'ha archiviato diversamente.

«È un sì!» sgrana gli occhi lei. «Lo sapevo.»

«Se ti può consolare, il primo paio era un perizoma verde leopardato e Adam ci ha fatto una fionda.»

«Il primo paio? Quanti ce ne sono stati?» chiede lei forzandosi di dirlo con un tono sarcastico, ridendo perfino, ma senza convincere se stessa.

Damiano rotea le mani in aria come a dire "molte, molte di più", ma lo fa in modo goffo, comico.

«Quindi non posso stare tranquilla, ora che parti?» ride, ma questa cosa del nascondere cose che la fanno tremare vestendole da domande ironiche le pare stupida, inutile.

«No» risponde lui. «Perché, stiamo insieme?»

Elena rimane in silenzio. Questa volta l'ironia non la salverà: sente che la risposta è scritta su tutto il suo viso e nella postura con la quale improvvisamente gli occhi si incollano ai piedi. Balbetta qualcosa, poi nota che lui sorride.

«Scema» dice, e la bacia un'ultima volta prima di portarla dentro quell'appartamento sgangherato a Garbatella, che gli ha prestato un amico.

Deve calciare via qualche giacca caduta per terra e un borsone mentre conduce Elena per mano lungo un corridoio con appesi poster dell'Amnesia e del Pacha di Ibiza e stampe rozzamente incorniciate sotto strati di plexiglas.

«Mi scuso per lo stile dell'arredamento» ride.

Ma a Elena sembra tutto bellissimo. Quell'appartamento è anni luce lontano da ciò che ha visto finora... Ogni oggetto ammucchiato alla rinfusa, ogni bicchiere lasciato su una mensola, ogni pila di cd e magliette mai stirate parla di un'esistenza scalmanata, rapida e disordinata come forse tutte le vite dovrebbero essere.

Questa volta Damiano è lento fino all'esasperazione mentre la spoglia e ne ammira la pelle setosa e abbronzata, poi la bacia su ogni centimetro del corpo facendola tremare mentre avvicina la bocca ai suoi capezzoli. Elena soffia fuori un gemito e lui la guarda con un mezzo sorriso perché in realtà tutto ciò che ha fatto è posarle le labbra addosso.

Il giorno entra dalle finestre con un chiarore crudele. Copre il viso esausto di Lara, le sue dita sottili ancora chiuse attorno alle ginocchia, le caviglie nude.

Apre gli occhi per la luce e per un dolore al collo. All'inizio non capisce, avverte solo una serie di sensazioni sconosciute come la moquette sulle gambe, la mancanza del cuscino, la strana prospettiva della finestra.

Poi realizza, e il cuore le si ferma.

Quando va in bagno e vede il suo viso riflesso nello specchio ci trova dipinta sopra l'essenza del fallimento. Il trucco nero a cerchiarle gli occhi è sbavato fino al mento. Le palpebre sono gonfie, gli occhi ridotti a una fessura. Le viene da ripensare al momento in cui si era truccata per uscire, la sera prima. A quel "Ti amo" che aveva tra le labbra, all'insana fiducia con la quale si era diretta al The Wood.

Avverte con spietata chiarezza come stia soffocando ogni pensiero razionale per aspettare una sua telefonata, per credere a quell'unica possibilità su un milione che le cose vadano bene. Con le bugie tenta di calmarsi.

"Non è vero niente, Yasmin ha mentito. È stato con lei solo perché era fatto."

Si strucca lasciando la pelle del viso tirata e bianca. Si cambia, mette una maglietta e un paio di pantaloncini. Prova a prendere del latte con i cereali ma al primo boccone le sembra di scoppiare, allora li butta nel water.

Non mangia da quasi un giorno, fatica persino a bere.

«Chiamerà» si ripete, «sono le nove, starà ancora dormendo. Forse nemmeno è tornato a casa. Si sveglierà verso le due, e chiamerà.»

Si siede per terra. Pensa che dovrebbe fare qualcosa, non semplicemente aspettare, invece tutto quello che le riesce è stare seduta contro quel muro. Arrivano le dieci. Poi l'una, le due.

Alle tre, Lara è seduta per terra da sei ore. Ha pensato di fare molte cose, soprattutto di lavorare al progetto per la temporary gallery di King's Cross che deve consegnare entro due giorni, ma non è riuscita ad alzarsi.

Il cellulare è sul bracciolo, muto. Ogni secondo in cui non suona è un grammo di speranza che cade nel vuoto senza rumore. Si sgrana il cuore, aggrappata alle sue ginocchia su quel pavimento. Ogni minuto via un pezzo, ogni istante la stessa preghiera senza risposta. E da capo. Scucirsi il cuore, scomporlo, poi rimetterlo insieme solo per farlo a pezzi di nuovo.

Più cerca di non pensare ad Andrés più le tornano in mente le sue parole, le sue mani, quegli occhi luminosi e acuti, il modo in cui la guarda, certi messaggi notturni pieni di poesia. Chissà se lui l'aveva mai amata. Lei aveva creduto che quell'averla portata a Londra, tutto quel fare l'amore, quel commuoversi davanti ai suoi quadri, quel portarle la cena e a volte la colazione, quel tenerla stretta contro l'incavo del suo collo, quell'averla scelta, lei credeva che tutto quello fosse amore. Non aveva mai avuto o desiderato niente di simile, e poi a un certo punto era diventato necessario come l'aria.

La luce cambia, adesso mette in ombra il cavalletto e illumina la porta della camera da letto. Sono le quattro. Lara cambia posizione, si sdraia sul divano. Non si rende conto dei minuti che passano, è immersa nel tempo gelatinoso e vuoto dell'attesa. Le proporzioni torneranno corrette non appena Andrés chiamerà. Sicuramente chiamerà – pensa – c'è stato troppo tra loro per non dare una spiegazione. Forse è tornato alle dieci di mattina, forse sta ancora male. Ecco perché tarda a chiamare.

L'orologio segna le cinque. Poi le sei. Alle sette, Lara prende un bicchiere d'acqua mentre il cuore è diventato un sasso che pesa nel petto. Si alza dal divano, la gola le sembra un tappeto di spine, fa lenti sorsi dall'ultimo bicchiere pulito. Prova di nuovo a mangiare qualcosa e ancora lo stomaco rifiuta il cibo. Rinuncia.

Il telefono tace per tutto il giorno. Lara va a dormire alle tre di notte, un sonno interrotto da sveglie di soprassalto che le fanno afferrare il telefono, sicura di trovarci un messaggio o una chiamata.

Il terzo giorno si sveglia tachicardica e sudata, con i segni delle unghie sulle braccia.

Prova ad alzarsi ma ricade sul divano. Sente l'odore acre della sua pelle che trasuda alcol, ricorda che non fa una doccia da quando è tornata. Non esce da quando è tornata. Non mangia da quando è tornata e forse non ha mai nemmeno aperto la finestra.

Allunga una mano verso il cellulare, lo guarda con occhi socchiusi. Le energie le rifluiscono addosso quando vede un nuovo messaggio, un sorriso di sollievo le si allarga sul viso, lo sente aprire i muscoli, tirare le guance. Legge il messaggio e si spegne in un attimo. È solo il gestore telefonico che la avvisa di una promozione. Controlla la mail, ne trova una dell'Ufficio del Mayor of London. Il sindaco in persona ha voluto organizzare la mostra temporanea per la riapertura dell'ala Ovest di King's Cross. È stata quindi la città di Londra, in qualche modo, a selezionarla e commissionarle un'opera.

Il quadro.

Ha completamente smesso di pensare a qualsiasi cosa che non fosse Andrés. Sposta lo sguardo verso la tela. Manca ancora molto lavoro, non ce la farà mai a consegnarla in tempi brevi. Si alza, barcolla, la sposta verso la luce e spreme piccole perle di colore sulla tavolozza.

Traccia la prima riga, ed è sbagliata. Il colore è troppo denso e scuro, l'ombra non corrisponde. Diluisce il colore, prova di nuovo. Non funziona, la macchia sembra allargarsi invece che stemperarsi. Continua a provare e ogni traccia sembra un errore, smette un attimo prima di rovinare il dipinto.

Mentre, sgomenta, osserva quel pennello in mano come fosse un'arma troppo carica, il cellulare inizia a squillare.

«Le abbiamo mandato un messaggio e diverse mail, ma non abbiamo ricevuto risposta. Aspettavamo la sua opera ieri. C'è qualche problema?»

«Mi dispiace. Avrei bisogno di qualche giorno in più.»

«Questo non è possibile. La mostra inaugura fra una settimana e le abbiamo già concesso una proroga.»

«Sì, lo so. Mi dispiace, il quadro non è ancora pronto.»

«In tal caso, siamo estremamente spiacenti, dovremo escluderla.»

«Cosa?»

«È veramente un peccato, ma se il quadro non viene consegnato entro oggi dovremo escluderla.»

«Domani? Posso provare a consegnarlo domani?»

«Il suo quadro va prima esaminato dal curatore, inserito nel catalogo, fotografato. Non c'è più tempo, mi dispiace.»

«Cosa vuol dire? Che perdo la mostra?»

«Sì. Mi spiace molto.»

«È che ho avuto dei problemi personali.»

«Sono desolata per i suoi problemi personali, ma questo non cambia le cose.»

«Ha ragione, io...»

«Riesce a consegnarlo entro due ore?»

Lara guarda il quadro. Vorrebbe dire di sì, ma deve arrendersi alla realtà. Ci vuole un'ora solo per arrivare. Cosa può aggiustare negli altri sessanta minuti?

«No» sussurra.

«Mi dispiace molto. Si consideri esclusa dalla mostra.»

Non aggiunge nemmeno qualcosa di formale come "ci saranno altre occasioni" o "a risentirci", l'interlocutore è evidentemente offeso. Il fatto che Lara non abbia consegnato il quadro entro il termine è, come direbbero gli inglesi, *insulting.* Lara ha appena insultato la città di Londra.

Si dà un momento per cercare di ritrovare equilibrio, quando la conversazione è conclusa, ma non ci riesce. Grida, getta i pennelli a terra, inizia a prendere a calci la tela finché non la buca, poi ci piange sopra come fosse un cadavere.

Senza nemmeno riflettere, compone il numero di Andrés. Ad ogni squillo lo immagina rispondere, le sembra di sentire la sua voce, anticipa la conversazione nella sua testa. Si chiede perché non lo abbia fatto prima, è così semplice. Adesso lui risponderà, si parleranno e chiariranno tutto. Quindi verrà a casa sua, faranno l'amore, lui dirà che quella donna non era niente.

Invece gli squilli continuano. Lo immagina proprio accanto al cellulare, a guardarlo infastidito finché non smette di vibrare.

"E così è sparito. Ieri c'era, oggi senza nessuna ragione apparente, senza nessuna lite e nessuna parola, Andrés è andato via."

Dev'essere lei. Il problema è Lara.

Altrimenti le direbbero qualcosa, tornerebbero indietro anche solo per salutarla. No, non succede mai. Non tornano mai indietro.

Quel "Ti amo" adesso è un veleno che le scorre addosso e le tiene gli occhi sbarrati.

Non ha più Andrés, non ha più nemmeno la mostra e avverte che lentamente, in qualche modo, sta lasciando la mano anche a se stessa.

«Una persona di talento come te» le aveva detto qualcuno, e lei ripensa a quelle parole che adesso sembrano una didascalia tragicomica cucitale addosso, sulla carne.

Respira in modo affannato, come se questo le permetta di prendere più aria.

Deve andare in bagno da circa un'ora, ma di nuovo non riesce ad alzarsi. Sembra che qualsiasi cosa possa farle male. I mobili, il pavimento, il vento che entra da quel centimetro di finestra che a un certo punto ha aperto, e lasciato così. Il telefono e soprattutto le persone. Immobile e invisibile, lei tenta di sparire dalla sua vita e non ci riesce mai. Vorrebbe accadesse in un momento, come un respiro esploso, come un muto passaggio allo stato gassoso, al niente.

Si trascina in bagno e inizia a vomitare. Si china sul cesso sola, a rovesciare acidi schizzi di bile mentre i capelli le si mischiano in bocca. Ogni conato sembra spaccarla e, quando si alza sorreggendosi con le braccia al lavandino, lo specchio le rimanda un volto grigio e sconosciuto. Una selvaggia, sporca e allucinata, spogliata di qualsiasi scintilla umana.

È l'istinto e non la pena, o forse è solo quell'odore acre che minaccia di farla chinare di nuovo sul cesso, a farle muovere la mano verso la saponetta del lavandino. Che non c'è. Forse è semplicemente caduta per terra e ora giace impiastricciata di polvere e capelli in qualche angolo cieco, ma trovarla non le interessa. Apre l'armadietto per prenderne un'altra, e rimane ferma davanti a quegli scaffali per secondi, forse minuti, prima che la mano si richiuda su una confezione bianca e verde.

Il sonnifero di Andrés. Tra le tracce che ha lasciato indietro, questa è la più preziosa.

Mette le pasticche in fila, ne conta quindici. Sulla confezione c'è scritto di non superare le due pasticche giornaliere, quindi immagina che basteranno.

Incredibilmente, trova più rassicurazione in quella riga ordinata di caramelle bianche che in qualsiasi cosa abbia fatto negli ultimi mesi. È la sua uscita di sicurezza, è il non ritorno, il non dolore. Vuole semplicemente un luogo che faccia meno male della sua vita.

Non pensa a nessun altro che a se stessa. Non c'è posto per sua madre o per le persone che conosce, in quel luogo di dolore cavo, tondo e dalle pareti lisce, dove nessuna speranza riesce ad aggrapparsi.

Non c'è posto nemmeno per Elena, perché lei ha la vita semplice, lei è nata con il cuore pieno di cose buone, lei ha ricevuto così tanti baci, così tante parole d'amore, come potrebbe capire.

Sta camminando su quella riga sottile che divide la vita dalla morte, mentre prende due bicchieri e li riempie di vino, ed è il luogo più confortevole dove sia mai stata.

Si rivestono all'alba, Damiano deve ripartire. Le poche ore di sonno e l'inquietudine di un viaggio sembrano non attaccare su di lui. Con le gambe lievemente molleggiate e i capelli stropicciati, le dice che quella sera sarà a cena con il produttore inglese.

Lei si sforza di essere felice per lui, ignora l'egoistico desiderio di vederlo meno proiettato verso un futuro che potrebbe finire per escluderla e sfodera il suo sorriso più complice e promettente.

«Ci vediamo a Londra. Sperando che la camera abbia uno specchio» aggiunge.

La stanza dove hanno dormito ne aveva uno davanti al letto. Hanno fatto l'amore guardandosi negli occhi tutta la notte, lei in quel riflesso si sentiva finalmente ricongiunta alla sicurezza del suo corpo. La pancia tonica, le gambe affusolate, il seno tondo e le sue labbra morbide intorno a Damiano sembravano un'istantanea da film, non c'era nulla di più che lui o lei potessero desiderare.

Damiano le prende il viso tra le mani e la bacia prima di incamminarsi in direzione della stazione: «Speriamo» sussurra dolcemente.

Elena torna a casa quasi saltellando. Si sente una bambina il giorno del suo compleanno. Ha appena scartato il suo regalo. Resiste per ore, dicendosi che non è necessario, che in fondo non ha avuto nemmeno la conferma definitiva di quella relazione, ma poi arriva la sera e non ce la fa. Deve raccontarle tutto e riviverlo di nuovo insieme a lei, sentire le sue risate e i suoi silenzi, tutto il suo stupore. Elena siede sul divano e compone il numero di Lara.

L'alcol le si mischia sulle labbra e nello stomaco, addosso, e sul ripiano bianco della cucina. Sui vestiti. Quando squilla il telefono il braccio destro, dove tiene il bicchiere, è insanguinato del vino versato e lei lo segue con la lingua per non perderne le gocce. Per leccarsi le ferite come i cani.

Per tre volte il telefono squilla e smette, prima che lei decida di rispondere, solo per il piacere di alzare e dire semplicemente: «*Fuck you*».

«Lara, sono Elena.»

«Buonasera» ride, tentando di poggiare il bicchiere sul mobile e riuscendo solo a sbatterlo a terra al termine del movimento del suo braccio.

«Lara? Stai bene?»

«No.»

«Cos'è successo?»

Silenzio.

«Andrés?»

«Andrés non esiste più. Si è dissolto. Faccio sparire le persone, ecco il mio talento, altro che i quadri. Potrei fare l'illusionista. Prendo le persone e poi puff... scomparse, signori e signore! Accorrete numerosi!»

«Sei ubriaca.»

«Lui era con un'altra.»

«Come "con un'altra"?»

«Te la ricordi Yasmin Ellison?»

«Sì, ha fatto quel quadro...»

«Ha fatto il quadro. Ha il talento. La bellezza. E ora ha anche lui.» Non piange, ma la voce è piegata sotto il peso della sua sofferenza.

«Lara. Mi dispiace. Mi dispiace tanto.»

«Non mi ha più chiamata. Non mi risponde.»

«Ho capito, Lara. Ho capito.»

«No, non hai capito» dice lei storpiando i versi delle parole perché la gola vuole fare spazio alle lacrime: «Io *lo amo.*»

«Lo so.»

«Non gliel'ho mai detto. Pensavo non fosse una cosa che volesse sentire. Vedi: avevo ragione.»

«Oh, Lara, pensi davvero che lui non lo sapesse? Tu lo amavi in tutti i modi in cui si può amare una persona, non servivano le parole.»

«Be', tanto non sarà più un problema. Elena, lo sai che ti voglio bene, vero?»

«Sì, Lara. Anche io ti voglio bene.»

«Ok.»

Silenzio. Un silenzio lunghissimo, così denso che Elena sente i respiri di Lara affannati e rotti.

«Lara, sei sola vero?»

«No, c'è una festa!»

«Vorrei essere lì con te.»

«Non...» inizia l'altra, prima di tacere di nuovo per la bocca piena di lacrime.

«Adesso ascoltami: ti vesti ed esci. Non importa dove vai, ti vesti ed esci. L'aria ti farà bene. Poi quando torni mi richiami, e ne parliamo meglio. Lui era così, Lara. Lo sapevi. Non potevi fidarti.»

«Non sono stata abbastanza, Elena. Lui è andato via.»

«Non sei tu il problema, lo sai.»

«Lo sono. Altrimenti sarebbe qui con me.»

«Sei una scema. Ora esci e prendi un po' d'aria.»

«Elena. Devi dire a mia madre che mi dispiace per tutto. Glielo dici, ok?»

«Lara, che cazzo dici. Se vuoi la chiami e glielo dici tu.»

«Leni, glielo dirai. Ed Elio... cazzo, digli che deve essere più felice.»

Adesso Elena è allarmata. Non sente niente di ragionevole in quella voce, niente di umano. Tentenna. La testa le dice di calmarsi, l'istinto le sussurra che un volo, se è fortunata, potrebbe costarle meno di cinquanta euro. La testa le dice che non può ancora correre dietro a questa pazza, deve prendersi le sue responsabilità una volta nella vita, accettare le sconfitte senza autodistruggersi. L'istinto le dice che questa volta è più serio, questa volta lei ha bisogno di te e non c'è nulla di assurdo nel prenotare un volo e farti di nuovo due giorni a Londra. Prende la decisione in un attimo: «Lara, ascoltami. Vengo da te. Vengo subito».

«Non c'è bisogno.»

«Ma io sono egoista e non voglio avere la coscienza sporca mentre la mia amica sta male.»

«Sto benissimo, ho un Chianti del 1998!» esclama lei, realizzando di aver aperto la bottiglia che le aveva regalato Elio per le grandi occasioni. È quella a levarle il fiato per un attimo, e così a lungo che crede di non riuscire più a tornare a respirare.

«Resta lì e smetti di bere» intima Elena.

Ride. Una risata come unghie sulla lavagna, come denti che stridono.

«Arrivo. Prendo il primo volo.»

«No.»

«Puoi dire quello che vuoi, non me ne frega un cazzo. Arrivo.»

Un silenzio lungo, il sospiro di una parola trattenuta e poi gettata via.

«Arrivi?» risponde Lara con un filo di voce.

«Tu devi aspettarmi ferma dove sei, non fare niente capito? Non fare niente.»

E Lara attacca il telefono, si fa spazio con le gambe tra i bicchieri sparsi a terra. Non fa che obbedire, perché Elena la conosce, sa chi è, sa cosa le fa bene e cosa le fa male. È Elena l'unica persona della quale si sia mai fidata, dalla quale è possibile prendere ordini. Non suo padre, non sua madre, non Elio. Solo Elena, solo lei. Rimane a fissare quindici pastiglie bianche, contandole avanti e indietro.

21

C'era una Lara con le ginocchia livide e i polsi esili. Lara che dondolava la matita tra le dita e se la metteva tra i capelli per poi dimenticarsela, e allora chiedeva: «Leni, dove l'ho messa? Ho perso la matita!» e già si leggeva il dramma in quelle mani frenetiche che si agitavano nell'astuccio.

Lara che la aspettava sotto le scale del liceo con il sorriso appena accennato, Lara con il collo della camicia sempre stirato, così educato che decretava la differenza da quelle che invece potevano permettersi di portarlo liso. All'inizio quella Lara le era sempre sembrata piccola. Indifesa. Certi suoi sguardi e certi movimenti che faceva la intenerivano fino alle lacrime, come quando da bambina leggeva la storia del *Brutto Anatroccolo* e avrebbe voluto tirarlo fuori dal libro per abbracciarlo.

E poi c'era una Lara geniale, violenta. Elena il suo talento lo vedeva tracimare fuori con tanta furia da trascinarla, forse suo malgrado. La osservava fissare un punto contro il muro, come se stesse guardando qualcosa materializzarsi sotto i suoi occhi. Vedeva le pupille fisse dilatarsi, le sopracciglia darle un'aria grave e spiritata. Poi prendeva quella matita, apriva un quaderno o le pagine dei libri, tra un capitolo e l'altro. La mano si muoveva veloce, i tratti schiaffeggiavano il candore del foglio, costruivano architetture di corpi e sguardi. Lei l'aveva sempre spiata: le grandi righe lunghe, i tratti curvi, i colpi rapidi. Sembrava un direttore d'orchestra che armonizzava cose che nessun altro vedeva. Intorno, il mondo spariva. Mille volte i professori avevano chiamato il suo cognome e lei aveva risposto di soprassalto solo alla terza, quarta volta. Mentre la classe già rideva.

«Marchese? Sei qui con noi?» cinguettava sarcastica la Marchetti di Latino.

Lara rispondeva con quegli occhi che socchiudeva come fessure.

Con il tempo aveva iniziato a vedere qualcosa di resistente in lei. Una forza che nessuno le riconosceva, eppure non per questo l'aveva percepita meno indifesa. Lara le sembrava incapace di valutare le sue battaglie, apparentemente disinteressata a vincere le sue guerre. Il suo metodo per allontanare il dolore funzionava allo stesso modo con la fuga di un padre e con una piccola lite in classe. Un'apnea emotiva solo all'apparenza respingente: lei chiudeva gli occhi, inghiottiva, mandava a fondo pensando di cancellare e poi invece stava lì ad accumulare.

Ma poi, Londra. Londra aveva smentito tutto. Aveva dissacrato quell'immagine, aveva dato nuovo corpo e fiato a una Lara impetuosa e viva. «Non ti rendi conto di cosa hai fatto, Lara? Hai frantumato la gabbia, sei scappata. Hai conquistato un uomo, hai preso tutto quello che potevi prendere e l'hai fatto come nessuno. Tu venivi da niente. Potevi rimanere alla Casa del Bottone per sempre.» Lei scuoteva la testa. No, non si rendeva conto: per lei era tutto un equivoco, un caso. Le rideva in faccia: «Ma che dici. Se non ci fossi stata tu. Se non ci fosse stato Andrés. Se non ci fosse stato Elio». E lei, lei non si riconosceva presente nella sua vita.

Le faceva rabbia per il modo in cui prendeva in giro se stessa. Le faceva rabbia per il modo in cui aveva attribuito il suo talento in giro, disperdendone i meriti come se non fosse suo. E le faceva rabbia perché era rimasta la ragazzina di un tempo. Non era riuscita a crescere, non riusciva a prendersi nemmeno la responsabilità di se stessa. Nel bene, quando posava lo sguardo sui cartelloni della mostra con aria assente. Nel male, quando veniva squassata dal dolore senza ammetterlo, senza mostrarlo, senza dargli un nome e senza mai affrontarlo. Mandandosi pezzi di anima in cancrena.

Non aveva mai più parlato di suo padre. Lei ci aveva provato molte volte, a tirare fuori il discorso. Lara rispondeva: «Ti ho già detto che non mi interessa più» e poi la guardava con cattiveria, come se avesse ricevuto un insulto.

Ora, seduta al 23C dell'economy class di un volo Ryanair, Elena si chiede se siano mai riuscite a parlare davvero. Le parole di Lara, in fondo, raccontavano problemi che le persone normali attraversano e affrontano, invece addosso a lei aderivano a un sentimento di smarrimento così poroso e permeabile da non essere mai visti per ciò che erano: risolvibili. Parte della merda che quasi tutti prendono addosso ogni giorno.

"Perché sono su questo volo?" si chiede. Nessuno farebbe questo, non è normale salire su un aereo solo perché un'amica si lascia con un ragazzo. Dovrebbe imparare a gestire queste cose, smettere di volermi far carico della ragazzina che è stata. Adesso è una donna.

Quando scende dall'aereo afferra il trolley con decisione e con altrettanta foga sale sulla metro, e tutto le sembra troppo. Troppo neon, troppa gente, troppo odore.

Il senso di smarrimento le risale addosso come una corrente fredda mentre stringe il corrimano appiccicoso della metro. Quando una signora orientale si alza prende il suo posto, sedendosi con la valigia incastrata tra le gambe. Appoggia la fronte alla maniglia, le sembra che la forza propulsiva del suo viaggio si sia esaurita su quel treno, che la sua presenza a Londra non abbia il più assoluto senso. Poi, improvvisamente, stringe i pugni contro la fodera lisa del sedile con un pensiero che non aveva mai formulato, ma che adesso le sveglia ogni cellula di allerta, la fa rabbrividire. Guarda fisso oltre il finestrino, dove scorrono i tubi delle gallerie, e si chiede: «E se si è uccisa?».

Si ricorda la fermata, si ricorda l'indirizzo e quella porta grigia. Si ricorda le sue parole: «Vorrei che fosse rossa, sono così belle le porte rosse». Non ricordava ci si impiegasse così tanto tempo dall'aeroporto, ha corso sballottando il trolley sui marciapiedi con il ritardo che amplificava quell'unico pensiero ormai diventato ossessivo: forse è morta. Se la immagina sul marciapiede, il corpo scomposto e immobile. O in casa, il tappeto chiaro imbevuto dei suoi liquidi cremisi e nero. Non ne hanno mai parlato, ma sa che ne sarebbe capace.

"Stronza. Sei una stronza Lara, non puoi caricarmi di questo peso – io non so come fare. Che cosa devo fare?"

Trova la porta grigia, sale fino al quarto piano, la porta è socchiusa.

"Dio, no, ti prego."

Prima di bussare si guarda intorno, cerca altri volti,

gente che non vuole morire, persone che possono chiamare soccorsi, mani che possono pulire sangue, che possono forse stringere anche lei, tenerle la fronte. Bussa una prima volta, e una seconda, finché sotto i suoi colpi la porta grigia si smuove di qualche centimetro e mostra una fetta di moquette beige. Entra, chiama: «Lara». Le esce un suono sfiatato, come quei sogni in cui il terrore ruba ogni voce.

«Lara!» grida più forte senza muovere un passo, e stavolta la sua voce risuona, allarmata, nella stanza.

«Lara! Lara!» ancora, finché un sussurro proveniente dal salotto non le fa riprendere il fiato. Lascia il trolley, entra nella stanza ed eccola. Viva, respira seduta per terra, la casa sporca, sporca lei, i capelli spettinati e lo sguardo spiritato, fisso a pochi centimetri dai piedi. Con le unghie gratta la moquette. È un corpo pronto a spezzarsi, anche la stanza che le sta intorno sembra pronta a inghiottirsela.

Le si lancia addosso, Lara riceve l'abbraccio in silenzio. Si concede una quiete vuota, per un istante abbandona ogni pensiero, smette di tremare. Inspira sulle spalle di Elena, espira a fondo.

Quella stanza è un mondo talmente inesploso che le parole, all'inizio, non trovano spazio. C'è da liberare l'aria dalle finestre, ci sono da mettere i bicchieri nel lavandino e levare di mezzo le bottiglie. Elena guarda la linea ordinata di pasticche bianche e ne avverte la follia. Rapidamente, con un gesto della mano, le fa sparire dentro un sacco della spazzatura senza volerle considerare oltre, cancellando.

Solo quando attorno a Lara c'è aria sufficiente per muoversi e sedersi ordinatamente, allora Elena le si mette davanti. Vuole confortarla in qualche modo, ma al tempo stesso quella resa completa, quel corpo inerte che si lascia sedere scomposto su una moquette sporca la respinge, è un dolore volgare e chiassoso, lontano da quel rispetto per se stessi che adesso scopre di possedere come valore inattaccabile.

«Lara» sussurra, e quella biascica qualcosa strofinandosi il polso sulla bocca.

Le tira i capelli dietro al viso e quella li lascia ricadere davanti, non scosta la ciocca che le finisce tra i denti. Elena arretra. Non vuole compiacere quella Lara passiva ed esangue, non vuole appoggiare quella disperazione con parole di comprensione. Non c'è nulla, in quella resa, che valga la pena riconoscere e validare.

Mentre l'amica socchiude gli occhi scavati da profonde occhiaie e attende il miele della compassione, lei le urla addosso: «Scema! Sei una scema, hai capito? Adesso basta con queste lagne, dove le hai lasciate le palle, Lara?».

Lara dilaga lo sguardo, sconvolta. Si strofina la faccia con il braccio, chiude gli occhi e si copre il viso.

Elena allora le prende il polso, glielo allontana.

«Guardami!»

Dalle fessure dei suoi occhi lo sguardo di Lara è sprezzante.

«Non capisci» sibila.

«Sì che capisco. Dopo tutto quello che hai fatto, crolli in questo modo perché un uomo ti lascia? Gli uomini lasciano le donne tutti i giorni e, pensa un po', quelle sopravvivono!»

Lara guarda di nuovo in terra, stringe le palpebre e i denti, non risponde.

«Parlami! Sono venuta da Roma, devi parlare con me!» urla Elena.

«Andrés.»

«È una persona come tutte le altre.»

«No!»

«Smettila. Finché continuerai a dargli questo potere, lui continuerà ad avercelo.»

«Non sai niente» ringhia Lara.

«So quello che vedo.»

«Ci sono cose che non puoi vedere» grida Lara, aprendole addosso uno sguardo talmente disperato che Elena non trova una risposta.

Sembra voler piangere, Lara, mentre boccheggia respiri e le tremano le labbra, ma tutto quello che esala è un lamento impercettibile, arreso anch'esso.

Elena non sa cosa fare, non riconosce quella situazione. La sua sincera intenzione di aiutare Lara si mischia a un'incredulità aspra, alla negazione convinta che si possa soffrire tanto per amore. Vuole stanare la parte di lei che sta fingendo, spremere fuori tutto il dramma inutile fino a metterle davanti la verità.

Un uomo ti ha lasciata Lara, e allora? E nel giudicare l'odore di quella stanza, gli occhi della sua amica, il disordine del dolore, accantona il ricordo di quella Lara che non si era mai interessata agli uomini. Non permette alla meraviglia di averla vista innamorata per la prima volta di aggiungere a quel latrato di sofferenza una prospettiva a lei sconosciuta. Elena non riconosce quel dolore. Per lei, quel dolore non esiste.

Passano ore prima che Lara si decida a rimettersi in ordine.

Elena la fa vestire, ordina una pizza, la mette a tavola tagliandola in quattro, gommosa e chimica com'è.

Lara ne prende un boccone, lo mastica infinitamente come un bambino che non aspetta altro che sputarlo.

«Stai meglio?» chiede Elena.

Lara tenta un sorriso, per non rispondere.

«Starai meglio» dice Elena, allora.

«Lei era più bella di me, vero Leni?»

«Vogliamo veramente iniziare questo discorso?»

«Ma deve esserlo. Più bella, e anche più sicura, più brillante, più... tutto. Yasmin Ellison. Anche il nome è bello.»

«Anche Lara Marchese è un bel nome.»

Lara finisce la sua fetta lentamente, come se stesse facendo una fatica indicibile, mentre Elena mangia la sua metà e le divide le fette restanti avvicinandole dalla sua parte, pronte per essere prese.

«Leni, secondo te perché?»

«Perché cosa?»

«Perché vanno via tutti.»

Dovevano essere due giorni, invece alla fine Elena resta due settimane. Nella sua testa c'è un ordine per guarire dalle cose, ed è in quella sequenza di azioni, di impegni, di sentimento in cui cerca di intrappolare l'esistenza di Lara per quietarla, come a ridare al cuore il suo giusto ritmo.

La sveglia alle otto di mattina, ignora i lamenti, le fa infilare un paio di scarpe da ginnastica e la porta con lei a correre. Le strade sono vuote, anche il mercato sembra il relitto di un'epoca passata, un paese abbandonato in fretta. Volano le cartacce, tintinnano i ganci degli stand ancora nudi. L'aria è fredda e il cielo livido, ma non piove mai. A volte salgono su fino al parco di Hampstead.

Percorrono i vialetti sterrati tra il bosco e i campi, ascoltano il loro fiato e il rumore croccante dei piedi su foglie e rametti caduti.

Si fermano al lago, si sdraiano sul prato verdissimo. Adesso, dopo i giorni dell'immobilità, Lara sembra fare una terribile fatica a stare ferma. A Elena sembra quasi di sentire il suo cuore accelerare ogni volta che il corpo sta per rilassarsi. Un attimo sul prato e Lara scatta a sedere come una molla, le unghie a strappare ciuffi d'erba, le gambe inquiete.

«E se lo incontro qui? E se lo incontro con lei?» ansima.

«Succederà. E ti farà male, ma poi passerai oltre.»

Lara scuote la testa con forza. Il solo pensiero di Andrés è una lama che le trapassa lentamente il cuore. Cammina per la città e le pare di disperdere qualcosa di vivo e caldo fuori dai polsi e giù dal petto, solo all'apparenza intatti. Si chiede se la gente lo veda, lo annusi.

Elena la calma in modo forzatamente cinico. Lo fa un po' perché crede che sia utile a Lara e un po' perché il non capire quel dolore la rende piena di un rabbioso senso di colpa. Ripensa a quella sera sul battello, con Dori. «Hai presente quando stai così male che credi di morire?»

"No. Non lo so, e credevo fossero solo parole finché non ho visto Lara. Forse state solo fingendo per convincervi che i vostri sentimenti siano migliori dei nostri. Di noi che non moriamo per amore."

La nutre, la porta a fare colazione, le cucina il pranzo, a volte la porta fuori a cena. Era arrivata che era pelle e ossa come un cane randagio, ora ha un aspetto meno malsano. Ogni giorno le impone di lavorare.

Quando ha saputo del quadro non consegnato è an-

da domatore indossata sopra i pantaloni a righe ne e nere che aveva sempre pensato somigliassero visa di un carcerato e invece, guarda: erano perfetti hioccare una frusta in aria, anche senza alcun leone. gono sulla metro, Elena ride, Lara prima è serissima un sorriso sarcastico, il suo. La gente le guarda il ario per pensare: sarà un addio al nubilato. Ce ne n continuazione a Londra, le donne escono vestite da pesse o supereroine. Caracollano sulla metro a fine sfatte e sudate, con le piume rosa dei boa di struzzo apelli e le coroncine di plastica rotte, le scarpe rigo-ente in mano. Sembra debbano provare a tutti i costi siano divertite ma lo sguardo è offuscato dall'alcol e al neon le rendono sgradevoli e gonfie, già rovinate.
na e Lara scendono a Waterloo, salgono le scale fino thbank Center poi girano verso il London Eye.
testa di Lara è già avvelenata da Andrés, ricorda i cchi, la sua voce, le sembra di rivederlo lì in piedi, la aspetta sotto la giostra dei cavalli. Barcolla per e passo, si appoggia alla balaustra e lancia lo sguar-le onde del fiume.
na le stringe le spalle, la sfida con lo sguardo.
on puoi tirarti indietro adesso. Guardati. Guarda azzo sei conciata.» Ride, la bacia, le stringe le spalle.
» sussurra Lara, aggrappando le dita alla giacca. chi sporchi di matita nera e rabbia mettono paura. nella luce opaca il verde sembra smeraldo, e il rosso le labbra dalla pelle bianchissima.
na apre la borsa, le allunga una bottiglia di vino: ta ci serve» dice, facendo bere Lara e poi prenden-lche sorso anche lei. Se la scambiano diverse volte

data su tutte le furie: «È come se non mi fossi presentata il giorno della mia laurea» ha esclamato, poi era rimasta in dubbio sull'efficacia del paragone, che sembrava tanto modesto al confronto.

«Non riesco, non faccio nulla» le diceva Lara quando lei tornava a casa con i pacchetti di Tesco o di Sainsbury's pieni di frutta e verdura, pane, carne.

«L'importante è che ci provi, ogni giorno.»

«Non funziona così, Elena.»

A volte non la trovava a casa. Usciva senza cellulare, spariva, rientrava ubriaca. Dietro di lei lasciava pile di fogli strappati, colori aperti a seccare che lei richiudeva cercando i tappi giù sulla moquette lercia. Pensava andasse chissà dove e invece una volta l'aveva sorpresa oltre la vetrina del pub all'angolo. Restava impotente di fronte allo stordimento con il quale barcollava in casa, tutto ciò che avrebbe voluto dirle aveva un suono troppo rigido, si sarebbe sentita come Adele. Livida di risentimento non le parlava, ma le faceva qualcosa di caldo. Una zuppa di pomodoro in lattina, una minestra.

Lei andava a dormire intorno a mezzanotte, Lara restava sveglia. La sentiva trafficare intorno alle sue tele e, quando calava il silenzio, non era perché si era addormentata sul divano ma perché sedeva sul davanzale della finestra e fissava la notte, con la luce del cinese che le illuminava a intermittenza le guance umide.

In quelle sere, Elena aveva voglia di andare a cercare Andrés e chiedergli perché. Se sapevi che era così vulnerabile, perché l'hai dovuta portare con te. E perché tradirla. Perché non semplicemente lasciarla, lei che è stata tradita da tutti. Da sua madre, da suo padre, dalle sue amiche, da Elio.

E allora capiva il motivo per il quale era ancora lì, a lenire un dolore che non le apparteneva.

«Non voglio uscire. C'è lui ovunque, troppi ricordi sparsi in giro» dice a Elena quando si svegliano quel venerdì luminoso e lei vuole portarla fuori a prendere aria, trascinarla – di peso, se necessario – in qualche parco. È una giornata di aria croccante e soleggiata, di quelle che se ne vedono poche a Londra.

«Svanirà. Lo cancellerà il tempo.»

«È impossibile.»

«E allora lo cancelliamo noi, cazzo» esclama Elena stizzita. «Sai cosa? Adesso andiamo in quei posti di merda e facciamo la cosa più assurda che ti passa per la testa, ok? Così non ti potrà mai più venire in mente Andrés. Londra è anche tua, te la sei presa e te la meriti.»

Lara fa una risata amara. Scuote la testa.

Il suono del citofono le fa sobbalzare. È Elena ad aprire e tornare in camera con in mano una scatola quadrata, leggera.

«È arrivato questo.»

«Cos'è?»

«Non lo so» dice lei, rigirando il pacco per trovare il mittente.

«Mettilo da una parte. Saranno i solventi che ho ordinato.»

«Viene da Roma.»

«Roma» ripete lei, senza enfasi ma con la voce che trema.

«Potresti aprirlo.»

Lara non risponde, le prende il pacco dalli mani e inizia a trafficare con le unghie per levare lo scotch tutto intorno.

Apre la scatola, infila le dita dent
attorno a una stoffa rigida, calda e
Il ricordo passa attraverso i polpast
pelle.

Solleva tra le mani una tuba nera
La stessa che, in certi pomeriggi d
e indossava, o lasciava indossare a l
era un ritmo che entrava nelle gamb
di non stare ferma.

Non ballavano mai insieme. A vo
che passo, secco e severo, dita schio
in terra. Altre era Lara a indossare
di paillettes azzurre che a volte usa
intorno alla vita, e iniziare a vortica
stesse guardando, perché spesso ne
seguiva la musica a occhi chiusi, o s

«Elio» sussurra.

«Cos'è?»

Lara indossa la tuba.

«Questo è *così* Elio» commenta

«Cosa gli hai detto? Perché mi r

«Io non gli ho detto niente» e
prendendo la tuba e rigirandosela
sta è perfetta» esclama, come colpi

«Perfetta per cosa?»

«Fidati di me» le dice Elena. «A
cellare quello stronzo.»

Di corsa, al mercato di Camden

Elena ne esce con un abito di pi
in un tutù rosa pallido che la fa sem
di fate per bambini. Lara ha le labl

prima di gettarla in un cestino, guardarsi e decidere "è ora". Complice l'alcol, si sentono elettrizzate come due bambine che stanno per combinare un guaio.

I passi sono decisi e sicuri, pestano tacchi altissimi come stessero testando scarpe da flamenco. Passano sotto il ponte, arrivano davanti alla giostra dorata e la superano, si fermano quasi davanti ai giardini.

«Era qui?» chiede Elena.

Lara ricorda la prospettiva, il Big Ben perfettamente incorniciato tra due lampioni, la fine del muretto. E ricorda le loro dita intrecciate, un bacio scivoloso, promesse indecenti, le sue labbra calde vicino all'orecchio per sussurrarle: «Mi piaci, Lara».

Mi piaci.

A lei era sembrato tantissimo, piacere ad Andrés Delacroix. Essere lì, quella notte buia tra le sue mani, perché lui l'aveva scelta. L'aveva portata via.

«Sì» risponde senza esitare.

«Avanti allora» dice quella, tirando fuori dalla borsa un iPod e due casse, posandoli a terra come se fosse un posto sicuro per lasciarli, scegliere una canzone e lasciarla suonare forte. Elena traccia un cerchio con il gesso rosso, come fosse un palco.

Era come essere tornate al mare, quei giorni lontanissimi sulla sabbia sporca di Ostia.

«Balliamo» le sussurra Elena all'orecchio, «facciamoci guardare, facciamo una festa qui, solo nostra. Facciamoci picchiare dal mimo che aveva questo spazio, guardalo: come ci fissa. Questo è il tuo nuovo ricordo, adesso ogni volta che sarai qui non penserai ad Andrés ma a questa figura di merda storica.»

E Lara inizia a ballare, ed Elena accanto. Muovono il corpo con grazia e fermezza, come fossero in una balera d'altri tempi. Passi che mimano il tango, giravolte a occhi chiusi. Movimenti incerti, che non sanno dove finire e cosa dire. Dita che schioccano, mani che battono, si prendono e si lasciano. La gente si avvicina. Pensano sia uno spettacolo, che stia per succedere qualcosa, ma non succede niente. Quando Lara si leva la giacca e sotto ha un body nero qualcuno applaude, fischia e si fa più vicino. Alcuni ragazzi iniziano a ballare con loro. Uno passa con lo skate, le guarda, torna poco dopo con altri cinque, poi arrivano due breakdancer e delle ragazze in gita. La canzone aumenta di ritmo, le ragazze pestano i piedi, saltellano, poi all'improvviso Lara sente la sua mano afferrata da una presa decisa.

Si trova faccia a faccia con un ragazzo che non le dà alcun tempo per riflettere e la trascina in un ballo assurdo, che sembra un velocissimo valzer. È evidentemente un ballerino, fa fatica a rispondere ai suoi strattoni mentre tenta di guidarla in una danza che lei non conosce. Non è chiaro come a un certo punto i corpi trovino un ritmo, ma accade.

Elena si mette a urlare e applaudire.

L'uomo sussurra all'orecchio di Lara: «Scusa se mi sono intromesso ma faceva pena come stavate ballando, cosa vi siete prese?».

Lara ride suo malgrado.

Sente la mano del ragazzo sulla vita. Immagina possa essere quella di Andrés e per un attimo torna indietro nel tempo, la nostalgia le scalda le vene, poi invece lo guarda in faccia e allora si scansa, lo spinge via con forza.

«Che cazzo vuoi? Questo è il mio show! Il mio show!» grida.

«Ragazzina, questo non è il tuo show e questo non è il tuo spazio. Adesso te ne vai» interviene il mimo.

«Tu che vuoi?» risponde lei.

«Lara, basta. Ok, adesso andiamo.» Elena la afferra per la mano.

«Subito» incalza il mimo.

«Ma che cazzo vuoi, il marciapiede è di tutti» puntualizza Lara.

Lui ride: «Ma senti questa. Levati dalle palle, stronza».

«No» grida Lara, mentre Elena le fa dei gesti e il segno del dito sulle labbra: zitta, smettila.

«C'è qualche problema qui?»

Non l'ha visto arrivare, il poliziotto, e adesso la sua divisa troneggia fra lei e il mimo.

«Questo mimo del cazzo» esordisce lei, «vuole farmi smettere di ballare.»

«Lei ha un'autorizzazione?»

«Non mi serve.»

«Se ha della musica e sta facendo uno show, le serve eccome.»

«Non chiedo soldi.»

«Non ha importanza. Mi faccia vedere l'autorizzazione.»

«L'autorizzazione un cazzo! Vaffanculo.» È agitata, fa gesti che il poliziotto prende per aggressivi, allora la ferma con una mano sul braccio, calma. Perché ne ha visti troppi di ubriachi molesti.

Appena sente il tocco sulla spalla con l'altro braccio, Lara carica istintivamente un pugno. Prova a continuare a colpire e colpire, ma quello la tiene lontano e i pugni vanno a vuoto, come nella scena di un cartone animato triste.

Vede la figura di Elena, sfocata in secondo piano, che si mette le mani in faccia. Ma le sue spalle sobbalzano.

«Lei viene con me» annuncia il poliziotto, stringendo la presa sul braccio e girandolo per costringerla a voltarsi.

È un attimo e sente lo scatto gelido delle manette ai polsi.

Cerca Elena con lo sguardo e la trova che ride. Ride, si tiene lo stomaco, singhiozza, trema tutta come se avesse una crisi isterica. Si solleva, sistema il tutù stropicciato, le punta un dito addosso mentre il poliziotto la trascina lontano, parlottando a una radiolina.

«Lara, fanculo Andrés! Questo d'ora in poi sarà il posto dove ti hanno arrestata vestita da domatore!»

Lei la guarda contrariata mentre viene trascinata via opponendo ormai poca resistenza, trascinando i piedi.

«Non poteva andare meglio!» grida Elena.

In realtà non è Elena quella che vede davanti a sé. Nella sua fantasia non c'è lei su quel marciapiede a sorridere.

Il problema è che lei non può più nemmeno pensare al suo nome.

Deve cancellarlo. Far finta che non sia mai esistito, per questo se lo concede un'ultima volta, mentre il poliziotto la strattona e lei volta lo sguardo verso la giostra dei cavalli.

«Andrés.»

Le scivola tra le labbra come una caramella.

22

Sono passati due mesi da quel giorno, e Lara ha continuato a vivere aggrappata ad alcune cose, misurandole, eliminando tutto ciò che a contatto con la pelle delicata dei suoi sentimenti potrebbe lacerarla.

Nella terra a lei sconosciuta e ostile che era conquistare l'amore e poi perderlo, aveva sperato che il dolore di un cuore spezzato si superasse come nei film. Che il lento moto di rialzarsi da terra, una volta avviato e sganciato dalla calamita dell'autocommiserazione, corresse a velocità supersonica come in quelle scene di rinascita che a tutti piace guardare: terminato l'ultimo kleenex la protagonista reagisce buttandosi a capofitto in attività costruttive, che la restituiscono alla vita. Infine, un sorriso languido addosso a un altro uomo sancisce la resurrezione definitiva.

No, il suo istinto era autodistruttivo e le pareti della rinascita scivolose. Era stato così per molto tempo, tanto che aveva iniziato a decorare quella stanza del lutto nella quale abitava nella convinzione di doverci rimanere.

Dopo che Elena se n'era andata via, aveva seguito le sue istruzioni ("alzati presto, ogni tanto vai a correre, fai una doccia, mettiti a lavorare, pranza, esci di nuovo, cena") senza davvero abitare nella sua vita. La testa era altrove, inebetita in un luogo dove domande e ricordi si intrecciavano stretti in inestricabili nodi circolari, senza inizio né fine. "Avrei potuto fare. Avrei dovuto dire. Dovrei essere. Non dovrei essere."

Certe volte non riusciva a dormire, altre avrebbe dormito tutto il giorno e si costringeva a tirarsi fuori dalle coperte solo a giornata inoltrata.

Il freddo di Londra, sibilante e crudele, si infila negli interstizi delle finestre rendendo i suoi piedi e la punta delle sue dita sempre gelide. Si alza tardi anche quella mattina. Non ha nemmeno una vera ragione per farlo. Nessuno la aspetta in alcun luogo, non c'è un quadro da consegnare, né incontri in agenda. Potrebbe essere a Londra, a Roma o in qualsiasi parte del mondo: quella sensazione di non appartenere a nulla e di non avere posto la porterebbe dietro come la più pesante delle valigie vuote. Si prepara un caffè lungo, aggiunge il latte caldo, lo zucchero. Lo beve lentamente seduta sul davanzale della finestra, questa volta chiusa. Guarda la gente passare, stringe le dita attorno alla tazza per scaldarle meglio ma è come se non vedesse nessuno e non sentisse il calore.

«Va bene così, va bene così» sussurra come un mantra. È quello che le dice sempre Elena. Elena, che ora la chiama tutte le sere. Elena che sta per arrivare, e la sola idea rende tutto più sopportabile. Una volta finito il caffè si alza di scatto perché sa che se rimanesse seduta potrebbe restare a quel davanzale per tutto il giorno. È già successo.

Canticchia *Fuck this mess, fuck this mess* sulle note di *Jingle Bells* – fanculo a questo casino – mentre mette la tazza, e quelle dei giorni precedenti, nel lavandino. Con fatica le lava, le mette a scolare. Con fatica: perché ogni gesto deve scegliere tra farlo o non farlo, e lei non lo farebbe. Pulisce anche il piano della cucina, mette a posto i piatti asciutti e in un attimo è lì che passa l'aspirapolvere, rassetta, apre le finestre, cambia l'aria, sposta mobili.

Quando finisce le sembra che l'aria abbia rimesso in moto anche lei. In fondo lo sa. C'è qualcosa di melodrammatico e autocompiaciuto nel rimanere tanto affezionati al dolore, l'ultima cosa che le è rimasta di Andrés. Ma il momento è passato, ogni risveglio è meno affilato. Le era sembrato di dover morire, ora invece sa che senza amore si vive lo stesso e quasi le dispiace. Lei è impercettibilmente e contro ogni sua previsione andata avanti.

Ha quasi smesso di vedere gente. Gli amici di Andrés sono spariti e di questo è grata. Ogni tanto Calvin la chiama, lei si finge occupata. Ha inventato tutta un'altra compagnia di amici con i quali esce tutte le sere. Nuovi tubetti di colore e vernici. Bottiglie di vino cileno che al Sainsbury's all'angolo costano £ 4,99 l'una. Smalti, acidi e tavolozze. Il cartone bianco dei noodles piccanti al pollo. Lattice, da stendere lucido e untuoso.

A volte le sembra che tutta la sua esistenza si riassuma in quelle paste dense di colore che spreme sulla tavolozza. In quei colori lei vede possibilità di vite diverse. Con quei colori lei parla, lei ricorda e poi dimentica. Chiusa in casa e chiusa dentro la sua testa, con la musica nelle cuffie bianche e nessuno intorno che reclami la sua presenza, lei sprofonda in un mondo dove esistono solo sensazioni assolute anche se chi le provoca è altrove. Anche se chi è altrove l'ha dimenticata.

Gli occhi sbarrati, gambe e braccia malferme, mani sul viso, gomiti in fronte, ginocchia a terra, spalle contro la parete, Lara diventa solo un corpo al servizio di quei colori. Quelle figure sono lei, o quello che avrebbe potuto essere. È sempre stata *Diana. Carmen. Cassandra. Persephone.*

Nelle loro forme vede la carne che non ha addosso, nei loro occhi le storie che non ha mai vissuto eppure è la stessa carne che *lei* veste, sono le storie che *lei* ha vissuto.

Nonostante dipinga più di quanto facesse prima, non ha più venduto niente. Apparentemente, la sua stella si è spenta insieme alla rottura con Andrés, e la mancata consegna alla temporary gallery di King's Cross è una fama che ora la precede. Proprio il giorno in cui Elena era tornata in Italia ha ricevuto una mail da due delle tre gallerie che si erano mostrate interessate a rappresentarla: le hanno scritto per tirarsi indietro. Con la terza, Guns&Co., ha grossi problemi di comunicazione. Le manca solo l'ultimo colloquio con il responsabile, Christopher Guns, ma secondo la segretaria è sempre "estremamente occupato" e si farà sentire lui.

Le mostre vengono allestite e smantellate senza che lei ne sappia nulla. Lo legge molto dopo, al bar, tra i magazine che ancora sfoglia. Quale sortilegio aveva fatto Andrés? Aveva rovinato il suo nome? Aveva forse chiamato tutti i curatori e li aveva convinti a non includerla mai più? Aveva scritto qualcosa su qualche rivista rimangiandosi le lodi fattele fino a quel momento? No, non era una cosa da Andrés. Ora Lara mette in dubbio se stessa.

"Era merito suo, non mio. Una suggestione attorno a me che lui, solo lui, aveva creato."

Yasmin Ellison, in compenso, è sulla cresta dell'onda. Non si era stupita di vederla su "ArtNow", una pagina doppia dove era ritratta nella sua camera da letto. Vedere l'arredamento di quella stanza l'aveva turbata. Tra tutto, spiccava una lampada con un fusto azzurro cenere dipinto d'oro e nero, un pezzo magnifico che a lei non sarebbe mai venuto in mente di comprare, così come i cuscini che aveva attorno e quel reggiseno di pizzo rosa pallido che si intravedeva dal suo abito bordeaux.

«Sei perfetta per lui» aveva sussurrato, allontanando il pensiero di Andrés in quella stanza.

Fa un giro per comprare un paio di cose e di ritorno a casa ha di nuovo bisogno di qualcosa di caldo da stringere fra le mani. Paga una zuppa al bar realizzando per la prima volta che quattro pound e ottanta sono tantissimi, troppi. Ha qualcosa da parte ma, tra l'affitto e i soldi che manda a sua madre, il conto si sta assottigliando pericolosamente. Forse quei pound convertiti con generosità in euro non sono più neppure necessari ad Adele ma lei li spedisce ogni mese per principio, per dare a quella sua vita un senso che sia comprensibile alla madre. Inattaccabile. "Mi hai detto che di arte non si vive? Ecco. Il contrario è sul tuo conto corrente. È misurabile in numeri e grandezze. È reale."

Nel pomeriggio stampa un estratto conto e si mette a fare i calcoli. Se vuole restare a Londra deve vendere qualcosa entro tre mesi. Sembra tantissimo, invece saranno finiti domani.

Appallottola il foglio, lo lancia nel cestino. Quando, il giorno dopo, vede il cartello VACANCY sulla porta del pub vicino casa, entra e lascia il suo nome. La chiamano il pomeriggio stesso, le offrono il lavoro.

Tornando a casa, quella sera, Alessia Marli passa davanti a quel grande magazzino che ha sempre lo sconto sugli asciugamani.

La voglia che la fa entrare è un pensiero ancora non del tutto chiaro, poi, quando arriva davanti alla parete degli accappatoi ordinatamente divisi per colore, realizza.

«Pensa quanto può essere utile, a Elena, un bell'accappatoio nuovo» sussurra sottovoce. Mancano tre giorni alla partenza. Londra adesso è un animale ingombrante che si aggira per casa. La valigia è aperta davanti alla stanza della figlia, che la riempie a poco a poco. La spesa è stata fatta pensando a quello che manca in Inghilterra, e ora pacchetti di caffè e parmigiano sottovuoto campeggiano sul piano della cucina. Sta succedendo davvero, forse né madre né figlia hanno realizzato.

Passa in rassegna gli asciugamani accarezzandoli con le mani: il cotone è morbido, di ottima qualità.

Prende un vaporoso accappatoio rosa shocking, come le magliette che comprava a Elena quando era bambina. Lo tasta fra le mani, lo stringe. Improvvisamente le sembra di ricordare che le prendeva in questo grande magazzino anche i grembiuli della scuola: allora, con l'accappatoio sotto braccio, va nella sezione bambini a vedere se ci sono ancora.

Eccoli, in quell'angolo che ricordava. Ora li fanno diversi. Sono sempre a quadretti rosa e azzurri ma sul taschino hanno le toppe dei supereroi e delle principesse. Ne prende in mano uno, taglia sette anni. Lo rigira e lo tasta, come a controllarne la stoffa e le cuciture, poi fa un sorriso e lo rimette a posto. Sfiora l'espositore dei calzini e quello dei cerchietti, cerca di immaginare come siano i bambini di adesso, e se le madri provino le stesse cose che provava lei. Gioia e disperazione. Un amore che si tramutava in senso del dovere, bisogno di restare, quando una parte di lei avrebbe voluto andarsene.

Porta l'accappatoio alla cassa in braccio, come fosse un bambino. Non pesa molto, ragiona sul fatto che non occuperà troppo spazio in valigia. È un attimo, e se lo immagina addosso a Elena in un bagno che non conosce, condiviso con altre ragazze. Lo vede appeso nella sua stanza bianca con la moquette, perché è così che sono le stanze inglesi. Immagina la figlia vagare per i corridoi di un nuovo ufficio. La immagina sorridere e fare nuove amicizie, ma poi le sembra chiaramente di vederla piangere. Nella sua testa, c'è Elena sola in camera, disperata. Sembra piccola, tanto piccola. Elena sola, in una città dove fa sempre freddo. E sa che lei le ha insegnato tutto, l'ha fatta diventare una donna molto, molto forte. Una donna che non ha bisogno che di se stessa. Ora però la sta mandando in un posto dove è solo se stessa che avrà. Si ritrova ad ansimare e stringere quell'accappatoio come se qualcuno stesse cercando di portarglielo via.

«Signora, sta bene?» chiede la cassiera.

Alessia Marli abbraccia quell'accappatoio tenendolo ancora come un bambino. Singhiozza, sente le lacrime penetrare nel cotone, lo preme sul viso, si vergogna perché non è ancora suo, e lo sta bagnando tutto.

La cassiera fa un cenno alla sua collega per sostituirla, fa il giro del bancone e mette una mano sulla spalla di Alessia. «Signora?» chiede di nuovo.

Alessia si è come sciolta, ha perso di vista qualsiasi remora, piange come se fosse solo piena di acqua da tirare fuori. Cola fuori dagli occhi tutta la mancanza per sua figlia. Non solo quella del saperla presto a Londra. Nel tentativo di tenerla lontana dal dolore e vicina alla felicità, lei si è persa qualcosa che ha molto a che vedere con quel legame che si forma quando le ferite vengono riconosciute e curate. Non era possibile che fosse stata sempre e solo felice, ma dov'era lei quando non lo era stata? Lontano. Ecco dove. Si chiede se le abbia detto abbastanza che la ama. Se quell'amore sarà abbastanza per proteggerla, ora che sarà lontana. Adesso che se ne sta per andare davvero, capisce che Elena le manca da una vita.

«Qui ci sono i bicchieri e le tazze sono sotto. Se rompi qualcosa, lo ripaghi. Cerca sempre di offrire la birra artigianale di Camden come prima scelta. Gli ordini devi portarli tu direttamente in cucina e assicurarti che il cuoco li veda. Gli *habitué* del pomeriggio non sono molesti a parte Tom, che arriva già ubriaco. Lo riconosci perché ha un impermeabile nero. Se arriva Tom tu gli chiedi di andarsene, se non se ne va chiami me. Tutto chiaro?»

Lara annuisce mentre lega un grembiule nero in vita.

«Ti puoi truccare?»

«Scusi?»

«Puoi truccarti un po', domani?»

«No.»

«Sembri minorenne.»

«*Whatever*» – sticazzi, direbbe a Roma. Ma non lo mastica tra i denti andando via, glielo declama in faccia come una normalissima risposta. È una cosa che spiazza gli inglesi, l'ha fatto altre volte.

Il manager fa un'espressione contrariata, poi sospira e chiede all'altra ragazza, Kate, di spiegarle un paio di cose ancora. Quella le fa cenno di seguirla dietro il bancone e aggiunge informazioni *off the record* su come annacquare il vino, raccogliere da terra il cibo caduto e far entrare più ghiaccio nei bicchieri.

«Abiti lontano?» chiede Kate, slavata e snella ma con la pancia tonda di birra.

«No» risponde Lara, senza aggiungere che il suo appartamento è letteralmente nel palazzo a fianco.

«Ti ho già vista da qualche parte?»

«Ogni tanto sono venuta a bere qui.»

«Ah, ok. Figa la zona, no? Ci sono un sacco di musicisti, creativi, attori. Qua dietro c'è la Roundhouse quindi quando hanno finito gli show molte volte certi artisti, sai...»

Prima che possa dire nomi che non vuole sentire, Lara prende il secchio e la scopa: «Devo pulirli io i bagni oggi, vero?».

«Sono stata con Cameron Cole e Samuel Thomas» aggiunge Kate fiera, strizzando l'occhio. Lara è sollevata dal non avere idea di chi siano, ma improvvisamente essersi fatta assumere lì non le sembra più un'idea tanto geniale.

"Il pub degli artisti. Brava, Lara, hai sbagliato pure questa."

La convinzione si acuisce dopo aver constatato le condizioni del bagno. Sembra che non lo puliscano almeno da due settimane tanto è impregnato d'acqua e liquidi e le pareti di mattonelle sono ricoperte da una patina untuosa e lurida.

Entra respirando con la bocca e sperando che i guanti e gli stivali che indossa siano sufficienti. Mentre cerca di smacchiare il lavandino del bagno degli uomini cattura la sua immagine nello specchio. Dio, se aveva avuto ragione il manager a chiederle di truccarsi. È bianca come la ceramica che sta pulendo, lo sguardo è appesantito da occhiaie profonde e non sfoltisce le sopracciglia da decisamente troppo tempo. Le torna in mente l'immagine che aveva visto riflessa nello specchio durante la sua prima mostra importante. Quegli occhi bistrati, le labbra scarlatte e quelle piume nere a incorniciarle le spalle. Le sembra impossibile essere la stessa persona. Eccola lì, sfatta, emaciata e con lo scopettone in mano, una Cenerentola senza alcuna promessa di trasformazione. Eppure in quell'immagine scova una certa soddisfazione. Lara Marchese, sola a Londra, a pulire i cessi di un pub. Era qualcosa che non avrebbe mai pensato di poter fare. La prima cosa, forse, che fa interamente da sola. Nessuno a prepararle la strada. Nessuno a dirle ciò che avrebbe dovuto fare. Aveva visto un cartello, era entrata, si era presa il lavoro. Abitava sola. A pensarci bene, faceva tutto da sola.

«Tutto ok?» chiama Kate, non vedendola uscire.

Lara esce dal bagno con uno strano, mezzo sorriso in faccia.

«Hai inalato il detergente?» chiede la ragazza, e sembra seria.

Lara mette a posto la scopa e il secchio, poi la raggiunge dietro al bacone. Kate la istruisce sulle birre alla spina, su come regolarsi con la schiuma e come riempire la Guinness metà alla volta.

«Ora, due o tre cose sui drink. Sai fare uno Jager Bomb?»

«No.»

«Un G&T?»

Lara scuote la testa.

«Dio. Cosa sai fare?»

«Un Americano.»

Il giorno dopo si presenta truccata. Per la prima volta dopo tantissimo tempo ha davvero un impegno, orari, qualcuno che la sta aspettando. Il fatto che sia un pub saturo del tanfo di alcol e moquette non lavata l'ha solo appena dissuasa dal lasciarsi andare a una sorta di strano, sordo entusiasmo.

Ha una ragione per vestirsi e una per truccarsi. Lo fa con cura per la prima volta da quando Elena è andata via.

Anche Elena è truccata. Lei lo è sempre, in quel modo discreto sufficiente a esaltare il suo incarnato rosato, il sorriso, le ciglia lunghe. Ora però il mascara è sciolto fino a metà guancia mentre stringe sua madre, che ha voluto accompagnarla all'aeroporto. Non è qualcosa che si aspettasse. Si erano salutate al mattino, hanno parlato molto della stanza che Elena ha affittato online senza averla vista, del lavoro, delle cose da portare. Alessia l'ha aiutata a chiudere tutte e due le valigie, Elena le ha fatto una lista di quello che la madre le avrebbe dovuto spedire qualche tempo dopo e tutte e due hanno galleggiato in un umore appena melanconico, fermo nella certezza che il trasferimento di Elena dovesse avvenire, fosse giusto che avvenisse: una tappa obbligata, una regola non scritta.

Elena sarebbe dovuta uscire di casa a metà pomeriggio, in tempo per spedire i bagagli con calma.

«Amore mi dispiace ma stasera c'è la riunione con i soci» aveva annunciato sua madre senza eccessiva pena.

«Non puoi saltarla per una volta?»

«Nina, lo sai che non aspettano altro. Devo esserci.»

In realtà Elena avrebbe voluto piangere ma nulla, in

sua madre, le sembrava lo permettesse. Alessia le comunicava, con il suo sorriso e la sua rapidità di esecuzione del sistemare gli ultimi dettagli, pronta a metterla alla porta, che non c'era motivo né tempo di essere tristi. La tristezza era per i deboli.

Le aveva prenotato un taxi, poi le aveva dato un abbraccio lunghissimo prima di uscire e lei aveva avvertito un sospiro infinito e il suono di chi sta per dirti qualcosa, ma poi sua madre aveva solo detto: «Vai e spacca Londra, tesoro!».

Alle quattro e mezza Elena aveva iniziato a chiudere tutto, poi aveva attraversato la casa sentendone l'odore. Odore di tutta una vita, tutto insieme. Un profumo che era di caldo e abiti negli armadi, di vestiti lasciati ad asciugare sul termosifone, di pasta appena scolata, di sugo, di pagine di diario, di copertine di giornali, di colla delle figurine, di calze smagliate e calzini scesi sulle caviglie, di smalti chiusi male, di saponetta alla rosa, di lenzuola appena stirate, di fotografie appese al muro, odore di abbracci, di urla, di parole, sì, odore di parole disperse nell'aria, appiccicate ai vetri, quell'odore era lui stesso un discorso, un insieme di parole che raccontavano lei. Elena. Una Elena che si conosceva, e che ora avrebbe dovuto imparare a conoscersi da capo altrove, a raccontare la sua storia in un modo diverso. Tutto quell'odore era la sua vita, lo era stato per anni. Pensava lo sarebbe stato per sempre.

Adesso la sua paura per la nuova vita si riassumeva in un terrore sensoriale: la mia stanza avrà odore di moquette e polvere. Il lavoro, di chiuso, di troppa gente chiusa nella stessa stanza. Loro non fanno mai la pausa pranzo, mi hanno detto. Si aprono un tramezzino e lo mangiano davanti al computer. Loro si chiudono in quei pub che odorano di bagni sporchi. Loro. E chi sono, loro? Dove sto andando?

Aveva chiuso l'ultima valigia, l'aveva portata giù facendole fare uno scalino alla volta e poi aveva avvertito un altro odore, l'ultimo, definitivo: il profumo di sua mamma. Sembrava un'allucinazione. Poteva esserlo. Invece era sua madre. Alessia, trafelata, le chiavi della macchina ancora in mano, era lì. Ad aspettarla.

«Ti posso accompagnare?» aveva chiesto sua madre con un tono esposto e disarmato, come solo aveva parlato a certi uomini che temeva di perdere.

«E la riunione?»

«Oh, vaffanculo alla riunione.»

Allora Elena l'aveva stretta forte e aveva avvertito in lei una nostalgia, un bisogno di lei, che non aveva mai sentito prima.

"Che colore ha l'amore."

Ci ha provato tutto il giorno, a rendere il sentimento con un colore. E non l'ha trovato. Ha provato tutte le tonalità di rosso, poi è scesa, più scuro, più oscuro, fino quasi al nero. C'è *Amore* che la fissa con i suoi occhi ciechi e tiene aperti i lembi del suo petto e lei ancora non riesce a vedere il colore che ha dentro.

«Io lo so! Io lo so che colore è! Ma non so dipingerlo!» grida, e tira pennelli contro il muro, sferra pugni sul pavimento.

Frustrata, infreddolita, esce di casa.

Sono le cinque, il pub è ancora semivuoto. Ufficialmente attaccherebbe tra mezz'ora, ma senza un grammo di ispirazione non ha senso prendersi nelle ossa tutto il freddo di casa sua. Le cornici in legno delle finestre, gonfie di umidità, sembrano non potere più nulla contro il vento, mentre il pub è sempre caldo, e quando entra si accorge che anche quell'odore di sottofondo di alcol e piscio è tutto sommato confortante. Si guarda intorno: c'è una coppia di anziani seduta al tavolo tondo all'angolo, un uomo con un giaccone addosso e un ragazzo al bancone.

Non ha fretta di iniziare a lavorare per affondare pensieri e rimpianti nella risposta a richieste talvolta incomprensibili, nel frettoloso riempire pinte di birra e tumbler da whisky. Chiede a Kate un tè, siede al tavolino da quattro vicino alla finestra.

Vuole solo quella mezz'ora di silenzio.

Passa gente a piedi e in bicicletta e la finestra davanti alla quale è seduta sembra uno schermo, le pare quasi di sentire una musica di sottofondo, poi in realtà c'è davvero e allora sorride. Così, da sola, per aver pensato di essersi immaginata qualcosa che è davvero nell'aria: Johnny Cash. Ecco perché sembrava una fantasia.

Il ragazzo al bancone ha una giacca di pelle e i gomiti appoggiati. Nessun drink.

Quando i loro occhi si incrociarono Lara si immerge per un attimo in quello sguardo traslucido, aperto verso di lei come una domanda. Dura un secondo, poi lei perde gli occhi oltre la finestra sulla strada, con quella scritta THE LIGHTING ARMS dorata, in controluce. Gli occhi del ragazzo le sono fermi addosso con una curiosità strana. Neutra, rassicurante.

Lei si sorprende a sorridere.

«*Hi*» dice lui.

Non ha senso salutare così, senza un motivo, con l'ultimo raggio di sole del tramonto che fa socchiudere gli occhi. Gli inglesi non lo farebbero mai, ma chissà se lui è inglese. In fondo a Londra nessuno è più inglese.

«*Hi*» risponde lei, con la voglia di andare più vicino e guardare il colore strano, dorato, dei suoi occhi.

Non lo fa, rimane seduta disordinatamente al suo tavolino, un ginocchio sopra e uno giù, con il maglione di lana bianco che la avvolge e quegli stivali di pelle nera ormai consumati in punta.

Si accorge di avere della pittura verde sulla mano, si aggrappa alla manica per tirarla più giù. Non sa di averne anche sulla guancia.

Lui si tocca lo zigomo destro con il gesto che farebbe per dipingersi da indiano. Lei pensa che potrebbe disegnarlo, le mani a coprire completamente il viso, e quelle mani direbbero più del viso ma mai quanto gli occhi.

«Dipinto casa?» chiede lui, spezzando un silenzio che avrebbe facilmente potuto rimanere tale.

«Dipinto *a* casa» risponde lei, trovandosi a indicare il palazzo a fianco senza la premeditazione di volerlo fare.

«Abiti lì, davvero?»

«Sì. Tengo al sicuro le casse di vino del pub.»

Sorridono insieme, anche se non fa ridere. Sì, lui non è inglese: ha un accento. Un accento strano, bello.

«Dipingi davvero?»

Lei annuisce in modo delicato, sa di sembrare dolce e se ne vergogna. Porta lo sguardo alla superficie ambrata del breakfast tea, si ricompone, eppure le resta quella voglia di sorridergli di nuovo. Mostrargli di essere capace di felicità.

"Smettila, Lara" si dice.

«Cosa dipingi?»

«Qualsiasi cosa» risponde lei, accorgendosi di quanto suoni insieme assurdo e autentico.

«Scusami se attacco bottone, è che sono qui da poco, non conosco molta gente.»

«Non c'è problema» risponde lei, e poi lo dice senza pensarci, come se le labbra fossero uno scivolo costruito apposta per far divertire quelle cinque parole: «Vuoi bere qualcosa con me?».

"What the fuck. Ho detto una stupidaggine e ho un tè davanti, non una pinta."

Incolla lo sguardo al legno per non arrossire.

Senza dire una parola lui si alza e le si siede di fronte. L'aria tra loro, quello spazio vuoto tra i loro corpi, distanza e vicinanza insieme, è la cosa più bella che Lara abbia sentito in molto tempo. E, anche, lo spavento più grande. Non trova nulla per difendersi, né vuole farlo.

Ordinano due birre.

«Sei di qui?» chiede lei.

«No, ma ho vissuto a Londra fino agli otto anni. A Notting Hill.»

«Oooh... posh» commenta lei ironica.

«Non era così fighetto, prima. Ci abitavano famiglie giovani, musicisti e artisti come te.»

«Come me?» sorride lei.

«Vi si riconosce» dice sorridendo. Le tocca il polso per indicare la striscia di colore, le sue dita sono tiepide.

Lara ride, scuote la testa: «Ah, questa secondo te è arte?».

«Decisamente» risponde lui.

«Allora lasciatelo dire: di arte non sai niente.»

«Vero» ride.

Si accorge che è molto che non sorride così tanto dal modo in cui si scorda di tornare seria e resta così, beata, con le labbra incurvate e gli occhi dentro la pinta di birra, per non buttarglieli addosso.

Dio, ma i bicchieri di birra al tramonto sono sempre stati così belli, con tutto quell'oro sull'orlo e l'ombra gialla, trasparente?

Bevono senza fretta, studiandosi appena, spesso evitando di incontrare lo sguardo ma sorridendo quando accade.

«Fa freddo oggi» dice lui, e lei accoglie la banalità del discorso per tornare a parlare.

«A casa mia si congela. Per entrarci la giacca devo metterla, non toglierla.»

«Ma io nutro grandi speranze per la primavera. Dicono che questa sarà la più calda degli ultimi cento anni.»

«Non per deluderti, ma l'avevano detto anche lo scorso anno.»

«E?»

«E... no.»

Ridono, insieme. E a nessuno dei due in fondo importa se passano il successivo quarto d'ora a parlare delle cose più banali che possano tirare fuori: dal clima al caos del centro di Londra, al cibo inglese.

Lara non sente più alcun freddo.

«Io devo andare adesso» dice lui, interrompendo quella beatitudine.

«Oh, certo, ok» risponde lei, e fa un gesto più secco nel portarsi il bicchiere alle labbra per dire che non le importa davvero.

«Sto lavorando qui davanti, vedi quella porta nera?» aggiunge lui. «Ogni tanto facciamo una pausa, magari ci rivediamo. Ti devo una birra.»

Lei annuisce, archiviando l'incontro nella lunga lista di cose alle quali ha smesso di credere.

23

Il cappotto di Roma sembra carta contro quel vento, i capelli le sbattono sul collo e in faccia mentre trascina le due valigie oltre i varchi di Victoria Station. Ma poi invece, dentro, tutto è luminoso come a Natale, anche senza decorazioni.

I bar con le lucine, i negozi di fiori, insegne, vetrine brillanti, colori ovunque. E Lara. In piedi al centro della stazione, con un mazzo di fiori arancioni in mano e un cappotto di pelo bianco che le scende fino alle ginocchia. Un cappello infilato storto, un orecchio che esce fuori e i capelli arruffati.

Elena si avvicina, le prende in mano una ciocca ruvida.

«Certo, potevi pettinarti!»

Lara sorride, le porge i fiori, le prende una valigia. «Andiamo.»

«Sai la strada per il mio appartamento?»

«Non andiamo al tuo appartamento.»

«Ma io ho le valigie!»

«Le portiamo.»

È stanca, Elena. È stato un volo di due ore e mezza ma qualcosa, in quel distacco da sua madre, in quell'ora di attesa all'aeroporto, in quelle luci al neon del duty free, in quel sentirsi come se avesse dimenticato qualcosa, l'ha stremata.

«Lara, ti prego...» lamenta.

Quella si ferma, le spiega seria: «Elena, io conosco casa tua a Roma. So a cosa sei abituata e qui gli appartementi sono – come te lo spiego? – diciamo che la prima volta non ci puoi entrare sobria o piangi».

«Quindi andiamo a bere?»

«Non tanto. Solo un po', ok?»

Lara è seria mentre fa con il pollice e l'indice la misura di un mezzo bicchiere che si affretta ad allargare. Elena è indecisa tra il disperarsi e il ridere ma, seguendo l'amica fino a una fermata del bus, si accorge di quanto sia confortante essere lì con lei, che è inaffidabile e fragile, ma sa tutto. Lei sa. Lei è in quella città e le scorre sopra, le danza accanto e si vede dalla grazia con la quale in pochi minuti, senza sentire nemmeno il peso dei bagagli, la conduce a un piccolo pub dagli infissi neri e dai vasi di piante sui davanzali.

«Non ti preoccupare, siamo dietro alla tua strada» la rassicura Lara mentre si fa largo con la valigia più pesante senza chiedere permesso a nessuno.

Scelgono un tavolino d'angolo, con la panca foderata di finta pelle rossa. Lara ordina una pinta di birra, Elena un vino rosso. Si siedono ed è già notte, qualcuno accende la candela sul loro tavolo, il freddo fa una cornice di vapore circolare attorno ai vetri. Elena sprofonda nel torpore. Lara non è di quelle che srotolano fuori conversazioni di ore, e lo sanno entrambe. Sono comode, intime, in quella danza di parole interrotte da silenzi che nessuna deve sforzarsi di riempire.

«Senti...» inizia Elena, e non sa bene cosa dire né come dirlo. «La casa è qui dietro?»

«Non chiamarla casa. È un palazzo dove hai una stanza, probabilmente con un cucinino in comune. Se sei fortunata il bagno è privato. E guarda che *sei* fortunata. A quel prezzo è stato un affare. Sai quanto costano gli affitti qui?»

«Certo. Ho lo stipendio da account, mica da pittrice.»

«Non volevo dire questo.»

«Non c'è da scusarsi, è solo la verità.»

«Ma tu sei felice, no? Non è quello che volevi? Venire qui, lavorare per la Clover.»

Elena annuisce, tenta di guardare quel tavolo di legno unto e quel bicchiere di rosso acido come al punto di arrivo di un desiderio che covava al caldo da molti anni, e ora si rende conto che forse era stato più il suono delle parole "lavorare a Londra" a piacerle che quella città e l'essere lì davvero. È tutto più difficile del previsto mentre per Lara, per lei tutto era stato così facile. Avvertiva una strana sensazione, uno sconfessare le sue certezze che somigliava tanto alla paura, al volersi abbandonare alla codardìa. Se solo sua madre l'avesse chiamata per sapere se era arrivata, invece di mandarle un messaggio, forse lei le avrebbe confessato: "Voglio tornare a casa".

Va in bagno, Elena. Si lava le mani, poi le lascia asciugare nell'aria gelida perché l'asciugatore non funziona.

"È solo il primo giorno. Tutto fa paura all'inizio. Cerca di capire cosa puoi fare per stare meglio mentre il tempo passa, mentre realizzi dove sei. Fatti una doccia. Devi stirarti la camicia per domani. Trova un sollievo, punta i piedi, prendi equilibrio da qualcosa. Qualsiasi cosa."

«Posso stare da te, solo per stanotte?» chiede a Lara, tornando a sedere al tavolino. «Lo so che la casa è piccola e non voglio restare ed esserti d'impiccio però, ti prego, solo per stanotte. Sono stanca, non mi va di stare sola.»

Lara si irrigidisce. Parte di lei sarebbe felicissima nell'avere Elena tra i piedi tutto il giorno, nell'abitare insieme, come fossero davvero due sorelle. L'altra parte invece si sta assestando. Con minuscoli rituali, facendosi i muscoli che servono a tenersi in piedi in maniera strana, adatta al modo in cui è strana lei e a quello di nessun altro. La solitudine è la sua gabbia per non farsi del male, mettendo paletti e aprendo cancelli in luoghi che nessuno capirebbe.

Poi vede Elena portarsi le dita alla bocca e rosicchiare distrattamente un'unghia, poi un'altra, cosa che fa solo quando è molto nervosa. Lo fa al posto di lamentarsi, o di piangere. È un modo per far uscire qualcosa, come lo sono le lacrime o la pittura.

«Sì ok, vieni» le risponde. Si alza a ordinarle delle patatine come se darle da mangiare fosse un modo per dirle "ti voglio bene".

Non lo capisce nemmeno lei, perché era così felice mentre andava a prenderla a Victoria, mentre ora non lo è più.

Elena insiste per prendere un taxi ma Lara glielo vieta: «I soldi ti serviranno» e allora si fanno mezz'ora di metro in piedi, le valigie messe male e trattenute con le gambe e i gomiti. Tra la stazione di Camden Town e la strada dove abita Lara quelle valigie sembrano pesare un quintale, il vento essere più freddo, le loro parole già stanche. Lara si calma quando vede Elena entrare a casa con fare deciso, senza chiedere niente, senza occupare troppo spazio. Sa dove sono le cose, si scalda l'acqua per una camomilla come fosse casa sua, poi si infila nel pigiama, si raggomitola sulla poltrona a leggere delle fotocopie. Non è venuta per chiedere, per cambiare o riordinare come la prima volta. Lara si rilassa.

«A che ora devi essere lì domani?»

«Nove meno dieci.»

«Prendi la Northern fino a Tottenham Court Road, poi cammini.»

«Ok. A che ora ti svegli tu?»

«Domani ho il turno dalle cinque, quindi. Boh, le dieci. Le undici.»

«Hai già perso le buone abitudini» sorride sarcastica Elena.

Lara alza le spalle: «No, ogni tanto ci vado a correre. Ma non sempre. No. E poi al pub finisco tardi».

«Hai impegni mercoledì della prossima settimana?» chiede Elena, questa volta sorridente.

Lara boccheggia senza trovare una risposta, poi scuote la testa.

«Vieni a conoscere Damiano?»

«Lui è qui?»

«Sì. Lavora sempre fino a tardi e divide la stanza con uno, quindi...»

«Sì, sì, certo.»

Augura buonanotte a Elena, chiude la porta del salotto e resta finalmente sola. Scopre la tela che aveva nascosto con un lenzuolo bianco per non averla sempre davanti. Guarda *Amore*, vede il suo petto squarciato, i lembi della pelle tenuti stretti dalle mani. Non si capisce se voglia divaricare la ferita o chiuderla.

Non è vero che ha perso le buone abitudini. Elena dovrebbe vederla, mentre si traccia un'affilata linea nera lungo l'attaccatura delle ciglia per poi sfumarla con un ombretto grigio. Dovrebbe vederla, mentre sceglie dei vestiti carini e non jeans e una felpa. E dovrebbe vedere la strana, vivida espressione del suo sguardo tutte le volte in cui ripensa a quel ragazzo. A quel ragazzo di cui non sa nemmeno il nome. E che non sa nemmeno se davvero rivedrà.

E invece, quando il giorno dopo entra al pub, lui è lì.

Seduto allo sgabello, un quaderno nero davanti dove scribacchia qualcosa. Lei lo riconosce dalla forma delle spalle, come se l'avesse visto decine di volte.

Cerca di muoversi con discrezione e invece il suo corpo va da tutte le parti perché vuole farsi notare. Con quale enfasi le braccia si tendono per prendere il grembiule dal gancio dietro il bagno, con che grazia le mani fanno un fiocco intorno alla vita e con che consapevolezza le dita scostano dal viso una ciocca di capelli.

«Ehi» saluta lui, un cenno da marinaio.

Lara lo guarda, fa un breve sorriso di circostanza.

«Non avevo capito che lavorassi qui al pub...»

«E invece...»

«L'altra volta non ti ho chiesto come ti chiami.»

Lei fa un sorriso obliquo.

«Potrei dirti un nome falso. Quello di una grande pittrice, per esempio. Così tu stasera mi cercheresti su Google e diresti... oh, wow.»

«Tipo, ehm...» lui fa per dire qualcosa, poi la guarda e ammette: «No, lascia perdere, mi vengono in mente solo pittori uomini».

«Fuck off» ride lei, insultandolo senza grazia.

«No scusa, aspetta: Frida Kahlo!»

«Magari» ride lei.

«Aveva le sopracciglia...» fa un gesto sopra gli occhi.

«Ah, è così che giudichi le donne?»

«Touché.»

«Sto scherzando.»

«Dimmi qualcosa di te.»

«Aspetta, non so perché la musica si è interrotta, ogni tanto lo stereo si impalla.»

«Ecco, dimmi che musica ti piace.»

«Quando sono felice, quella che mi fa ballare. Quando sono triste, quella che mi fa piangere.»

Lui ride: «Ma che risposta è?».

«Una risposta sincera. O vuoi l'elenco dei 148 artisti della playlist che ho a casa?»

«Centoquarantotto? Li hai contati?»

«Sì, certo» risponde lei, però le viene da ridere.

Lui di nuovo le sorride.

"Lui è buono."

"Che cazzo dici, Lara? Che vuol dire 'lui è buono'?"

"Che non è cattivo. Andrés, lo sapevo: lui lo era, io lo amavo anche per questo. Pensi che ne sarei mai capace?"

"Di cosa?"

"Di amare una persona buona."

Sistema lo stereo, pulisce la macchinetta del caffè, serve le prime pinte della serata, qualche tè, e lo sguardo le torna su di lui ancora, e ancora. Come se lo stesse disegnando, segue la linea arcuata della guancia, il naso dritto, gli occhi ambrati, i capelli castano chiaro che gli scendono quasi fin davanti agli occhi.

"Mi piace."

Accoglie la notizia con confusione, sollievo, angoscia e

imbarazzo, perché improvvisamente quello spazio tra loro deve essere usato per uno scopo: averlo.

Si volta e lo guarda dritto negli occhi.

«Mi piacciono i Queen, i Beatles, Johnny Cash, Elliott Smith, Patti Smith, Damien Rice...» dice, elencandoli senza prendere fiato.

«Ok, ok. Magari un giorno mi porti la lista» ride lui.

«Per oggi basta, hai saputo abbastanza di me.»

«La prossima volta posso farti un'altra domanda allora?»

«Vediamo» risponde lei, per costruire un percorso più divertente, disseminato di enigmi inutili.

«Vediamo» risponde lui, prendendola in giro, «sarà una domanda sui tuoi quadri.»

«Ma quelli non si possono descrivere.»

«Ah» risponde lui, deluso.

«Verrai a vedere una mostra, se ne faccio un'altra?» chiede lei, lo sguardo altrove.

«Ne hai già fatte?»

«Sì.»

«Raccontami.»

«No.»

Lui fa appena una pausa prima di rispondere: «Certo. Vengo».

"E posso prenderti per mano e portarti in giro? Vorrei farti vedere questa Londra che amo e odio, e condurti sulla collina di Primrose Hill quando l'aria è tersa, sederci insieme sull'erba umida e seguire i profili della città con le dita. Potrei calpestare con te le strade di Hampstead d'inverno, quando è buio e i lampioni danno alla neve il bagliore di cent'anni di storia e ti sembra di vedere damine e puttane, monete per terra e sagome dei bambini correre nel fumo delle caldaie. Ci sono quei gatti che non hanno mai freddo, li vedi fuori, dietro le ringhiere delle case, ti guardano con gli occhi più gialli dei lampioni. Voglio farti vedere il fiume con il sole, quando Londra sembra un bocciolo d'estate e si beve la birra seduti sulle rive intorno a Camden, con le barche che navigano ubriache e la musica che arriva dal vento. Ma più di tutto, più di ogni cosa, io voglio farti salire questi venti scalini marci che portano a casa mia. E non mi spoglierei, e non ti bacerei, ma prenderei quelle tele contro la parete e te le esporrei davanti, solo per i tuoi occhi, anche quelle che non ha mai visto nessuno, anche quelle che ho dipinto con un colore solo e gli occhi chiusi. E quello sarebbe come spogliarmi, e quello sarebbe come baciarti."

La mattina dopo è come se non avesse dormito. Come se il sonno l'avesse semplicemente lasciata sprofondare più a fondo in quella smania di essere lì, al mondo, su quei due piedi, con quegli occhi e quelle braccia, di nuovo per qualcuno.

Come era stupefacente per lei quel sentimento, sconosciuto come una terra straniera ma spaventoso come una scommessa già persa.

L'aspettativa è qualcosa che Lara non desidera più nutrire, e al tempo stesso ne trabocca.

Torna al pub, di nuovo il turno delle cinque. L'ha spostato: aveva quello del pranzo. Sta già facendo delle cose per lui, e ancora non lo conosce nemmeno.

Stavolta però non c'è. Lei mette il grembiule, inizia a servire tè caldi, bicchieri di vino e pinte di birra, e di lui nessuna traccia. Sulle spalle sale il peso della delusione, le curva la schiena e si appende al mento, ma non dura molto. Si scuote, si distende, pensa a certi ricordi, decide che non vuole più sentirsi in quel modo a costo di non sentire.

"Meglio così, davvero."

E in quel momento, invece, lui entra e nello stomaco le esplode uno stormo di scintille. Non è solo, ci sono altri due ragazzi, parlano animatamente, sembrano discutere di qualcosa di importante. Siedono al tavolo vicino alla porta, la luce della vetrata incisa rende ancora più bianche le pagine dell'agenda dove lui sta annotando qualcosa. Scrive, gesticola, si gratta un gomito, tamburella con le dita sul tavolo.

Lara si tiene a distanza, impegnata alla macchina del caffè perché sia Kate a prendere l'ordine. Ha paura, una paura folle. Trova riparo in quei filtri incrostati di polvere nera.

Loro chiedono due birre.

«Lo conosci?» domanda Kate mentre inizia a riempire i bicchieri.

«Chi?»

«Quello con la giacca nera.»

«Perché?»

«Ti guarda.»

Allora lei volta lo sguardo e quando incontra il suo lo ritrae come se scottasse. Alza le spalle, fa un movimento con la testa che non vuol dire né sì né no.

«È figo» commenta Kate.

Entra un gruppo di turisti, parlano e ridono a voce alta, si siedono al tavolino al centro della sala. Fra una testa e l'altra Lara vede il suo sguardo, la sta cercando. È talmente sopraffatta dalla voglia di andare da lui e dalla vergogna di esporsi che si allontana. Prende lo straccio e va a pulire il bagno. Indugia dentro – odore di muffa, piscio e detergente, lucida quel lavandino come nessuno ha mai fatto – finché non pensa sia sicuro uscire. Si tradisce a se stessa prima di aprire la porta: si guarda allo specchio, sistema i capelli.

I passi sono lenti, circospetti dal corridoio del bagno alla sala, poi, quando deve percorrere lo spazio aperto fino al bancone, rapidi. Lui si è alzato e si dirige esattamente verso di lei. Ormai non può più cambiare strada. Né vuole.

«Ehi, ciao!» così, diretto, sereno. Senza nemmeno girarci intorno.

«Ciao» sorride lei, come se lui stanasse i sorrisi.

«Che casino oggi.»

«Già. Vi sta disturbando?»

«No, no. Tanto abbiamo quasi finito.»

«Vuoi un'altra birra?»

«No, volevo...» alza le spalle, allontana lo sguardo «solo salutarti. Come va?»

«Bene.»

«Stai dipingendo?»

«Quasi.»

Lui vuole fare una domanda. O forse no. C'è un silenzio che mette polvere in bocca, prima di riaprirla ci mettono secondi. Eterni.

«Ok, non voglio disturbarti» dice poi lui.

«No, resta.»

Quel sorriso. Ancora. E la forma del suo naso, narici sottili, curva decisa. Le labbra appena carnose. Le ciglia dolci.

"Portami da qualche parte."

«Allora, vuoi qualcos'altro?»

«Sì, forse, ma non birra. Vino? Rosso?»

Rapida, lei si china a prendere l'unica bottiglia decente, un Morellino. La versa per lui e per lei, nonostante sia vietato bere durante il lavoro. Vorrebbe essere già ubriaca per allungare la mano e raggiungere la sua. Fissa il suo polso nudo contro il bordo scolorito della giacca di pelle.

«Cheers.»

Tutto è cambiato, o meglio tutto si è svelato adesso, se lo stanno dicendo con una danza di sguardi e gesti che sembrano continuamente chiamare e respingere.

Kate torna dopo aver chiacchierato con i turisti, l'andatura eccessivamente sciolta.

«Prendi altra soda nel ripostiglio» le chiede.

Lara non sa come ci riesca, ma in qualche modo sguscia fuori dal bancone e si dirige verso il ripostiglio, nel corridoio del bagno, senza lasciare il suo sguardo. L'ha portato con sé, ne è certa, lo sente addosso, lo respira.

È un attimo. Prende le bottiglie, si gira e la sua visuale è completamente occupata da lui. L'ha raggiunta in quei tre metri di corridoio nemmeno troppo ben nascosto e sta mettendo le mani sulle sue dicendo: «Ti aiuto» mentre lei trasporta le bottiglie di soda. Non sente peso, né rumori, sente solo dita, il loro calore passarle sotto la pelle.

«Dalle a me» dice lui. Lara non lascia la presa, le tiene più strette eppure lui non leva quelle mani dalle sue, anzi risalgono. Lentamente, ora sono sui suoi gomiti. In qualche modo il suo viso è molto più vicino, adesso. Potrebbe contare le sue ciglia. Nota le screpolature sulle labbra, la barba che sta ricrescendo. Vede il colore degli occhi come oro e legno. Le bottiglie ora le aderiscono al corpo perché lui si è fatto più vicino. Lei ha voglia di lasciarle cadere. Tutte.

«Quanto ci metti?» chiama Kate, e una bottiglia cade davvero. Rimbalza fino ai suoi piedi.

«Arrivo» risponde Lara, ma questa volta non si affretta. Spera che Kate si volti e se ne vada, spera di proseguire lì dove sono stati interrotti e invece la ragazza non si sposta, il suo sguardo non cambia direzione.

«Li fai tu i G&T?» incalza.

«Sì, ok.»

«Ero ironica. Dammi le bottiglie, tu fai le birre: due Guinness e due Stella. Muoviti però.»

Lara annuisce, torna dietro il bancone e cerca di seguirlo con lo sguardo, di catturare un segno, una conferma, ma vede uno dei suoi amici porgergli la giacca e affrettarsi verso l'uscita. Solo all'ultimo secondo, un soffio prima che le porte si richiudano, le sembra che si volti e cerchi i suoi occhi come se volesse dirle qualcosa. Come se le stesse dicendo *davvero* qualcosa.

È quella, la scintilla. Se la cova dentro incandescente per tutte le ore del turno e alla fine esce in fretta senza salutare. È buio pesto.

Sale in camera, si spoglia per fare una doccia, poi invece vede quella tela coperta.

La fissa al cavalletto. La tavolozza è incrostata di colori scuri, a lei serve qualcosa di chiaro. Di luminoso come quegli occhi, e la speranza.

Le dita e le pennellate lasciano correre i colori rapidi sulla tela. Mezzelune bianche, pupille nere dilatate dal desiderio. Dentro, i riflessi delle viscere che tornano a contorcersi, del blu della notte che si mangia il rosso della sera, del colore delle stelle e dei lampioni, del sentirsi viva per uno sguardo nuovo.

E in quella danza di movimenti rapidi e netti, circolari e decisi, la sua pelle diventa una parte dell'opera, strusciando inevitabilmente la tela e portandole i colori in strisce irregolari su braccia e gambe, petto e ombelico, naso, labbra.

È la prima volta che dipinge in quel modo.

L'acqua della doccia è la melma violacea di quella creazione improvvisa. Le fa portare le dita alla bocca e tra le gambe, sussultando, sospirando, mordendosi le labbra più forte.

Pensando: "Sono libera, Andrés".

24

Elena apre gli occhi con il braccio ancora sul petto di Damiano. Gli bacia la pancia, risale con le labbra su di lui e poi gli sale sopra, il corpo perfettamente aderente al suo, i baci che gli risvegliano il collo.

«Ehi» gli sussurra all'orecchio.

Riceve in risposta un «mmm» e un movimento del corpo che la fa cadere di nuovo da un lato.

Lo abbraccia da dietro, gli preme il seno contro la schiena, gli posa le labbra alla base del collo e dice: «Tra poco devo andare...».

La vibrazione della sua bocca lo fa ridere. Si volta, annuisce senza aprire gli occhi.

«Non ti svegli?» chiede lei.

Lui scuote la testa e si gira dall'altra parte.

Elena raccoglie i vestiti da terra e sbircia nel corridoio prima di chiudersi in bagno. Si guarda allo specchio e si sorprende finalmente a sorridere. La sera prima, mentre lo raggiungeva in autobus, aveva avuto paura. Aveva desiderato vederlo dal secondo in cui aveva messo piede a Londra e lui invece era stato impegnato. Le aveva ricordato il modo in cui si comportava lei quando raffreddava il rapporto con qualcuno, in attesa di rompere. Poi, invece, l'aveva raggiunto a casa e l'aveva trovato ancora con Adam, due musicisti e un manager a discutere del primo singolo da pubblicare. Non erano ancora d'accordo su molte cose, per la prima volta aveva sentito Damiano alzare la voce ma solo per dire: «*Calm down*» – calmatevi.

Solo alle dieci erano riusciti a uscire a cena e allora lui era tornato a essere quello di Roma. Quello che la prendeva per la vita e se la stringeva addosso, che camminava con la sua andatura felice, elastica e spensierata, che le raccontava dieci cose insieme e lei era costretta a chiedere: "Ma chi? Ma cosa? Stiamo ancora parlando dell'incisione o di quando sei andato a Parigi?".

«Conosco un posto che ti piacerà...» le aveva detto, e l'aveva tirata per la mano facendola quasi correre mentre schivavano i passanti, le macchine, le bici, per finire in una strada appena dietro Old Street.

Si erano fermati davanti a una porta che sembrava un portoncino blu come tanti altri. Damiano aveva bussato tre volte, qualcuno aveva aperto nell'ombra.

«Devo vedere Kochi.»

Allora l'uomo nel buio aveva aperto la porta e indicato una scala di legno, e in cima alla scala c'era una casa giapponese. Era letteralmente il soggiorno di una coppia di giapponesi che ospitava tre tavolini per gli ospiti. Nell'aria c'era un odore umido e salino di bollore e cibo caldo.

«È un supper club» aveva spiegato Damiano, ed Elena non sapeva cosa fosse ma le piaceva tantissimo quell'essere lì, con lui, in un posto che lui aveva scelto per lei e per la sua passione per il cibo giapponese.

«Ramen. Okonomiyaki. Tempura» aveva elencato la signora con il suo accento forte, mentre Damiano aveva intrecciato le dita alle sue facendole pregustare quello che sarebbe iniziato di lì a poco, ubriachi di sake e del rivedersi dopo settimane.

Lo lascia dormire, Elena, prende la borsa e lo zaino con i vestiti e fa per uscire ma poi ci ripensa. No, lo zaino lo lascia accanto al suo letto. Tanto si rivedranno quella sera stessa.

La zona fra Tottenham Court Road e Soho è un concentrato delle mille vite che Londra porta dignitosamente con sé, come una regina con i suoi segreti. C'è una zona franca di uffici che conduce a Soho Square, con la sua casa storica e quei quattro spicchi di prato dove, nelle mattine di sole, gli impiegati si accalcano a pranzare con i loro tramezzini di plastica. C'è una chiesa, al lato della piazza. Lara si ferma un attimo davanti alla porta, sussurra «ti prego», chiude gli occhi qualche istante. Un attimo di silenzio, poi continua a camminare con lo sguardo che fruga intorno in cerca di motivi per calmare il respiro. Guarda i raggi di sole, come si fanno largo tra le nuvole. Guarda la porta gialla di quel negozio. Guarda la bakery con i croissant in vetrina. "Sarà tutto ancora qui quando avrai finito. Non cambierà nulla. Tu non morirai e il mondo non esploderà, qualunque cosa accada. Capito, Lara?" sussurra a se stessa. Ma no, non capisce.

Decide che non c'è tempo per l'esitazione. Non appena vede la vetrina con la cornice nera entra e chiede subito: «Vorrei parlare con Christopher».

«Scusi?» chiede la ragazza.

«Christopher Guns.»

«Chi è lei?»

«Lara.»

«Un'amica?»

«No, una pittrice.»

«Non trattiamo esordienti.»

«Voglio parlare con Mr. Guns, grazie.»

«Mi dispiace, non è qui e comunque riceve solo su appuntamento.»

«È probabilmente al piano di sopra, negli uffici. Può chiamarlo?»

La ragazza balbetta qualcosa, poi aggiunge che Mr. Guns è uscito e può lasciar detto alla segretaria. Compone un numero, aspetta che le rispondano guardando fuori dalla vetrina con la bocca colorata di rosa inutilmente aperta, poi qualcuno parla e allora dice: «Sì Mary, c'è una persona per Mr. Guns, che al momento non c'è, vero? Mm-mh. Sì, una ragazza, si chiama...» le lancia un'occhiata.

«Lara Marchese.»

«Lara Marchese.» Pausa. Lara sa di aver segnato un punto quanto vede la sua espressione mutare in lieve sconcerto. «Sì. Ah. Oh, ok. Certo, nessun problema.»

Attacca il telefono e le fa un sorriso spento: «Mr. Guns è rientrato e la riceverà tra poco».

«Grazie.»

Mentre attende, Lara percorre lo spazio della galleria. Non è molto grande: due stanze e un terrazzino che affaccia sul retro dei palazzi circostanti, ma Guns ha la fama di essere tra i migliori. Nessuno, tra gli artisti passati dalla sua galleria, si è mai svalutato nel tempo. Si va da Guns per fare una scommessa certa, per quanto bizzarri siano gli artisti rappresentati.

Lara si sofferma a guardare una falena grande come la sua testa fatta di stoffa e peli sintetici. La somiglianza con l'insetto è resa ancora più inquietante dalle cuciture che tuttavia appaiono evidenti.

C'è anche un Paxton. Clara Paxton è uscita due anni prima di lei dall'accademia, fa sculture in acciaio e lattice. Una figura umana dai tratti sessuali esagerati svetta su una colonnina al centro della seconda sala. Il lattice lucido fa venire voglia di strizzarla e sentirla sotto le dita.

«Lara Marchese» chiama una voce profonda alle sue spalle. Lara fa appello a tutto il suo coraggio per voltarsi e incontrare lo sguardo feroce di Guns, un uomo sulla cinquantina dalla barba nera lunga quasi fino al petto e un gilet di pelle. Le ricorda le illustrazioni di un libro di pirati che aveva da bambina.

«Spero che abbia un buon motivo per presentarsi senza appuntamento.»

«Mr. Guns» abbozza un sorriso, «aspettavo una sua chiamata.»

«Miss Marchese, credo sia abbastanza intelligente da capire che le chiamate che non arrivano sono risposte.»

«Sì. Ma lei non ha neppure voluto vedere i nuovi lavori.»

«Ne ha?»

«Quasi due.»

«Ah.» Sembra deluso.

«Quanti se ne aspettava?»

«Lasci stare.»

Lara fa per tirare fuori la stampa dalla cartellina che porta a tracolla quando lui la ferma. Fisicamente, le posa una mano pesante sul braccio.

«Lei non fa un favore ai suoi lavori a mostrarli in foto, lo capisce?» dice serio, scandendo le parole come fosse la spiegazione di un teorema scientifico. «Non siamo più all'accademia, né è appena uscita dalla scuola. Lei ha un nome e i galleristi, i critici, la vengono a trovare nel suo atelier. Se non sa questo mi chiedo a che punto sia. Mi chiedo...» sbuffa.

Lara lo guarda torva, offesa.

«Li guardi» intima.

«Mi avevano detto che lei era *impossibile* da trattare, e ora vedo che non sa neppure lavorare. Mi chiedo come abbia fatto finora.»

Lara lo guarda con disprezzo e, con le parole dritte e affilate come frecce, risponde: «Mi scopavo Delacroix».

Guns non sembra nemmeno sorpreso, quanto piuttosto rassegnato ad aver davanti esattamente l'animale sgradevole che gli avevano raccontato essere Lara Marchese.

«Vengo la prossima settimana.»

«Cosa? Dove?»

«Nel suo atelier, ovviamente. Dove se no, a casa sua?»

«L'atelier è casa mia.»

Guns si copre il viso con la mano e poi la lascia scivolare verso il mento scuotendo la testa. Sospira.

«Tra una settimana. Venerdì, alle dieci. Va bene?»

«Alle dieci no, dormo.»

«E si sveglia, cazzo!» urla Guns con una voce buia, tanto che Lara sobbalza. Sussurra un «ok» e va via.

Mentre la ragazza esce dalla galleria Guns pensa che era almeno una settimana che non si incazzava così tanto e che, se quella stronza della Marchese ha veramente qualcosa di buono e lui deciderà di rappresentarla, una cosa è certa: sarà costretto a riprendere le pasticche per la pressione. Adesso la guarda uscire e la sovrappone al sapore polveroso delle pasticche, che si attaccano alla gola e per mandarle giù ci vuole mezzo litro d'acqua.

Manca così poco per finire il secondo quadro. Le manca solo un colore, quel colore che non sa quale sia e più ne prova più sbaglia. Si è portata un piccolo blocco e delle matite colorate anche al pub. Ogni tanto, quando nessuno la vede, scarabocchia qualcosa, sovrappone sfumature, ma per lo più si distrae, si ritrova le pagine piene di abbozzi di volti, di occhi, di parole.

«Non viene oggi *hot dude*?» – quel figo.

Basta uno sguardo di Lara per zittire Kate sull'argomento.

«Sei carina» le dice Kate, senza motivo apparente.

Lara istintivamente si tira le maniche oltre i polsi, copre quasi le dita.

«Sul serio. Se *hot dude* non torna è un cretino.»

Lara ride, arrossisce accorgendosi di arrossire, e questo potrebbe farla diventare ancora più rossa.

«Sembri una dura ma sei dolce come lo zucchero, vero tesoro?»

«Fottiti.»

«Ecco, appunto. In realtà stai dicendo: *I love you, Kate.*»

«I love you Kate» cantilena Lara.

Il viso è nascosto dai capelli e sorride. Non vede l'ora di tornare a casa, oggi ha il turno corto. Si farà un tè bollente, metterà della musica nelle sue grandi cuffie bianche, tirerà fuori quei colori dai tubetti come essenze. Ancora una volta resterà incantata da quanto l'azzurro sia azzurro e il rosso sia rosso, e di quanto possano distorcersi in tonalità che non ha mai visto, di quanto la contaminazione conduca alla purezza assoluta.

Ancora una volta esisterà un mondo che lei schiude dalle sue dita, che nessuno conosce e che pure è reale. Così reale, nella sua testa.

Oggi lui non verrà, o sarebbe già arrivato, lei lo sa. Prova a mettersi in equilibrio sul "non importa" ma non riesce: non è vero, le importa moltissimo e non sa come ignorarlo. Tenta di concentrare i suoi pensieri su un altro uomo, Christopher Guns. Non ha detto a nessuno di essere andata da lui, neppure a Elena. Di come la volontà si sia fatta strada fuori dalla sua insofferenza al mondo, all'uscire, al mettersi le scarpe, al prendere la metro e al parlare con Guns, questo ancora le è oscuro. Quel che sa è che l'ha fatto, che è fiera di averlo fatto, e che quando torna a casa e nella penombra vede quei quadri lei sa che è a loro che lo deve. A volte tratta quelle mani come se non fossero sue. Come se ci fosse qualcosa, dentro, che non è lei né la sua volontà. Lo vede da certe forme che non aveva intenzione di disegnare e che invece escono sulla tela nude e precise. Inequivocabili.

Una volta l'aveva detto a Elena: «Immagina di voler dire "mi passi l'acqua" e invece dalla tua bocca esce fuori "devo fare la valigia" o qualsiasi altra cosa, del tutto diversa».

Elena aveva risposto qualcosa e lei non ricorda cosa, ma ricorda che erano parole di entusiasmo, incoraggianti. Non aveva capito che faceva male. È come scollarsi, come non riconoscersi e insieme vedersi per la prima volta. Dal pennello escono bellezza e mostri feroci, insieme, e lei sa che entrambi le abitano dentro. È lei quella bellezza, è lei quei mostri.

Adesso non vede l'ora. Ha pulito i tavoli, servito dei soft drink e delle birre, un paio di tè, qualche amaro, buste untuose di patatine. Ora vuole se stessa. Si brama. Con le dita delinea occhi e cerchi, e onde sul legno, come se le unghie fossero di vernice e potesse vedere le tracce che lascia.

Le vibra il cellulare in tasca, è un messaggio di Elena.

«Allora alle 8 da Fleur a Shoreditch, ok?»

Ci mette un momento a ricordare.

"La cena con Damiano. Oh merda. Oh, no. Non voglio."

«Leni, possiamo rimandare?» scrive, senza nemmeno pensarci.

Una manciata di secondi dopo il cellulare vibra più insistentemente, Elena sta chiamando.

«Lara, non farmi questo. Non essere una stronza. Lui era impegnato e si è liberato. Sì, ho capito che non ti va, ma per me è importante.»

«Ok, ok.»

«E poi da Fleur si mangia benissimo.»

«Mmh.»

«Forse porta anche un amico...»

«Oh no, Leni, l'amico no.»

«Lo facciamo per te, per non farti sentire il terzo incomodo. Sappi che non c'è nessuna scusa in grado di giustificare la tua assenza. Non rompere le palle e vieni. Ti aspetto alle otto.»

«Potrei sempre avere un malore improvviso e...»

«Lara.»

«Ok, ok.»

Attacca il telefono e si sente improvvisamente strappata a tutto quello che riteneva giusto, a quella serata in cui i suoi pensieri bastavano a riempirla. Quel mercoledì lei doveva restare a casa. Chissà come avrebbe dipinto. Chissà *cosa* avrebbe dipinto. E invece no: Elena la richiede. E la cosa più ridicola è che in qualche modo glielo deve: tutta quella lealtà non è più spontanea. Sono le richieste di Elena a essere invasive del suo spazio, o è la sua necessità di spazio a essersi mostruosamente espansa?

Se lo chiede mentre si veste annoiata. Tiene i jeans, cambia solo la maglietta. Anfibi. Le cuffie, anestesia locale per gli aliti caldi della metro. La giacca di pelo. I capelli li annoda in testa poi invece no, li scioglie e neppure li pettina, ci passa le dita dentro, bagna le ciocche mentre lava i denti, rafforza il nero intorno agli occhi. Vuole essere aggressiva e diffidente, vuole stringere la mano a questo Damiano e al suo amico, assistere a una serata inutile e tornare presto. Si stancheranno di lei, lo userà a suo favore.

Alla fine fa tardi, consapevolmente. Alle otto prende la metro e sa che ci vorrà almeno mezz'ora ad arrivare al Fleur, un bistrot piuttosto alla buona tornato improvvisamente in auge come uno degli ultimi avamposti della cucina autentica francese. Da quando Elena ha iniziato a frequentare quelli con cui lavora è entrata nel giro hipster-cool delle agenzie. Erano ovunque, anche alle feste degli artisti, e sembravano quelle serie di opere in edizione limitata: stessa forma e look con appena qualche variante. Tutti bellocci, ben conciati, ben allenati, ben rasati, ben scopati. Si portavano dietro la soddisfatta furbizia di aver consumato bene gli anni alle spalle e di voler fare lo stesso con quelli innanzi ma senza quella sguaiatezza nell'ostentarlo che avevano gli artisti. Visti da fuori erano eleganti e composti, attenti nei modi, curati nel vestire, profumavano di buono. Il venerdì si ubriacavano fino a svenire e la domenica andavano a pranzo tutti insieme, calze nere e camicie bianche, composti come una famiglia.

Entra. Il ristorante è pieno, il brusìo e il non identificare subito Elena la innervosiscono. Completa il disagio una cameriera bionda che le chiede con eccessivo entusiasmo se ha una prenotazione.

Lara inizia a dire qualcosa svogliatamente quando sente chiamare il suo nome. Elena è alla sua sinistra, sta agitando un braccio. Mentre si avvicina guarda il tavolo a cui è seduta e nota che c'è un ragazzo, uno solo. Inizia a essere sollevata, sarà una chiacchierata con Elena, anzi lascerà parlare lei e il suo ragazzo perché avranno un sacco da raccontare su come si sono conosciuti, su quanto si amino e su quanto sia bello stare insieme.

«Lara, pensavamo ti fossi persa, ce l'hai fatta ad arrivare!» sorride Elena. Poi più emozionata: «Lui è Damiano».

E lui si gira e il mondo si spacca. La terra non le tiene più i piedi, e i piedi non le sorreggono più le gambe, e i polmoni non prendono più aria e le labbra non si aprono e gli occhi tremano e scivolano come se fossero fatti d'acqua. Il mondo è rotto adesso, e Lara è su una fenditura ed Elena sull'altra e insieme a lei, lì che le tende la mano ma in realtà la guarda sgomento, sconvolto lo sguardo e un soffio la voce, c'è lui.

Damiano è il ragazzo del pub. Lui è il fidanzato di Elena.

Di tutti gli uomini che poteva incontrare a Londra, lei aveva incontrato lui.

Dura un secondo, poi il mondo si incolla di nuovo e loro sanno di doversi comportare come se non si fosse mai spezzato.

«Ciao, piacere» dice Damiano.

«Ciao» risponde Lara, poi si leva la giacca e scopre una semplice maglietta nera.

«Siedi di fronte a lui, dài. Non sai quanto ci dispiace che Adam non sia potuto venire, lo avresti trovato simpatico.»

«Dici?» commenta Lara, scettica.

Damiano ride. Allenta la tensione e inizia una conversazione semplice, piacevole, come se fosse normale.

"Forse ho inventato tutto, forse era tutto solo nella mia testa."

Lui parla in quel modo, che quando sorride gli ridono gli occhi e abbassa lo sguardo. Quando lo solleva si concede solo un attimo per incontrare quello di Lara, poi lo distoglie in fretta. Qualcosa si sta addensando nell'aria come fosse una corrente elettrica, lei lo avverte tutto intorno, è un respiro, è un calore.

Beve vino rosso come fosse acqua, presto i pensieri si concentrano tutti attorno a quella sensazione e perdono confini e ragione. Il cuore si fa più rapido.

"Questa sedia è fatta di un legno particolare, che va a fuoco. Dev'essere così. È questo il motivo per cui sono scomoda, e vorrei muovermi, e la mia pelle sta diventando incandescente. Non è lui. Non sono le sue mani, non è il modo in cui la t-shirt gli si muove addosso e nemmeno quel distogliere lo sguardo di continuo, come se fossi appuntita e pericolosa. Non sono le nostre caviglie che fanno di tutto per non incrociarsi e per questo si sfiorano continuamente. È la sedia. È questa sedia."

Elena sembra entusiasta: «Allora, devi vedere l'uffico, Lara. È qualcosa di meraviglioso. È all'ultimo piano di un palazzo altissimo a Shoreditch, ha queste vetrate immense: si vede tutta Londra. Abbiamo l'open space, con una parete di vetro anche quello, così tu non senti quello che dicono intorno ma vedi i colleghi, e poi c'è una sala lounge con biliardino, divani, juke box e anche il punching ball. Una volta devi, devi, DEVI venire. Anzi vieni domani? A pranzo? Che dici?».

«Volentieri. Certo.» E dice altre due o tre parole simili mentre sente i pensieri scollarsi sempre più alla conversazione e andarsi ad appiccicare altrove, come parole su una lavagna magnetica. Ascolta impotente la sua testa formare un pensiero che le toglie colore dalle guance deviando il suo sangue giù, dove non deve andare a pulsare.

"È il ragazzo di Elena. È Damiano."

Dio, quelle traiettorie. Se i suoi occhi avessero tessuto fili, tutti avrebbero visto la ragnatela di sguardi, avanti e indietro su di lui.

Elena si alza per andare a leggere la lavagna dei dessert. In quell'istante prendono uno sguardo che è come un respiro alla fine di un'apnea, e la mano di lui le arriva accanto mentre cerca la bottiglia del vino. Polso contro le dita della mano. Un istante che assomiglia a una carezza e non a uno sbaglio.

Le labbra che si schiudono come per dire qualcosa, e invece non fanno altro che prendere un sorso di quell'aria elettrica, mentre i passi di Elena si avvicinano nuovamente.

«Vado in bagno un attimo» dice Lara, e corre a chiudersi in un luogo dove, sola con se stessa, può lasciar gonfiare quel pensiero assurdo, infilarcisi dentro e aspirarlo come veleno.

Appoggiata contro il muro freddo di una porta con scritto LADIES, un cesso a fianco e un appendiabiti rotto sulla parete, chiude gli occhi e pensa “non è possibile”.

In un altro luogo, in un altro mondo, lo porterebbe via dal ristorante e lo scoperebbe subito, ovunque, appoggiata alla parete di un vicolo o contro una macchina, in casa o nel bagno di un locale. Consumandolo con la lingua e i sussurri. Fingerebbe di essere chiunque, per averlo, ma non può evitare quello che è lui: il ragazzo di Elena.

Elena. Come sua sorella.

Elena.

Si appoggia alla parete bianca, prende dei respiri lunghissimi, desidera svanire ma non accade. Non accade mai.

Struscia l’indice sotto gli occhi per asciugare il pianto, poi va davanti allo specchio dei lavandini e dentro trova una sconosciuta.

«Sono innamorata» dice alla sua immagine e desidera solo cancellare quel viso che le risponde, in cambio, un’espressione in bilico tra la disperazione e lo stordimento cieco dell’amore. Perché lei lo sa che tutti gli amori, anche quelli incredibilmente stupidi, apertamente suicidi, per un attimo rendono felici.

25

Impiega venti ore a finire il quadro. Venti ore consecutive in cui non smette, non si concede un vero respiro, ma solo affanno. Si nutre di alcol e caffè alternati a lunghi sorsi d'acqua, la bocca che circonda il rubinetto di casa. Non prende un bicchiere, non si ferma a sedere.

È accesa e inquieta perché lo vuole, perché sa di non doverlo desiderare, perché Elena lo ama, perché lui ama Elena eppure è sicura che basterebbe così poco per farlo capitolare.

«Sei un uomo. Sei solo un uomo» boccheggia, le mani luride di colore, le spalle e il viso macchiati, una canottiera che la copre appena. Ha smesso di sentire freddo, è merito dell'alcol e dei nervi che si surriscaldano nella danza ipercinetica del suo corpo e del suo cuore.

Le sarebbe bastato un altro giorno. Lui nel locale, lei con un abito più stretto – quello nero, quello che piaceva ad Andrés – la notte che scende e i suoi occhi che diventano più grandi, le labbra che sussurrano. Un bicchiere, il silenzio.

Se solo non fosse uscita quella sera, se solo non avesse saputo.

Damiano. Il suo corpo sopra Elena è qualcosa che non

riesce a immaginare. Delira, pensa che Leni non riuscirà mai a capire quello che lei ha colto in uno sguardo. Sragiona, ora si immagina scoprire dove abita, bussare alla sua porta, andare via insieme.

«E non è amore, Lara, è come con Andrés: è pazzia. Sei una povera pazza» si dice allo specchio. «Pensa a Elena, a tutto quello che ha fatto per te.»

Ripensa al giubbotto, a quel Bloom di quando erano piccole, e alle risate, e a come Elena fosse il motivo per andare ogni giorno a scuola senza crollare a pezzi, a come abbiano condiviso tutto, sempre. Fino a quel momento. E scopre che non conta nulla. Con orrore, disgustata da quel viso soddisfatto, da quello sguardo cattivo che vede nello specchio, scopre che potrebbe concedere a se stessa il lusso di tradirla. Leni. Sua sorella.

E come se lei la sentisse, come se fossero collegate da un filo invisibile che vibra indistintamente per il bene e per il male, Elena chiama.

Lara ha paura a rispondere.

"L'ha capito? Come? Quando? Cosa devo dirle? Posso negare. Negare ogni cosa."

Invece è la solita voce squillante e generosa di Elena che la avvolge.

«Allora, dimmi: ti piace? Che ne pensi?»

«Cosa?»

«Dami, ovviamente.»

«Sì. Carino.»

«Ti sembra preso?»

«Sì.»

«Davvero, Lara, secondo te è innamorato?»

«Sì, Elena. Secondo me è innamorato.»

Quante volte avevano avuto quella conversazione? Dieci? Cento? Sì, Elena, sei tu la più bella del reame.

«Ok. Lo so, sono scema a farmi tutte queste paranoie è che stavolta ci tengo sul serio, stavolta...»

«Sì: stavolta *lo ami davvero.*»

«È così, credimi. È diverso dagli altri.»

«Ok. Bene allora.»

«Senti, ti va questo sabato di venire con noi, cioè io lui e Adam, a sentire dei loro amici in un locale?»

«No, ho da fare, devo finire un quadro.»

«Oh, allora alla fine sei riuscita a fare qualcosa? Devi dirmelo, devi farmi vedere!»

«Non è ancora finito.»

«Quand'è finito, dico.»

«Poi vediamo.»

«Ok. Se non sabato allora domenica a pranzo?»

«No, Leni, davvero. Non posso.»

«Non ricominciare a fare la stronza. Io sono arrivata da poco e ho bisogno anche di te.»

«Sai che non è vero.»

«Allora bene, mettiamola così: sei la mia migliore amica e vorrei tanto che tu mi frequentassi.»

«Ci frequenteremo.»

«Allora vieni sabato o domenica.»

«Vieni tu qui, magari sabato pomeriggio.»

«Non posso, con Damiano andiamo ai giardini giapponesi. Se vuoi possiamo passare da te prima di...»

«No.»

«Ricomincerai a fare l'asociale del cazzo, Lara?»

«Preferisco che tu venga da sola.»

«Il problema è lui?»

«Non è un problema.»

«Be' puoi dirmelo perché, sai, si vede lontano un chilometro che ti sta sulle palle. Magari ieri potevi fare uno sforzo e parlarci un po' di più, ti pare?»

«Devo andare, Leni.»

«Vaffanculo, Lara.»

«A te.»

E attacca con un sollievo mai provato. Prende finalmente dei respiri, profondi. Il corpo si rilassa. Può funzionare: Elena non si è accorta di niente e lei, sì, lei può semplicemente evitarlo, non vederlo più – almeno finché non sarà passata. È facile.

"Non è facile per un cazzo."

Dopo quasi due giorni senza mai andare a dormire fa una doccia, mette un paio di jeans e scende al pub.

Varca la porta lasciando che si richiuda lenta alle spalle, fa un cenno a Kate, saluta il proprietario alla cassa, annoda il grembiule e inizia a preparare i tavoli dietro per la cena.

Carica una lavastoviglie e prega che lui entri da quella porta, si diriga verso di lei. Sciacqua una tazza e prega che non venga mai più, che si trasferisca dall'altra parte del mondo e che le lasci Elena.

Quando lui non torna sul serio, scopre che desidera vederlo più di quanto non desideri che sparisca. Considera il pensiero, lo soppesa, poi lo discute.

"Va bene. Va tutto bene. Mi serviva per finire il quadro, avevo bisogno di qualcosa del genere. Benzina: ecco cos'è stato."

Si convince di crederci e il pomeriggio in qualche modo scorre. In apnea. Dando eccessiva attenzione alla preparazione dei drink, pensando al quadro. "Il quadro. È quella la cosa importante, sei tu. Pensa al quadro."

«Sweetie, mi sono dimenticata una cosa» le dice Kate mentre riempiono bicchieri di Camden Lager. «Prima che arrivassi è passato *hot dude*.»

Bang. Centrata in pieno. "Potevi avvertire di sparare, stronza, non vedi che vacillo?"

«Ah.»

«Non era venuto per bere. Cercava te.»

Adesso, dentro, è un'esplosione.

Elena lo aspetta. Ha preparato la pasta al forno, la ricetta della vicina di casa con le polpettine di carne. In qualche modo, trovare tutti gli ingredienti al Tesco di quartiere l'ha fatta sentire a casa. Ora apparecchia con il set della colazione e le posate opache, ma non ha importanza: ha preso quei fiori gialli a tre pound che, messi in una bottiglia vuota, danno a quel tavolino da quattro la dignità di un piccolo banchetto.

Ha anche un regalo per lui. È passata in quel negozio di chitarre a Denmark Street e li ha visti in vetrina: plettri decorati, tutti in fila, colorati come tante caramelle. Quello con la bandiera inglese era perfetto, ora è un pacchetto minuscolo dove ha disegnato un cuore con il pennarello nero e lei anche crede di avere il cuore disegnato sul petto da come lo sente battere, incorniciato da quell'abito scollato che le ha regalato Lara la prima volta a Londra.

Manca solo una bottiglia sul tavolo. Sono le otto e cinquanta, starà per arrivare, fuori è già buio pesto da ore (questo l'ha fatta sentire sempre in ritardo). Devono brindare alla sua prima produzione pubblicitaria e alla data di uscita del singolo degli Antidote, che è finalmente stata fissata per inizio estate.

Mentre percorre avanti e indietro il pavimento di casa pesandolo con i tacchi alti pensa che, fatte salve le pizze surgelate e un po' di pasta cucinata con Lara, non ha mai preparato una vera cena. Mai. Per nessuno.

Prende il cellulare, senza nemmeno pensarci sceglie il numero di sua madre.

«Mamy? Sì, sta venendo a cena. Ho fatto la lasagna di Maria, che dici va bene? Certo, sì che ho il vino. Mmm, boh, un rosso della Nuova Zelanda. Be' senti, qui il Montepulciano non ce l'hanno, andrà bene lo stess... Mamma! Ma certo che è un completino coordinato, che scema che sei, io con te di queste cose non parlo. No. Sì, Lara sta bene. No, aspetta che mi sembra di aver sentito il citofono. Sì, è il citofono. Vado, mamma. Crepi, crepi!»

E apre la porta, con quell'abito color corallo e quelle labbra soffici, gli occhi pieni di felicità. Damiano con il suo mazzo di fiori in mano si ferma, la guarda e pensa sia la donna più bella che abbia mai visto.

Non riesce a separarsi da quel tepore, sforzare il corpo in posizione eretta, entrare nella doccia. Mentalmente ha fatto il percorso decine di volte ma poi è sempre rimasta lì, avvolta dalle coperte, appena illuminata dalla luce lattiginosa che filtra dalla tenda.

Sono le nove e venti. Quaranta minuti e Christopher Guns varcherà la porta della sua casa. Entrerà nella sua tana, nel suo odore, dove ogni oggetto – con la sua forma, la sua posizione, il modo in cui è ordinatamente riposto o confusamente buttato – racconta qualcosa di lei. Qualcosa che deve restare *dentro,* mai uscire fuori. Chiuderà le porte, sbarrerà gli armadi e sa che non basterà.

È quel fastidio, quella sensazione di impotenza e di aggressione che la tiene ferma, immobile, nascosta fra le coperte. Se non si alza non potrà vestirsi. Se non si veste non potrà aprire la porta. Se non apre la porta, lui non potrà entrare. Si chiede se Guns sia uno di quelli che si metterebbe a bussare a gridare, e la risposta è sì. Poi si chiede se ci siano artisti che farebbero carte false per avere Guns che bussa alla loro porta di casa, e anche in quel caso la risposta è sì.

Lei lo ha cercato. Lo ha preso, condotto da lei. Non nella sua casa, ma dai suoi quadri. Finiti, smaltati, asciutti, conosce il modo in cui occupano lo spazio in silenzio, al centro del salotto, nella luce del mattino. Ha tirato fuori tutto, le tele migliori. Le ama come si ama la propria bellezza, nei rari momenti in cui se ne è consapevoli.

Le nove e mezza. Ora si alza perché smette di pensarci. Decide "lo faccio e basta" anche se il corpo le pesa addosso, è una fatica mettersi in piedi, uno sforzo bagnare la pelle e asciugarla, difficile anche scegliere i vestiti da indossare e infatti alla fine infila quelli del giorno prima. Jeans. Una maglietta. Aspetta scalza, perché ha adottato quella abitudine nordica di levare le scarpe in casa. Chiude tutte le porte tranne quella del salotto. E in quel momento, alle nove e cinquantotto, suona il campanello.

Davanti alla porta appare la figura di Guns, imponente. Ha un cappotto nero lungo, d'altri tempi. I baffi puntano al cielo. Odora di vento e di freddo. È venuto da solo, ha lo sguardo accigliato.

Fa qualche passo, leva il cappotto, lo appende come fosse casa sua, si spolvera la camicia con le dita della mano.

«Allora si è svegliata, signorina Marchese.»

«Sì» risponde Lara, «certo» si affretta ad aggiungere.

«Siete tutti uguali.»

«Non è vero. Non lo siamo.»

Guns non si disturba a proseguire il dibattito: «Non mi offre un caffè?».

«Vuole un caffè?»

«No.»

«Andiamo, allora» dice lei, secca.

Non ricorda di essersi mai sentita come in quei pochi passi che separano l'ingresso dal salotto. In tutti quegli anni, a scuola e all'università, non è mai stata interessata a passare un esame. Sapeva che in qualche modo l'avrebbe fatto, contava sull'intelligenza e il voto era una variabile irrilevante. Sul talento invece non puoi contare, se ne accorge adesso: come la bellezza, è negli occhi di chi guarda. Lei non sta sostenendo un esame per la sua bravura, ma per il modo in cui questa avrebbe parlato a Guns.

Adesso apre la porta del salotto. Adesso, nel bagliore di quella mattina, lei svela le sue tele, si mette da parte e lascia che il giudizio sia per qualcosa che fa parte di lei, ma non è lei. Lara diventa spettatrice.

Guns prima percorre la stanza avvicinandosi ad ogni opera, poi misura i passi cercando la giusta distanza dai quadri e, infine, si ferma immobile. La densità di quel silenzio la fa tremare.

Nulla si muove, se non il loro petto. I respiri sono l'unica cosa a far vibrare l'aria di quella stanza. Leggeri quelli di lei, quasi in apnea, sospirati, quelli di Guns.

Lei da un lato e lui di fronte ad *Amore*. Lei che riguarda il suo quadro e spera, prega che lui se ne innamori, perché non avrebbe potuto fare di più – di questo è certa. C'è voluta tutta la sua vita per arrivare a quel quadro. C'è voluta Elena, c'è voluto Andrés, c'è voluto Damiano. E le sue mani, le bottiglie, le dita unte del cinese sotto casa, la voce stridula di sua madre al telefono, la tuba di Elio. E suo padre. C'è voluto il suo non essere tornato.

Non osa parlare, sa solo che ci sta mettendo molto, troppo. Conosce il passare del tempo dal modo in cui intravede i bus rossi alla fine della strada che si fermano e ripartono. Di nuovo si fermano, di nuovo ripartono. E lei, lo sguardo fisso su quell'angolo di prospettiva lontana per non guardare Guns in faccia. Le mani avvinghiate dietro la schiena per tenerle ferme.

Resiste dieci, forse quindici minuti ma alla fine non ce la fa: si volta verso l'uomo. Lui sta in piedi fermo, impettito come se stesse per fare un saluto militare. Il volto dritto verso *Amore*, gli occhi socchiusi, una mano che copre la bocca. E sta piangendo.

Lei corre. Corre fuori di casa, corre lungo la strada che la separa da Chalk Farm, corre davanti alla Roundhouse, corre davanti ai bar e all'entrata della metro, corre come se le si stessero scollando le gambe di dosso sul ponte e su, ancora più su fino al parco con tutta Londra distesa all'orizzonte, dalla cima della collina, lascia andare fuori tutto con un grido che è di vittoria, di gioia, ma soprattutto di guerra.

Oggi lei ha vinto contro se stessa. Lara ha vinto contro Lara ed è diventata Lara. Per lei ha senso. Per lei è la cosa che più di tutte ha senso.

Deve mandare a fanculo tutti. Il lavoro al pub e l'odore di piscio della sua moquette, Andrés e anche Damiano. Sì, anche lui. Adesso niente ha più importanza di se stessa, della promessa di Guns. Delle sue lacrime, delle parole che non trovava.

Telefona a Elena, fatica a farsi capire mentre parla urlando, parla velocissima, ma Leni la conosce. Leni capisce tutto.

«Sono così felice per te» e lei sa che è vero. Sa che Elena è davvero capace di provare la sua felicità, di farne anche la sua felicità e in questo modo amplificarla.

«Festeggia con me stasera» dice Lara, «andiamo in qualche posto a cena, poi ubriachiamoci. Andiamo a ballare sui tavoli di qualche locale.»

«Così mi piaci! Adesso organizzo tutto, lasciami parlare con Dami...»

«No, Leni, noi due sole.»

«Ma certo, ci parlo solo per chiedergli un consiglio su dove andare.»

«Sì, ok» risponde Lara incerta. A patto che non lo troviamo lì, vorrebbe aggiungere.

E scende dalla collina leggera, il corpo che quasi non lo sente più, la testa piena solo di cose meravigliose. Torna sui suoi passi, la strada sembra ancora più bella ora che il mondo sa. No, in realtà solo Elena sa, ma per lei è come se il mondo sapesse. Cammina con lo strascico di artista addosso, sente di nuovo quella polvere magica vestire i suoi gesti, come quando era con Andrés.

"Ero sempre io. Sono sempre stata io, perché me n'ero dimenticata?"

Passa davanti al pub. Dovrebbe chiamarli ma pensa sia meglio andare di persona a rassegnare le dimissioni. Apre le porte con sicurezza, varca la sala, incrocia lo sguardo di Kate e quella sorride un po' perplessa: oggi non è il suo turno.

«Ehi, Lara.»

«C'è il manager?»

«Adesso no, dovrebbe arrivare tra una mezz'ora. Cosa ti serve?»

«Parlarci.»

«Te ne vai?»

Lara annuisce, anche Kate annuisce per dirsi d'accordo. La invita a sedersi, le fa un tè. Lara si mette al tavolo vicino alla finestra, il suo preferito. Guarda il tè e sorride. Ora si rilassa, si concede di riprendere le parole di Guns e rigirarle in testa, godersele, ripeteresele. «Se io oggi non fossi venuto qui a vedere i suoi quadri, se li avesse visti qualche altro gallerista e l'avesse presa con sé, io mi sarei sentito come se avessi buttato trentacinque anni di carriera, Miss Marchese. Questa è l'unica cosa che deve sapere.»

E ora, lei la sapeva.

Sente dei passi alle sue spalle e si prepara a fare il suo breve discorso di dimissioni. Dirà solo che non può più lavorare per motivi personali. Non spiegherà perché, non è tenuta, non sono loro le persone con le quali deve condividere questo inaspettato cambio di scenario che le apre davanti una voragine di brillante futuro.

Si aspetta la figura pesante del manager passarle davanti e sedersi sulla panca di fronte a lei, ma si sbaglia. Sposta lo sguardo e vede una giacca di pelle nera. Solleva gli occhi e incontra quelli, tiepidi e ambrati, di Damiano.

Passa un attimo prima che si accorga di sorridere e che riprenda i lembi di quel sorriso.

«Cosa ci fai qui?»

«Te l'ho detto, il mio studio di registrazione...»

«Cosa ci fai qui al mio tavolo, intendo.»

«Ti saluto.»

«Ok. Ciao» sorride brevemente Lara, poi torna a fissare fuori dalla finestra.

«Ti dispiace se mi siedo un attimo? Forse aspetti qualcuno ma, davvero, solo un attimo.»

«Come stai?»

E lei vuole fare la seria. Davvero, vuole tenersi quel broncio e mandarlo via, ma poi ecco che il sorriso le scappa di nuovo fuori, i lembi delle labbra si incurvano e lei si copre il viso continuando ad allargare quell'espressione di gioia. Quando sbircia fra le dita, anche Damiano sta sorridendo.

«Wow, ti va di raccontarmi cos'è successo?» chiede lui.

Sembra tutto così facile con lui. Sembra davvero che potrebbero diventare amici, il problema è che non lo sono. C'è troppa pelle che spinge per scoprirsi, fra quegli sguardi. Per questo lei non resiste. Non riesce a non condividere quella felicità con lui, perché è la cosa più bella che ha.

«Ecco, ho trovato un gallerista per rappresentarmi.»

«Fantastico! Raccontami, come l'hai trovato? Com'è andata?» sembra sinceramente interessato come si è sinceramente interessati quando si corteggia. In modo esaltato, alterato, eppure spontaneo.

«Elena non ti ha mai detto niente di me?»

«Non molto. Mi ha sempre detto che sei speciale però, e questo era facile da capire.»

È strano. Elena parla sempre di lei – «sono il tuo ufficio pr» dice sempre. Credeva che Damiano sapesse tutto, anche le cose brutte. Questo la colpisce ma al tempo stesso le dà sicurezza: può raccontarsi, e farlo nel modo che desidera. La verità è che vorrebbe iniziare da quella notte a viale Indipendenza, ma ha imparato che condividere i segreti non avvicina, separa. Allora gli parla della borsa di studio al London College of Arts, racconta delle mostre, delle notti a dipingere, racconta di Andrés lasciandolo sullo sfondo ma è Damiano a tirarlo vicino.

«Quindi, lavorando nel settore, lo senti ancora...»

«Non più. Potrei incontrarlo, anzi: succederà sicuramente. Ma non è un problema.»

«Perché non lo ami più?»

«Perché adesso posso accettare che non mi ami.»

«Allora lo ami ancora.»

«Forse un po' lo amerò sempre. Io sono così, ho difficoltà a dimenticare» risponde lei, con lo sguardo che devia qualche secondo verso la finestra e poi gli torna addosso: «Ma perché stiamo parlando di questo? Parliamo della mia mostra personale, lì in galleria, il mese prossimo: è completamente assurdo. Fino a ieri a lavorare qui al pub e domani... cazzo! Consegno i quadri per una mostra personale da Guns&Co. È come dire che domani trovi tutte le vetrine di HMV con il vostro cd.»

Damiano ride: «Anche io ti racconto una cosa» sussurra.

Apre la bocca, poi fa un cenno per farla avvicinare e lei lo fa con cautela, come se fosse lo spazio che la divide da una tigre.

«Andiamo a fare un live per BBC Radio 1.»

È Lara adesso quella a trasalire di entusiasmo, si copre la bocca con le mani, sobbalza sulla panca: «Ma è fantastico!» gli prende la mano per un attimo e altrettanto rapidamente la lascia.

«Sì, è... è...» lui non trova le parole.

«Elena lo sa?»

«Certo. Non tutto però, le ho solo detto che stasera ho una sorpresa per lei.»

Lara si oscura: «Stasera lei non può stare con te. Esce con me».

«Ah. Ok bene, allora glielo dirò domani magari. Uscite a festeggiare?»

«Sì.»

Ci stanno girando intorno. Nessuno dei due riesce ad ammettere quello che sta succedendo. Si tengono al sicuro sull'inesistente possibilità che possano restare innocenti.

«Ehi, magari possiamo raggiungervi io e Adam a un certo punto? Così glielo dico mentre siamo tutti insieme, che ne pensi?»

«Non è una buona idea. Siamo io e lei stasera» ribadisce Lara.

In quel momento sente la voce del manager alle sue spalle. Sa che deve cogliere l'attimo prima che sparisca di nuovo.

«Devo parlarle un momento» dice alzandosi e prendendo da parte l'uomo. Lo fa anche per allontanarsi da quel tavolino. Di nuovo, prega che lui resti e anche che se ne vada.

Parla qualche minuto con il manager, apprende di dover scrivere una lettera di dimissioni e di dover dare un preavviso di un mese, che patteggiano a due settimane. Quando torna, lui è ancora lì e ha la sua giacca in mano.

«Facciamo due passi» le dice. Lei non trova nessuna

ragione per opporsi. Infila le mani in tasca, escono uno dietro l'altra. Camminano con un ritmo tutto loro, rapido e al tempo stesso lentissimo, perché si fermano a guardare vetrine, a indicare persone, si sorprendono a notare le stesse cose.

Lui le racconta di essere rimasto bloccato sul testo del singolo per due mesi.

«Sai quando la testa sembra completamente bianca, nemmeno un'idea di quelle scarse con cui giocare un po'?»

«Certo che lo so. Ho passato notti intere a fissare quella tela senza farci nemmeno una riga sopra e impazzivo, perché so che da qualche parte...»

«... sì, lo sai che ce le hai, quelle idee, ma in alcuni periodi sembra che ci sia, non so, un'allerta nucleare nel tuo cervello e restano tutte nascoste.»

«Un'allerta nucleare?»

«Sì, tipo, qualcosa dentro di te che intima alle idee di non uscire. Mai. A nessun costo.»

Lara scoppia a ridere, annuisce. Non smette di ridere tanto che rischia di inciampare contro un ciclista e allora lui le prende la mano e la tira verso di sé. Non la lascia. In silenzio, continuano a camminare con le dita intrecciate.

È impossibile pensare che non ci sia qualcosa tra loro. Ce l'hanno tra le mani, quel qualcosa.

Nelle fessure tra la pelle e le dita, Lara sente sfrigolare la cosa più vicina all'onnipotenza che abbia mai provato. Come se l'universo intero sia stato creato da quell'elettricità e dalla stessa possa essere distrutto. È la cosa più bella e terrificante, oscena e santa che abbia mai provato addosso, e in ogni spazio dei suoi pensieri. E la cosa peggiore è che sia fra lei e Damiano.

Sente il braccio tendersi mentre lui rallenta, si ferma.

Guarda in terra, poi guarda lei, poi di nuovo in terra come se le parole dovesse raccoglierle.

«Senti, Lara...»

«Per favore, non dire niente. Lo so.»

«*Damn*» impreca lui. Lì, che tentenna, che si capisce che vorrebbe dire e fare e al tempo stesso non dire e non fare. Non essere lì.

«Va tutto bene» dice lei, perché è quello che dicono sempre gli inglesi. Ha adottato quell'*it's alright* per rispondere a qualsiasi catastrofe. Si dice a un bambino quando si sbuccia un ginocchio, si dice a un adulto che sta morendo. *It's alright.* Vuol dire va tutto bene e anche non va bene niente ma questa è la vita, sono cose che succedono, ti ci abituerai o no. Accettalo.

Lei è la prima a non riuscire a farlo. Lasciare quella mano, allontanarsi verso casa, le sembra di doversi strappare. E se la voce fuori ha detto che è tutto a posto, un'altra voce dentro si chiede perché sia sempre così difficile volerla. Perché non sia semplice scegliere lei davanti a una fuga, davanti alle regole, davanti a Yasmin Ellison, davanti a Elena. Non capisce perché lei sia così difficile da amare.

Quella sera, a cena, nota come le luci delle lanterne marocchine di quel ristorante etnico si riflettano sul viso di Elena, e di come non riesca a trovarle un'imperfezione. È dolce il modo in cui lei cerca le sue mani e le stringe e dice, con quello sguardo strizzato dalla gioia: «Ce l'hai fatta, Lara! Hai visto?».

Non trova un difetto nel modo in cui le cose sembrano

starle intorno leggere, a lei invece la vita pesa, per lei il mondo intorno è appuntito. È questa, la grande differenza. La grazia con la quale Elena attraversa il mondo contro la diffidenza con la quale Lara lo osserva, pronta a difendersi. Ed è assurdo che anche la bellezza della sua migliore amica, ora, sembri qualcosa contro la quale proteggersi.

«Devo vederli, i quadri. Quando posso venire?»

«Guns li ha già presi. Vorrebbe inaugurare la personale già il mese prossimo e intanto mi ha chiesto di farne altri, se riesco.»

Elena sembra visibilmente emozionata: «È pazzesco, Lara».

Lara si schernisce, ma pensa la stessa cosa.

«Be', almeno uno devi regalarmelo. Se non ci fossi io, che ti salvo sempre...»

Lara tace.

«Non mi salvi *sempre*.»

«Be', quasi. Che ne sarebbe della Lara artista se una certa qui presente migliore amica non l'avesse incoraggiata a partire con un critico sconosciuto? E poi non fosse volata a Londra per rimetterla in piedi quando il critico se n'era andato?»

«Certo. Li hai dipinti tu i quadri.»

«Lara, lo sai che non voglio dire questo, è solo che sono fiera di averti aiutata ad arrivare fin qui.»

«Grazie.»

"Ho capito, Elena. Anche quando sono io a vincere, sei tu quella brava. Lo sanno tutti."

Sorseggia un bicchiere di vino come fosse acqua, è il secondo e non hanno ancora iniziato a mangiare, e con i pensieri cerca di tenersi a debita distanza da Damiano ma il solo fatto che Elena sia lì davanti lo richiama tra di loro.

«Allora, la personale è ad aprile, ho capito bene?»

Lara annuisce.

«Ti porto un sacco di gente! Dami e Adam mi stanno facendo conoscere tutti questi musicisti, artisti, sono gente molto figa. Ti piaceranno, promesso.»

Lara annuisce di nuovo e ancora si riempie il bicchiere. Tiene lo sguardo nascosto da quello di Elena, le vaga addosso e intorno ma senza mai toccare gli occhi.

«Cosa c'è, Lara?»

«Niente.»

«Lara, ti conosco troppo bene, so che c'è qualcosa. Perché non me lo dici?»

«Non è niente.»

«Parla con me, Lara.»

"Non posso."

«Sono solo... È stata una settimana impegnativa e adesso ho la pressione di dover dipingere altri quadri e non so se ce la farò. Non mi aspettavo di essere rappresentata da Guns.»

«Va tutto bene.»

It's alright.

Ecco, adesso glielo vorrebbe dire. Lo vorrebbe dire piano eppure facendo un frastuono incredibile come quel giorno, nella sua camera a Roma, quando aveva pronunciato per la prima volta il nome di Andrés Delacroix. Deve dire il suo nome. Deve dirlo, per renderlo vero. E deve confessare i suoi sentimenti, vederli riflessi sul volto di un altro per non tenerli tutti dentro e sentirli implodere. Ma guarda Elena, con quegli occhi pieni di affetto, con la fiducia che le rilassa le spalle e la cura mentre le versa dell'acqua e non ce la fa a distruggere tutto quel bene. La sua unica fonte di bene.

La sconvolge il fatto di riuscire a pensare, e addirittura desiderare, di tradirla.

«Ti voglio bene, Leni» le dice. E le parole escono dal più profondo del suo cuore.

«Anche io, scema» risponde Elena.

Forse basterà dirlo – pensa. Lasciar uscire questa cosa folle e bellissima, assurda e crudele, e sarà possibile rinunciare.

E lo sa, sa chi è l'unica persona che sarà capace di accogliere un segreto del genere, che la ascolterà in silenzio e poi le preparerà qualcosa da bere. Quella notte quando – ubriaca, stanca, consolata dalla musica forte di un locale dove ha ballato tutta la notte – torna a casa, non si mette a letto ma accende il computer. Spera di trovare un'offerta, e la trova. Per settanta euro, l'indomani sarà a Roma.

26

Il cielo è sereno, il sole splende in quella tersa giornata d'inverno e lei ha la gola piena di spine. Porta solo una borsa di pelle con sé, con dentro una maglietta e un paio di slip: nessuna intenzione di fermarsi a Roma più di un giorno. Prende il bus fino al centro e riconosce tutto come fosse una poesia imparata a memoria. Guarda il vicolo e ne assorbe i rumori, ne indovina i successivi; sembra una litania per calmarla e infatti prende respiri profondi, rallenta il passo. Cammina su quei sanpietrini come se avesse smesso il giorno prima. Pesce rimesso nello stagno: ha le sue anse, i suoi percorsi, riconosce la temperatura sulla pelle, l'odore.

È venuta per dirlo, solo per quello. Non vuole fare altro che lasciar uscire la prima parola, un suono. Lei vuole parlare di Damiano in un luogo che non sia la sua testa.

Vuole confessare e poi sedersi a terra e piangere la miseria banale degli amori infelici. Quelle lacrime che si trattano come dolori di poco conto, finché non si spremono dalle proprie viscere.

Si sente così: spaccata, avvelenata dentro.

Lui è tanto più presente dentro di lei quanto più ampia diventa la loro distanza.

E a Londra non sa a chi dirlo, né come.

I ricordi le decantano in testa, tossici. Il sorriso. Quello sguardo e le mani dai movimenti dolci. Il modo di inclinare la testa quando parla, gli occhi socchiusi nel fare una domanda. E vuole raccontare di come questo si sia annidato nel posto sbagliato dentro di lei, in quella tana morbida al centro del cuore dove finiscono le cose che vogliono lasciare una cicatrice.

Si ferma davanti all'Assenzio che è il tramonto, e pensa che quella luce arancione e densa lei la conosceva bene, filtrata dalle finestre che affacciavano nella sua pancia profumata di alcol e tempere. Mette la mano sul pomello a forma di diamante e si sente così tornata a casa da provare pena per se stessa.

Dentro è un po' più buio ma non ha bisogno di cercarlo: lui è lì, seduto sullo sgabello alto alla sinistra del bancone. Gli ultimi anni sembrano avergli solo incurvato la postura, ma il resto è intatto: la sua imponenza e le maniche della camicia arrotolate fino al gomito. Le scarpe a punta, l'aria nervosa di chi sta per iniziare a ballare o schioccare un colpo di frusta.

«Elio.»

Lui solleva gli occhi e li socchiude. Ci mette qualche secondo a realizzare e, quando capisce, la guarda con una commozione ferma e nascosta.

«Lara.»

Il silenzio di un cassetto dell'anima che si riapre.

"Dio, com'ero. E perché non sono riuscita a rendermi felice? Dove sono finita?"

«Sei tornata a regalarmi un quadro?» chiede lui.

«No» risponde lei con un suono storpio.

«Come stai, bambina?»

«Bene.»

«Sì, e io sono diventato una ballerina di flamenco. Dove sei stata tutto questo tempo?»

Lei boccheggia qualcosa, sentendo che la verità le sta già colando lungo le guance.

«Un uomo» sentenzia lui.

Lei abbassa lo sguardo.

«Come si chiama?»

«Damiano» dice lei, e non lo ha mai sentito così suo come pronunciando quel nome davanti a Elio. «Damiano» ripete, come se lo stesse dando alla luce lei, con quelle due sillabe che le sfiorano la bocca.

Sale sullo sgabello a fianco di Elio prima di coprirsi gli occhi con le mani e sentirle subito bagnate.

«Ah, ma è una cosa seria.»

«Non è niente.»

«Allora è molto seria, se non è niente e ti ha fatto tornare qui.»

«Mi piace qui» dice lei respirandosi quell'odore di polvere, arancia e detersivo per i piatti. «Perché non sono tornata prima?»

«Lo sai.»

«No.»

«Ora mi dici tutto. Ma prima metto un po' di Edith Piaf.»

«Mi fa piangere.»

«Ma tu devi piangere.»

E mentre i violini si infilano nell'aria come stiletti dritti al suo stomaco, lei guarda negli occhi di quell'uomo imponente, con la barba dritta e puntuta e le narici arcuate, e lo dice per la prima volta: «Mi sono innamorata dell'uomo di Elena. Io lo amo, Elio. Come fosse un veleno nell'aria che respiro, come se quello che ho dentro, il cuore e le viscere e le pareti liquide che contengo, fossero vive solo per il suo sguardo. Come se volessi imparare a respirare dentro la sua bocca».

E più ne parla più cresce in lei un'esaltazione febbrile, perché dirlo lo rende reale, amplifica quei sussulti che hanno sempre fatto eco solo nella sua mente. Parlare del sentimento che la lega a Damiano è quanto di più intenso abbia mai fatto insieme a lui.

Gli occhi di Elio si socchiudono ma la bocca resta ferma. Vorrebbe abbracciarla e lo fa a modo suo: tirando fuori un bicchiere. Vorrebbe dirle molte cose, e lo fa preparando il drink con più cura del dovuto, grattugiando la radice di zenzero con il coltello pulito.

Per molto tempo l'unica voce in quella sala è quella di Edith Piaf.

Je renierais mes amis
Si tu me le demandais.

Infine lui prende uno dei suoi sospiri lunghissimi.

«L'ho conosciuto, Damiano. Hanno fatto un concerto qui, la tua amica Elena ha insistito tanto.»

Stavolta è Lara a sgranare gli occhi.

«Perché non me l'avete detto?»

«Perché avremmo dovuto? Tu eri a Londra a fare la tua vita, che è giusto, e noi qui abbiamo fatto la nostra.»

«Allora sai di chi sto parlando.»

Lui annuisce. «Un ragazzo in gamba. Belloccio.»

«Belloccio è denigratorio.»

«Be', non sono qualificato a giudicare la bellezza di un

uomo. E comunque tu, fra tutti gli uomini bellocci che ci sono al mondo, ti vai a innamorare di questo qui?»

«Non lo sapevo quando ci siamo incontrati.»

«Non cambia le cose. Comunque, sei venuta per un consiglio? E il mio consiglio è uno: rinuncia.»

«Ma io *lo amo.*»

«Cosa ne sai, Lara, dell'amore?» chiede lui, adesso con un tono lievemente sprezzante, i muscoli delle braccia tesi.

«Vuoi insegnarmi qualcosa, forse? Ti avrò visto con decine di donne diverse. Non mi sembri *qualificato* a giudicare l'amore.»

«L'amore come lo intendi tu non esiste, Lara. Non è questo, per lo meno.»

«Ah no? E cos'è, spiegami.» Si sistema sullo sgabello a braccia incrociate.

«Forse non lo so nemmeno io. Facciamo tutti così. Prendiamo desiderio, lussuria, solitudine, attrazione, ossessione, paura, rancore, mancanze e le impacchettiamo tutte insieme, mescolate, mascherate, e ci mettiamo sopra una bella etichetta: AMORE» scandisce le lettere, «ma poi l'amore è un'altra cosa.»

«Ti sei mai innamorato, Elio?»

Lui chiude gli occhi, prende un respiro, come se aspettasse questa domanda da sempre. Esce dal bancone, ora. Cammina lentamente lungo la sala, un braccio lungo il fianco e una mano sul collo. Scuote la testa, va verso le scale.

«No, non andare via» sussurra lei. «Raccontamelo.»

Elio resta immobile, gli occhi fissi nel buio sotto ai suoi piedi.

«Lei si chiamava Eva. Era la mia compagna.»

Inizia, lasciandosi scorrere le dita lungo la cicatrice sulla clavicola, che piega la sua pelle come un incubo piega un lenzuolo. Si volta, la guarda fisso negli occhi.

«Non amare mai *veramente.* Amare veramente è una pazzia, è vedere le ombre e non i contorni. Ce l'avevo davanti ogni giorno, Eva, eppure non la vedevo. Vedevo il mio amore sopra di lei, la sfocava, la cambiava. L'ho mai conosciuta? Non lo so. Conoscevo il modo in cui baciava, il modo in cui faceva l'amore, confondevo disperazione e passione. Parlavamo, e io non so se le ho mai davvero risposto. Lei mi diceva: "Stasera sono stanca" e io rispondevo: "Perché non andiamo al mare, domani?". Lei piangeva e io la baciavo, perché pensavo che fosse come capirla.»

Si versa del vino rosso e appoggia la mano sul vetro art déco della porta, quello con la signora in abito arancione e i gigli in mano. Ne segue i contorni.

«Io ero una persona per bene, quindici anni fa, mica questo naufrago che vedi adesso. Pensa: sono laureato, io.»

«In cosa?»

«Economia. E mi ero anche messo a lavorare, mio zio aveva un'azienda di filati. Io curavo la parte di produzione. Spedivamo all'alta moda, alle grandi case francesi. Una volta anche alla Cina. Me li ricordo, sono venuti loro a vedere. Tutti inamidati in questi completi neri, con gli occhiali – erano in quattro, e avevano tutti gli occhiali! Li abbiamo portati a visitare la fabbrica e poi a cena fuori, a mangiare ai Castelli. Ma tu ci pensi: i cinesi a bere il vino dei Castelli. E infatti quelli sono caduti come birilli, paf!, uno per uno. Io e mio zio ce li siamo dovuti portare a braccia, in albergo. Andava tutto bene. Voglio dire, era tutto normale. Io avevo questo lavoro che tutto sommato mi piaceva, mi ero comprato la macchina – una Golf blu – e stavo pensando di comprare anche casa. Niente di che, un bilocale vicino ai miei, a Roma Est. E poi arriva Eva.»

«Come vi siete conosciuti?»

«Amici comuni. Un giorno mi portano a teatro, a vedere questa loro amica. Un buco con trenta sedie di legno e il regista che strappava anche i biglietti all'ingresso. Tutti a pensare: "Ma guarda che merda". Entra in scena lei, e all'improvviso è come se avessero levato il volume al resto del mondo. Io una così bella non l'avevo mai vista. Ha tenuto su uno spettacolo di un'ora e mezza, con una sceneggiatura ridicola e tre cani di attori, solo con gli occhi. Ci teneva su tutto, con quegli occhi. Le parole degli altri, la scenografia penosa, le nostre sedie. Come facevo, io, a non chiederle di uscire?»

«E l'uscita è andata bene» sorride Lara.

«Non siamo usciti, in realtà.»

«Come no?»

«Sono andato a prenderla in macchina per portarla a cena, invece abbiamo passato la serata a scopare parcheggiati sotto casa sua.»

«Dovrebbero essere tutti così gli appuntamenti.»

«È stato più o meno così sempre. Non potevamo stare separati, e quando stavamo insieme non riuscivamo a stare vestiti. Lei diceva che io riuscivo a non farla pensare alle cose brutte, che con me era sempre felice.»

«E tu?»

«Io la amavo.»

«Eri felice?»

«Credo di sì. Sì. E anche molto stordito. Avrei fatto di tutto per lei, poi in realtà mi sono accorto di non aver fatto niente. Era come se avessi in mente un'idea di come dovesse essere la nostra perfetta vita insieme, e la mettevo in atto. Per dire: la domenica mattina le portavo sempre la colazione a letto, e poi organizzavo una gita. Andavamo al lago, al mare, o a pranzo fuori. Ci vestivamo eleganti, come dovessimo fare chissà cosa. Magari finivamo a prendere due tranci di pizza al taglio e li mangiavamo al parco, su quel prato del cazzo di Villa Ada in mezzo alle merde dei cani e alle bottiglie rotte. Ma, sai, non aveva importanza. O almeno pensavo.»

«E lei era felice?»

«All'inizio credo fosse convinta di esserlo, ma si vedeva che c'era qualcosa di non risolto, non sedimentato, in lei. Si arrabbiava per dei dettagli stupidi, dava di matto. Una volta è uscita fuori di testa perché al ristorante il cameriere ha versato dell'acqua sul tavolo. Singhiozzava per due cazzo di gocce, con questo cameriere che non sapeva più come chiedere scusa. Io credevo fosse solo umorale, invece stava semplicemente smettendo di essere la mia ragazza entusiasta e tornando a essere Eva. Dopo ha iniziato con la violenza. Prima erano stupidaggini, batteva i pugni contro il muro quando si arrabbiava. Pensi che sia un periodo così, di stress. Lo dici a lei per calmarla e lo ripeti a te stesso per tranquillizzarti: è un periodo, passerà. Invece non faceva che peggiorare. Certi giorni tornavo a casa e la trovavo con gli occhi gonfi di chi si è pianto fuori tutta l'acqua del corpo. Diceva che non era niente, poi invece trovavo queste cose in giro per casa. Un vaso rotto. Una cornice per terra. Le sue braccia piene di graffi. Un giorno arrivo a casa e non c'è più. Mi chiama sua madre, dice che Eva è tornata da lei, che ha bisogno di aiuto. Sai cosa mi racconta?»

«Cosa?»

«Che per dieci anni era stata seguita da uno psichiatra, problemi di depressione. Che a sedici aveva tentato il suicidio ed era stata due mesi in coma.»

«Cazzo.»

«Già. Quindi lei sta per qualche settimana con la madre, richiama lo psichiatra e ricomincia con le sedute. Sembra stare bene, no? Sai quelle scemenze "il primo passo per uscirne è ammetterlo". Be', sono cazzate. Lei ammetteva di stare male, cercava anche di curarsi, ma di uscirne non se ne parlava. Dopo un po', comunque, torna da me e si scusa, dice che andrà tutto bene, e io come uno scemo, rincretinito da quell'amore, l'accolgo a braccia aperte. In quei giorni passavamo le nottate a parlare. A volte, quando si addormentava sopra di me, fuori già cantavano gli uccelli. Mi ricordo quei fischi, la luce fredda dell'alba che passava dalle tende. Quando pensavo che non fossimo in pericolo, che tutto si sarebbe sistemato. Che il mio amore sarebbe bastato per entrambi.»

Le sembra di vederlo dentro ai suoi occhi, il bagliore azzurrognolo di quelle albe, il modo in cui il corpo di Eva giaceva esausto sul suo. Può sentire l'innocenza di quella speranza, e le spezza il cuore.

«Le ho detto che mi sarebbe piaciuto fare un figlio con lei una sera che stavamo scopando meglio del solito, ed era quasi un modo per chiederle di sposarmi, più che una vera intenzione. Volevo darle qualcosa per cui essere felice, e volevo che fosse *noi*. Lei... Dio, dovevi vederla. Sììì, ha gridato. Mi ha detto: "Facciamolo, adesso, ti prego Elio, subito!". Mi ha tenuto sveglio fino alle cinque. Ma non ha funzionato.»

«Be', al primo tentativo...»

«Nemmeno al secondo, al quinto, al decimo, al centesimo. Scopavamo come matti, in tutte le posizioni, a tutte le ore, per avere questo bambino. Lei aveva anche deciso il nome: Emanuele, come suo nonno. Diceva che sarebbe stato un maschio. Abbiamo provato per un anno, e ogni mese lei si caricava di illusioni e speranze. Ogni volta diceva: "Me lo sento, questa volta sono incinta" e invece, un giorno qualunque, la sentivo disperarsi in bagno. "Non funziono" gridava. E si insultava con una tale violenza, come se fosse rinchiusa con il suo peggior nemico e volesse ucciderlo a parole. È andata da un medico, ha fatto delle cure.»

«E tu?»

«Cercavo di calmarla. Di farla sorridere. Di compiacerla. Lei era così meravigliosa, anche in quella follia di fragilità e ossessione. Dovevi vederla, come si spogliava e veniva verso di me, come se fosse una dea pronta a creare un universo aprendo le gambe.»

«Eva» sussurra lei, come se potesse vederla.

«Quando è rimasta incinta, Lara, se l'avessi incontrata l'avresti dipinta. Non era radiosa, come dicono. Lei sembrava onnipotente. Aveva in sé un misto di grazia e completa alienazione dal mondo. Sembrava che lo facesse crescere con il pensiero, quel bambino, a volte avevo il dubbio che fossi davvero io il padre.»

Elio prende fiato e Lara può sentire il suo cuore accelerare.

«Era al sesto mese quando l'ha perso...» Questa volta sembra non riuscire più a respirare. «Sai cosa vuol dire? Che l'ha dovuto partorire.»

«Dio.»

«E io l'ho sentita spingere e urlare come se fosse tutto

vero, come se alla fine potessimo sentire il pianto di questa creatura. Io penso che il vuoto che ha scavato quel silenzio, dopo, nessun suono riuscirà mai a riempirlo.»

Lui chiude gli occhi. A lungo. Perché deve farli diventare un muro forte. Fortissimo, contro quel ricordo.

«Era una femmina.»

Nel calice, la linea cupa del vino trema lasciando un alone cremisi intorno.

«Lei si è arresa in quel momento. Il giorno stesso hanno dovuto sedarla, ma la mattina dopo era come se l'effetto non fosse svanito. Ci parlava calma. Diceva: "È una disgrazia, ma dobbiamo essere forti, dobbiamo starci vicini". Mi abbracciava stretta, io le ho creduto. Ci pensi, quanto sono stato scemo? Le ho creduto. Come se non la conoscessi, come se bastasse dirle "andiamo al mare" o baciarla per sistemare tutto. Non lo sai quanto l'ho baciata, quei giorni. La baciavo tutto il giorno. Mi sono preso le ferie per starle accanto e ci mettevamo sul divano, uno incastrato nell'altra, in silenzio, e io la coprivo di baci, la tenevo stretta. Come se potessi essere la sua medicina. Mi faceva dei sorrisi, diceva "grazie amore". Cucinavo tutte le sere, apparecchiavo con le candele. Come se il futuro potesse ancora promettere cose belle, dovevo crederci per poter convincere anche lei, capisci?»

Lara annuisce mentre invece vorrebbe dirgli "smettila, basta, so abbastanza".

«Sono tornato al lavoro dopo un mese, era un mercoledì, così avrei fatto la settimana corta. Le ho detto "fai la brava", lei era ancora in camicia da notte quando sono uscito. Azzurra, con un fiocco di raso sul petto.»

E lui annaspa in quel ricordo.

E Lara vorrebbe dire: non voglio sentire.

«Le ho telefonato alle tre, stava bene. Alle cinque di nuovo, ma aveva una voce strana. Parlava come se stesse guardando dall'altra parte. Ho attaccato e ho fissato il telefono, mi dicevo: "È tutto ok, lasciale spazio, sei pazzo se corri a casa". Sono riuscito ad aspettare solo venti minuti, poi sono uscito. Appena ho aperto la porta ho capito, perché dentro c'era lo stesso silenzio di quella sala parto. Lei era in cucina, e la cosa che ricordo di più è quel fiocco azzurro macchiato di quel colore, che non era né rosso né marrone. Le mani invece, quelle erano rosse. Quando ho provato ad avvicinarmi, lei ha alzato il coltello e si è difesa. Si è difesa per allontanarmi, perché voleva finire.»

Si porta la mano sulla cicatrice.

«Poi si è chiusa a chiave in camera.»

Per secondi che sembrano lunghissimi l'unico suono è quello, muto, di un pianto trattenuto a stento sull'orlo delle ciglia.

«La madre disse che non avrei potuto salvarla anche se ci avessi provato con tutte le mie forze. Ma tu crederesti a una cosa del genere?»

Lei scuote la testa e non trova fiato per respirare.

«Tu l'hai incontrata, sua madre. E l'hai ritratta. Te la ricordi, vero?»

Lara scuote la testa, poi un nome le arriva alle labbra: «Teresa».

Lui annuisce, torna dietro al bancone e riempie nuovamente il bicchiere. Ne versa uno anche per Lara.

«Per molti anni mi sono sentito morto anche io. Mi tenevo impegnato, lavoravo in azienda, portavo i cinesi a bere ai Castelli. Ma ero morto. E vuoi sapere la cosa assurda?»

«Cosa?»

«Che la vita se ne frega, se sei morto o vivo. Quella va avanti, è come un'inondazione che hai sotto i piedi e travolge il resto, e tu ti attacchi a qualche cazzo di appiglio per resistere, pensi che riuscirai a guardarla passare perché entrarci dentro fa troppo male, perché è troppo densa di cose che lei avrebbe potuto vedere, fare, e di così tanta felicità che era lì, a un passo da voi. Perché non siete riusciti a prenderla? Quanto era distante, davvero? Sarebbe bastato un piccolo sforzo o non ci sareste arrivati mai? Non vuoi saperlo. Ma poi un giorno capisci che stai perdendo la presa sul tuo dolore, e anche quello fa quasi male. Affoghi, tentando di tornare a vivere. Una mattina mi sono alzato e ho provato un istinto strano: la voglia di fare qualcosa. Quello che è successo lo vedi tu stessa, ce l'hai intorno.»

«L'Assenzio.»

«*A ber lo dolce assenzio d'i martiri*» recita, alzando il calice. «Dante. *Purgatorio.*»

«Non devi dimenticare, Elio, ma devi perdonarti. Non è colpa tua.»

«Forse» dice lui lasciandosi cadere pesantemente contro la parete con le stelle d'oro dipinte sopra. «Forse riuscirò anche a perdonarmi, un giorno. Nel frattempo, però, ho deciso che voglio vivere. Forse per farmi ancora più male, perché è quando le cose si fanno troppo belle che vorrei averla vicino, per dividere quella felicità.»

«Ti sei più innamorato?»

«No. O forse sì, ma ho preferito non saperlo. Amo tutte le donne, adesso.»

«Vuol dire che non ne ami nessuna.»

«No. Vuol dire che in quel momento, quando sono con me e mi guardano con quegli occhi, io le amo. Profondamente, intensamente. È il giorno dopo che ho dei problemi» ride, con la bocca troppo aperta, a farsi beffe di se stesso.

Lara si avvicina. Non sa come fare perché, lo realizza incredula, in tutti quegli anni non si sono mai davvero toccati. C'è sempre stato un filo di distanza fra loro, una regola non detta, e lei la sta per rompere.

Alza le braccia, gli circonda le spalle, lo stringe. Appoggia il viso contro il suo collo e chiude gli occhi.

Lui le bacia i capelli in modo leggero, come farebbe con una figlia. «Balliamo» le sussurra.

Non ha nessun senso.

Lei si avvicina al centro della sala con un passo lento, regale, come se indossasse un abito di perle e diamanti.

Lui la prende con delicatezza, una mano che porta la sua in alto, l'altra attorno alla vita sottile.

Muovono i primi passi, non sono in nessun luogo. La musica gli trema in gola e tra le mani.

Prestano il corpo ai reciproci fantasmi, si consolano con quella danza come fosse l'unico modo per tenersi in piedi.

«L'amore è una fregatura» le sussurra all'orecchio, «non ci si innamora mai delle persone giuste.»

Non sembrano i piedi che si muovono ma i fianchi, il collo e i sospiri a dare ritmo a quel movimento che alza l'odore di polvere e legno nello spazio vuoto.

Quando la musica finisce, danzano ancora.

«Che devo fare?» mormora lei.

«Potrei dirti di seguire il cuore, ma io lo so che il tuo va da due parti opposte.»

«Fosse stata una qualsiasi, Elio, le sarei passata sopra con le scarpe chiodate.»

«Sì, lo so che sei una stronza» ride lieve lui, come fosse un complimento.

«Ma è Elena.»

«Abbandona. Lascialo andare.»

«No» dice lei in un soffio, poi «No!» grida. Si divincola.

«Quando ti innamori impazzisci.»

«Che ne sai, tu?»

Lui fa un sorriso amaro, scuote la testa.

«Non so nemmeno perché tormentarmi così. Tanto è improbabile che mi ami. Che scelga me» sussurra lei.

Lui allora la prende per mano e la porta dietro la tenda. C'è il solito divanetto ad angolo con il tavolino basso, c'è il muro che conosce bene, con le sue tre macchie di umidità. E sopra, appeso al centro, esibito agli occhi di ogni donna che era passata e sarebbe passata di lì, c'è *Maria*, il quadro che aveva dipinto per lui.

«Sta bene qui» commenta Lara, «ma dovresti venderlo.»

«Perché?»

«Elena mi ha detto che le cose per te non vanno tanto bene, e... Lo so che è solo un quadro e che tu lo tieni per affetto, ma dovrebbe valere un po'. Vendilo. Te ne farò un altro.»

«Hai visto che avevo ragione? Sei venuta per regalarmi un quadro» sorride lui.

«Stronzo» risponde Lara, con un sorriso più grande.

Lui la fissa in silenzio, per un tempo interminabile.

«Io non capisco» dice lui.

«Cosa?»

«Come quest'uomo possa non amarti.»

27

Aprile 2009

Il vestito di raso verde smeraldo giace sul letto, le pieghe lucide e le spalline che toccano terra. Lara percorre la stanza avanti e indietro, ha ancora addosso la camicia da notte anche se sono le quattro di pomeriggio. Elena entra in camera con una tazza di tè in mano, come gli inglesi.

«Leni, forse è meglio che stasera mi vesta normale.» Lara si gratta un gomito poi scrocchia le dita, sgraziata e nervosa.

«Che vuol dire "normale"?»

«Non così» accarezza l'abito sul letto, rigira tra le mani il diadema che dovrebbe indossare insieme, preso a Brixton. È una fascia d'oro che attraversa la fronte e scende a punta fino al centro delle sopracciglia. Le era sembrato quello di una principessa.

«Scherzi? Lara Marchese non metterebbe mai un vestitino semplice per una sua mostra. Io l'ho vista, indossa piume nere intorno alle spalle...» esclama Elena come se recitasse una storia, mimando le piume con mani appuntite.

«E chi è questa Lara Marchese?» sbadiglia lei, i capelli annodati sulla nuca.

«Adesso ti metti quel vestito e anche di corsa, o me lo metto io.»

«Non ti sta.»

«Perché io ho le tette.»

Lara ride.

A volte fare finta inganna anche se stessi. Per settimane ha finto di essere molto impegnata per la mostra alla galleria, e in effetti lo è stata, ma non tanto come ha raccontato a Elena. Ha poi finto che non le interessasse vederla e parlare con lei e, più di tutto, ha finto che Damiano non esistesse. Si è concentrata sulla mostra, solo quella, e adesso che l'inaugurazione è arrivata trabocca di un'eccitazione che la elettrizza e la spaventa, per quello che mostrerà una volta scesa.

«Andiamo, stronza, mettiti questo vestito e trasformati nella Lara figa» dice Elena, lanciandoglielo addosso.

Lara lo afferra e lo soppesa un attimo fra le braccia, teso come un vassoio per non spiegazzarlo, prima di scegliere di nuovo la strategia del "fallo e basta" mettendo avanti i movimenti ai pensieri, e sono i passi che la portano in bagno. Ne esce una decina di minuti dopo con il vestito indosso, un trucco dello stesso color smeraldo e i capelli tirati su in modo disordinato.

«Mi cadono le mollette» lamenta, scuotendo la testa e mostrando come la pettinatura pian piano scenda lungo la nuca.

«Aspetta» dice Elena. «Siediti, ti aiuto io.»

Lara siede per terra, Elena sul letto. Sente le mani dell'amica tirarle delicatamente indietro i capelli con i polpastrelli, e poi iniziare a pettinarli. È morbida e cattiva quella spazzola che districa e accarezza, e le dita di Elena che le passano tra i capelli lungo la cute per tirare su le ciocche che prima continuavano a ricaderle sul viso.

«Mi ricordi mia madre quando mi faceva lo chignon per il saggio di danza» dice Lara, poi aggiunge: «Vorrei che fosse qui. Per una volta».

Elena allora posa la spazzola, i capelli ricadono sulle spalle di Lara. La stringe, e le sussurra nell'orecchio: «Lei ti ama. Lo sai che è così. Anche se non è qui, lei ti ama».

«Mi amerebbe se fossi come dice lei. La potrei portare davanti al mio quadro più bello e, ancora, lei non ci vedrebbe dentro che la colpa di essermene andata. Anzi, Leni, sai cosa? No, non vorrei che fosse qui. Ho sbagliato pensiero. Quello che penso davvero è: che peccato non poter desiderare che sia qui.»

«Arriverà il giorno in cui tutto questo si sistemerà. E lei vedrà le tue mostre, e sarà quella madre fiera che ti imbarazza lodandoti davanti a perfetti sconosciuti.»

Elena le sistema l'ultima molletta e le massaggia le spalle, adesso ha terminato. La porta davanti allo specchio, i capelli sono raccolti in cima alla testa in modo aggraziato. Le posa sul capo il diadema. Elena pensa che solo lei potrebbe indossarla con tanta noncuranza, ed è quella noncuranza a rendere i suoi eccessi tanto accettabili.

«Guarda come sei bella» dice.

«Devo esserlo. Sai chi ci sarà stasera, vero?»

Elena annuisce. «È la prima volta che lo rivedi, vero?»

«Doveva succedere prima o poi.»

«E cazzo, Lara, succede all'inaugurazione della tua personale da Guns, non un martedì sera mentre sei uscita a comprare il latte struccata. Lo seppellisci, questo stronzo!»

«E se viene con lei?»

«Tu pensa a lui, io mi occupo della gattamorta» dice Elena scrocchiandosi le dita con il gesto di chi si sta preparando per un round.

Lara ride, sollevata. Di nuovo quella sensazione: quando Elena è con lei riesce a credere che le cose non potranno mai andare davvero male. Tinge le labbra di rosso scarlatto, indossa un paio di guanti neri lunghi fino al gomito e un cappotto dello stesso colore. Escono.

Guns ha fatto le cose per bene, sguinzagliando tutta la sua credibilità di pr per portare in galleria le persone che contano nella scena inglese. In molti sarebbero andati comunque, curiosi di vedere cos'avesse fatto Lara Marchese dopo la rottura con Delacroix.

La galleria, con quel soffitto di legno, ha ancora il suo carattere, ma le candele sparse ovunque e la luce violacea della notte quella sera le danno un'atmosfera più intima e oscura. Lasciano i cappotti all'ingresso e, non appena varcano la sala, i primi ospiti iniziano a voltarsi verso di loro. Presto, decine di occhi si concentrano addosso a Lara. Attendono qualcosa e lei non sa come comportarsi. Tenta appena un sorriso a labbra serrate, diretto all'unico angolo di muro che intravede fra le teste. Proprio quando la pressione sembra avere una sua forza, e quella forza scuoterla fino a farla tremare, Elena le porge un bicchiere di Champagne.

«Bevi» le intima, e Lara si aggrappa a quel calice come se contenesse una pozione magica.

In quel momento, dal fondo, la figura massiccia di Guns avanza separando le acque degli invitati.

«*The artist*» annuncia, prendendo il braccio di Lara e baciandole la mano coperta dal guanto.

La sala esplode in un applauso lungo, inatteso.

Fruga con gli occhi sul pavimento nel tentativo di non avvampare e nota il paio di scarpe che entrano nel suo campo visivo. Nere, a punta. Lucide ma quasi logore, e lei sa che è per scelta, non per incuria. Riconoscerebbe i suoi passi ovunque. Li ricorda sul selciato di notti esauste e lunghissime, sui marciapiedi di una Londra ancora sconosciuta, ricorda il suo modo di inclinare la testa e la forma del suo corpo, mentre gli risale con lo sguardo addosso. Ricorda i suoi occhi perché non ha mai avuto intenzione di dimenticarli.

«Andrés» dice. La sua voce non trema.

«Miss Marchese» dice lui, facendo un inchino. Sembra stia recitando, come d'altra parte lei crede abbia sempre fatto.

«Mister Delacroix.»

«Sapevo che non avresti potuto nasconderti a lungo. Sei troppo brava.»

«Grazie.» Perché non riesce a dire altro? Un solo colpo per rispondere. Un solo colpo per difendersi. Si era immaginata quell'incontro cento volte, e in tutte le cento c'erano parole affilate come coltelli, ora invece è tutto così quieto e lei non trova neppure le forze per aprire bocca.

«Ho visto il quadro. Non sono fiero di aver contribuito a costruire in te quell'idea di amore, ma devo dirti che è meravigliosa. Una delle rappresentazioni più crude che io abbia mai visto.»

"È questo che fa il dolore, Andrés. Nutre uno strato di

te, sotto la pelle, che la felicità non avrebbe mai potuto raggiungere."

La difficoltà nel parlare la fa sentire fragile. Lo sguardo, che non riesce a distogliere dal suo viso, la rende inquieta. Elena invece, che la osserva da lontano, la trova distaccata e composta. In qualche modo quell'essere lì alla sua mostra e liquidare Andrés Delacroix con poche, apparentemente asettiche, parole la circonda di un'aura regale. Tutto quello che pensano di Lara, tutto ciò che lei appare – glaciale, inquieta, sociopatica, meravigliosa – è riassunto nel modo in cui guarda Delacroix in viso. Immobile. E quegli occhi sono le piume ipnotiche di un pavone, Elena vede Andrés vacillare, legge sul suo viso domande che non varcheranno mai le sue labbra ma resterano a echeggiargli dentro.

«Mi fa piacere» commenta infine Lara.

«Che tecnica hai usato per dipingere? Hai usato qualcosa di nuovo, uno strumento, un...»

Lei fa un mezzo sorriso.

«Non posso dirtelo» sussurra, come se parlasse a se stessa.

«È che sei così. Non puoi evitare di esserlo» risponde Andrés, ammorbidendo la voce.

Sospira, chiude gli occhi, Lara. Non chiede nemmeno "così *come*?" perché sa quello che lui intende e anche quello che non è incluso. Quello che lei è, ma non è bastato. Abbozza un sorriso, distoglie gli occhi, e prosegue verso la sala successiva dicendosi: "Qualunque cosa accada, non voltarti indietro".

Si fa largo tra le persone. Vuole ritrovare tutti i suoi quadri, vedere come Guns li abbia posizionati e illuminati, ma al tempo stesso guardare come la gente li mangi con gli occhi e provi a spiegarli, leggendoci dentro cose che lei non ci ha mai messo. Passa davanti ad *Amore*, davanti a *Persephone*, davanti a *Cassandra* ed *Elettra* e raggiunge l'ultima creatura, la più piccola, quella con lo smalto che non si era nemmeno asciugato tutto quando l'ha consegnata. Un quadro rettangolare di dimensioni modeste, con il fondo scuro.

Dentro, una donna con gli occhi dello stesso smeraldo del suo abito, i capelli corvini e densi come il mare di notte e quello sguardo, come se tenesse su il mondo intero con quello sguardo.

«Eva» sussurra.

«Sapevo che l'avresti fatto» le aveva detto Elio quando gli aveva telefonato, poche ore prima.

«È per questo che mi hai parlato di lei, vero?»

«Era perfetta per te. Avreste dovuto incontrarvi, e ora l'avete fatto.»

E lui non è lì, quella sera, ma è come se fosse con lei.

È al quarto bicchiere mentre un uomo sulla sessantina si avvicina a *Eva*. Cammina sciolto, gesticola e trascina con sé un amico troppo abbronzato per essere londinese. Lara indovina sia italiano e la conferma arriva quando, troppo vicino alla tela, lo sente parlare: «No, ma dicono sia un buon investimento. Io non ci capisco un cazzo eh, ma se lo consiglia James mi fido».

«Ma quale hai preso, quello dell'acrobata?»

«No, quello mi fa venire la depressione. Ho preso questo qua. Guarda che faccia da porca.»

«Due botte, a questa...» conferma l'altro.

«Me lo metto vicino al letto» ride di nuovo. Ridono.

Lara è impietrita. Raggiunge Guns, gli si aggrappa al gomito.

«Non puoi» inizia, lui si scusa e la porta in disparte.

«Non puoi vendere Eva a quegli imbecilli, te lo proibisco!»

Guns ride: «Non puoi impedire al tuo gallerista di vendere i tuoi quadri».

«Non a loro.»

«Signorina Marchese, lei pensi all'arte, che al commercio ci penso io. E senza il commercio, con la sua arte possiamo anche fare zerbini. Ho dato la mia parola, il quadro è venduto.»

«Oh, no che non lo è. Pensate di poter decidere tutti per me? Be', vi sbagliate» si allontana Lara, furiosa.

Elena la vede girare attorno senza sapere bene cosa fare, poi qualcosa dal tavolino della segretaria attira la sua attenzione.

«Cosa vuoi fare?» chiede Elena guardandola con un lungo paio di forbici in mano. Si affretta a tenerle il polso. «È la tua mostra personale. Hai appena conquistato la fiducia di Guns. Là fuori ci sono decine di persone che aspettano di amarti o decretare che sei una pazza. Vuoi veramente fotterti con le tue mani in questo modo?»

«Non possono averla.»

Scende le scale correndo. La gonna del vestito le si gonfia dietro, gli occhi sono folli, incede febbrilmente con la furia di un uragano. Si pianta davanti a *Eva* e, un attimo prima che Elena la raggiunga e la fermi, sferra un colpo netto con la lama delle forbici.

Tutta la sala ammutolisce, come se avessero levato il volume. Lara non sente che il suo respiro affannato. *Eva* è squarciata in due, ferita al cuore. Allora, realizza con orrore: «Mi dispiace Eva, mi dispiace» sussurra, la rima degli occhi che trabocca, le mani che tremano.

Nessuno parla, ma gli sguardi e le bocche si spalancano.

Lara lascia cadere le forbici ed esce dalla galleria rapidamente, poi corre via mentre Christopher Guns fissa la tela squarciata a terra come il cadavere di uno sconosciuto.

L'invito non giunge inatteso. Erano mesi che si vociferava dei nuovi acquisti della Tate e adesso, guardando la mail indirizzata al board del museo, lo vede finalmente scritto nero su bianco.

Invito alla riunione per deliberare sull'acquisto di tre opere originali da aggiungere alla collezione del museo, ala ovest, sezione Artisti Contemporanei. Siederà insieme ai colleghi, proporranno una lista di nomi, ne verranno a capo in meno di due settimane come sempre perché a contare saranno prevalentemente il voto di Theodore Coleman e Annie Bowman, rispettivamente presidente del board e curator in chief della sezione contemporary, capaci di influenzare il voto di una buona metà dei presenti, e il suo, capace di infervorare l'altra metà.

Resta a fissare la mail, poi chiude il computer quando sente i passi di Yasmin avvicinarsi.

«Com'era la mostra, ieri?» chiede lei.

«Molto bella.»

«E lei?»

«Molto bella anche lei. E completamente fuori di testa. Ha tagliato una tela.»

Yasmin resta senza parole, spalanca lo sguardo.

«Ha tagliato una tela?» ripete.

Andrés annuisce fissando il vuoto.

«Era una performance?»

Lui scuote la testa.

«Dio, quella ragazza. Talento per l'autodistruzione.»

«Non è talento. È idiozia» commenta Yasmin.

«Sì. Forse.»

«E Guns?»

«Se ha ancora le coronarie intatte sono felice per lui.»

«Ci hai parlato? Con Lara, intendo.»

«Certo.»

«Che ha detto?» chiede, sedendosi sul divano e distendendogli le gambe lunghissime in grembo.

«Quasi nulla. Lo sai com'è.»

«So com'è con gli sconosciuti, con te era diversa.»

«Ma io adesso sono tornato a essere uno sconosciuto.»

«Non fare il modesto.»

Andrés alza le mani e gli occhi e resta a fissare il soffitto. Si passa le mani tra i capelli, lentamente, come fa per abitudine quando non riesce a venire a capo di qualcosa.

La luce precipita in verticale scolorendo il centro della sala ma lasciando al buio gli angoli. A essere in scena, fermo, è il corpo di Iride Crescenzi. Sembra un'isola di carne affiorata da quel tavolo di metallo freddo.

Si è spenta la notte precedente. Adele è stata chiamata la mattina presto, ha portato degli abiti. Adesso Iride riposa nel vestito blu più elegante che possiede, che odora del suo armadio e delle sue cose.

Non è una consolazione e non attutisce la sua pena ma, mentre la osserva in silenzio, Adele sa di aver fatto la differenza. Ora questo prendere su di sé quel dolore e, da sola, dargli un senso e una fine non la turba più.

A un certo punto era stato chiaro: le cure prima tanto efficaci avevano smesso di funzionare, il tumore era tornato a prendersela. Lei le era stata accanto, aveva accudito e consolato ma soprattutto ascoltato: Iride aveva usato ogni energia residua per consegnarle la sua memoria.

Il giorno in cui Gianfranco era uscito dal carcere, la firma sul contratto di acquisto del negozio. Il bambino che non era mai arrivato. Il progetto del cassetto dei bottoni. Adele ha appreso i racconti di una vita, salvandoli.

La notte precedente, quando è arrivata la telefonata, ha pianto molto. Le è sembrato di essere sola davanti a quel lutto, poi invece ha ripensato a Gianfranco. Ha parlato a lui – "avete avuto una bella vita. Lei ora sta arrivando, falle trovare qualcosa di speciale".

Si avvicina al corpo ma non lo guarda. Cerca la tasca appena sotto le braccia conserte e, facendo attenzione a non sentire la consistenza della carne, lascia scivolare dentro la foto di moglie e marito insieme, quella che Iride teneva nell'album.

In quella stanza fredda attende minuti, come se qualcuno dovesse arrivare perché ora che lei conosce Iride, ora che sa chi è, capisce quanto sia assurdo che muoia sola.

"Dove sono, ora, le persone che ti amano? E dove sono le persone che hai amato? Perché non hai mostrato ad altri quello che hai mostrato a me – a me che neppure lo volevo, che non l'ho mai chiesto?"

E improvvisamente le sembra di parlare a se stessa. È un pensiero che prima accantona, rifiuta, ma più fissa quella bara e più sente gli occhi bucarne il legno e vedere un'Iride Crescenzi che assomiglia a un'Adele Marchese. L'unica differenza erano le storie: lei ne avrebbe avute altrettante da raccontare? E a chi?

Sente l'angoscia salire, stringe le mani in due pugni tremanti e prova a tornare ai pensieri pratici – il funerale, i documenti da firmare – ma è come se improvvisamente avesse capito una cosa importantissima, vitale, e come avesse fatto a ignorarla tutto quel tempo Dio solo lo sa, ma deve rimediare e deve farlo subito, adesso, prima che sia tardi – e forse è già tardi.

Deve andare.

28

Crema sul viso, dita le picchiettano la pelle, matite ridisegnano le sue sopracciglia. Passate di rossetto rosso una sull'altra. «Stringi questo fazzoletto con le labbra.» Capelli attorcigliati intorno a una spazzola bollente. «Butta giù la testa. Brava, adesso rialzala di scatto.» Le dipingono le unghie di un rosso cupo. «Amore, ma non le fai mai le mani?» Scuote la testa senza enfasi, riceve un'alzata di sopracciglia in segno di disapprovazione. Lei in mutande, nuda davanti a cinque, sei persone che la squadrano per capire cosa metterle addosso. «Noi abbiamo pensato al nero ma devi essere tu a scegliere. Deve venire fuori la vera Lara Marchese.» Lei li guarda come se fossero impazziti – allora perché non andavo bene così come sono entrata? – ma poi dice: «Ok, il nero va bene». Fa freddo mentre infila le gambe nude in quella seta ghiacciata e mentre le scorre addosso, liquida e tesa, fino al seno. «Sei piccolina qui amore, eh? Vuoi che mettiamo qualcosa?» Lo sguardo la zittisce. Occhi dipinti di grigio, piume nere fra i capelli come se le crescessero addosso, come se stesse attraversando una muta. «È un omaggio alla tua prima mostra. Una citazione, se vogliamo. Vuoi vederti, tesoro? Vieni, c'è uno specchio.»

Lara ammutolisce. Non se li aspettava così bravi, sembra una versione potenziata di se stessa. Tutto di lei all'improvviso sembra ingrandito, esagerato, affinato, raffinato.

«Non so se sei più bella o se fai più paura» dice l'hair stylist, con il suo grembiule nero pieno di tasche dove le spazzole pendono all'infuori come radici mozze. «Vai. Vai da Gabriel.»

Il fotografo attende seduto su un trespolo sottile, il mento che sale e scende per inquadrare con gli occhi prima che con la macchina fotografica. Quando lei arriva volta la testa e un sorriso compiaciuto, soddisfatto, gli ammorbidisce il viso. Lara invece è talmente pietrificata da apparire annoiata. Incede lentissima, non sa dove andare, cerca di scappare almeno con lo sguardo.

«Come mi devo mettere?» fa un passo avanti, due indietro, tutta quella se stessa la terrorizza. È venuta per mostrarsi e non sa dove nascondersi.

«Iniziamo come ti pare. È un gioco che facciamo insieme, ma conduci tu.»

«Che vuol dire?»

«Che io ho solo il compito di leggerti e tradurti. Tu non fai mai ritratti?»

«No.»

«Perché?»

«Dipingere mentre qualcuno è nella stessa stanza?» chiede lei come fosse qualcosa di orribile, e infatti fatica anche solo a immaginarlo.

«Lascia stare» si affretta a commentare Gabriel.

Inizia in piedi perché le sembra più facile ma, non appena si specchia nel vortice senza fondo dell'obiettivo,

Lara realizza di avere delle braccia, delle gambe, una bocca e dei piedi, e di non sapere dove mettere nessuna di queste cose.

Gabriel ride: «Qualcuno non ha mai fatto la modella».

«Se sei capace di fotografare solo le modelle, hai un problema.»

Lui si ferma. Guarda il cavalletto, finge di regolarlo meglio e si costringe a non rispondere.

Sono passati cinque giorni dalla sera della mostra e Lara porta ancora forte addosso un odore di irragionevolezza, di distruzione. Per questo il giornale ha voluto chiamarla con urgenza per un'intervista e un servizio fotografico.

«Finalmente una su cui possiamo dire qualcosa di diverso dal "faccio beneficienza, bevo acqua e limone ogni mattina, piscio oro e faccio yoga" aveva detto il direttore sbattendo sul tavolo l'ennesimo articolo con la modella diventata attrice diventata madre diventata filantropa e fitness guru. «Se impazzisce durante l'intervista giuro che la metto in copertina. Questa qui è incazzata nera, basta accendere la miccia.»

E ci avevano provato. Avevano scelto Sam Robinson, l'unica che mandavano a intervistare Kate Moss.

Mi aggiro per Camden Town cercando l'indirizzo di un bar dove ho appuntamento con il più discusso, instabile elemento del panorama artistico contemporaneo: Lara Marchese. Italiana di nascita ma londinese di adozione, durante la mostra più recente ha tagliato con un paio di forbici affilate una delle sue tele appena vendute, e io mi auguro che non sia armata.

Come una bestiola, l'aveva trattata. Si era seduta con apparente indifferenza, aveva ordinato un caffè, iniziato a parlare come se non facesse la differenza se lei rispondesse davvero o meno. Si era lasciata annusare finché l'intervista non aveva finalmente preso il via. Prima sillabe, spezzoni dalle labbra di Lara, poi parole divenute più sciolte, meno decise a non dire nulla e – Sam Robinson aveva notato – lievemente sbilanciate verso il tentativo di piacerle. Lara Marchese aveva parlato. Nel suo modo lapidario, evocativo. Ma aveva parlato.

Solo alla fine le aveva chiesto: «Parlami di te, della tua infanzia, delle tue relazioni, sappiamo che sei stata molto tempo con Delacroix», ma a quello Lara non aveva voluto rispondere: «Nessuna domanda sulla vita privata» aveva stabilito all'inizio ma poi mentre parlava si era accorta che era *tutto* privato, e che anche i suoi quadri erano privati fin tanto che era lei a parlarne, e la sua stessa persona, la sua voce, le sue parole, la sua immagine, il modo in cui nervosamente prendeva sorsi di tè per riempire i silenzi tra una domanda e l'altra, tutto era così intimo e complicato da mostrare, persino *esserci* era complicato, perché sapeva che quella giornalista non era una persona ma una voce, anzi un megafono, diretto a milioni di persone.

Dopo la sera dell'inaugurazione si era guadagnata più di un articolo. *Artist gone mad* – L'artista impazzita, era stato fra i titoli più clementi. Le veniva quasi da ridere quando realizzava l'importanza, la gravità, che la comunità artistica e i giornalisti presenti avevano conferito a quel gesto. Se avessero mai guardato dentro di lei allora, come avrebbero reagito?

Dopo la mostra, Guns aveva alzato i prezzi di un buon

20% a causa dell'inaffidabilità dell'artista, che non avrebbe garantito alcuna regolarità nella produzione futura. Si era svelato per quello che era: competente, cinico.

«Gira voce» le aveva detto «che tu abbia tentato il suicidio qualche tempo fa, dopo la rottura con Delacroix. È vero?»

Scuote la testa. Lei non l'aveva mai detto a nessuno. Elena nemmeno, non l'avrebbe mai fatto.

«Se è così dobbiamo far trapelare la notizia: se il mondo pensa che potresti morire da un momento all'altro possiamo giocarcela come un vantaggio. Capisci perché?»

«Se muoio non posso più produrre» aveva risposto Lara con il veleno tra i denti e una strana soddisfazione addosso. Quello che per altri sarebbe stata un'offensiva, violenta mancanza di sensibilità, a lei ora stava dentro come un potere.

Era stato allora che Guns l'aveva guardata dal fondo dei suoi occhi scuri e aveva aggiuto: «Mi hanno chiamato da "Vogue"».

Lara aveva passato in rassegna tutte le pubblicazioni di arte e le collezioni ma non ne ricordava nessuna chiamata "Vogue". Solo alla fine aveva pensato alla rivista di moda, e aveva chiesto: «È una commissione?».

Ora ricordava di averlo sfogliato qualche volta a casa di Elena, tenuto come una bibbia sul tavolino del salotto.

«Vogliono te. Per un'intervista.»

Lara era scoppiata in una risata sarcastica di copertura, per misurare il terrore e la voglia, prima di abbandonarsi a uno dei due. O a entrambi.

«E tu la farai» aveva aggiunto lui, perentorio.

Lara aveva scosso la testa.

«Non è cosa per me.»

«È assolutamente cosa per te. Ho già preso accordi.»

«*Oh, come on.*»

«Sei impazzita al momento giusto, la Tate sta per acquistare. Tu l'intervista la vai a fare.»

Immagina quelle sale, e in quelle sale di intrecciare la mano a quella di Damiano, condurlo davanti al quadro e dire: «Ecco. L'ho dipinto io. Io sono l'artista».

Sappiamo poco del suo passato. Su Internet si vocifera che suo padre abbia abbandonato lei e sua madre quando aveva all'incirca undici anni, e che per molto tempo abbia lavorato presso una modesta merceria alla periferia di Roma, la sua città. Quel che è certo è che la sua strada ha incrociato quella del critico enfant prodige Andrés Delacroix, che l'ha avviata alla carriera artistica. Per due anni lei e Delacroix sono stati fra le coppie più affiatate e invidiate della scena londinese e la carriera di Lara indissolubilmente legata alla sua storia con il critico, per questo considerata da molti di incerto valore. La storia si è interrotta bruscamente quando Delacroix si è mostrato in pubblico accompagnato dall'artista Yasmin Ellison.

A un certo punto Sam Robinson si china, occhi nei suoi occhi e prendendole le mani – anzi tentando di farlo, visto che lei intuisce il gesto e le ritrae – chiede: «Cos'è importante per te, Lara?» e con altrettanta decisione Lara guarda nei suoi occhi e risponde: «Niente».

«Niente?»

«Niente può essere importante. Quello che è importante è capace di distruggerti.»

«Quindi quel niente è molto importante.»

«È tutto.»

E così era intitolata la storia: *Nothing is everything.* Ed era perfetto perché di quelle risposte non si capiva al tempo stesso nulla, e tutto. Rispecchiavano alla perfezione i quadri di Lara, si direbbe che avesse dipinto anche l'intervista: questo è lo specchio, quello che ci vedrete dentro non mi riguarda e al tempo stesso sono io. Siete voi, e non lo siete.

Il direttore era impazzito, per questo aveva strillato al caposervizio: «Per i ritratti chiama Gabriel».

«Gabriel?» aveva chiesto quello non una ma due volte, per essere certo. Gabriel si chiamava per Angelina, per Meryl, non per una pittrice semisconosciuta.

«Chiama. Gabriel.» Aveva ribadito il direttore, non arrabbiata, anzi come in estasi.

Ed eccoli. Gabriel, trent'anni di carriera, il piglio di chi ha fatto dodici mostre internazionali e un passato da reporter di guerra. Lara, nemmeno trent'anni, tre mostre, lo smalto già sbeccato perché non riesce a stare ferma.

«Ho visto i tuoi quadri» dice lui, e non aggiunge altro.

«Ok.»

«Dovresti posare come loro. Le tue donne.»

«Non so farlo.»

«Certo che sai farlo. Ma non vuoi.»

"Mi vergogno."

«Lo so che ti vergogni. Tutti si vergognano di essere il meglio che possono essere. Se non sei niente di speciale tutti ti amano, ti accettano. I mediocri perché sei come loro, i migliori perché sei meno di loro.»

C'è qualcosa in lui che le fa venir voglia di lasciar andare le inibizioni. È come se le dicesse: guarda, è inutile che fingi con me, ti ho riconosciuto, esci allo scoperto e falla finita. E lei lo fa. È così stanca di sigillare tutto quello che le abita dentro come se fosse una bestia da domare, come se avesse denti per voltarsi e divorarla davanti a tutti. Aveva incrinato la diga con Sam Robinson e adesso, davanti allo sguardo grigio di Gabriel, crede che per una volta, solo per una volta, forse può lasciarsi uscire senza paura.

Lui mette su una musica strana, avvolgente, che le sale subito addosso.

«Prendi questo» dice facendole porgere da un assistente un calice. Lei lo beve come le medicine di Elio. Occhi chiusi, vene aperte, le si spande dentro colmandola di tremore e leggerezza.

Si inizia a muovere lentamente, le braccia, il bacino, lo sguardo, come se stesse danzando in modo esasperatamente lento. Il ritmo è la musica e il rumore dei click, rapidi, uno dopo l'altro come a crivellarla di colpi.

«Vuoi dirmi di te, Lara?»

Lei scuote la testa.

«Voglio che la foto sia la copertina della tua storia. È una storia che non racconteremo, ma che dobbiamo sapere se vogliamo darne un'immagine. Anche una soltanto.»

«Non c'è molto da sapere» mente consapevolmente per sentire il peso di tutte le cose che ha vissuto. Trattiene la voce con una sorta di piacere. "Solo io. Io sola so di me. Prima c'era anche Elena ma adesso, adesso non più."

«Dimmi di lui» chiede Gabriel.

«Lui chi?»

«Lui. C'è sempre un lui.»

Sente le parole scivolarle fuori, non oppone resistenza.

«Lui se n'è andato» dice, tendendo le braccia al cielo come se volesse ricevere fra le mani una stella.

Click. Click. Click. Click.

«Lo ami?»

Lei allora guarda l'obiettivo e scoppia a ridere. Sembra per un attimo, davvero, una risata autentica. Le labbra scarlatte si spalancano in un sorriso delizioso, scopre i denti bianchi, socchiude gli occhi.

Click. Click. Click. Click.

«Uno solo? Perché parliamo di un uomo solo?» chiede, appare maliziosa.

«Dimmi di tutti loro, allora.»

Ripone il sorriso altrove. Seria, infila lo sguardo in un angolo del pavimento.

Click. Click. Click. Click.

Infine torna a guardare Gabriel ma come se fosse invisibile, ci passa attraverso per vedere meglio i suoi, di fantasmi.

«Io li amo ancora tutti. Non come se fossero ancora con me, ma come se stessero ancora andando via da me.»

Click.

Il caporedattore trova il direttore con gli occhi rapiti, innamorati, esaltati mentre fissa la foto. Sono cinque le immagini selezionate ma in quella... In quella c'è tutto. C'è compostezza. Fierezza. Dolore. Delusione. Amore. Arroganza. Noia. C'è tutta Lara Marchese, spogliata di ogni pudore, ed era esattamente quello che stava cercando di stanare.

«Cover story» esclama con malcelata soddisfazione.

Il caporedattore deve tenersi alla sedia, ma è girevole e non lo sorregge bene.

«Direttore, Reese Whiterspoon è la cover story.»

«No, *questa* è la cover story.»

«No direttore, mi dispiace ma è Reese. Ho riparlato anche con il publicist, è tutto concordato.»

«Mi chiami direttore per una ragione.»

«Sì, ma questo non è possibile» dice il caporedattore, allarmato. «Da quando mettiamo in copertina artiste sconosciute?» chiede provocatorio, cercando di tenere il punto.

«È già accaduto. Nel 1939. Un'artista emergente con un compagno famoso, si separa dal compagno e ha ancora più successo.»

«Ma direttore, quella era Frida Kahlo. Questa è Lara Marchese.»

«Certamente. Non potremmo mai pubblicare la stessa storia due volte.»

29

Di quella barba gli sembra ancora di sentire la consistenza. Un contatto ispido e odoroso, pelliccia ruvida e arrotolata che rimbalzava contro la sua guancia di ragazzino spiumato, e poi l'odore di sigaro e whisky, sottobosco di quelle serate del passato. Suo padre seduto sulla poltrona accanto alla finestra, Theodore Coleman sempre in piedi. Lui non sedeva mai. Ecco la sua figura compatta, dalla pancia prominente, camminare lenta misurando i passi verso la vetrata e poi al ritorno. Avanti e indietro, e quella barba che denuncia un movimento di labbra che sembra una preghiera ma non lo è: Coleman sta parlando da solo, come fa da sempre. Mugugna frasi, costruisce le sue verità e più se le racconta più ci crede, più diventano pilastri dei suoi discorsi inattaccabili, del bianco o del nero dei suoi giudizi. Pontifica perché ne ha le vesti, l'esperienza e uno stuolo di fedeli pronti a credere.

Un tempo, Andrés non avrebbe mai creduto di poterlo sfidare. Per un fotogramma di vita lontano e, gli pareva, breve, anche lui era stato un adolescente dall'autostima zoppa e dalla voce stridula ma, ora che ne segue i passi in quella sala bianca, avverte come le cose siano cambiate. Lo legge nei movimenti appesantiti di Coleman, nelle palpebre ripiegate e nei respiri improvvisamente vicini alla conta. Arriverà il momento in cui Coleman dovrà ritirarsi ma Andrés sarà ancora giovane, ne sono entrambi consapevoli e per questo sono venuti a battersi.

Si alza anche lui. Muove i passi scorrendo in rassegna gli uomini e le donne vestiti a modo per l'occasione, chiusi a fermentare i loro pensieri in quella stanza luminosa all'ultimo piano della Tate. Oltre i corridoi, oltre il bar, lì dove nessuno ha accesso tranne i loro nomi.

Il board è riunito da più di quattro ore. Nei momenti di tensione i membri sorseggiano bottigliette d'acqua, molti scribacchiano qualcosa sui taccuini.

Lo schermo ha proiettato per ore foto e biografie degli autori delle opere selezionate, fra le quali verranno scelte le tre da acquistare.

La nuova policy del museo, sulla quale l'opinione di Andrés e degli altri under 40 del board ha influito con decisione, è quella di dare spazio ai giovani artisti. Questo rema a favore del nuovo reparto pr, che da tempo sostiene la necessità di rendere l'arte più viva e attuale e sfruttare l'artista per eventi di pubblico e stampa.

Li vogliono vivi, loquaci e seducenti. Di grandi morti ne avevano a sufficienza.

Le tele erano state portate in sala una per volta da due inservienti, il museo aveva richiesto in visione gli originali. Venivano appese con attenzione di fronte al board, quindi introdotte da una critica oggettiva compiuta da uno storico dell'arte e da un consulente esterno.

Dodici le opere iniziali, sei quelle selezionate in capo a cinque ore e mezzo. Tra queste, *Awake* di Yasmin Ellison e *Amore* di Lara Marchese.

Il quadro della Ellison, una tela rettangolare di media grandezza, era stato accolto con una benevolenza simile al piacere. Il mormorio della sala aveva preso il suono dolce dell'assenso, cenni di capo e note sul taccuino erano stati ben distribuiti fra i presenti. *Awake* raffigurava una ragazzina di dieci, undici anni al massimo, nel momento del risveglio. Il racconto culminava nei suoi occhi aperti, ancora ovattati dal sonno, ma il quadro si leggeva tutto intorno in una sinestesia complice e raffinata. Luci e forme che odoravano di stanza chiusa, di pelle bambina, di briciole e quaderni usati.

In quella tela c'era la luce di un mattino male accolto, un'alba impietosa di richiami insistenti e obblighi che strappano ai sogni. C'era la prima noia, il preludio dell'inedia adulta. C'era la fatica, quella che non si crede mai che i bambini possano provare. Ognuno dei presenti aveva avuto almeno un risveglio del genere e quel quadro lo ritirava fuori fresco, intatto, ancora intimo e fastidioso.

Ad Andrés aveva richiamato da subito le albe in cui sua madre era in tournée ed era suo padre a svegliarlo. Nicolas era frettoloso. Faceva alzare il figlio molto presto per accompagnarlo a scuola prima delle lezioni in Conservatorio chiamandolo per nome una sola volta e aprendogli la finestra. Andrés ricordava la luce del mattino spezzare la quiete del buio, e il freddo del mattino rendere insopportabile il pensiero di dover uscire dalle coperte. In quei momenti credeva di detestare suo padre, e sua madre gli mancava disperatamente. Lei lo svegliava con un bacio, sempre. Guarda *Awake* e ripensa al poster dei Peanuts che aveva appeso accanto al letto, la sua abat-jour a righe blu che da un lato aveva raschiato con l'unghia fino a bucare.

Gli sembra anche di ricordare, come se lo avesse ancora addosso, l'odore del suo pigiama quando sapeva di pelle e di sonno caldo.

Quella che Yasmin rappresentava era un'intimità personale che il suo talento rendeva universale. Un viaggio nostalgico, vita autentica e banale, cose conosciute e inconsapevolmente amate. Ritrovarsele dentro era un dolore piacevole, un male che concedeva l'illusione di una vita pienamente assaporata e molti, fra i presenti, avevano espresso sincera ammirazione per la tela. Due erano le opere il cui acquisto era già praticamente certo: *In The Forest* di Haruo Adachi, vincitore di numerosi premi in Giappone, e *No Place Like Home* di Julia Czarny, una giovane artista morta di cancro da pochi mesi lasciando una collezione di più di duecento opere. *Awake* era dato come favorito per il terzo acquisto.

Poi era entrato *Amore.*

Per minuti il board aveva inghiottito l'aria della sala riempiendosi di un silenzio pensieroso. Ognuno poteva sentire il respiro, e il sospiro, del vicino. *Amore* era un quadro che si faceva guardare fino allo sfinimento, pieno di dettagli, di livelli di lettura. Non aveva niente di quieto e sussurrato, era un grido immobile e atroce. Scavava dentro tirando fuori i mostri di dolore che faticosamente ognuno aveva domato. Smuoveva la terra dura attorno al cuore e seppelliva la ragione, dissotterrando cicatrici.

Dopo la lunga quiete, le opinioni erano scoppiate alte in aria come bombe. Decise, fortissime.

«Deve entrare alla Tate.»

«Se prendete questa merda consideratemi fuori.»

«È il migliore.»

«Si vede che non ha studiato abbastanza.»
«Ha fatto piangere quello stronzo di Guns.»
«Piangeva perché ha perso il buon gusto.»
Ma il commento più accreditato era: Lara Marchese è inaffidabile. Oggi produce questo, ma domani? Entrerà al museo con le forbici, con l'accetta?
Uno tra i più anziani del board era addirittura uscito dalla sala.
Coleman aveva atteso la fine della presentazione del quadro per poi tirare un sorrisetto ironico mentre metà della sala si voltava verso di lui per carpirne la reazione.
«I'm not impressed» – non sono colpito, aveva concluso con aria soddisfatta.
Le votazioni erano iniziate e sarebbero durate per il resto del pomeriggio.

Lo cerca ovunque. Sulle mensole, nelle tasche dei cappotti, nella borsa, in bagno. Sparito. Non è la prima volta che perde il cellulare, ma ogni volta l'aveva ritrovato con sollievo in qualche angolo nascosto della casa. Cerca di ripercorrere con la mente la sera precedente e l'ultimo momento in cui ricorda di averlo avuto in mano. Elena l'aveva chiamata dopo l'ufficio chiedendole di bere una cosa insieme, allora lei l'aveva raggiunta a Soho ed erano entrate in un'enoteca che sembrava una vecchia libreria impolverata. Aveva preso il cellulare per mostrarle la foto di un mobile usato che aveva visto al mercato di Camden e poi le sembrava di averlo messo via. Ma no, un momento: l'aveva dato di nuovo a Elena per guardare l'orario del bus mentre lei andava in bagno. E dopo? Possibile che Elena l'avesse automaticamente messo in borsa e lei avesse dimenticato di chiederlo indietro? Possibile: avevano lo stesso telefono.

«Merda!» esclama. Non sa come contattarla, non ha una linea fissa e non sa nemmeno il suo numero inglese a memoria.

Poi le viene in mente che forse ha tentato di avvertirla e l'unico modo in cui avrebbe potuto farlo era una mail, infatti apre la casella di posta ed eccolo: un messaggio di Elena intitolato "Il tuo telefono".

Clicca sulla mail, la scorre brevemente ed esclama un «MERDA!» ancora più deciso.

"Lara, ho preso per errore il tuo telefono ieri sera. Stasera faccio tardi in ufficio, te lo riporta Damiano che viene a registrare vicino casa tua. Passa alle 2, se non sei a casa chiamalo."

Seguiva il suo numero.

«No. Nonononono» dice Lara, e intanto riprende il controllo di quel sorriso involontario che le si sta aprendo sul viso nonostante la resistenza.

«Non lui. Perché mandi lui? Ma sei scema, Leni? Perché?» parla a voce alta come se Elena fosse nella stanza, mite, ad ascoltarla. Cammina avanti e indietro per la stanza come se dovesse scrollarsi di dosso il proprio corpo. Agita le mani, le braccia.

«*Damn*!» grida alla fine, dando un calcio al secchio, che spara intorno carta appallottolata, tubetti vuoti e trucioli di matita e allora «oh» lamenta, contrariata, pensando che non riuscirà mai a levare quei frammenti di carboncino dalla moquette.

Si guarda le dita sporche di bianco, come un muratore.

Ha dormito. E poi ha dipinto. E ora sono le due meno

venti e "questo cretino, questo idiota", lo chiama a voce alta, le si presenta a casa.

Si guarda allo specchio, si passa del rossetto sulle labbra e poi si trova ridicola: non è credibile indossare quel rosso in casa, allora pulisce la bocca con una salvietta e scopre di aver solo sparso il colore intorno, ora sembra un pagliaccio.

Prende il sapone e lo strofina sulle labbra finché non leva ogni traccia. Scioglie i capelli, tira appena una riga nera sulle palpebre, si trova uno schifo e pensa: "Sì, è così che deve andare, deve vedermi per quello che sono e così non volermi mai. È meglio per tutti".

Le due e cinque: non è puntuale, forse non verrà.

"No: vieni, ti prego."

Posa la testa contro il muro e si ringhia contro.

"Cazzo, Lara, è l'uomo di Leni, smetti di fare la stronza."

Bussano alla porta. Inutilmente si alliscia la camicia da uomo larga, sgualcita, scolorita che indossa. Si avvicina lentamente.

«Lara» la chiama.

Lei apre la porta: due scemi che si sorridono. Che vogliono restare seri e giocare tranquillo, essere le due persone noncuranti e appena familiari che dovrebbero essere: ecco il tuo telefono. Grazie mille e buona giornata. Ma no, stanno lì uno di fronte all'altra e si fissano come idioti, ognuno filando i propri pensieri ambivalenti, inopportuni e deliziosi. Lui ha quel viso appena spigoloso, gli occhi grandi dal colore ambrato, un accenno di baffi e barba. Chissà perché, oggi le sembra più alto. Forse è quella giacca nera, dev'essere nuova. Gli cade addosso senza una piega. E ha una camicia, perfettamente stirata e bianchissima, sicuramente più bianca di quella che indossa lei.

«Hey, sei elegante oggi» commenta Lara giudicandolo un apprezzamento sufficientemente sicuro.

Lui apre la giacca, si guarda e fa un sorrisetto: «Hai visto? Il manager comincia a farmi rigare dritto».

«Non vai allo studio di registrazione?»

«Sì, ma per un appuntamento. Chiedimi con chi.»

Lei ride: «Con chi?».

Lui muove un labiale silenzioso che esaspera la forma dolce delle sue labbra.

«SONY? Veramente?» esclama lei, e resiste alla tentazione di abbracciarlo.

I suoi occhi si socchiudono, sono falci di sole. Rendono d'oro tutto ciò che incontrano, anche lei.

«Ecco perché questo look.»

«Approvi?»

«Stai benissimo» dice Lara, con una nota debole nella voce che tenta subito di recuperare. «Quindi sei di corsa? Non ti voglio trattenere.»

«No, ho una mezz'ora. Mi sono tenuto largo perché sapevo di dover passare qui.»

Sa che il battito cardiaco scende con il respiro profondo, allora lei lo rallenta. Inspira. Uno, due, tre. Espira. Uno, due, tre.

«Posso offrirti qualcosa? Dell'acqua, un caffè o... Non so, un superalcolico?»

«Un superalcolico.»

«Ok, ho della vodka, del gin...»

«No, no, sto scherzando! Sei un'alcolista, Lara?»

«Occasionalmente.»

«Sei assurda. In senso buono, eh! Però assurda.»

«Siediti, so io cosa ti serve.»

Si guardano per un secondo e poi lui scoppia a ridere facendola vergognare.

«No, cretino. Siete tutti uguali.»

«Scusa, scusa» dice lui, continuando a ridere e mettendo le mani avanti mentre lei si avvicina per dargli un pugno, e lo fa, lievemente, sulle sue palme aperte.

«Siediti. E zitto.»

«Agli ordini.»

Prende un coltello dal cassetto, inizia ad affettare un'arancia. Mescola liquori. Rosso, bianco, e infine spolvera qualcosa dentro, mescola.

«Ti ho vista! Mi stai drogando?»

Lei si avvicina, gli porge il bicchiere mentre tiene l'altro per sé.

«Sì» sussurra avvicinandoli per un breve, rumoroso brindisi.

«A te» gli dice.

«E a te» risponde lui.

Annusa il profumo del cocktail, poi inizia a sorseggiarlo.

«Dove hai imparato a farlo?»

«Dove ho imparato a dipingere.»

«Mi racconterai la storia, un giorno?»

Lei lo fissa, ed è difficile indovinare la sua espressione.

«Forse» risponde.

Lui si alza e finisce gli ultimi sorsi guardandosi intorno, come a cercare tracce di lei in quelle pareti, e poi gettando lo sguardo fuori dalla finestra.

Il cinese è ancora spento quindi la luce che gli addolcisce i tratti è quella, lattiginosa, del primo pomeriggio. Lei osserva ogni suo piccolo dettaglio. I bagliori delle pupille, le ciglia in controluce, le orecchie tonde, quelle labbra dolcemente viziate attorno ai baci e ai sorrisi.

"Io ti disegnerò. Farò un ritratto che non vedrai mai, e sarà il mio modo di averti. Il mio modo di amarti."

«Ti piace qui?» chiede lui.

«Sì. La casa non è il massimo, ma Camden è un bel quartiere.»

«Intendo Londra.»

«Sì. Sì, mi piace.»

«Torni spesso a casa?»

«No» le fugge lo sguardo, dove non sa. Sa solo che improvvisamente non sta più guardando né lui né altro. Forse si sta guardando i pensieri dentro, per metterli a tacere.

«Elena mi ha detto qualcosa. Di tuo padre e tua madre.»

Lara sente improvvisamente freddo. Arretra, prende un maglione appeso a un gancio, se lo mette addosso.

«Mi dispiace, non sono affari miei. Volevo solo dirti che stai facendo la cosa giusta. Che sembri fragile ma basta vedere quello che sei in grado di fare per capire che non lo sei affatto. Te l'hanno lasciato credere perché era comodo. Il terreno adatto per poter disapprovare le tue scelte. Ma sei forte, Lara. Sei brava. Io sono...» si interrompe con il bicchiere vuoto a mezz'aria. Allora lo mette nel lavandino.

«Sei cosa?»

«Non lo so, forse... fiero di te.»

La cosa più bella che lui le abbia mai detto vorrebbe farla piangere. Chissà se qualcuno un giorno la premierà per quel talento di riassorbire le lacrime, che esercita da una vita.

Fuori splende un sole chiaro e caldo. Sarebbe una giornata bellissima per innamorarsi e poi andarsi a baciare fuori, perché tutti vedano.

Lui fa per abbracciarla ma poi cambia idea e le posa semplicemente le mani sulle spalle. Al suo tremore le ritira, le mette in tasca. E ci trova qualcosa.

«Il telefono! Che scemo. Tieni.»

Lei lo prende sfiorandogli le dita, guarda lo schermo. Cinque chiamate perse, numero anonimo, e poi le cade l'occhio sull'ora. È con dolore e sollievo che gli comunica: «Sono le due e venticinque».

«Ah. Be', io dovrei andare.»

«Grazie per essere passato.»

«Figurati, mi ha fatto piacere.»

E abbandona la casa quietamente, come se non l'avesse rivoltata da cima a fondo.

Lei chiude la porta, ci appoggia la schiena e si lascia scivolare a terra. Respira, inspira contando i secondi, aggrappandosi alla moquette per non riaprirla, corrergli dietro, spingerlo nell'angolo buio delle scale con il peso delle sue labbra. Lo sa, che la sua resistenza arriverà al limite. Che non è forte abbastanza.

È la febbre. Il canto di una sirena che rende vana ogni resistenza. Senza più vedere e sentire altro, lei ne segue l'eco. Si è calata, fradicia di senso di colpa e vergogna, in un mondo sotterraneo fatto di fantasie e promesse di felicità, dove il resto non esiste. Non sente più nulla, niente la distoglie dal pensiero di lui.

Si è sempre misurata per opposizione. Lei è quella che ha resistito ai tradimenti delle persone intorno a lei, quella che è riuscita a sopravvivere e diventare diversa, migliore. Invece, guardandosi allo specchio, gli occhi lucidi e folli, realizza di colpo di essere esattamente come loro. Lei è una traditrice come suo padre, come sua madre, come Andrés.

È fatta della stessa materia delle persone che l'hanno spezzata. Ha passato anni ad assolvere se stessa e dare colpe ad altri quando era sempre stata come loro.

Lei *è* loro.

Guardando in quello specchio ora vede chiaramente le mandibole affilate di suo padre, i capelli dorati della madre, lo sguardo cinico di Andrés.

Come biasimarli ancora? Non può gridare contro chi l'ha ferita, ora che imbraccia la stessa arma.

Contro Elena. Elena con quella risata che rende il mondo più bello. Elena con il suo modo di prenderla in giro per farla sorridere, con la sua buonanotte. Elena e il suo viso preoccupato e sollevato di averla raggiunta quella volta, e averla trovata ancora viva. Elena che l'aiuta a lavarsi e la mette a letto. Che le resta sveglia accanto. Che raccoglie la sporcizia a terra mentre lei è inerme fra le lenzuola.

Elena. Leni.

Più di una sorella, più di una madre, più di un rifugio.

E lei non la vede più.

In quel momento squilla il telefono. Di nuovo il numero anonimo.

«Miss Marchese? La chiamo dalla Tate Modern.»

Le sembra impossibile provare ancora paura, dopo tutto quello che è successo. Aveva arso di dolore e rabbia, ma non aveva avuto paura quando suo marito non era tornato. Aveva pianto dopo la morte della Crescenzi, ma non di paura. Invece fa il giro della piazza due volte prima di trovare il coraggio di avvicinarsi a quelle porte.

La maniglia a forma di diamante le fa tornare in mente la voce di Lara da ragazzina, quando erano insieme e poi la sera tornavano a casa, preparavano la cena. Adele fissa per qualche attimo lo scampolo di pavimento bianco e nero che si intravede dalla cornice della porta prima di alzare lo sguardo e varcarla.

Prima bussa sulla porta, poi chiama: «C'è nessuno? Elio?».

Il silenzio la irrita. Ormai lei il coraggio l'ha avuto, quindi lui deve farsi trovare. Fa rapidamente il giro del locale, poi fissa le scale che scendono in cantina con una certa repulsione. Sta per indietreggiare e andarsene ma poi no, accidenti: è andata fin lì apposta. Deve trovarlo. Lui è l'unico rimasto che conosca sua figlia. L'unico che possa capire. Aiutarla, forse.

Il legno scricchiola mentre mette i piedi uno davanti all'altro e viene inghiottita dall'ombra umida della stanza. Le tre finestre illuminano uno spazio pallido al centro del pavimento dove giace, scolpita dalla luce, una poltrona. A terra c'è un libro aperto, l'aria odora di un profumo che non conosce. Adele vorrebbe allontanarsi immediatamente – se lui tornasse all'improvviso come potrebbe giustificare il suo essere lì, non solo nel suo locale ma nella sua zona più intima? – poi qualcosa attira la sua attenzione. Quattro lettere, incise sul bordo del tavolo di legno dove ha posato la mano. Lara.

Scorre con le dita la scrittura inclinata di sua figlia una, due volte. Si chiede quando abbia lasciato quella traccia, si chiede come mai sia scesa lì sotto e soprattutto perché non sia possibile tornare indietro nel tempo. Ora lei è invecchiata in quel rancore stretto come una gabbia.

Si china per guardare meglio la scritta ed è allora che nota un pacco di stoffa quadrato, dietro il tavolo. Si guarda intorno circospetta e tende l'orecchio per carpire eventuali rumori prima di spostarlo cautamente dalla parete e lasciar scivolare fuori l'involto marrone. Capisce subito cosa sia, senza doverlo aprire. Il primo istinto è quello di correre fuori con quel pacco sotto il braccio, scappare via, rubare almeno quel pezzo di lei per tenerselo vicino, per avere qualcosa. Invece srotola con cura la stoffa intorno e scopre il quadro.

Aveva immaginato qualsiasi cosa, ma non è pronta per quello che vede.

Adele Marchese adesso sta guardando Adele Marchese. Non c'è alcun dubbio, il ritratto è tanto accurato da spaventarla. Eppure non è la somiglianza o la bellezza della tela a sconvolgerla, quanto il modo in cui lei stessa è rappresentata. È un'Adele dagli occhi limpidi e dalle labbra appena socchiuse, dal collo slanciato e dalla posa quieta. L'Adele migliore, di certi giorni di sorrisi, altalene e margherite sul prato. L'Adele che usava quel rossetto rosa che alla figlia piaceva tanto, che annodava un fiocco intorno alla coda di cavallo e cantava canzoni. La madre che Lara avrebbe voluto che lei restasse. La madre che lei, ora, non si capacita di non essere rimasta. Non trova una sola buona ragione per aver fallito. Non una sola, per aver nutrito quell'Adele nera e feroce che le ha consumato la vita.

Si preme sul petto, ha paura che il cuore collassi. Respira e non riesce a espirare, la testa sembra tirarla a terra, le gambe faticano a riportarla fuori dall'Assenzio.

Le sembra di risentire le parole della Crescenzi: "Ma certo che ti vuole bene, Adele". E lei che non ci aveva più creduto.

30

La Tate Modern. Così severa da fuori, nascosta nel guscio della vecchia centrale elettrica di Bankside. Un rettangolo scuro e asettico, la ciminiera centrale, gli alberi magri che ne sfidano appena il grigiore. La gente sembra piccolissima quando sciama dentro e si trova nello spazio aperto della Turbine Hall. Ammira le grandi installazioni senza spesso capirne le grandi idee, è felice di giocarci. Adesso c'è la bolla di Ankur Chander piena di persone che ci entrano dentro, salgono e scendono lungo i ponti che ne lasciano osservare l'interno trasparente senza domandarsi cosa stiano guardando ma ridendo del sentirsi sospesi nel vuoto.

Quando l'ultimo visitatore esce, il primo invitato arriva. I taxi neri si fermano con cadenza sempre più regolare alle spalle della Galleria, molti altri arrivano a piedi. È un fruscìo di cappotti neri e stole di pelliccia, gioielli di pietra e diamante, tacchi contro cemento, contro mattonelle, contro vetro. Scarpe e ancora scarpe che salgono, uno scalino dopo l'altro, sincronizzandosi come un'armata elegante, iniziando il vociare ovattato delle grandi occasioni.

Si levano le giacche in fretta, si vantano dei bianchi e dei neri che indossano, sorridono molto, si mostrano ispirati e istruiti.

Niente musica o cibo, solo Champagne discretamente servito agli ospiti agli angoli delle sale. Passano alcune decine di minuti prima che Coleman si presenti e inizi un breve discorso introduttivo alle nuove opere acquistate, ringraziando il board, il team, gli sponsor e infine presentando gli artisti. Per Julia Czarny viene proiettato un video commemorativo che termina in un sottofondo di sospiri e applausi. I genitori dicono alcune parole tenendosi per mano.

Haruo Adachi indossa un completo geometrico color argento che lo fa sembrare appena sceso dalla passerella di una sfilata. È cerimonioso e sbrigativo mentre ringrazia con due profondi inchini e poi si fa da parte.

«E Lara Marchese» dice infine Coleman, senza alcuna inflessione nella voce. Lascia passare qualche istante prima di aggiungere: «Che è in ritardo per la sua stessa presentazione, ma la conosciamo ormai».

La sala esplode in una risata, interrotta solo dalla voce profonda di Guns: «Eccola».

È facile vederla: avanza rapida, pelle bianca contro un abito scarlatto che le sboccia addosso come petali di tulipano. Arriva sola.

Di nuovo lui le bacia la mano, questa volta senza sfiorare con le labbra i guanti neri, e di nuovo la presenta.

«*The artist.*»

Come se non ce ne fossero altri.

Lara mette a fuoco l'orizzonte per non guardare nessuno e lascia uscire un sorriso dalle labbra.

La sala irrompe in un lungo applauso che la commuove nel petto, e le fa male nello stesso punto dove morde l'amore. Abbassa gli occhi, fatica a trattenere l'emozione quindi la inghiotte. Una, due volte, fino a risollevare lo sguardo pulito.

«Thank you» questa volta sussurra al pubblico. Lei, che al pubblico non si era mai rivolta.

«Ringrazia te stessa» le risponde Guns guardandola un'ultima volta e poi lasciandola andare verso *Amore*, appeso in fondo alla sala, sul lato corto, da solo.

La gente le fa largo mentre incede, con quell'abito rosso come in fiamme, verso la sua opera.

Si avvicina, resta ferma a guardarla e la conosce così bene, tanto bene che potrebbe rifarla a occhi chiusi, eppure sa che non ne sarà mai in grado. Si fa ancora più avanti, fino ad allungare una mano e, con la punta delle dita, accarezzare il viso di *Amore*.

"Come vorrei salvarti. Come vorrei dirti che si può tornare indietro e cambiare tutto."

Rimane così, la mano contro il quadro, la testa china che fa da contrappeso a quella tesa di *Amore*, gli occhi chiusi, fiato caldo che scandisce frasi come litanie. Nessun altro dice una parola.

Quando pensa che nulla riuscirà ad allontanarla dal suo quadro, sente due mani calde sulle spalle.

"Mamma."

«Lara.»

Si volta, sorride: «Leni».

L'amica le prende la mano, la stringe mentre si ferma a osservare il quadro.

«L'avresti mai creduto possibile, Leni?»

«E tu?»

«Forse sì. Quando ero piccola. Quando credevo che tutto potesse accadere.»

«Ed eccoti qui. Dio, non ci posso credere. Sei esposta alla Tate. Nell'altra sala c'è Andy Warhol. Hanno dei van Gogh, Lara. E di sotto c'è Cézanne. Sei con loro.»

«Ci sono anche tanti sconosciuti» commenta lei.

«Smettila. Questo è qualcosa che nemmeno tu puoi negare, o denigrare. Stasera hai avuto tutto quello che potessi desiderare. Voglio sentire tua madre, adesso, cosa dirà. E vorrei vedere Elio. La sua faccia quando saprà dove sei. Oh. Lo sa già, vero?»

Lara annuisce. Gli aveva comprato una cartolina nello shop del museo. Diceva "I love Tate Modern" e lei sul retro l'aveva lasciata bianca. Sapeva che lui avrebbe capito.

Elena continua a parlare.

Non le chiede dove sia Damiano, né se ci sia. Li sta mentalmente separando, non vuole vederli insieme o sapere nulla. Intanto, una piccola folla le si è radunata intorno: vogliono parlare, farle domande. Elena si congeda mentre Lara mette insieme alcune lapidarie, eppure per una volta ben disposte, parole. Prende il bene che possono volerle, lo stana piano e facilmente con sorrisi accondiscendenti, gesti morbidi. Lei che non lo fa mai, che non si concede mai. Il risultato la sconcerta. Piovono parole di adulazione e amore da quelle bocche. Annegano ogni sua resistenza. L'adorazione è un bicchiere che ha bisogno di bere, questa volta.

Eccola, la notte perfetta. Come un allineamento di pianeti, come l'avverarsi di una profezia, lei adesso è nel luogo dove l'unico potere che ha, l'unica arma, sta per essere consacrata. È piena di se stessa in un modo che la fa sentire compiuta.

Lentamente, si guarda intorno. I suoi occhi una giostra che scorre piano volti e volti e giacche e abiti e capelli.

Continua a farlo, mentre parla. Cercando, aspettando. Infine si ferma, sorride.

"Eccoti qui, sei arrivato."

Damiano è voltato verso una parete, le mani in tasca, le spalle aperte, lo sguardo concentrato. Sono a diversi metri di distanza, la sala è gigantesca, un cubo di luci e muri bianchi con quei quadri che sembrano finestre. La gente intorno si muove. Solo Lara adesso è immobile, nel suo vestito, con quei capelli d'oro e quegli occhi di pioggia. Lo guarda, sta guardando solo lui. E lui si volta.

Di nuovo, il mondo si spacca e l'aria le sfrigola addosso.

Quegli occhi. Se avesse potuto scegliere, avrebbe deciso di non incontrarli mai. E quel naso, la sua linea dritta, come curva esatta nelle narici sottili. Le labbra aggraziate e la loro naturale linea felice. E come il corpo segue quelle linee armoniche nella forma della testa e del collo, nelle spalle salde e nel petto, giù fino alle lunghe gambe e poi ai piedi. In mille anni lei non sarebbe stata capace di disegnare qualcosa di più bello, e la cosa più incredibile è che lui era semplicemente successo: nessuno l'aveva dipinto o scolpito in cerca di perfezione. Lui era nato così, come un miracolo.

Ora che il talento le si accende addosso come luce, lei ha finalmente l'ardire di sapersi abbastanza.

"Sono un'artista della Tate. Se non mi ami questa notte, non mi amerai mai."

La voce che le sussurra "resisti, lascia stare, pensa a Elena" adesso è un'eco lontanissima.

Elena non è più un ostacolo perché non esiste. È in un altro mondo, in un altro tempo. Adesso è il tempo di Lara e Damiano, un frammento di vita separato dalla realtà, un luogo che lei sta creando e che consumerà fino a distruggere. In quel mondo non esiste alcuna Elena, nessuno a cui fare del male.

Senza lasciarle gli occhi, Damiano le fa un cenno. Pochi passi per avvicinarsi e il suo sorriso che si accende, la accende.

Lui le prende la mano, intreccia le dita e poi la lascia andare.

«Ho visto il quadro. È bellissimo, Lara.»

Lei non risponde, sorride.

«Io devo. Io vorrei» continua lui, le labbra che sussurrano le parole.

«Cosa?»

Silenzio.

«Cosa vorresti?» chiede lei di nuovo, e allora i loro occhi si allacciano stretti in quello spazio fra loro che adesso è di carne, pelle e sangue e racconta le storie che non hanno il coraggio di confessare.

L'ineluttabilità di quello che sta per succedere la strazia e la inebria. Si allontana di qualche passo, si volta intorno, fa il giro della sala con lo sguardo. Elena non si vede. Li lascia soli con tanta noncuranza, la sua fiducia è un dolore.

"Vieni, Leni. Ti prego. Vieni, distruggi questa cosa che stiamo facendo, grida, fermaci."

Ma Elena non c'è. Il destino, dall'alto, sta disegnando un labirinto attorno ai suoi passi. Ora si ferma davanti a un quadro, ora incontra un collega e poi ancora catturata nella rete di un giornalista che l'ha riconosciuta come amica di Lara e vuole saperne di più. Il suo inglese ancora imperfetto la rallenta, e non vede alcuna ragione per correre.

La gente continua ad arrivare. Lara intravede volti noti e conoscenti, gente del giro di Andrés. C'è anche lui, chissà dove, chissà con chi, ed è un sollievo scoprire che la cosa non la riguarda più. Sente una voce alle sue spalle, si volta ed è un sorridente Calvin Reed insieme al suo compagno.

«Io lo sapevo» dice, e la abbraccia. Il contatto con il corpo caldo e massiccio di Calvin la imbarazza, si irrigidisce ma resiste alla voglia di divincolarsi. Invece, solleva le mani e gliele posa lievemente sulla schiena per sancire la fine della stretta ma anche l'inizio di una tregua dalla sua estenuante distanza.

«Grazie.»

«Sei la mia preferita, lo sai. E sono felice, così felice di come sia andata a finire con il board.»

Lara lo guarda, è perplessa.

«E nemmeno lo sai» Calvin constata sorpreso, sorridendo compiaciuto.

«Cosa?»

«Eravate in gara tu e Yasmin per l'acquisto.»

Lara sospira. Nasconde un sorriso orgoglioso. «Immaginavo.»

«Un solo voto ha fatto la differenza.»

«Sono stata fortunata, allora.»

«Non è stata fortuna, è stato talento. Più forte di tutte le condizioni avverse.»

«Perché dici questo?»

«Non vuoi sapere di chi era quel voto?»

«Coleman?»

«Coleman avrebbe preferito prenderti a calci in culo che acquistare una tua opera. È stato lui a remarti contro e a dividere il board.»

«Chi allora?»

«Andrés.»

Andrés.

Volta lo sguardo, lo cerca e lo trova. Così, come sempre: affabulatore e carismatico, con le sue mille collanine, i capelli scuri scompigliati, un cappello di feltro grigio. Ricorda quel giorno, quello in cui seduti al tavolino di un bar al tramonto le aveva proposto di andare a Londra. La tenerezza per quella Lara innocente e inconsapevole la incrina dentro, ma è una frattura buona, che spezza il pensiero di non essere mai stata amata, né brava abbastanza da meritare tutto quello che le era accaduto.

Un sorriso buono le si allarga in viso.

Allunga le mani, raggiunge quelle di Calvin, le stringe.

«Non so come cazzo fai a sapere sempre tutto, ma grazie.»

«Di niente, Lara.»

«Grazie» ripete lei, sorridendogli di nuovo con lo sguardo prima di venire braccata dalla direttrice di "ArtNow".

Di nuovo inizia a parlare, e sono solo parole. Rotolano fuori dalla sua bocca ormai facili, ormai spudorate perché tutto quello che importa è già fuori, esposto davanti ai suoi occhi. Il suo quadro appeso nella Tate Modern di Londra. Il sorriso di Leni. Il voto di Andrés. La stima di tutti i presenti, il rispetto con il quale la guardano. E gli occhi di Damiano, che mette a fuoco oltre le spalle della giornalista. È assurdo come possa superare tutta la bellezza di quella notte, che di bello ha tutto.

Lei lo vede guardarla e uscire dalla sala da un corridoio laterale. Si divincola dal discorso, dalle domande, blatera una scusa ed è come quando si sente parlare da ubriaca e la voce le arriva dopo, distante, ma questa volta l'alcol non c'entra. Ha in circolo qualcosa di molto più tossico. Anche le gambe fanno come vogliono, ora camminano e traballano, ma appena entra nel corridoio iniziano a correre. Si ferma solo quando si accorge di essere arrivata alle scale e di non vedere nessuno, ma le basta sollevare lo sguardo per trovarlo lì, affacciato con lo sguardo perso nel vuoto.

Lo raggiunge, si ferma a distanza: adesso ha paura. Entrambi ne hanno, glielo legge negli occhi, nei gesti che si avvicinano e si ritraggono. Si fanno del male a stare lontani e a stare vicini.

«Non...» inizia lei.

Lui le sfiora la bocca con un dito, la spinge in una sala e ancora dentro un'altra sala, come se sapesse dove sta andando e invece è un tentativo affannato, un percorso senza senso fra telecamere impietose e porte chiuse.

Poi ci passano davanti, e lei ricorda. Un angolo cieco alla fine del bar, incastrato fra muro e finestra, un posto dove una volta si era seduta a disegnare perché sapeva che nessuno sarebbe passato. Torna indietro, lascia che lui la segua e quando è sicura che intorno non ci sia più nulla, si ferma.

Le sembra impossibile averlo lì, averlo da sola. Per lunghi istanti si posano ognuno contro la parete opposta, non fanno che guardarsi e distogliere lo sguardo. Guardarsi, poi guardare in terra, o alla fine del corridoio, o contro il muro bianco. La musica affannata è il rumore dei loro respiri finché non accade, ed è come se lo decidessero insieme, sostengono il reciproco sguardo, scoprendo che fa dilatare le pupille e muovere passi, perché in un attimo si trovano vicini. Lui le cinge la vita, lei posa le mani sulle sue spalle e le fa scivolare lungo il suo petto. Tremano.

Chiude gli occhi, sa che quando li riaprirà non ci sarà più niente fra di loro. Niente a fermarli. Nulla ad attenuare le colpe, a distribuire perdono. Li riapre, lui la ricopre di luce con quegli occhi dorati. Se lei dovesse dipingere di nuovo *Amore* ora lo farebbe con dolcezza commovente, con gratitudine luminosa. Solo perché ha guardato quegli occhi, e in quegli occhi c'era lei. Damiano non la guarda, lui la vede.

Il bacio è tutto quello che un bacio dovrebbe essere: morbido e caldo, vorace e oppiaceo. Le loro labbra si schiudono, si mescolano, si succhiano e si mordono come se dovessero divorarsi.

Le mani di Damiano le tracciano addosso mappe sconosciute, quelle di Lara si aggrappano alle sue spalle per tenerlo vicino, più vicino, per sentire l'odore del suo collo, la piega della sua camicia bianca, leccare la parte ispida di mento, baciare l'angolo delle labbra e quello delle ciglia.

«Le tue labbra sono mie» sussurra lei. «Rispondimi con una bugia, ti prego.»

«Non credo proprio» risponde lui baciandola di nuovo, e ancora, e ancora senza smettere mai, come se ne avesse bisogno per respirare.

Si separano per un istante, solo per credere che sia vero: che sono lì. Che lui è Damiano, che lei è Lara, e c'è qualcosa in quel guardarsi reciprocamente, come fossero finestre sul paradiso, che rende quanto si sta consumando in quella stanza assoluto e innocente.

E adesso lei capisce. Capisce il "non potevo fare altrimenti", il "perdonami, se puoi", il "dovevo". Lo capisce anche se nessuno è mai tornato a dirglielo. Ma ora lei sa, e la voce che sente dentro ora le sembra anche la sua.

"Dovevo farlo. Dovevo. Era ineluttabile. Era un richiamo alla vita, alla salvezza, alla compiutezza, al piacere troppo forte per essere ignorato, troppo meraviglioso per rinunciare.

Dovevo farlo.

Dovevo tradirti.

Dovevo andare via.

Dovevo sparire.

Dovevo amare qualcun altro.

E dovevo anche tornare a chiederti un perdono che, sapevo, non mi avresti concesso."

Cosa le importa se sono contro una finestra che guarda tutta Londra. Lei slaccia il vestito, lo lascia cadere in terra. Nuda, lo guarda. Ammira il capolavoro della sua reazione: gli occhi che si socchiudono, la bocca che si apre, le mani che la circondano.

Di nuovo il tempo e lo spazio cessano di esistere. Il piacere e la gratitudine cambiano l'essenza di ciò che Lara è fatta e la rendono perfetta. È aggrappata alla vita, immersa nella vita come non lo è mai stata. E lo sa: sa che lui si rimetterà a posto i pantaloni e la camicia; le lancerà un ultimo sguardo e poi, forse, tornerà da Elena. Sa che ha messo in gioco tutto per avere quel momento, eppure crede che ne sia valsa la pena. Che tutto, in quell'incontro, nel modo in cui si è innamorata di Damiano, è accaduto per condurla fino a quel luogo, dove lei ha visto se stessa.

Rimette l'abito rosso. Lascia andare lui, poi torna lentamente sui suoi passi accarezzando pareti e balaustre con la mano aperta, perché il suo corpo è ancora schiuso e sensibile in modo struggente, lei lo sta amando come non ha mai amato la sua stessa pelle mentre si odia come non ha mai odiato se stessa.

Quando torna nella sala è una persona diversa.

Se Elio fosse con lei, quella sera, rivedrebbe una scena di molto tempo prima: una donna che con un solo sguardo tiene in piedi tutti i presenti. E le pareti, e i quadri, e ogni parola di quella notte.

Cammina sui carboni ardenti degli sguardi che riceve addosso. Si avvicina a Guns, è insieme a Sam Anderson di "Vogue".

«Sapevi di essere la cover story?» chiede Guns.

«Sì.»

«Chi te l'ha detto?»

«Nessuno. L'ho capito da Gabriel, da come scattava.»

Sam Anderson sorride: «È meravigliosa. Siamo tutti estasiati».

«Grazie.»

«Ci chiedevamo da chi avessi preso.»

Lara sorride: «Da mio padre».

Gli alberi di Southwark sono decorati tutto l'anno, si vantano di quelle luci azzurre che li fanno sembrare romantici. L'odore di fiume arriva appena alle banchine e solo quando le narici non sono distratte dalla folla, dai venditori di zucchero filato, dal fiato della gente.

Lara esce dal museo e inizia a camminare nel buio finché non lascia alle spalle le luci, gli alberi, la gente che ancora arriva. Si affaccia dalla balaustra del ponte e sente l'odore salino di fiume. Il Tamigi è un nastro scuro, a tratti spezza in frammenti di luce opaca che le onde si affrettano a ingoiare. Il rumore di acqua è tanto nitido da arrivarle alle labbra come un bicchiere. Qualcuno, sulla sabbia livida della riva, ha scritto un nome. Un paio di bottiglie dondolano avanti e indietro contro i pilastri del fiume, un uccello nero plana silenzioso sulle onde.

Un tempo sarebbe rimasta lì ferma, avrebbe sperato di sentire una voce alle sue spalle, di raggiungere una mano tesa. Ora non più. Non sta più aspettando, adesso.

Ringraziamenti

A tutto quello che è successo. A certe canzoni che mi hanno trasportata altrove, nel luogo dove ho incontrato Lara per la prima volta. A chi mi ha sostenuta e aiutata: grazie di cuore. Alle persone che non mi hanno incoraggiata, perché mi hanno costretta a diventare più forte. Ai lettori del mio blog machedavvero.it, che mi permettono di fare delle mie passioni il mio lavoro.

A Lui e Viola, sempre.

Soundtrack

La musica è stata fondamentale per scrivere questo libro. Questi sono alcuni dei brani che hanno fatto da colonna sonora alla storia di Lara:

Beirut, *Elephant Gun / Nantes / The Rip Tide*
Elliott Smith, *Between the Bars / Waltz #2*
Mozart, *Sinfonia n.* 40
Mumford & Sons, *Hopeless Wanderer / White Blank Page / Broken Crown*
Edith Piaf, *Hymne à l'amour*
Florence + the Machine, *Dog Days Are Over / Shake It Out*
Leonard Bernstein, *Adagio for Strings*
Woodkid, *Iron / Baltimore's Fireflies*
Johnny Cash, *The First Time Ever I Saw Your Face / Ring of Fire*
Antony and the Johnsons, *Her Eyes Are Underneath the Ground / Bird Gehrl*
George Bizet, *Carmen*
Muse, *Hysteria/Unintended / New Born*
Brahms, *Symphony n.* 3 *in F Major, Op. 90,* III
Damien Rice, 9 *Crimes / Accidental Babies*

Bedrich Smetana, *La Moldava*
Simon & Garfunkel, *The Sound of Silence*
Paolo Nutini, *Candy*
Alt-J, *Breezeblocks / Fitzpleasure*
Sia, *Chandelier piano version / Straight for the Knife*
The Cinematic Orchestra, *Arrival of the Birds*
Cat Power, *Lived in Bars / Wild Is the Wind*

Potete ascoltare la playlist completa *Da qualche parte nel mondo* su Spotify all'indirizzo: https://goo.gl/S0nHDK

Zit. 24, 28, 30
31, 34, 37, 39, 41

(133) (134)

Jerusalem als Metapher